Ulrich Hinse

Blutiger Raps

Ein Staatsschutzroman
aus Mecklenburg-Vorpommern

SCHEUNEN-VERLAG

Titelbild: *Karleberhard von Rendsburg* unter Verwendung eines Fotos von *Petra Feyerherd*
Typographie und Layout: *Andreas Ciesielski*
Belichtungen, Druck und Bindung: *Euroregion Pomerania*

ISBN: 3-934301-76-2

INHALT SEITE

Die Wohngemeinschaft	7
Der Präventionsrat	26
Im Adlerhorst	42
Auf dem Friedhof	65
Die Schlacht am See	81
Der Anschlag	89
Die Staatsmacht	106
Manöverkritik	121
Schlapphüte und Schlapphelme	132
Spirale der Gewalt	147
Mord und Totschlag	168
Dolph´s Plan	194
Die Sitzung	207
Straßenkehrer	224
Sklavenarbeit	243
Blutiger Raps	266
Kaukasus	280
Unter Schmugglern	294
Nachruf	307

„Wer das Unmögliche nicht wagt,
wird das Mögliche nicht erreichen."

DIE WOHNGEMEINSCHAFT

Timo saß auf den steinernen Stufen der Kirchentreppe und beobachtete den Informationsstand der „Kameradschaft Adlerhorst", der mitten auf dem Marktplatz der mecklenburgischen Kleinstadt aufgestellt worden war.
Vor zwei Stunden waren die fünf Skinheads gekommen, hatten einen großen Sonnenschirm und einen Tapetentisch aufgestellt, eine Vielzahl von Broschüren exakt ausgerichtet auf dem Tisch verteilt und zum Schluß zwei große Laken aufgespannt, auf denen in großen gotischen Buchstaben zu lesen war: **Daſ Boot iſt voll – Arbeit nur für Deutſche** und **Bürger wehrt Euch – Keine Graffiti.**

Adrett sahen sie aus, die fünf Skinheads. Die Glatzen frisch poliert, weiße Oberhemden mit schwarzer Krawatte, schwarze Bomberjacke, schwarze Jeans, die mit zwei halben Schlägen aufgekrempelt den Blick auf die glänzenden schwarzen Springerstiefel mit den weißen Schnürsenkeln ermöglichten. Herausfordernd musterten sie die vorbeihastenden Menschen, die am Samstagmittag in der Innenstadt noch ihre Wochenendeinkäufe erledigten. Lediglich ein älteres Ehepaar hatte den Stand aufgesucht und sich auf ein Gespräch eingelassen.
Es war keine kontroverse Unterhaltung, stellte Timo fest, und hatte den kritischen Seitenblick der Alten sehr wohl bemerkt. Es war dabei auch um ihn gegangen, nachdem alle Sieben unverhohlen zu ihm herüber geblickt und er die Handbewegung des größten und kräftigsten der Skins richtig gedeutet hatte.

Er war so ganz anders. Nicht daß er wesentlich mehr Haare auf dem Kopf gehabt hätte wie die fünf Kameraden unter dem Sonnenschirm. Seine Frisur bestand aus einem drei Zentimeter breiten Streifen, der von der Stirn bis in den Nacken lief. Über der Stirn waren die Haare grasgrün, wechselten in der Mitte zu einem karmesinrot und endeten im Nacken quittegelb. In den Augenbrauen und in den Ohrläppchen blinkten Piercingringe. Seine verwaschene

Jeansjacke, die eine Wachmaschine schon lange nicht mehr gesehen hatte, war ausgefranst und die Knöpfe waren auch nicht mehr vollzählig. Auf dem schmuddeligen T-Shirt, es dürfte vor längerer Zeit einmal weiß gewesen sein, war mühsam das Wort Antifa zu lesen. Die schlabberige Hose war zerrissen und die ausgelatschten Turnschuhe hatten schon lange keine Bürste mehr gesehen.

So saß er auf den Kirchenstufen und hatte den Leinenbeutel mit seinen Habseligkeiten neben sich gelegt. Sein Hund, ein Produkt aller freilaufenden Hunde der Stadt und wenig Angst einflößend, hatte es sich neben ihm bequem gemacht, seine Schnauze auf den Beutel gelegt und schlief.
Bruno, so hieß der Hund, hatte sich im Gegensatz zu dem älteren Ehepaar nicht von dem voluminösen Rülpser stören lassen, mit dem Timo seinem Völlegefühl nach dem letzten Schluck Bier aus der Dose Luft gemacht hatte. Just zu dem Zeitpunkt, als das Ehepaar an ihm vorbei gegangen war.
„Haste mal ne Mark?“ hatte er den alten Mann angequatscht, als dieser mit seiner Frau an ihm vorbei ging. Der hatte aber nicht reagiert und war so eilig weitergegangen, daß seine Frau, die in jeder Hand eine schwere Einkaufstasche schleppte, kaum nachgekommen war.
Timo fand, daß der Rülpser die richtige Antwort darauf war.
Diese Spießer gingen ihm auf den Keks. Deshalb wunderte er sich auch nicht, als ausgerechnet die Beiden die ersten Besucher des Infostandes waren.

Timo griff in den Leinenbeutel, zog eine neue Dose heraus und riß sie auf. Das Bier war warm geworden, schäumte aus der Dose und tropfte auf das T-Shirt und die Hose. Es war ihm egal. Er lehnte sich zurück, blinzelte in die Sonne, kaute an den Fingernägeln, spülte die kleinen Hornraspel mit einem großen Schluck hinunter und verschaffte sich erneut mit einem Rülpser Erleichterung.
Die fünf Adretten am Tisch mitten auf dem Platz kannte er. Er war mit ihnen zusammen zur Schule gegangen, bis sich ihre Wege trennten, als er zum Gymnasium gewechselt war. Der mit der wegwerfenden Handbewegung war Daniel Speck – Nomen est omen -, der

sich von seinen Freunden seit einiger Zeit Dolph rufen ließ. Schon in der Grundschule, er und Timo waren in die gleiche Klasse gegangen, hatte er das große Wort geführt und jedem Prügel angedroht, der nicht blitzschnell seiner Meinung war. Wer nicht schnell genug reagierte merkte, daß es nicht nur bei einer Drohung blieb. Schon allein deshalb hatte Timo ihn nie gemocht und war ihm aus dem Weg gegangen. In Erinnerung blieb ihm aber, daß Dolphs Schläge um ein Vielfaches besser waren, als seine schulischen Leistungen.
Der Nazi hatte schon immer schlagende Argumente, fiel ihm dazu ein und zog noch einen großen Schluck aus der Dose ab.

Die vier anderen Skins waren jünger. Sie stammten alle aus dem gleichen Wohnviertel, der tristen Plattenbausiedlung im Südosten der Stadt mit ihren stupiden, stark renovierungsbedürftigen Fassaden, und wohnten noch bei ihren Eltern in den Wohnblocks, in denen fast sechstausend Menschen zusammengepfercht lebten.
Das heißt, eigentlich stimmte das gar nicht mehr. Viele Wohnungen waren in den letzten Jahren frei geworden und teilweise wohnten in den großen Wohnblocks nur noch fünf oder sechs Familien.
Da, wo zu sozialistischen Zeiten die Wohnungen bezahlbar waren, lebten heute nur noch diejenigen, denen das Geld für ein eigenes Häuschen am Stadtrand oder in den Dörfern der näheren Umgebung fehlte. Viele waren auch in andere Bundesländer gezogen. Dorthin, wo es Arbeit gab.
Er selbst hatte sich noch vor dem Abitur davon gemacht. Seinen Eltern war es egal gewesen. Vielleicht hatten sie sich sogar gefreut. Vielleicht hatten sie es auch noch gar nicht bemerkt. Sein Vater, eigentlich war es sein Stiefvater, hatte, als sein Arbeitsplatz nach dem Zusammenbruch eines Faserplattenwerkes weggefallen war, in Berlin eine Arbeit gefunden und kam seit dieser Zeit nur noch sporadisch zu Besuch. Das war nicht weiter schlimm gewesen, da er sich sowieso wenig um ihn gekümmert und wenn dann nur Streß wegen seines Aussehens gemacht hatte. Seine Mutter arbeitete bei einer Gebäudereinigungsfirma, mußte immer früh zur Arbeit und hatte noch nie Zeit für ihn gehabt. Die ständige Abwesenheit seines Stiefvaters hatte sie nicht sonderlich gegrämt, und da das Geld immer

knapp gewesen war, dürfte sie über den Auszug ihres Sohnes nicht sonderlich traurig gewesen sein. Seit er in dem heruntergekommenen Altbau in der Stadt zusammen mit seinen Freunden hauste, hatte er sie nicht mehr gesehen.

„Hey, du Zeckensau, mach dich vom Acker, oder wir helfen dir dabei." Timo wurde unsanft aus seinen Gedanken gerissen. Einen Moment hatte er nicht aufgepaßt und schon standen sie vor ihm.
Bruno drückte seine Schnauze fester auf den Leinenbeutel und tat so, als wenn er fest schlief.
Vorsichtig sondierte Timo die Lage.
Dolph und der Jüngste aus seiner Gruppe standen weiterhin am Infostand und unterhielten sich mit zwei neuen Besuchern.
Normalos, registrierte Timos Unterbewußtsein. Von denen war im Ernstfall keine Hilfe zu erwarten.
So entschloß er sich nichts zu tun und einfach abzuwarten, nahm noch einen Schluck aus der Dose und rülpste erneut. Es klang nicht erleichternd sondern eher gequält. Er wollte damit seine Verachtung gegenüber den drei Rechten zum Ausdruck bringen, hatte aber gleichzeitig Angst, sie würden auf ihn einschlagen.
Die Haltung der Skins war bedrohlich. Der in der Mitte wippte mit der rechten Schuhspitze auf und ab. Gleichzeitig schlug er leicht mit der rechten Faust in seine flache linke Hand. Die beiden anderen hatten ihre Beine leicht gespreizt und die Hände in Höhe des Bauchnabels in die Gürtel gesteckt.
„Mit deinem Gestank verpestest du die Luft auf dem Marktplatz. Wenn du nicht willst, daß wir dir das Laufen beibringen, verpiß dich sofort und nimm die leeren Bierdosen gleich mit."
Der Wortführer hatte laut gesprochen und die ersten Passanten blieben in gebührendem Abstand stehen und schauten zur Kirchentreppe hinüber.
„Ihr Naziärsche seht zwar so aus wie Bullen, seid aber keine. Ich kann hier sitzen, wie ich will und nicht wie ihr wollt. Also haut wieder ab."
„Du Zeckensau hast mich wohl nicht richtig verstanden", brüllte der Wortführer laut los und blicke sich herausfordernd um. Die Zahl der

Zuschauer wuchs. Dolph hatte am Infostand seine Unterhaltung unterbrochen und betrachtete mit beiden Fäusten auf den Tapeziertisch gestützt die Szene, wobei sich die Tischplatte bedenklich durchbog. Er machte aber keine Anstalten, selbst einzugreifen.
Schlagartig wurde Timo klar, daß die drei Figuren vor ihm von Dolph einen Auftrag bekommen hatten und der beobachtete, wie sie mit der Situation fertig wurden. Das machte ihm Mut.
„Dein dummes Gebrüll war nicht zu überhören, arrogantes Nazischwein", kreischte Timo zurück, „was bläst du dich so auf, wie ein Ochsenfrosch. Bist du nicht in der Lage, alleine etwas zu unternehmen. Brauchst du immer Hilfestellung durch mehrere?"
Sein mittleres Gegenüber lief rot an. Jetzt sieht er aus, wie die Nazifahne. Schwarz – weiß – rot, schoß es Timo durch den Kopf.
„Jetzt ist Schluß mit Reden. Du bist in einigen Augenblicken verschwunden oder ich dresche dir neben den bunten Haaren noch eine rote Nase und blaue Augen. Ich zähle bis Drei. Eins.........zwei.....".
Die Drei erstarb dem Skinhead auf den Lippen. Seine Begleitung hatte in der Zwischenzeit gewechselt. Die beiden „Normalos", ein untersetzter Mann von etwa 40 Jahren mit seinem gut zehn Jahre jüngeren, erkennbar sportlich durchtrainierten Begleiter, die vor wenigen Augenblicken noch am Infostand mit Dolph gesprochen hatten, hatten sich neben dem Wortführer aufgebaut. Dessen beide Helfer hatten sich verdrückt. Irritiert schaute der Skin erst nach rechts und dann nach links. Die Situation hatte sich für ihn deutlich negativ verändert.
„Können wir helfen? Werden Schlichter gebraucht?" Freundlich erkundigte sich der Ältere der beiden Männer, wobei er seinen Blick abwechselnd auf den Skin und auf Timo warf.
Der Skin schielte über die Schulter zum Infostand. Dort hatte sich Dolph nicht von der Stelle gerührt. Er wurde unsicher, wollte aber die Situation für sich retten und natürlich auch vor Dolph bestehen.
„Nein, ich werde mit der Sache alleine fertig. Sie werden hier nicht gebraucht. Wenn sie keinen Ärger haben wollen, verschwinden sie jetzt."

Der Jüngere der Neuankömmlinge drückte dem Skin eine ovale

Dienstmarke vor die Augen.
„Wenn hier jemand Ärger bekommt und nicht augenblicklich verschwindet, dann bist du das. Also, was ist jetzt?“
„Ist das ein Platzverweis?“ wollte der Skin wissen und befand sich schon fast auf dem Rückzug.
„Nein, ein guter Ratschlag, weil ich ein Menschenfreund bin und heute meinen guten Tag habe.“
Zögernd wandte sich der Skin ab und ging aufreizend langsam zum Infostand zurück, wo ihn seine „Kameraden“ erwarteten.

Dolph stand noch immer mit aufgestützten Händen am Tisch und beobachtete, was die beiden Polizisten jetzt gegenüber dem Punk unternahmen. Er kannte die Beiden gut, ja vielleicht sogar zu gut. Sie gehörten zur Mobilen Aufklärung Extremismus, der MAEX, einer Spezialeinheit der Polizei, die sich in Mecklenburg-Vorpommern speziell um die Skinheadszene kümmerte. Sie waren dummerweise gerade in dem Moment aufgetaucht, als er seine Leute mit dem Auftrag losgeschickt hatte, den Punk zu vertreiben. Für eine Warnung war es zu spät gewesen.
Die Neugierigen auf dem Marktplatz verliefen sich, nachdem es die erwartete Schlägerei nicht gegeben hatte.
Eigentlich hätte Dolph die Situation auf dem Niederlagenkonto abbuchen müssen. Aber davon konnte nicht die Rede sein. Die Kommentare der Schaulustigen waren ihm nicht entgangen. Das Fazit war für ihn nicht uninteressant. Gut ein Drittel war neugierig auf eine Schlägerei gewesen. Zehn Prozent hatten keine Meinung, beziehungsweise hatten diese nicht verraten und weitere etwa zehn Prozent hatten Mitleid mit dem Punk. Aber bei fast der Hälfte hatte er deutliche Zustimmung registrieren können. Darauf konnte man doch für zukünftige Aktionen aufbauen.
Selbstzufrieden kniff er die Lippen zusammen und zog das Kinn hoch. Er sah in diesem Moment aus wie Benito Mussolini.

Timo ärgerte sich insgeheim. Das hatte noch gefehlt, daß sich ausgerechnet zwei Bullen eingemischt hatten. Das war doch das Allerletzte. Er starrte die Polizisten herausfordernd an.

„Und?“ zischte er seine Gegenüber provozierend an, „muß ich auch verschwinden?“
„Davon war nicht die Rede. Die Bierdosen sollten aber ordnungsgemäß entsorgt werden“, erklärte der Ältere. Dann drehten sich die Beamten um und verschwanden in einer Seitenstraße.
„Arschlöcher“, knurrte Timo so, daß sie ihn nicht mehr hören konnten.
Bruno war wieder aufgewacht, hob das Bein und pinkelte der Einfachheit halber direkt auf die Kirchentreppe. Derweil sammelte Timo seine Siebensachen ein, nahm die leere Bierdose und trat sie in Richtung Infostand. Scheppernd hüpfte sie über das Kopfsteinpflaster und trudelte direkt vor dem Sonnenschirm aus. Die halbvolle Dose flog hinterher und zerplatzte neben dem Tisch auf dem Pflaster. Gleichzeitig rannte Timo in Richtung der Seitenstraße, in der die Polizeibeamten verschwunden waren.
Die Verfolgung durch vier der fünf Skins endete an der Hausecke, als sie erkennen mußten, daß die MAEX-Beamten ihnen interessiert entgegen blickten. Deshalb beschränkten sie sich darauf, drohend die Fäuste zu zeigen.
Als Timo die Verfolger nicht mehr auf den Fersen waren, ließ er es wieder gemütlich angehen.
„Haste mal ne Mark?“ Mit ausgestreckter Hand ging er auf verschiedene Passanten zu und schimpfte bösartig hinter ihnen her, wenn sie ihn nicht beachtet hatten oder mit ebenso dummen Sprüchen reagierten. Bei mehreren alten Frauen hatte er Glück. Er ging provozierend direkt auf sie zu und hielt ihnen die dreckige Hand unter die Nase. Verängstigt griffen sie in ihr Portemonnaie und klaubten einige Münzen heraus, die sie ihm gaben. Ohne weiteren Dank ging er mit Bruno weiter, der mit hängenden Ohren hinter ihm her trottete.

Nach einer Stunde Bettelei hatte er keine Lust mehr. Die Geschäfte hatten geschlossen und die Passanten wurden deutlich weniger. Sonderlich erfolgreich war er nicht gewesen, was seine Laune nicht verbessert hatte.
„Komm Bruno, es ist Zeit nach Hause zu gehen.“

Bruno kannte den Weg und hatte sein Herrchen verstanden.
Er trabte voraus und verschwand in einem übel heruntergekommenen Altbau, der kurz vor dem Abriß stand. Die Fenster im Erdgeschoss waren teilweise mit Holzplatten vernagelt und die bröckelige Fassade mit Graffiti beschmiert. Die massive und mit einer dicken Holzbohle verstärkte Haustür besaß kein Schloß. Ein breites Eisenband war als Riegel von innen vorzuschieben. So konnte niemand unbemerkt eindringen.
Jetzt stand die Tür offen. Der Flur war dunkel. Eine Lampe gab es nicht. Die Tapeten hingen in Fetzen von der Wand und waren mit verschiedenen Graffiti „verziert".
Timo ließ die Tür offen und ging die Treppe zum ersten Stock hinauf. In den Zimmern im Erdgeschoss wohnte niemand. Sie waren leer, wenn man von dem Gerümpel absieht, das die Bewohner dort deponiert hatten. Wer durch die Fenster einsteigen und so die Bewohner überraschen wollte, sah sich einem Gewirr alter Möbel, Kisten, Dosen, Steinen und Metallschrott gegenüber. Bei einem Überfall war so genügend Wurfmunition vorhanden.
Die abgenutzten Holzbohlen knarrten verdächtig, das Holzgeländer wackelte bei jedem Tritt und drohte zusammenzubrechen.
Timo ging in sein Zimmer, das er allein mit Bruno bewohnte. Eine Matratze mit Decke, ein Hocker, ein wackeliger Schrank und ein Regal aus Brettern und Ziegelsteinen bildeten die Einrichtung. Seine Sachen waren malerisch im Raum verteilt. Der Aschenbecher auf dem Hocker, der als Tischchen diente, quoll über, in der großen Tasse schwappten die Reste von Kaffee oder Tee. Von der Decke hing eine Glühbirne nur an einer Fassung herunter. Einige halb abgebrannte Kerzen standen auf dem Fensterbrett und dem Regal. Der Leinenbeutel wurde mit Schwung in die Ecke geworfen und Timo hockte sich auf seine Matratze. Bruno legte sich ans Fußende.
Aus dem Nachbarzimmer dröhnte Heavy-Metal-Musik.
Timo dachte nach. Es war kein erfolgreicher Tag gewesen. Obwohl viele Leute in der Stadt einkaufen gewesen waren, hatte er nur einige wenige Mark erbetteln können. Die Stütze vom Sozialamt war auch fast aufgebraucht und bisher war ihm nichts Brauchbares eingefallen, die Tage bis zum nächsten Zahltag zu überbrücken.

„Scheiße, mach deine Musik leiser“, brüllte er gegen den Lärm aus dem Nachbarzimmer an und hielt sich die Ohren zu.
In der Tür erschien ein karottenroter Haarschopf über einem blassen Gesicht mit schwarzem Lippenstift und übertrieben schwarzem Lidschatten. Der Rest war bunt zusammengewürfelt. Ausgefranstes gelbes T-Shirt, löchriger schwarzer Pulli, giftgrüne schmuddelige Jeans, schwarze hohe Schnürschuhe mit schwarzen Schnürsenkeln. Jenny sieht aus wie ein Totenkopf mit roten Haaren, dachte Timo und richtete sich auf.
„Na, kennst du nicht das Zauberwort mit den fünf Buchstaben? Scheiße hat sieben und ist es nicht“, giftete Jenny in den Raum.
„Du solltest froh sein, daß ich mich heute um die Küche und das Klo gekümmert habe. Beide waren voneinander nicht mehr zu unterscheiden. Du solltest dir zukünftig angewöhnen, im Sitzen zu pinkeln und deine leer gefressenen Pappteller nicht in die Spüle zu werfen. Hast du wenigstens was zum Trinken mitgebracht?“
Timo verzog das Gesicht.
„Was mimst du hier die Hausfrau. Gib mir lieber etwas Knete, dann hole ich noch was zu trinken.“
„Du bist wohl nicht ganz klar im Kopf. Wir haben hier zwar eine Wohngemeinschaft, aber keine Einkommensgemeinschaft. Mit dieser Einstellung kannst du dich gleich bei den Nazis anmelden.“
„Womit wir beim Thema wären“, antwortete Timo genervt.
„Wir müssen heute noch beratschlagen, was wir gegen die Saubande unternehmen können. Heute hatten sie mit fünf Mann auf dem Marktplatz einen Stand aufgebaut. Es war zwar bis auf ein paar Spießer und die Bullen keiner da. Dafür haben sie mir Schläge angedroht. Dolph hatte die Führung und einige neue Leute dabei. Die sollten sich wohl beweisen und mir zeigen, was sie können.“
„Und? Wie ist es ausgegangen?“ wollte Jenny wissen.
„Knapp. Die Bullen haben sich eingemischt und da haben sie es vorgezogen, sich zurückzuziehen. Als Arbeitsauftrag haben sie von mir die Entsorgung der Bierdosen erhalten.“
„Ich weiß nicht, ob das klug war“, antwortete Jenny und zog die Stirn in Falten.
Totenkopf mit Falten, dachte Timo, strich sich gedankenverloren

über das Kinn und hörte weiter zu.
„Die Nazischweine suchen doch nur einen Grund, sich mit uns anzulegen. Die werden immer mehr und wir immer weniger. Wir können keine Eskalation gebrauchen."
„He he, was sind denn das für Töne? Du willst die Idioten doch nicht gewähren lassen, oder? Die sind zwar doof wie drei Reihen Salat, aber wenn ich das richtig sehe, sind wir die Einzigen, die ihnen Streß machen. Die Bullen von der MAEX halten mit ihnen Händchen und sind auf dem rechten Auge blind. Die Politiker lassen sie gewähren und klopfen nur kluge Sprüche, und währenddessen bauen Dolph und seine Hanseln Infostände auf und sammeln neue Mitglieder. Keiner tut was, um die Ärsche einzusperren."
„Deswegen mußt du keinen Kleinkrieg provozieren, bei dem wir nur verlieren können. Wir sollten darüber nachdenken, wie wir sie wirklich empfindlich treffen können. Deine platten Provokationen gehören nicht dazu, vor allem nicht, wenn du alleine bist. Bruno ist dir da keine Hilfe."
Timo schloß die Augen und lehnte sich zurück.
„Was schlägt meine kluge Ratgeberin vor?"
„Heute abend, wenn wir komplett sind, setzen wir uns zusammen und diskutieren über geile Gegenmaßnahmen", bestimmte Jenny und verschwand wieder in ihrem Zimmer. Die Musik verstummte. Timo legte sich auf seine Matratze und beschloß, ein Stündchen zu schlafen. Wenn abends diskutiert werden sollte, konnte das lange dauern.

Insgesamt zehn Personen gehörten zur Altstadt-WG, fünf Mädchen und fünf Jungs. Wenn man Bruno hinzurechnete, waren es elf. Alle waren sie im Alter zwischen 16 und 23 Jahren. Timo war der Älteste und Tiffi Rabe die Jüngste. Sie war zu Hause ausgerissen, weil sie es nicht mehr ertrug, von ihrem Stiefvater gegängelt zu werden. Tiffi tue dies. Tiffi lasse das. Tiffi, wie siehst du heute wieder aus. Zieh dir etwas Vernünftiges an. Verunstalte dich nicht so. Treibe dich nicht herum. Bis zehn Uhr bist du wieder zu Hause. Wenn du so weiter machst, bekommst du keine Ausbildungsstelle - und so weiter und so weiter.
Aus Protest hatte sie sich dann extra schrill angezogen, gepierct und

die Haare zu einer Bürste geschnitten. Einen mörderischen Krach hatte ihr Stiefvater vom Zaun gebrochen, mit Schlägen gedroht und als sich ihre Mutter schützend vor sie stellte, hatte er sie beiseite gestoßen. Dabei war sie gestolpert, mit dem Kopf gegen die Tischkante gefallen und hatte sich eine große Platzwunde an der Stirn zugezogen. Ihr Stiefvater hatte gleich wieder den Besorgten gemimt und seine Frau in die Klinik gefahren. Das hatte Tiffy ausgenutzt, um ihre Siebensachen zu packen und zu verschwinden. Die WG hatte ihr Schutz und Unterkunft gewährt. Die anderen hier im Altbau waren alles ausgeflippte Typen, die aber jeden so akzeptierten, wie er war. Das hatte ihr gefallen und sie hatte in der zweiten Etage einen Raum für sich eingerichtet.

Nur ein Jahr älter als Tiffi war Boomer. Eigentlich hieß er Sigi Köske. Er wurde aber nur Boomer gerufen, weil er ein richtiger Streuner war. Nichts hielt ihn lange an einem Ort. In der WG tauchte er auf, wenn ihm danach war. Es war sozusagen sein Stützpunkt, den er hin und wieder einmal anlief. Wenn er dann erschien, wurde es unruhig. Er störte alles und jeden und geriet auch schon einmal mit Timo in Streit, wenn er Bruno ärgerte. Wo er herkam, hatte er nicht erzählt. Irgendwann war er gekommen, weil er von der Polizei gesucht wurde und nicht mehr wußte wo er hin sollte. Mehr durch Zufall hatte er dann das Altstadthaus gefunden, sich dort versteckt und gehörte seit dieser Zeit dazu. Er hatte seine Bude unter dem Dach, nicht größer als eine Abstellkammer. Nur mit einer Dachluke als Fenster. Sein Fabel waren Graffiti. Nicht daß er einen besonders hohen künstlerischen Anspruch für seine Scratchings oder Tacs erhoben hätte. Er wollte einfach nur Spaß haben, wenn andere Leute sich ärgerten.

Annika Schulz und Laszlo Milar waren ein Paar und bewohnten ein großes Zimmer neben Tiffi. Beide waren schon 19 Jahre alt. Sie hatten sich vor drei Jahren in einem Ferienlager in Ungarn kennengelernt. Seit dieser Zeit waren sie zusammen. Annikas Eltern hatten gegen die Verbindung etwas einzuwenden gehabt. Da Annika nicht von Laszlo lassen wollte, zog sie zu Hause aus und mit Laszlo, der illegal in Deutschland lebte, in die WG. Seinen Lebensunterhalt bestritt Laszlo durch Gelegenheitsarbeit. Das, was ihm zum Leben dann noch fehlte, besorgte er sich durch kleine Gaunereien oder durch Bettelei.

In dem großen Raum unter dem Dach, dort wo auch Boomer seine kleine Bude hatte, hausten in einer merkwürdigen Dreierbeziehung Nene Lammers, Pia Harms und Jens Damp. Sie hatten ihren Raum mit dunkler Farbe gestrichen, dunkle Vorhänge besorgt und zwischen ihren Matratzen lag allerlei unheimlicher Trödel. Auf einem Regal stand sogar ein Totenschädel, in den sie ein Teelicht gestellt hatten. Sie bezeichneten sich als Satanisten und trieben sich oft abends und nachts auf den Friedhöfen der Stadt herum, wo sie Gleichgesinnte trafen. Die Drei trugen nur schwarze Klamotten, hatten sich die Haare tiefschwarz gefärbt und die Mädchen benutzten beide einen schwarzen Lippenstift, vermutlich den gleichen wie Jenny.
Den farbenfrohen Mitbewohnern aus den unteren Etagen war es egal. Jeder sollte so leben, wie es ihm gefällt. Aber unheimlich war ihnen doch manchmal, und nur selten ging einer von ihnen in die Dachwohnung, um die Drei zu besuchen.
Lediglich Boomer hatte seinen Spaß, und es kam häufiger zum lautstarken Streit. Vor allem dann, wenn er den Totenschädel nahm und damit durch die Wohnung kegelte.
Die drei damals Achtzehnjährigen hatten sich auf einem Friedhof kennengelernt und waren vor knapp zwei Jahren in den Altbau gezogen, da die Eltern bei ihnen zu Hause weder das merkwürdige Outfit noch die Dekorationen dulden wollten. Sie hatten es zuvor mit einer Wohnung in der Plattenbausiedlung versucht, waren aber von den Mitbewohnern derart gemobbt worden, daß sie sich in die WG flüchteten. Hier wurden sie in Ruhe gelassen.

Der letzte der zur WG zählte, war Reinhard Neuhaus, genannt Reini. Er hatte früher das Zimmer bewohnt, in dem sich jetzt Jenny eingerichtet hatte und wohnte angeblich bei einer Freundin, die aber bisher keiner zu Gesicht bekommen hatte. Reini war fast genauso alt wie Timo, noch etwas bunter und vor allem stärker gepierct. Die

Haare hatte er quittegelb gefärbt und zu einer Art Hahnenkamm toupiert und mit Bier gefestigt. Er fühlte sich offenbar aus Tradition noch immer zur WG gehörig und nahm an den Diskussionen eifrig teil. Dabei hatte er durchblicken lassen, daß er seit einer Zeit Mitglied einer links stehenden politischen Partei war und sich sowohl dort auf kommunaler Ebene engagierte, als auch aktiv an Aktionen einer Alternative teilnahm, die sich einerseits gegen Globalisierung und Beteiligung der Bundeswehr an internationalen Einsätzen, andererseits für einen unbegrenzten Zuzug ausländischer Mitbürger einsetzte.
Er war der Meinung, daß gewaltfreie Aktionen hier wenig hilfreich wären, da sie die Bevölkerung nicht aufrütteln. Nur durch spektakuläre Taten mit Fanalwirkung sei das Interesse der sonst stupiden Mitläufer zu wecken. Hier schieden sich die Geister, was immer wieder für reichlich Diskussionsstoff sorgte.

Timo wurde durch Gepolter und lautes Geschrei geweckt. Unzweifelhaft war Boomer erschienen und hatte den Dachboden in Aufruhr versetzt. Bruno hatte sich in eine Ecke verzogen, den Schwanz zwischen die Beine geklemmt, die Schnauze fest auf den Boden gepreßt und äugte ängstlich zur Tür, durch die gerade Jenny ihren Karottenkopf steckt.
„He Timo, wir treffen uns bei mir. Komm hoch. Die anderen sind alle schon da“, krähte sie in den Raum. Mühsam stemmte sich Timo von seinem Lager.
„Hast du auch was zu trinken da?“
„Ja, Wasser.“
„Feuerwasser?“
„Doofmann. Komm endlich. Wir wollen anfangen. Reini hat einen Plan, den wir diskutieren wollen.“
„Wenn es dabei darum geht, den Rechten auf die Schnauze zu hauen, dann bin ich sofort dabei.“
Jenny murmelte etwas Unverständliches und verschwand aus der Türöffnung, während Timo erst noch das Klo ansteuerte.
„Vergiss nicht dich hinzusetzen“, krähte Jenny ihm hinterher.
Timo dreht sich um und zeigte ihr den gestreckten Mittelfinger. Er

nannte ihn „Effinger“ in Erinnerung an einen Fußballspieler, der damit kritische Fußballfans provoziert hatte und bundesweit damit in die Schlagzeilen geriet.

Als Timo nach vollbrachter Tat zu Jenny ins Zimmer ging, war der Raum voll. Alle waren gekommen. Boomer saß auf der Fensterbank, Jenny im Schneidersitz auf dem Boden, die drei Schwarzen vom Dachboden hatten es sich auf der Matratze bequem gemacht, Reini lehnte an der Wand neben der Tür, Tiffi hatte sich ein Sitzkissen mitgebracht und Annika und Laszlo saßen neben Reini auf dem Boden und hatten ihre Füße ausgestreckt.
„Wenn du jetzt auch noch deinen Hosenstall zumachst, können wir anfangen“, giftete Jenny in Richtung Timo.
„Es ist interessant zu wissen, wo du hinguckst, wenn ich zur Tür reinkomme“, brummte Timo zurück, zog provozierend langsam den Reißverschluß hoch, zwängte sich zwischen Pia und Jenny auf den Boden und angelte sich eine der vor ihm auf dem Tischchen liegenden überreifen Bananen.
„Haste die beim Konsum geklaut?“ wollte er von Jenny wissen.
„Du bist ein ekelhaftes Arschloch“, kreischte sie zurück und drückte ihm mit der flachen Hand die Banane ins Gesicht.
Timo grinste und wischte sich mit dem Ärmel die zermatschte Masse von Nase, Mund und Wangen.
Reini räusperte sich und meldete sich genervt zu Wort.
„Könnt ihr euren Streit nicht verschieben, bis wir hier fertig sind?“
„Man wird doch noch fragen dürfen“, maulte Timo und lehnte sich zurück, um nicht Gefahr zu laufen, von Jenny eine gewischt zu bekommen.
„Also“, eröffnete Reini die Diskussion, „ich habe heute gehört, daß die Rechten auf dem Marktplatz einen Infostand aufgebaut hatten und dann mit Timo in Streit gerieten.“
„Ich habe mich mit niemandem gestritten. Ich habe nur auf der Tempeltreppe gesessen“, wandte Timo ein. Reini räusperte sich.
„Können wir uns darauf einigen mit der Diskussion anzufangen, wenn ich das Thema vorgestellt habe?“
Die Runde nickte und Boomer kicherte albern vor sich hin.

„Also es ist klar, daß die Rechten hier in der Stadt mobil machen. Es vergeht kaum eine Woche, in der sie nicht vor den Schulen und auf dem Marktplatz einen Infostand aufbauen und ihre dreckigen Thesen verkaufen. Es vergeht auch keine Woche, in der sie nicht unsere ausländischen Mitbürger verängstigen oder gar terrorisieren oder etwas gegen uns Autonome unternehmen. Den etablierten Parteien fehlt für durchgreifende Maßnahmen der Mut. Daß es nur bei Lippenbekenntnissen bleibt, können wir nicht dulden.
Es hilft auch nicht, wenn wir vereinzelt versuchen, gegen Nazischweine vorzugehen oder sie zu provozieren. Wir Antifaschisten erreichen nur etwas, wenn wir gemeinsam handeln. Nur dadurch werden wir stark.
Wir haben auch in unserer Alternative bereits darüber diskutiert und ich bin heute hier, um euch die Diskussionsergebnisse vorzustellen und dafür zu werben, daß ihr euch anschließt."
„Gibt es dafür Knete?" wollte Boomer wissen. Reini zog die Augenbrauen hoch und musterte Boomer mit einem langen Blick so intensiv, daß dieser sich unbehaglich fühlte.
„Nein, dafür gibt es keine Knete", sagte er und fügte belehrend hinzu: „Du mußt noch lernen, daß der Straßenkampf, und um den geht es hier im wesentlichen, mehr durch unseren persönlichen Einsatz und weniger mit den Mitteln des Großkapitals geführt werden muß, wenn wir unser Ziel erreichen wollen."
„Verkneife dir deine Belehrungen und komme endlich zur Sache", griff Annika ein.
„Also", nahm Reini den Vortragsfaden wieder auf, „wir sind zu dem Ergebnis gekommen, sowohl mit langfristig geplanten und teilweise überregionalen, als auch mit kleinen regional begrenzten Aktionen den Kampf zu führen."
„Von Planungen halte ich überhaupt nichts", wurde Reini erneut unterbrochen. Diesmal von Tiffi.
„Nun warte doch erst einmal ab, was Reini noch weiter dazu zu sagen hat. Ich kann mir nicht vorstellen, daß er uns meint, wenn er von Planungen spricht. Ich plane nur meinen nächsten Besuch auf dem Friedhof", ließ sich Nene vernehmen.
Boomer kicherte wieder albern und konnte sich nicht verkneifen, in

Richtung der schwarzen Drei zu stänkern:
„Kerzen auf den Leichenherzen. Links das Mädel, rechts den Schädel und die gute Grabesluft ist Satanisten Lieblingsduft."
Reini schloß sichtlich genervt die Augen und sammelte sich einen kurzen Moment, bevor er fortfuhr.
„Also, geplant werden die Fahrten zu großen Demonstrationen. Als da wären: G8-Gipfel, Atomtransporte und Internationale Sicherheitskonferenz. Die Planungen dazu werden natürlich von der Alternative gemacht und auch die Busse angemietet. Es wäre schön, wenn ihr mitfahren würdet. Die Termine würde ich euch frühzeitig mitteilen. Für euch geht es wirklich nur darum, mitzumachen."
„Wenn es schon keine Knete gibt, gibt es dann wenigstens etwas zu trinken und zu essen?" wollte Boomer wieder wissen.
Reini entschloß sich, für die nächste Zeit Boomer einfach zu ignorieren.
„Hier in der Stadt und der Umgebung wollen wir gegen das Bundeswehrgelöbnis im Stadtpark demonstrieren und eine Gegendemo als Kontrapunkt zum Aufmarsch der Rechten setzen."
Boomer ließ nicht locker.
„Gibt es bei der Bundeswehr Erbsensuppe aus der Gulaschkanone?"
„Wenn du Idiot endlich einmal die Schnauze halten würdest, dann würden wir auch schneller fertig", griff Jens ein, der sich noch über Boomers Schüttelreim ärgerte.
Boomer streckte ihm die Zunge heraus, rutschte von der Fensterbank herunter und stakste über die ausgestreckten Beine von Laszlo und Annika zur Tür.
„Also, da wo wir eure Unterstützung unbedingt brauchen, ist bei folgenden Aktionen......", setze Reini seinen Vortrag fort und wurde jäh durch ängstliches Hundejaulen unterbrochen.
Timo sprang wie von der Tarantel gestochen hoch, war mit einem Satz durch die Tür und stürmte in sein Zimmer. Dort kniete Boomer vor Bruno und versuchte, ihn am Halsband aus der Ecke zu ziehen. Mit einem Griff packte Timo den Störenfried am Kragen und riß ihn hoch.
„Zum letzen Mal, du kleine miese Ratte, laß Bruno in Frieden, sonst vergesse ich mich und breche dir deine sensiblen Taschendiebfinger.

Ist das klar?“
„Du verstehst überhaupt keinen Spaß“, versuchte Boomer sich zu wehren und dem Griff von Timo zu entwinden. Der schleifte ihn aus seinem Zimmer durch den Flur zur Toilette.
„Jetzt kack dich aus und komme bloß nicht auf den Gedanken, ohne mich mein Zimmer wieder zu betreten.“
Timo ging allein in Jennys Zimmer zurück, wo die anderen auf ihn gewartet hatten. Lediglich die drei schwarz Gekleideten grinsten. Reini wartete, bis Boomer zurückgekommen war, der wieder auf der Fensterbank Platz nahm.
„Ich habe die Klospülung nicht gehört“, wandte sich Jenny an Boomer.
„Ich habe auch nicht gemußt. Timo hat mich da einfach hingeschleift“, beschwerte er sich und preßte die Lippen maulig zusammen. Das Grinsen der drei Satansjünger verstärkte sich. Satanisches Grinsen dachte Timo und konzentrierte sich wieder auf Reini.
„Also, wir brauchen eure Unterstützung unbedingt bei folgenden Aktionen:
Wir wollen überall in der Stadt an hervorragenden Stellen mit Graffiti für jeden deutlich machen, daß wir die Nazis nicht wollen.“
„Genau, genau, genau“, meldete sich Boomer wieder zu Wort.
„Das mache ich. Am Supermarkt habe ich schon einen geilen Spruch gemalt.“
„Ja, der war stark“, lobte Reini.
„Ich habe ihn gesehen und stelle mir vor, daß der auch an anderen Stellen in der Stadt seine Wirkung nicht verfehlt. Weiter so.“
„Gibt es dafür Knete?“ wollte Boomer wieder wissen.
„Dazu habe ich schon was gesagt“, entgegnete Reini.
„Ne, ne, so haben wir nicht gewettet“, ließ Boomer nicht locker.
„Farbe ist teuer und nicht jede Sprühdose kann ich im Baumarkt klemmen.“
„Ich sehe zu, daß ich da was für dich tun kann“, versicherte Reini und erklärte weiter:
„Das war der leichtere Teil. Wir haben auch vor, den Großkonzernen zu zeigen, daß ihre Macht nicht grenzenlos ist. Deshalb wollen wir an ihrem Image kratzen und ihre schönen Ausstellungsräume ent-

glasen. Na, wäre das was für euch?"
Laszlo nickte.
„Wenn wir das mit Mehreren gleichzeitig machen, geht es schnell und wir erreichen viel. Ich denke, das übernehmen wir."
Annika stimmte ihm zu. Auch Tiffi und Jenny nickten.
„Als Letztes stellen wir uns vor, daß wir den Naziärschen ihre Baracke vernichten. Dann haben sie keinen Stützpunkt mehr und sind für einige Zeit nicht in der Lage, Infostände zu betreiben oder sich ungestört zu versammeln."
Die drei Schwarzen nickten wie einstudiert gleichzeitig mit den Köpfen.
"Die Nacht ist unser Freund. Wir machen sie zum Tage", ließ sich Jens vernehmen. Timo wagte einen Einwand.
„Ich wäre da nicht so optimistisch. Das Fabrikgelände ist unübersichtlich. Wer weiß, wo die überall ihre Wachtposten haben? Außerdem gehe ich davon aus, daß Dolph die Baracke so gesichert hat, daß sie nicht so ohne weiteres zu vernichten ist. Außerdem glaube ich nicht, daß wir dadurch ihre Aktionen längerfristig stören. Die finden mit Sicherheit in kurzer Zeit einen neuen Raum und wir haben sie am Hals und können hier in der WG nicht mehr sicher sein."
„Also", meldete sich Reini, „natürlich sind die Rechten dadurch nicht von heute auf morgen verschwunden. Aber sie merken, daß sie hier nicht alleine sind und daß sie Gegner haben, die unerbittlich mit ihnen umgehen. Die Bullen sind in dieser Richtung Weicheier und dazu noch auf dem rechten Auge blind. Über den Schutz der WG haben wir übrigens in der Alternative auch diskutiert und sind einhellig bereit, euch zur Seite zu stehen, wenn, wer auch immer, euch von hier vertreiben will."
„Schön zu hören", mischte sich Jenny ein, „hoffentlich seid ihr auch früh genug hier, sonst könnt ihr uns im günstigsten Fall bei den Bullen abholen, im ungünstigsten Fall an unseren Gräbern singen."
Die drei Schwarzen verzogen das Gesicht.
„Wir sind zwar gern auf dem Friedhof", wandte Nene ein, „aber natürlich nicht in der Kiste."
Reini schüttelte sich unwirsch.
„Nun übertreibt mal nicht. Wollt ihr mitmachen oder nicht?" Sein

Blick schweifte durch die Runde von einem zum anderen. Alle nickten.
„Also, dann wünsche ich euch noch einen schönen Abend. Übrigens, ihr handelt natürlich selbständig“, erklärte er und verschwand.
„Natürlich!“ äffte Boomer hinter ihm her.

Die Runde blieb noch einige Zeit zusammen und besprach Einzelheiten. Danach trollte sich jeder in sein Zimmer und es kehrte Ruhe ein. Timo ging kurz mit Bruno auf die Straße, kontrollierte die Umgebung. Dann kehrte er in das Haus zurück, schloß die Tür und legte die schweren Riegel vor.
Jenny hatte ihre Tür bereits geschlossen, und so legte sich Timo auf seine Matratze, Bruno ringelte sich an seinen Füßen ein und beide waren nach wenigen Minuten eingeschlafen.

DER PRÄVENTIONSRAT

Raschke und Schrader, die beiden MAEX-Beamten, standen an ihrem zivilen Dienstwagen und beobachteten mit Interesse, wie Timo, den sie der alternativen Szene der Stadt zuordneten, so plötzlich an ihnen vorbei rannte, im Gefolge die Skinheads.
„Na, da stören wir schon wieder ein Verfolgungsrennen", meinte Raschke, der ältere der Beiden, „um was wollen wir wetten, daß die Kameraden nicht an uns vorbei laufen?"
„Um nichts", antwortete Schrader, „die haben das Rennen schon eingestellt. Wahrscheinlich befürchten sie, daß die anderen Bunten den Infostand stürmen."
„Waren die denn in der Nähe? Ich habe keine gesehen", fragte Raschke und blickte sich unruhig um.
„Gesehen habe ich auch keine, aber normalerweise ist einer nicht allein. Schon gar nicht, wenn er einen Streit mit den Rechten provoziert."
„Da hast du Recht. Laß uns mal die Gegend abfahren, vielleicht entdecken wir sie ja."
Raschke und Schrader stiegen in ihr Fahrzeug, sahen Timo in einer Seitenstraße verschwinden und kurvten weiter durch die Innenstadt.
„Es ist schon toll, wie die Häuser jetzt nach der Renovierung aussehen. Die Stadt wird richtig ansehnlich", stellte Raschke fest. Schrader konzentrierte sich auf den Straßenverkehr und schimpfte:
„Heute ist in der Stadt der Teufel los. Es fährt wohl jeder mit dem Auto direkt bis vor die Geschäfte. Warum machen die im Rathaus nicht die Fußgängerzone größer? Dann wäre die Stadt noch attraktiver."
„Ja ja, das ist wohl wahr, wenn nicht die elenden Schmierereien wären. Bei der Boddenversicherung wurde die gerade frisch gestrichene Hauswand übel beschmiert. Nur mit Kritzeleien und Anarchiesymbolen. Es ist zum Heulen."
„Die Kritzeleien werden übrigens Scratchings genannt oder auch einfach nur Tacs. Damit können sich Insider untereinander identifizieren."

„Danke für die Belehrung. Ich wußte gar nicht, daß du dich schon so intensiv damit beschäftigt hast.“
„Der Bürgermeister hat zum Kreuzzug gegen die Schmierer aufgerufen und unser Inspektionsleiter hat den Schulterschluß mit ihm gemacht. Es ist eine Sonderkommission gebildet worden, die sich verstärkt darum kümmern soll.“
„Und mit wem? War der Heldenklau schon unterwegs?“
„Keine Ahnung. Aber alle im Außendienst tätigen Beamten sollen ihre Augen offenhalten und die Informationen direkt an die Soko steuern.“
„Natürlich mit drei Durchschlägen“, lästerte Raschke und fluchte unvermittelt los:
„Verdammter Mist, das darf doch nicht wahr sein. Halte sofort an.“
Schrader trat in die Bremse und hielt. Wütend hupte das Fahrzeug hinter ihnen, was Schrader aber nicht weiter störte.
„Was ist denn los?“
Raschke zeigte auf die weiße Mauer, die das Grundstück eines Supermarktes zur Straße hin abschloß. In großen roten Buchstaben hatte ein Sprayer dort ein Hakenkreuz aufgemalt, dieses durchgestrichen und daneben geschrieben: *Scheiße war schon immer braun!!!!*
„Oh, das wird der Kameradschaft nicht gefallen“, meinte Raschke lakonisch und griff zum Funkgerät.
„Dem Geschäftsführer vom Supermarkt auch nicht“, ergänzte Schrader.
Der Kollege in der Einsatzleitstelle nahm den Hinweis auf, sagte zu, das Ordnungsamt sowie die Soko zu informieren und wies die Beiden an, sich mit dem Geschäftsführer vom Supermarkt in Verbindung zu setzen.
„Na, dann können wir unsere Streifenfahrt ja beenden. Hoch lebe der neue Auftrag“, brummte Raschke ungehalten, während Schrader auf den Hof des Supermarktes einbog. Sie stiegen aus.
NUR FÜR PERSONAL stand an der Stahltür, an die Raschke kräftig mit der Faust hämmerte. Keine Reaktion. Nichts regte sich.
„Menschenkinder, warum öffnet denn niemand? Da muß doch noch einer da sein.“
Raschke trommelte weiter gegen die Tür.

„Die lassen sich beim Geld zählen nicht stören“, mutmaßte Schrader und versuchte durch das neben der Tür liegende Fenster nach Innen zu blicken. Offensichtlich hatte er dort jemanden entdeckt, denn er kramte seine Dienstmarke aus der Tasche und hielt sie an die Scheibe. Dennoch dauerte es noch einige Minuten, bis sich vorsichtig die Stahltüre öffnete.
„Was gibt's denn so Dringendes?“ wollte der gestreßt wirkende Mittvierziger im weißen Kittel wissen, „wir machen gerade Kassenabschluß.“
„Was habe ich gesagt?“ triumphierte Schrader, „wozu ist man Kriminalbeamter, da hat man das Kombinieren gelernt.“
„Halte mal die Füße still“, giftete Raschke, „der gute Mann will nicht wissen, wie gut du kombinieren kannst, sondern warum wir ihn beim Zählen stören. Außerdem kannst du noch beweisen, wie gut du kombinieren kannst, wenn es um die Ermittlung der Täter geht.“
„Meine Herren, können sie sich endlich einmal einigen. Meine Zeit ist begrenzt“, unterbrach sie der Geschäftsführer.
„Tja“, erklärte Raschke, „ihre Grundstücksmauer ist an der Straßenseite durch einen Graffitisprayer übel verunziert worden. Wir wollten sie darüber informieren, da wir uns nicht vorstellen können, daß sie das so lassen wollen.“
Der Geschäftsführer runzelte die Augenbrauen.
„Das darf doch nicht wahr sein. Wir haben die Mauer erst vor zwei Tagen streichen lassen, weil sie mit Graffiti beschmiert war. Das hat uns eine Menge Geld gekostet.“
„Ich hoffe, sie haben noch Farbe übrig“, meldete sich Schrader wieder zu Wort und bat zur Besichtigung. Umständlich verschloß der Geschäftsführer die Tür und ging mit den Beamten. Fassungslos stand er vor der Schmiererei.
„Natürlich werden wir das sofort entfernen“, erklärte er den Beamten, „haben sie schon einen Hinweis auf den Täter?“
„Wie denn? Wir haben die Schmiererei erst vor ein paar Minuten entdeckt“, entgegnete Raschke unwirsch.
„Eigentlich wollten wir sie fragen, ob sie uns einen Hinweis geben können.“

„Wie denn? Ich verkaufe meine Ware im Geschäft und nicht auf der Straße."
„Der Kollege meint, ob sie heute jemanden im Laden bemerkt haben, der die Schmiererei begangen haben könnte oder eine Spraydose mit Farbe gekauft hat. Vielleicht hat auch ein Kunde etwas bemerkt?" beschwichtigte Schrader.
Der Geschäftsführer wurde böse.
„Ja glauben sie denn wirklich, ich hätte nicht reagiert, wenn mich irgendjemand informiert hätte? Außerdem führen wir keine Farbdosen. Nein, ich habe keine Ahnung, wer das gewesen sein könnte. Aber vielleicht erkundigen sie sich einmal bei dem Sohnemann von unserem Bürgermeister. Der wurde doch vor wenigen Tagen beim Sprayen erwischt. Oder gehört der zu den Unberührbaren?"
„Na, dann wollen wir doch mal wieder sachlich werden und keine Polemik betreiben", versuchte Raschke die Situation zu retten, „sie können sicher sein, daß wir alles tun werden, um den Schmierer ausfindig zu machen und dann können sie ihn ja auf dem Privatklageweg in Regreß nehmen."
„Das will ich auch hoffen. Wofür bezahle ich denn meine Steuern und das nicht zu knapp", beruhigte sich der Geschäftsführer wieder und verabschiedete sich von den Beamten.
„Ich werde veranlassen, daß die Schmiererei sofort übermalt wird," sagte er zu und verschwand hinter der Stahltüre.
„Wir sollten den Schriftzug noch fotografieren, vermessen und eine Farbprobe nehmen", schlug Schrader vor. Raschke tippte sich an Stirn.
„Die Soko weiß Bescheid. Ich gehe einmal davon aus, daß sie sich darum kümmern wird."
„Wenn der Geschäftsführer schnell ist, haben wir die Arschkarte gezogen", wandte Schrader ein.
„Der muß erst noch seine Knete zählen und bis dahin hat die Soko die Sache abgearbeitet. Wir setzen jetzt unsere Streifenfahrt fort", ordnete Raschke an.
Die Suche nach den Rechten und den Autonomen blieb ohne Erfolg und nach einiger Zeit fuhren die MAEX-Beamten zur Dienststelle zurück. Kaum waren sie in ihrem Büro, als das Telefon klingelte.
„He ihr Komiker", meldete sich ein Kollege aus der Soko Graffiti.

„Ihr sollt sofort zum Sokoleiter kommen. Zieht euch warm an und denkt euch eine gute Begründung aus, warum ihr die Tatortarbeit nicht gemacht habt."
Raschke bekam einen Schluckauf und Schrader schaute ihn triumphierend an.
„Habe ich es nicht gesagt? Jetzt haben wir die Arschkarte. Dann gehe mal rüber und kläre die Sache. Ich bleibe im Büro."
„Klugscheißer", grummelte Raschke und machte sich auf den Weg.
„Sie wollen mir sicher die Täter präsentieren", empfing ihn der Sokoleiter freundlich, nachdem Raschke sich bei ihm gemeldet hatte. „Warum sonst sollten sie in die Fahndung eingetreten sein, ohne sich weiter um die elementarsten Dinge der Tatortarbeit zu kümmern!"
Raschke schluckte.
„Äh ja, äh nein."
„Ja was denn nun? Ja oder nein?"
„Ja, wir haben die Tatortarbeit nicht gemacht, weil wir der Meinung waren, daß die Soko das übernimmt. Nein, wir können keine Täter präsentieren."
„Na bravo, das nenne ich gute Arbeit", erklärte er Sokoleiter und seine Stimme troff vor Ironie. „Ich war fest davon überzeugt, ihr von der MAEX kennt eure Pappenheimer und seid deshalb sofort losgestürmt, weil ihr die Täter kanntet und einsacken wolltet. Es scheint aber alles nicht so weit her zu sein mit euren Szenekenntnissen. Was macht ihr überhaupt? Fahrt ihr nur in der Gegend herum und genießt das schöne Wetter?"
„Wir hatten die Rechten unter Beobachtung", versuchte Raschke sich an einer Erklärung. Der Sokoleiter kniff die Augen zusammen und legte seine Stirn in Falten.
„Wenn ich das richtig verstehe, ist die MAEX eine Mobile Aufklärung Extremismus und nicht allein auf Rechtsextremismus spezialisiert. Mobil seid ihr, das habe ich bemerkt. Aufklären tut ihr auch. Aber das ist es dann auch schon. Wenn es um die kriminalistische Arbeit geht, verdrückt ihr euch, und wenn man von euch etwas wissen will, zuckt ihr die Schultern. Herr Raschke, wollen sie wirklich detailliert wissen, was ich davon halte?"
Mit versteinertem Gesicht hatte der MAEX-Beamte zugehört.

„Was ist denn passiert", wollte er wissen.
„Was passiert ist? Das kann ich ihnen sagen. Der Geschäftsführer hat den Schriftzug entfernen lassen. Dagegen ist prinzipiell zwar nichts einzuwenden, aber er hat natürlich vorher die Schmiererei nicht fotografiert und die Entfernung so gründlich vorgenommen, daß durch den Kriminaltechniker auch keine verwertbare Farbprobe mehr genommen werden konnte. Jetzt erwarte ich von ihnen heute noch einen detaillierten Bericht und die Anzeige von Amts wegen."
Danach war Raschke entlassen und verzog sich wieder in sein Dienstzimmer. Schrader schaute ihn gespannt an, als er durch die Tür kam.
„Na, Haare gewaschen, geschnitten und gefönt?"
Die Laune von Raschke wurde durch diesen Spruch nicht besser. Er schilderte kurz die Unterredung und sagte seine Meinung über die Soko im Allgemeinen und den Sokoleiter im Besonderen.
„Na, so falsch habe ich wohl doch nicht gelegen", kommentierte Schrader den kurzen Bericht. Raschke reagierte nicht auf den Kommentar und kramte im Aktenschrank nach den Anzeigeformularen.
„Ich schreibe die Anzeige und du versuchst dich am Bericht", ordnete er an. „Danach werden wir ja sehen, was du auf deinem Kommissarlehrgang an der Fachhochschule gelernt hast. Wenn wir fertig sind, machen wir Feierabend. Ich habe die Schnauze voll."
Sie machten sich an den ungeliebten Papierkram und waren noch nicht ganz fertig, als das Telefon klingelte.
„Wir sind nicht mehr da", kommentierte Schrader das Klingelzeichen und schrieb eifrig weiter an seinem Bericht.
„MAEX-Gruppe", meldet sich Raschke, dem das penetrante Klingeln auf die Nerven ging. Am anderen Ende war der Sokoleiter.
„Moment, ich schalte auf Mithören", erklärte Raschke und drückte die entsprechende Taste, damit er Schrader nach dem Telefonat nicht alles erzählen mußte.
„Also meine Herren, mit Feierabend wird heute erst einmal nichts. Der Bürgermeister hat aus aktuellem Anlaß zu einer Sitzung des Kommunalen Präventionsrates eingeladen und legt Wert auf ihre und meine Teilnahme. Wir fahren gemeinsam um 19.30 Uhr zum Rathaus. Unterwegs können wir uns noch abstimmen, wenn das

überhaupt erforderlich sein sollte. Ich denke, sie leben in der Lage und können sehr gut für sich reden. Wir treffen uns um viertelacht im Hof."
Raschke knurrte eine kurze Bestätigung in den Hörer und legte auf.
„Ich bin gerne bei der Polizei", machte sich Schrader Mut.

Im Rathaus wurden sie schon erwartet. Sie hatten sich verspätet. Wie das so ist, am Bericht war das eine oder andere noch zu ändern, die Einsatzleitstelle hatte noch einige Fragen und die Familien zu Hause mußten auch noch informiert werden. Bei Schrader hatte es etwas länger gedauert, seine Lebensgefährtin davon zu überzeugen, daß es dienstlich zwingend erforderlich sei, erst später - erfahrungsgemäß erst kurz vor Mitternacht – nach Hause zu kommen.
Auch bei Raschke hing der Haussegen schief, als sich seine Frau darüber beschwerte, daß es mit der Heimkehr später werden sollte.
„Vielleicht kommt es noch so weit, daß du nur noch nach Hause kommst, um die Kinder prophylaktisch zu verdreschen und dann wieder zum Dienst fährst", hatte sie ihn angegiftet.

„Ah, die Herren von der Polizei sind auch schon da", begrüßte sie der Bürgermeister, als sie zu dritt das Konferenzzimmer betraten. Am großen runden Tisch waren nur noch zwei Plätze frei, die von Raschke und dem Sokoleiter in Beschlag genommen wurden. Schrader angelte sich einen überzähligen Stuhl aus einer Ecke des Raumes und zwängte sich in die Runde. Auf dem Tisch standen belegte Brötchen, Mineralwasser und Fruchtsäfte.
Für das leibliche Wohl ist gesorgt. Das bedeutet aber auch, daß es länger geht, dachte Raschke und angelte sich ein Salamibrötchen.
„Guten Appetit", wünschte der Bürgermeister und fuhr fort:
„Ich begrüße sie recht herzlich zur Sitzung des Kommunalen Präventionsrates. Da ich davon ausgehe, daß sie sich nicht alle kennen, möchte sie zunächst einmal vorstellen. Ich habe für den heutigen Abend für Getränke und Essen gesorgt und bitte, ungeniert zuzugreifen. Die Herren von der Polizei haben ja schon richtig kombiniert, wofür die Sachen gedacht sind."
Der Sokoleiter lief rot an, enthielt sich aber eines Kommentars;

Raschke kaute ungeniert weiter und blieb von dem dezenten Hinweis unbeeindruckt.
Der Bürgermeister begann mit der Vorstellung der Sitzungsteilnehmer.
„Der Einfachheit halber fange ich links von mir an. Frau Jestremski, Leiterin des Ordnungsamtes, Pastor Gode von der Stadtkirche, Frau Liebetracht aus dem Jugendamt, Herr Müller vom Sozialamt, Herr Köpf vom DuF, dem Demokratie- und Freundschaftsverein, Herr Brück vom Kreissportbund, Frau Meyer vom Schulamt, Brandmeister Kahl von der Feuerwehr, dann die drei Herren von der Polizei, die sich im Anschluß bitte selbst vorstellen wollen, Herr Kisiwani als Sprecher unserer ausländischen Mitbürger. Sie kommen, wenn ich das noch richtig in Erinnerung habe, aus Kenia? Wo haben sie denn so gut deutsch gelernt?"
„Nein, aus Tansania und ich lebe schon 17 Jahre hier. Ich denke, daß ich mich problemlos verständigen kann", antwortete Herr Kisiwani freundlich, obwohl man ihm den Ärger über die Bemerkung des Bürgermeisters deutlich ansah.
„Nun ja, daß ist ja nicht so weit voneinander entfernt", glänzte der Bürgermeister mit seinen geographischen Kenntnissen und stellte ergänzend fest: „Sie sind also schon zu sozialistischen Zeiten gekommen."
Er sah weiter in die Runde und fuhr fort:
„Dann haben wir noch Herrn Gregor von der Bürgerinitiative Saubere Stadt und last but not least zu meiner Rechten meinen Stellvertreter."
Raschke hatte zwischenzeitlich sein Salamibrötchen verdrückt und mit einer selbst gemixten Apfelschorle heruntergespült. Er fühlte sich bemüßigt, dem Hinweis des Bürgermeisters nachzukommen und nun die Kollegen vorzustellen, bevor der Sokoleiter etwas sagen konnte.
„Zu meiner Rechten sehen sie Polizeirat Lenz, den Leiter der Sonderkommission Graffiti, zu meiner Linken den Polizeikommissar Schrader von der Mobilen Aufklärung Extremismus und ich bin Kriminalhauptkommissar Raschke, ebenfalls von der MAEX."
Er stöhnte verhalten auf, als Lenz ihn unter dem Tisch auf den Fuß

trat. Er vermied es, den Sokoleiter anzusehen und angelte sich dafür noch ein weiteres Brötchen.
„Ja, danke Herr Raschke. Dann eröffne ich hiermit die Sitzung und bitte Frau Jestremski, das Protokoll zu führen."
Die Bitte des Bürgermeisters traf die Leiterin des Ordnungsamtes erkennbar unvorbereitet. Verlegen lieh sie sich von Pastor Gode einen Teil seines Schreibblocks und suchte hektisch in ihrer Handtasche nach einem Kugelschreiber. Der Bürgermeister wartete höflich, bis sie sich ausgestattet hatte und fuhr dann weiter fort:
„Wie sie sicher aus den kommunalen Medien erfahren haben, erwartet der Innenminister unseres Landes, daß wir verstärkt, noch vor Beginn der Urlaubssaison, etwas gegen die Graffitischmiereien, die aggressive Bettelei und die Rechtsextremen unternehmen. Ich habe vollstes Verständnis für dieses Ansinnen, wenngleich der Minister nicht meiner politischen Heimat angehört."
Der Stellvertreter verzog das Gesicht und unterbrach den Bürgermeister.
„Ich denke, wir können uns einen Parteienstreit ersparen. Dafür ist die Situation nun wirklich zu ernst. Wir haben deutlich Probleme und dürfen sie nicht negieren. Das hat mit der politischen Heimat nichts zu tun. Unsere Bürger erwarten, daß wir uns verstärkt um Problemlösung über alle politischen Richtungen hinweg bemühen. Insofern unterstützte ich das Ansinnen unseres Ministers in allen Punkten."
„Nichts anderes habe ich gesagt, Herr Kollege. Lassen sie mich doch erst einmal meine Gedanken zu Ende vorgetragen haben."
„Ich wollte nur noch einmal unsere generelle Grundhaltung deutlich machen", wandte der Stellvertreter ein.
Raschke betrachtete gedankenverloren seine Fingernägel. Das kann ja heiter werden, wenn es so weiter geht. Polemik und keine Diskussion um Sachfragen. Geschweige denn Lösungsvorschläge, dachte er.
Der Bürgermeister blätterte in einem Stapel Papier. Schließlich hatte er gefunden, was er gesucht hatte und hielt eine Zeitschrift in den Landesfarben hoch.
IMPULSE war darauf zu lesen und weiter SONDERAUSGABE

„Kritisch integrieren". Zum Umgang mit rechtsextremistischen Jugendgruppen und zu Möglichkeiten der präventiven Arbeit in der Kommune. Empfehlungen der Arbeitsgruppe Extremismus im Landesrat für Kriminalitätsvorbeugung.

Die meisten der Anwesenden nickten und schienen das Informationsblatt zu kennen. Der Vertreter des DuF-Vereins wiegte ebenso wie Pastor Gode einschränkend mit dem Kopf und meldete sich zu Wort.

„Ja, die Broschüre ist mir bekannt. Aber die Thesen kann ich nicht in allen Punkten unterstützen. Da werden wir in der Tat diskutieren müssen."

Auch die MAEX-Beamten kannten die Zeitschrift, während der Sokoleiter offenbar noch nichts davon gehört hatte und bat, ihm ein Exemplar zu überlassen. Der Bürgermeister reichte eine Zeitschrift über den Tisch und fuhr fort:

„Wir sollten zunächst die Lage in unserer Stadt kurz analysieren und danach dieses Papier und die sich für uns daraus ergebenden Möglichkeiten diskutieren."

Zum Thema Extremismus wurden inzwischen so viele neue Initiativen auf nationalen und internationalen Ebenen aus dem Boden gestampft, daß man die Extremisten schon allein mit dem beschriebenen Papier erschlagen kann, dachte Schrader und drückte sich etwas tiefer in den Stuhl.

„Wenn ich die Herren von der Polizei bitten dürfte, kurz, aber bitte wirklich kurz, die Lage aus Sicht der Ordnungsmacht darzustellen."

„Ernst aber nicht hoffnungslos", erklärte Raschke und fing sich neben dem erstaunten Blick der Stadtvertreter einen mißbilligenden Blick des Sokoleiters ein, der umständlich ein Papier aus der Tasche zog und mit seiner Einschätzung begann.

„Sehr geehrter Herr Bürgermeister, meine sehr verehrten Damen, meine Herren. Zunächst freue ich mich, vom Vorsitzenden des Kommunalen Präventionsrates zu dieser Sitzung eingeladen worden zu sein. Sie wissen, daß unser Herr Innenminister großen Wert darauf legt, daß die Kommunen und die Polizei auf dieser Ebene intensiver zusammenarbeiten sollen, nein, müssen. Um effektiv handeln zu können ist es unbedingt erforderlich, sie anhand der polizeilichen

Lagebilder über die Situation in der Stadt und im Gebiet umfassend in Kenntnis zu setzen.“
Die Zuhörer hatten sich in ihren Stühlen zurückgelehnt. Nur Frau Jestremski notierte eifrig einige Stichpunkte. Der Bürgermeister beugte sich zu ihr herüber, bemerkte die Notizen und raunte ihr, ohne den Sokoleiter zu unterbrechen, zu:
„Sie brauchen das nicht mitzuschreiben. Ich bin sicher, das hat der Mann in Kopie für uns und wenn nicht, besorge ich es mir über das Innenministerium."
Erleichtert legte Frau Jestremski den Kugelschreiber beiseite und verlegte sich aufs Beobachten der Sitzungsteilnehmer.
Pastor Gode, Herr Köpf vom DuF und Herr Kisiwani waren ganz bei der Sache. Der stellvertretende Bürgermeister studierte die Architektur des Deckengewölbes. Frau Meyer las in mitgebrachten Unterlagen und Herr Brück in der Zeitung. Brandmeister Kahl lag mehr entspannt in seinem Sessel als er saß und war erkennbar geistesabwesend. Frau Liebetracht machte ihrem Namen alle Ehre und hatte nur Augen für Herrn Kisiwani. Die Herren Müller und Gregor hörten ohne großes Interesse zu.
Raschke genehmigte sich das dritte halbe Brötchen und Schrader wiederum hing aufmerksam an den Lippen des Sokoleiters.
„... und so Frau Jestremski ist es unumgänglich, hinsichtlich der angesprochenen Punkte bilateral enger zusammenzuarbeiten, als das bisher der Fall war.“
Frau Jestremski zuckte bei der Erwähnung ihres Namens zusammen. So sehr hatte sie die versammelte Runde studiert, daß ihr der Vortrag des Sokoleiters in seinen Einzelheiten entgangen war. Vorsichtshalber stimmte sie durch Kopfnicken zu und fing sich einen mißbilligenden Blick vom Bürgermeister ein.
„Ich denke die Zusammenarbeit zwischen ihnen und der Polizei hat in der Vergangenheit keine Wünsche offen gelassen“, raunte er ihr zu. Sie nickte.
„Ja was denn nun?“ Der Bürgermeister wurde energisch, „hat sie keine Wünsche offen gelassen oder ist sie verbesserungsbedürftig?“
Der Sokoleiter unterbrach seinen Vortrag und schaute irritiert auf den Bürgermeister. Frau Jestremski bekam hektische rote Flecken am

Hals und nestelte verlegen an ihrer Handtasche herum, angelte umständlich ein Papiertaschentuch heraus und schneuzte sich.
„Ich denke, wir sollten uns über die Zusammenarbeit bilateral verständigen“, hatte sie mühsam ihre Fassung wiedergefunden. Der Sokoleiter nickte und führte seinen Vortrag zum Ende.
Er hatte die allgemeine Kriminalitätslage kurz skizziert, war auf die Graffiti und die Bettelei eingegangen, hatte die rivalisierenden Jugendgruppen beschrieben und ein Szenario über die zu erwartende Entwicklung aufgezeigt. Abschließend verwies er auf den Umgang mit zu erwartenden Demonstrationen.
Der Bürgermeister bedankte sich für den Vortrag und bat um Stellungnahmen.
„Es war ein wenig dürftig, was sie über den polizeilichen Umgang mit den rivalisierenden Jugendgruppen erzählt haben. Hier ist doch erkennbar, daß es nicht mehr lange dauert, und es kommt zu Konfrontationen“, mäkelte Pastor Gode und Herr Köpf vom DuF schlug in die gleiche Kerbe.
„Ich vermag überhaupt nicht festzustellen, daß sie etwas gegen die jugendlichen Nazis unternehmen. Die dürfen ihre Stände ungestraft auf dem Marktplatz aufstellen oder auch vor den Schulen. Und wenn man die Polizei darauf aufmerksam macht, wird nur mit den Schultern gezuckt. Vor einigen Tagen hat ein Polizist nichts unternommen, als ich ihn auf einen rechtsextremen Gewalttäter aufmerksam gemacht habe. Der wird etwa 14 Jahre alt gewesen sein und marschierte mit Hitlergruß durch die Stadt. Als ich ihn zur Rede stellte, brüllte er mich mit Sieg Heil an. Herr Kisiwani, das können sie doch bestätigen?“
Der so Angesprochene wurde verlegen.
„Na ja, ich habe das nicht gesehen. Aber es kommt bestimmt vor. Meine Freunde und ich haben Angst, wenn wir abends durch die Stadt gehen. Es gibt viele, die sagen ‘Ausländer raus’, wenn wir vorbeigehen. Und dann gehen wir ganz schnell weiter. Immer in der Gruppe. Alleine geht keiner von uns.“
„Sehen sie“, ergriff Köpf wieder das Wort, „unsere ausländischen Mitbürger trauen sich nicht mehr alleine auf die Straße. So weit ist es schon gekommen.“

„Nun aber mal langsam. Sie ereifern sich ja richtig“, griff der Vertreter der Bürgerinitiative ein. „Das was da geschildert wurde, ist doch nichts anderes als pubertäres Gehabe von einigen dummen Jungs. Das wächst sich schon aus. Ich finde es zumindest genauso schlimm, wie unsere Stadt durch Müll und Schmierereien verunstaltet wird. Dafür sind ganz andere verantwortlich. Ganz bestimmt nicht die Rechten. Die habe ich heute auf dem Markt beobachtet, als sie die Bierdosen aufsammelten, die so ein bunter Herumtreiber auf den Platz geworfen hatte. Herr Köpf, da haben die Polizisten übrigens auch nicht eingegriffen.“
Bevor sich die Herren Gregor und Köpf in die Haare bekommen konnten, griff der Bürgermeister wieder ein.
„Meine Damen, meine Herren. Wir sind nicht hier, um die Lage zu kommentieren. Wir sind hier, um über Lösungsmöglichkeiten nachzudenken und die Verantwortlichkeit für unser zukünftiges Handeln festzulegen. Soweit das die Verwaltung unserer Stadt betrifft, habe ich das zur Chefsache erklärt. Deshalb bin ich hier. Deshalb sind meine Sachgebietsleiter hier. Sie sind sachverständige Bürger, deren Rat mir wichtig ist. Deshalb sind sie hier. Wir wollen hier nicht streiten, sondern miteinander reden, und zwar konstruktiv. Ich denke, da sind wir alle einer Meinung oder?“
Allgemeines Kopfnicken war die Reaktion auf die deutlichen Worte.
„Na also. Es geht doch. Um eines möchte ich noch bitten. Es liegt mir viel daran zu erfahren, wie wir ein Problem lösen können. Nicht, wie wir es nicht lösen können.“
Zufrieden lehnte sich der Bürgermeister in seinem Stuhl zurück, als er bemerkte, daß Frau Jestremski seine Worte mitgeschrieben hatte.

Die Diskussion verlief schleppend. Es war für den einen oder anderen nicht leicht, seine verfestigten Vorurteile gegenüber der einen oder anderen Verursacherseite aufzugeben oder seine Vorurteile gegenüber einer Verwaltung oder der Polizei im Sinne der gemeinsamen Sache zurückzunehmen.
Jedes der am Konferenztisch versammelten Präventionsratsmitglieder nahm für sich in Anspruch, den Königsweg für die Bekämpfung der Probleme in der Stadt zu kennen.

Raschke und Schrader sahen sich an. Sie hatten sich aus der Diskussion bisher heraus gehalten und dem Sokoleiter das Wort überlassen. Beide sahen keinen Grund, durch eigene Wortbeiträge die Sitzung noch zu verlängern. So wie die Sitzung verlief, konnte nichts dabei heraus kommen.
Der stellvertretende Bürgermeister schlug vor, die Graffiti sofort durch eine Kolonne vom städtischen Bauhof übermalen oder anderweitig entfernen zu lassen.
Der Bürgermeister verwies bei diesem Vorschlag auf die Kosten und das ohnehin bestehende Haushaltsdefizit. Er lehnte ihn als zu teuer ab. Dafür schlug er vor, auf dem Verordnungswege die betroffenen Bürger zu verpflichten, die Schmierereien binnen 24 Stunden auf eigene Kosten wieder entfernen zu lassen, was erheblichen Protest seines Stellvertreters zur Folge hatte und zudem das Problem von Graffiti in öffentlichen Anlagen nicht löste.
Das Schulamt behauptete, ein Problem mit extremistischen Jugendlichen an den Schulen gebe es nicht, während Herr Köpf behauptete, daß das Skinheadoutfit fast schon als Schuluniform zu bewerten sei.
Herr Kisiwani regte an, konsequent rechte Demonstrationen zu verbieten oder die Teilnehmer alle einzusperren. Toleranz gegenüber Ausländern sei besonders wichtig.
Der Sokoleiter hielt dagegen, daß die gesetzlichen Bestimmungen derartiges nicht zuließen.
Herr Köpf war für „Nazis raus“ - Aktionen, ohne sagen zu können, wo sie denn hin sollten, und Herr Brück schlug vor, die Jugendlichen durch gelegentliche Abendsportveranstaltungen zusammen mit der Polizeiaktion „Sport statt Gewalt“ von der Straße zu holen. Das regte Frau Meyer vom Schulamt wieder auf, die darauf hinwies, daß die Kinder morgens wieder ausgeschlafen in die Schule müßten.

Endlich unterbrach der Bürgermeister die alles in allem fruchtlos verlaufenen Diskussionen.
„Meine Damen, meine Herren. Das was jetzt passiert ist, habe ich befürchtet. So kommen wir nicht weiter. Ich rege an, daß wir bis zur nächsten Sitzung in zwei Monaten in Arbeitsgruppen versuchen, Lösungskonzepte schriftlich zu fixieren und dann miteinander verglei-

chen, um so zu einem umsetzbaren Ergebnis zu kommen.
Herr Pastor, wenn ich sie bitten dürfte, die Leitung der einen Gruppe zu übernehmen und Herr Gregor die Zweite. Einverstanden?"
Pastor Gode bestätigte seine „Ernennung", während Herr Gregor ablehnte
„Es tut mir schrecklich leid, aber dazu läßt mir meine Arbeit keine Zeit. Vielleicht könnte Herr Köpf das machen. Wenn ich es richtig verstanden habe, hat sich sein Verein bereits mit Konzepten und deren Vernetzung beschäftigt."
Der Bürgermeister verzog leicht die Mundwinkel.
„Nun ja Herr Köpf, wären sie Willens und in der Lage?"
Der Vertreter des Demokratie- und Freundschaftsvereins zeigte sich erfreut über den Vorschlag.
„Selbstverständlich werde ich der Bitte nachkommen", beeilte er sich zu versichern.

Der Bürgermeister bedankte sich bei der Runde und bat die Arbeitsgruppenleiter, ihre Gruppenmitglieder nach der Sitzung selbst zusammenzustellen, wobei er den Sokoleiter darum bat, die Polizei in beiden Gruppen tätig werden zu lassen.
Der Sokoleiter sagte die Unterstützung durch die Polizei zu, wollte aber hierzu noch die Zustimmung seines Vorgesetzten einholen.

IM ADLERHORST

Während im Rathaus der Kommunale Präventionsrat tagte und sich über Maßnahmen die Köpfe heiß diskutierte, hatte Dolph die Angehörigen seiner Kameradschaft ebenfalls zu einer Lagebesprechung in den Kameradschaftsraum in einer leer stehenden Baracke auf dem stillgelegten Fabrikgelände im Süden der Stadt befohlen.
Zwei Kameraden wurden als Wache in der Nähe des Fabriktores eingeteilt und beauftragt, über Handy sofort jeden ungebetenen Besucher anzumelden.
Zwanzig Gleichgesinnte hatten sich eingefunden und auf den harten ehemaligen Kantinenstühlen Platz genommen, die Dolph beim Durchsuchen der leeren Fabrikräume gefunden und in der Baracke zusammengetragen hatte.
Er selbst saß mit seinen zwei Adjutanten vor der versammelten Truppe und musterte die Anwesenden. Schließlich, nachdem er sicher war, daß niemand mehr erschien, stand er auf, nahm seine Lieblingshaltung ein, indem er sich mit beiden Fäusten auf der Tischplatte abstützte und mit vorgestrecktem Kinn herausfordernd in die Runde blickte.
„Kamerrraden“, begann er seine Ansprache und rollte dabei das „r“ so betont, wie er es neulich in einem alten Wochenschaufilm bei einer Parteitagsrede von Adolf Hitler gehört hatte.
„Kamerrraden. Ich habe euch heute in unseren Adlerhorst bestellt, um euch eine Lageinformation über unsere Informationsveranstaltung auf dem Marktplatz zu geben, die Konsequenzen für unser weiteres Vorgehen vorzustellen und die Auftrrräge an Euch zu verteilen. Nur geschlossenes Handeln unter einheitlicher Führung bei strrrikter Umsetzung der Befehle versprrricht Erfolg. Dabei lassen wir uns auch nicht durch kleine verlorrrene Gefechte verunsichern. Wo gehobelt wird, da fallen auch Späne. Wichtig ist nicht das einzelne Gefecht. Wichtig ist die gewonnene Schlacht.“
Mit Wohlwollen registrierte Dolph das zustimmende Nicken in der Runde. Die Kameraden, die ihn mit großen Augen ansahen und an seinen Lippen hingen, waren fast alle zwischen 15 und 20 Jahre alt.

Zwei Babyskins, den Namen hörte er nicht gerne und bezeichnete sie lieber als Jungvolk, waren erst geschätzte elf oder zwölf Jahre alt.

„Heute war ich mit vier Kamerrraden auf dem Markt und habe unsere Forderungen den Bürgern unserer Stadt vorgestellt."
Und an dieser Stelle betonte er das Wort *unsere* ganz besonders, wobei er vergaß, das „r" zu rollen.
„Auf der Kirchentreppe saß eine von den Zecken aus der Altstadt. Einer derrrjenigen, die unsere schöne Stadt durch Graffiti verunstalten, die ältere Bürger, die echte deutsche Trrraditionen noch in Ehrrren halten, beleidigen und erschrrrecken und auch noch die Stadt mit ihrem Müll verdrrrecken.
Diesem Trrreiben wurde Einhalt geboten. Leider wurden die Kamerrraden durch die Polizei gehindert, ein Exempel zu statuieren. Aber, unser Bemühen wurde von den Bürgern registrrriert und mehrheitlich positiv kommentiert. Diese positive Stimmung sollte uns Ansporrrn sein, in unserem Bemühen nicht nachzulassen, den bunten Spuk zu vertrrreiben."
Beifälliges Gemurmel aus der Runde war zu vernehmen.
„An dieser Stelle will ich den aufopferrrnden Einsatz von Benno hervorheben, der unerschrrrocken sich frrreiwillig zu dem Einsatz gemeldet und den Polizisten die Stirrrn geboten hat. An ihm könnt ihr euch alle ein Beispiel nehmen. Wenn sich alle so für die gemeinsame Sache einsetzen, habe ich keinen Zweifel an unserrrem Endsieg."
Der auf diese Art so lobend erwähnte Benno Jestremski erhob sich leicht von seinem Stuhl und blickte stolz durch den Raum. Einige vom Jungvolk blickten mit leuchtenden Augen zu ihm herüber, was er erfreut registrierte. Seinem Ziel, Vertreter des Führers Dolph zu werden, dürfte er einen gewaltigen Schritt näher gekommen sein. Dessen war er sich sicher.
Lediglich Sepp, den alle anderen Dietrich riefen, zog die Stirn in Falten. Sepp war vor einigen Jahren mit seinen Eltern aus Bayern an die Küste gezogen und hatte Schwierigkeiten, schon allein wegen seines hier oben fremdartig wirkenden Dialekts, bei anderen Jugendlichen Anschluß zu finden. Die Kameradschaft hatte ihn problemlos integriert. Man war ja nicht fremdenfeindlich. Allerdings machte Sepp es

den Kameraden nicht einfach, ihn voll zu akzeptieren. Zwar nahm er an den Kameradschaftsabenden regelmäßig teil und blieb immer bis zum Schluß. Aber er hatte offensichtlich so seine Probleme mit einer einheitlichen Bekleidung und der Teilnahme an Pflichtdemonstrationen, bei denen man die Anliegen der national gesinnten Volksgenossen den Mitbürgern deutlich vermitteln wollte. Außerdem war er für einen gebürtigen Bayern erschreckend dünn, obwohl er – wie konnte es auch anders sein - nicht ins Bier spuckte. Allerdings wirkte er durch seine Größe. Und mit seinen langen Armen und Beinen hielt er sich seine Gegner sehr effektiv vom Leib. Das hatten die meisten schon selbst miterlebt. Außerdem war er nicht auf den Mund gefallen und unterstützte Dolph, wenn dieser gefordert war, etwas verständlich zu Papier zu bringen. Sepp war der einzige, der aufs Gymnasium ging, was von den anderen durchaus honoriert und immer dann beifällig registriert wurde, wenn er mit seinen fundierten Kenntnissen über das Dritte Reich die internen Schulungen der Kameradschaft bereicherte. Das hatte dazu geführt, daß Sepp von den anderen Skinheads als heimlicher Stellvertreter angesehen wurde.

„Aufrechte teutonische Kamerrraden“, schnarrte Dolph weiter, „es ist nach den Erfahrrrungen der letzten Zeit mein unumstößlicher Wille, den uns hingeworrrfenen Fehdehandschuh aufzunehmen und den Kampf gegen den menschlichen Müll in unserer Stadt....“
An dieser Stelle betonte er wiederum das *unserer* ganz besonders, „....zu intensivieren. Dazu ist es erforrrderlich, einen Stab einzurichten, der die notwendigen Vorplanungen erarrrbeitet. Ich werde hier und heute den Führungsstab der Kameradschaft Adlerhorst festlegen, damit unverrrzüglich mit den Maßnahmen begonnen werden kann.“
Die versammelten Skinheads blickten stolz auf ihren entschlossenen Führer. Endlich redete einer nicht nur Klartext, sondern wollte auch handeln. Dann wären sie nicht nur irgendwer, sondern eine Macht, die respektiert würde. Nicht nur die Kameradschaft als Gruppe, nein, jeder einzelne würde den notwendigen Respekt erhalten. Keine Frage, Dolph würde die richtigen Entscheidungen treffen.

„Zu meinem Stellvertreter bestimme ich hiermit Benno."
In der Runde erhob sich Gemurmel.
„Benno, komm zu mir an meine rechte Seite."
Mit stolz geschwellter Brust stand Benno auf, ging nach vorn an den Tisch und stellte sich rechts neben Dolph.
„Zu unserrrem Chefideologen und Planungsleiter bestimme ich Sepp. Du nimmst ab soforrrt an meiner linken Seite Platz.
Adjutanten bleiben Wolf und Axel, die mir bisher trrreu und fest zur Seite standen."
Sepp hatte sich ebenfalls erhoben und war neben Dolph an den Tisch getreten. Sein Gesicht war unbewegt. Es war nicht erkennbar, ob er sich über seine Funktion als Chefplaner freute oder sich darüber ärgerte, nicht Stellvertreter geworden zu sein.
Wolf und Axel waren sichtlich erfreut darüber, nunmehr offiziell zum Führungsstab zu gehören. Sie würden, das war unschwer zu erkennen, für ihren Führer durch dick und dünn gehen.
„Wer gegen meine Entscheidung etwas einzuwenden hat, soll sich jetzt melden oder für immer schweigen", forderte Dolph die Anwesenden auf und schaute wieder nach Mussoliniart provozierend in die Runde. Es erhob sich keine Gegenstimme.
„Ich stelle fest, daß meine Entscheidung eurrre ungeteilte Zustimmung gefunden hat. Ich habe es nicht anders erwartet. Der Planungsstab wird unverrrzüglich mit der Ausarrrbeitung von Angrrriffsplänen beginnen. Euch erwarrrte ich am nächsten Frrreitagabend wieder zur gewohnten Stunde hier im Hauptquartier. Zur Feier des Tages spendierrre ich einige Dosen unverfälschten deutschen Gerrrstensaftes."
Wolf und Axel stürmten nach draußen, um aus dem VW-Bus von Dolph die obligatorische Skinheadverpflegung heranzuschaffen. Währenddessen zog sich Dolph mit Sepp und Benno in die hintere Ecke des Versammlungsraumes zurück, um erste Einzelheiten seiner Planungen zu besprechen.

Die Anwesenden stürzten sich auf das Bier und diskutierten wild durcheinander die Rede ihres Kameradschaftsführers. Dolph reagierte mit Unmut auf den Krach, der so plötzlich entstanden war

und gab Benno einige Instruktionen, worauf dieser sich durch die Grüppchen hindurchkämpfte, auf den Tisch stieg und sich lautstark Gehör verschaffte.
„Kameraden, der Generalstab hat noch zu arbeiten. Die Versammlung ist für heute beendet. Wir singen jetzt noch gemeinsam die erste Strophe des Deutschlandliedes. Danach ist Feierabend."
Besonders begeistert waren die Skinheads nicht von der kurzen Ansprache, fügten sich dann aber, um ihre Disziplin zu zeigen.
Benno stimmte an: „Deutschland, Deutschland über alles, über alles in der Welt..." und zögernd sangen die meisten mit. Sie waren nicht besonders text- und melodiesicher, glichen das aber durch Lautstärke wieder aus und verschwanden dann nach und nach aus der Baracke.

Dolph ließ sich schwer auf einen der Stühle am Tisch fallen, riß eine neue Dose Bier auf, nahm einen langen Zug und grunzte vor Zufriedenheit.
„Das wäre geschafft. Die habe ich alle auf Linie getrimmt. Jetzt liegt es an uns, was wir daraus machen. Ich habe folgenden Plan:"
Die fünf verbliebenen Skinheads steckten die Köpfe zusammen und lauschten, was sich ihr Führer ausgedacht hatte.
„Also Folgendes ist mir für die nächsten Wochen wichtig: Zunächst gilt es, den Zecken aus der Altstadt ihre Grenzen aufzuzeigen. Ich mache sie verantwortlich für die Graffitischmierereien. Diese Sauerei verschandelt unsere Stadt, schreckt Touristen ab und die Beseitigung kostet die betroffenen Volksgenossen richtig Geld. Die Polizei hat zwar eine Sonderkommission eingerichtet, was uns aber nicht stören sollte. Die kommen sowieso nicht aus dem Knick, und wenn sie einen erwischt haben, lassen sie ihn wieder laufen. Der steht dann in der nächsten Nacht wieder mit seiner Sprühdose in der Stadt und beschmiert Hauswände. Da setzen wir mit einer speziellen Kampfgruppe an, wobei die Volksgenossen durchaus merken sollen, wer hier für Ordnung in der Stadt sorgt.
Wie die Lösung der Aufgabe durchgeführt wird, überlasse ich dem verantwortlichen Gruppenführer. Ich könnte mir vorstellen, daß wir bei denen ansetzen, die wir im Verdacht haben. Erwischen wir einen,

wird er mit der Farbe angemalt, mit der er die Wand beschmiert hat. Aber es gibt sicher auch andere Möglichkeiten."
„Ich melde mich freiwillig als Kampfgruppenführer", wurde Dolph von Benno unterbrochen.
„Darf ich mir meine Gruppe selbst zusammenstellen?"
„Dagegen ist nichts einzuwenden. Aber erst legen wir die anderen Kommandoführer und die Namen für die Kommandos fest", führte Dolph weiter aus.
„Eine zweite Kampfgruppe wird sich um die Assis kümmern. Es ist eine Schande für die Stadt und verschandelt das Stadtbild, wenn die Penner überall herumliegen. Meist da, wo es schön ist und die Bürger spazierengehen wollen. Die Ruhebänke können von unseren alten Volksgenossen nicht mehr benutzt werden, weil da die Penner liegen und ihren Dreck hinterlassen. Alte Zeitungen, vergammelte Essenreste und leere Schnapsflaschen liegen herum.
Ich schlage hier Egon Koors als Gruppenführer vor. Der ist konsequent, mitleidlos und brutal genug, um die Assis zu vertreiben. Gibt es eine andere Meinung?"
Es gab keine und so fuhr Dolph zufrieden weiter fort:
„Unsere Devise ist unverändert: Deutschland den Deutschen. Wir wollen dieses ausländische Gesockse nicht. Die nehmen unseren fleißigen Handwerkern und Arbeitern die Arbeitsplätze weg und treiben sie in die Arbeitslosigkeit. Außerdem unterminieren sie unser Sozialsystem und bedienen sich schamlos an den Sozialabgaben, die treue deutsche Arbeiter zur ihrer eigenen Lebenssicherung im Alter oder in Not zurückgelegt haben. Niemand kann mir erzählen, daß er seine Heimat verläßt, weil er politisch verfolgt wird. Alle Ausländer, die zu uns kommen, tun das nur wegen der Knete, die sie hier fürs Nichtstun erhalten. Dafür kaufen sie Rauschgift und verderben damit unsere braven Jungen und Mädels.
Außerdem klauen sie wie die Raben und schädigen die Volksgenossen so an ihrem Eigentum. Unsere Aufgabe ist es, derartige Auswüchse zu verhindern. Diese Kampfgruppe übernimmt Wolf. Gibt es Einwände?"
Die versammelte Runde blieb stumm. Nur der Angesprochene richtete sich auf und atmete hörbar durch.

„Gut so. Ich habe es nicht anders erwartet. Axel, hol noch mal Bölkstoff zum Kehle schmieren."
Axel beeilte sich, für Dolph und die Runde einige neue Dosen Bier heranzuschaffen.

„Die vierte Kampfgruppe wird sich um die Kriminellen hier in der Stadt kümmern. Ich meine dabei nicht die Kleinkriminellen sondern das organisierte Verbrechen. Das ist eine komplizierte Aufgabe, erfordert viel Fingerspitzengefühl und eine hohe Planungssicherheit. Deshalb führe ich selbst. Axel und Sepp Dietrich werden mich dabei unterstützen. Axel bleibt mein Adjutant und Sepp Dietrich ist für die Planungen zuständig."
Axel strahlte vor Stolz. Sepp nickte nur mit dem Kopf und wagte einen Einwand:
„Nicht daß ich mich an diese Aufgabe nicht herantraue, aber von heute auf morgen ist das nicht zu machen", wandte er ein.
„Das erwartet auch niemand. Wie ich schon sagte, die Aufgabe erfordert eine detaillierte Planung. Damit kannst du dir Zeit lassen. Wir dürfen uns in dieser Sache keinen Fehler erlauben. Das wird sicher nicht leicht. Aber wir müssen das schaffen und wir werden das schaffen. Oder habe ich aus deinen Worten Zweifel entnommen?"
Dolph zog die Augenbrauen zusammen, legte seine glatzköpfige Stirn in Falten und sah Sepp durchdringend an. Dieser hielt dem Blick stand.
„Natürlich ist das zu schaffen. Ich wollte nur gleich im Anfang deutlich machen, daß ich für die Planung Zeit brauche."
„So habe ich mir das gedacht", schloß Dolph zufrieden ab. Aber er war noch nicht am Ende.
„Abschließend erwarte ich, daß wir als unabhängige nationale Kameradschaft uns natürlich an der einen oder anderen Demo beteiligen. Schon allein um Flagge zu zeigen, und das meine ich nicht nur im übertragenen Sinn."
„Wir sollten uns davor hüten, durch verbotene Flaggen zu sehr auf uns aufmerksam zu machen. Das bringt uns nur Anzeigen ein. Auch wenn die Strafen, wenn es überhaupt dazu kommt, uns nicht erschrecken, behindert es aber unsere anderen Planungen", unterbrach

Sepp den Redefluß seines Kameradschaftsführers.
„Da hast du Recht. Deshalb werden wir auch nur die schwarz-weiß-rote Fahne ohne weitere Zeichen mitnehmen und ein Schild mit dem Namen unserer Stadt und der Kameradschaft. Allerdings bestehe ich auf einem einheitlichen Anzug und geschlossenem Auftreten. Wir vertreten unsere Stadt - und zwar einheitlich. Und wenn ich sage einheitlich, dann meine ich auch einheitlich. Hast du mich in diesem Sinne verstanden, Kamerad Sepp Dietrich?"
„Das war deutlich genug", antworte er trotzig, „aber wenn das Geld fehlt, schließlich bin ich noch Schüler und habe kein eigenes, ist es nicht einfach, die Sachen zu kaufen. Auch wenn es die Sachen in Dottes Nationalisten-Laden für Kameradschaften günstiger gibt."
„Wenn wir gemeinsam auftreten, treten wir mit einheitlichem Anzug an", beharrte Dolph auf seiner Anordnung, „ich habe mir Gedanken gemacht, wie wir durch unsere gemeinsame Kampfgruppe zu Geld kommen, und mir ist dabei eine Menge eingefallen. Da bleibt für deinen Anzug bestimmt was übrig. Bis dahin solltest du dich vielleicht auf die Planungen von Demos und Informationsständen beschränken."
„Bin ich jetzt eigentlich Chefplaner oder Chefideologe?"
„Sowohl als auch", entschied Dolph, lehnte sich auf seinem Stuhl zurück, stützte beide Arme auf die Lehne und brachte zum Ausdruck, keinen Widerspruch mehr zu dulden.
„In dieser Eigenschaft wirst du für die Kameradschaft Adlerhorst, natürlich nur nach Genehmigung durch mich, bei der Stadt Demos anmelden und im Falle eines Verbots auch widersprechen. Wie man das macht, kannst du dir über das Internet besorgen. Ich will nicht, daß andere freie Nationale, immer in unserem Gau wildern, hier den heimlichen Führer mimen und uns zu Statisten degradieren."
Nach einer kleinen Kunstpause verschärfte er seinen Ton.
„Das wäre eine Schwäche, die andere nur ausnutzen. Ich habe dich in diese Funktion berufen, weil ich sicher bin, daß du deine Aufgaben ohne Fehl und Tadel erledigen wirst und dadurch den Kameraden ein Beispiel für treue Pflichterfüllung bist. Ich lasse es nicht zu, daß die Fähigkeiten der Mitarbeiter meines Stabes möglicherweise durch andere in Zweifel gezogen werden. Das zöge Konsequenzen

nach sich. Nicht nur bei den Zweiflern. Hast du verstanden, was ich meine?"
„Jawohl", beeilte sich Sepp zu versichern.
„Die Kameradschaft ist am Ergebnis orientiert, und da ist es unumgängliche Voraussetzung für jeden Kameraden, dort seine Pflicht zu tun, wo ich ihn einsetzte. Ich achte genau darauf, daß jeder die Tätigkeit bekommt, die seinen Fähigkeiten entspricht. Nur so können wir den gnadenlosen Daseinskampf bestehen.
Du hast dich für uns entschieden, und das ist gut so. Wir bieten dir eine neue Heimat und den Schutz der Gemeinschaft. Wenn du eine gute Arbeit machst, und davon bin ich überzeugt, dann werden sich alle für dich zerreißen. Dieses zu wissen, sollte dir bei deinen Überlegungen helfen."
Dolph war am Ende seiner Rede und stolz auf sich, daß er derart klare Worte gefunden hatte. Er war sicher, als Führer der Kameradschaft seine Gefolgschaft geschlossen hinter sich zu wissen. Zweifel kamen ihm nicht.

Dolph besaß die Gabe von Machtmenschen, individuelle Fähigkeiten völlig verschiedener Charaktere für sich nutzbar zu machen und ihre Konkurrenz um seine Gunst geschickt auszunutzen. Dabei war es egal, wie platt und oberflächlich die Argumente und wie idiotisch die Ideen auch waren. Und das Schlimme an der ganzen Sache war, er begann zu begreifen, daß er diese Gabe besaß.
Er stand auf und ging, die Daumen seiner Fäuste vor dem Bauch in den Gürtel gesteckt, vor dem Tisch hin und her.
„Übrigens, was ich noch sagen wollte. Ich habe vor, am symbolträchtigen 20. April eine Geburtstagsfeier auszurichten. Unsere gesamte Kameradschaft ist eingeladen. Außerdem habe ich vor, die Kameradschaftsführer aus den benachbarten Kreisen und von den Inseln einzuladen. Ich werde, wie ihr wißt, Dreiundzwanzig und das allein ist schon ein gebührender Anlaß, wie ich glaube. Zudem ist es der Ehrentag des Führers."
„Wir sollten diesen Tag mit Musik feiern", schlug Sepp vor.
„Genau, das wollte ich gerade vorschlagen. Für die Getränke werde ich sorgen und wenn sich die Herren des Stabes um die Musik küm-

mern würden, wäre ich froh. Ich wünsche mir zahlreiches Erscheinen."
„Wenn die Getränke frei sind und Musik angekündigt ist, wird es da keine Probleme geben. Ich werde mich persönlich dafür einsetzen, daß alle kommen", erklärte Benno.
„Dann laßt uns den gelungenen Abend mit einem Absacker beenden", schlug Dolph vor und riß noch eine Bierdose auf. Die anderen schlossen sich an. Viele Worte wurden nicht mehr gewechselt und nach und nach verabschiedeten sich erst Sepp, dann Axel und Wolf. Zuletzt ging Benno.
„Pass auf Sepp Dietrich auf. Ich traue ihm nicht so ganz über den Weg", sagte Benno im Hinausgehen.
„Worauf du einen lassen kannst", antwortete Dolph und schloß die Tür. Dann setzte er sich allein an den Tisch, lehnte sich zurück und ließ den Abend noch einmal Revue passieren.

Er hatte es geschafft. Er, der Sohn eines einfachen Lagerarbeiters, hatte es geschafft. Er war der unumstrittene Führer der Kameradschaft. Alle hörten auf sein Kommando. Selbst der Gymnasiast hatte sich ihm, dem Hauptschüler, untergeordnet. Da gab es keine Zweifel. Auch wenn Benno da anderer Meinung war. Ein Gymnasiast hatte immer etwas einzuwenden, daran hatte er sich gewöhnt. Es war alles nur eine Frage, wie man damit umging. Und er war sicher, daß er das konnte.
Es hatte ihn schon immer geärgert, wenn die Gymnasiasten arrogant auf ihn, den Hauptschüler, herabgeblickt hatten und ihn nur wegen seiner Schulbildung nicht für voll nahmen. Lebenskampf bestehen hat nichts mit Schulbildung zu tun, sondern mit Durchsetzungsvermögen. Das wollte er beweisen. Sicherlich hatten es Sepp, dessen Vater als Offizier bei der Bundeswehr ebenso einen angesehenen und sicheren Arbeitsplatz hatte, ebenso wie Benno, dessen Mutter als Beamtin bei der Stadtverwaltung beschäftigt war, es leichter, später einen Arbeitsplatz zu finden. Dafür durften aber beide ihre Gesinnung nicht offen zeigen. Das würde mit Sicherheit zu Streß in den Familien führen.
Seinem Vater war es egal, was er machte. Das interessierte ihn nicht.

Er war froh, wenn Dolph ihn in Ruhe ließ und ihm zu Hause nicht das Bier wegtrank. Früher hatte es in der Familie öfters Hiebe gesetzt, wenn der Alte betrunken nach Hause gekommen war und erfuhr, daß Dolph sich in der Schule geprügelt hatte. Die Gründe für die pubertären Prügeleien wollte sein Vater nicht hören. Ihm war es wichtig, daß Dolph die Prügelei nicht verlor. Tat er es, dann setzte es eben von ihm nochmals Hiebe. Nur so lernte er den Kampf des täglichen Lebens. Das sich sein Sohn durch Prügelei und weniger durch Lernen den Weg aufs Gymnasium verbaute, war ihm nur recht. Sein Sohn brauchte nicht auf ein Gymnasium zu gehen, um möglicherweise auch noch zu studieren. Einen elitären Spinner wollte er in der Familie nicht haben. Dolph sollte mit seiner Hände Arbeit Geld verdienen und das möglichst schnell, damit er ihm nicht mehr auf der Tasche lag. Deshalb lernte Dolph Elektroinstallateur, wurde aber nach der Lehre nicht übernommen, sondern arbeitete als Kraftfahrer. Besonders schlimm wurde die Auseinandersetzung, als sein Vater feststellte, daß sich Dolph zur Skinheadszene hingezogen fühlte. Anfangs mußte er die Schläge noch ertragen. Aber als er größer und kräftiger geworden war, hatte er sich gewehrt und seinem Vater handgreiflich die Grenzen aufgezeigt. Seit dieser Zeit war Ruhe. Für ihn stand danach fest, daß Gewalt der erfolgreichste Weg war, eigene Argumente durchzusetzen.
Seinen Arbeitgeber, einen Getränkegroßhändler, interessierte seine Einstellung nicht. Hauptsache Dolph war morgens pünktlich im Betrieb und fuhr mit dem Firmen-LKW zuverlässig die Getränkemärkte an, um die Ware auszuliefern, wobei seine Körperkräfte von Nutzen waren. Was er nach Feierabend machte, war für die Firma ohne Belang.

Axel und Wolf waren auf der Realschule und bereiteten sich auf ihren Schulabschluß vor. Sie waren keine Überflieger und hatten ihm erzählt, daß es nicht einfach werden würde, eine Lehrstelle zu bekommen. Axel wollte gerne Kraftfahrzeugmechaniker werden, und Wolf hoffte auf eine Lehrstelle als Koch. Beide stammten aus einfachen Verhältnissen. Die Eltern hatten Arbeit, auch wenn sie nicht besonders gut bezahlt wurde.

Axels Vater war Bäckergeselle, mußte schon sehr früh morgens zur Arbeit und war abends ebenso früh im Bett. Die Mutter arbeitete an der Kasse eines Einkaufszentrums. Im gleichen Laden war Wolfs Mutter Verkäuferin an der Fleischtheke, während der Vater als Vertreter die ganze Woche im norddeutschen Raum unterwegs war.
Ähnlich sah es in den Familien von fast allen Kameradschaftsmitgliedern aus. Bei nur wenigen waren die Eltern ohne Arbeit. Wenn er es richtig überlegte, bestand seine ganze Truppe aus Schülern und Auszubildenden. Ohne Arbeit war nur Egon Koors. Der hatte Metzger gelernt und war eine Zeitlang im Schlachthof beschäftigt gewesen, dort aber entlassen worden. Seit dieser Zeit jobbte er mal hier, mal dort als Handlanger und holte ansonsten pünktlich seine Stütze ab. Über die Gründe, warum er gefeuert worden war, hatte er nie ein Wort verloren. Es ging aber das Gerücht, Egon habe bereits im Knast gesessen, weil er jemanden krankenhausreif geschlagen hatte.
Wo gehobelt wird, da fallen auch Späne, dachte Dolph und machte sich daran, nach Hause zu fahren.
Er konnte sich zwar keine eigenes Auto leisten, aber er hatte sich den VW-Bus, den die Kameradschaft seit einigen Jahren besaß, auch zur privaten Nutzung angeeignet.
Er mußte grinsen, als er daran dachte, wie die Kameradschaft zu dem Fahrzeug gekommen war.
Direkt nach der Wende hatte sich die Kameradschaft bereits gegründet. Nicht als Kameradschaft, sondern als Wanderverein. Richtig mit eigener Satzung und Eintragung in das Vereinsregister. Bei offiziellen Schreiben an die Stadtverwaltung verwendet er auch noch heute diese Bezeichnung. Sie war unverdächtig und versprach Unterstützung durch die Behörden. So jedenfalls war es 1991 gewesen, als der Wanderverein zur Durchführung seiner Ziele den Vorschlag unterbreitete, mit Unterstützung des Jugendringes oder des Sportbundes, so genau konnte er sich nicht mehr erinnern, einen VW-Bus anzuschaffen. Zu aller Überraschung wurde der Löwenanteil der Kosten übernommen und seit dieser Zeit verfügte die Kame-radschaft Adlerhorst unter der Bezeichnung Wanderverein e.V. über ein vereinseigenes Fahrzeug.
Im ersten Jahr war die ganze Truppe damit nach Polen zur Marien-

burg gefahren. Dort hatte man die alte Festung der Ordensritter mit dem hohen Symbolwert für deutsche Traditionen im Ostseeraum besichtigt und dadurch Aufsehen erregt, als man auf dem Burghof marschierte, sich im Karree aufstellte, den Hitlergruß zeigte und das auch noch auf Video aufzeichnete. Einige Besucher hatten zwar Unmut geäußert, die polnischen Sicherheitsorgane hatten aber nicht eingegriffen und so war man wieder zurückgefahren und hatte die Aktion als Sieg der deutschen Sache gefeiert.
Er war damals noch sehr jung gewesen und von seinem Vetter mitgenommen worden. Deshalb konnte er sich auch nicht mehr daran erinnern, ob es später noch in Deutschland Schwierigkeiten gegeben hatte. Aber seit dieser Zeit war er regelmäßig zu den Kameradschaftsabenden gegangen und dabei geblieben, weil ihm der Zusammenhalt imponiert hatte und ihm die Gruppe das Gefühl gab, akzeptiert zu werden, obwohl er gerade erst zwölf Jahre war. Damals hatte er zum erstenmal richtig viel Bier getrunken und natürlich einen Rausch gehabt
Sein Cousin war schon lange nicht mehr dabei. Der hatte kurz nach den Schlägereien am Zeltplatz in Leisten, bei denen er kräftig mitgemischt hatte, ein Mädchen kennen gelernt, sie geheiratet und war irgendwo in den Westen gezogen. Seit dieser Zeit gab es keinen Kontakt mehr.
In den letzten Jahren waren immer wieder ältere Kameraden weggezogen und nun war er neben Egon Koors derjenige, der am längsten dabei war. Egon war mit seinen 27 Jahren der Älteste.

Insgeheim hatte er Respekt vor Egon. Nicht, dass er befürchtete, er könnte ihm seinen Führungsanspruch streitig machen. Nein, aber Egon war ausgesprochen brutal, und wenn er getrunken hatte, unkontrolliert aggressiv. Darüber hinaus verfügte er über Bärenkräfte. Egon brachte es problemlos alleine fertig, eine Kneipe in ihre Einzelteile zu zerlegen. Das hatte er selbst einmal miterlebt.
Im Brandenburgischen waren sie zu einem Skinkonzert gewesen und auf der Rückfahrt, durch die Musik noch immer in aggressiver Stimmung, in einer Dorfkneipe eingefallen, um ein Abschiedsbier zu trinken. Dort angekommen, hatten sie Nazilieder gegrölt und die

wenigen Gäste vertrieben. Als der Wirt ihnen nichts mehr ausschenken wollte, geriet er mit Egon in Streit. Mit fünf Mann hatten sie sich an Egon gehängt, sonst hätte er zuletzt den Wirt mit einem Stuhlbein erschlagen. Der Mann war danach so verängstigt, daß er sich in seinem Keller versteckte. Deshalb hatten sie unbehelligt weiterfahren können und waren von der Polizei wegen dieses Vorfalls nicht behelligt worden.
Sorgfältig verschloß Dolph die Tür und machte noch eine Runde über das Fabrikgelände. Er bemerkte nichts Auffälliges, stieg in den Bus und fuhr nach Hause.

Wenige Tage später fuhr Dolph mit Sepp und Benno zu einem kleinen Landgasthof, der einsam zwischen mehreren heruntergekommenen und wenig rentablen Bauernhöfen ein kümmerliches Dasein fristete. Die Gegend war nicht sonderlich attraktiv, deshalb war von Fremdenverkehr keine Rede, und die wenigen Bauern, die abends in der Kneipe ein Bier tranken oder sich an einem Köhm festhielten, brachten keinen nennenswerten Gewinn in die Kasse. Geld für eine Renovierung war nicht vorhanden, und dementsprechend sah die Gaststätte auch aus.
Von der Fassade blätterte der Putz. Das Dach aus Teerpappe war rissig und in der löchrigen Regenrinne wucherte das Moos. Der Vorplatz war nicht gepflastert, und jeder Gast hatte das zweifelhafte Vergnügen, erst nach einem Steptanz über Pfützen und durch Matsch die Tür zu erreichen.
Die Fensterscheiben waren zwar nicht blind, aber viel fehlte nicht daran. Den Gardinen an den Fenstern sah man an, daß in den letzten Jahren im Gastraum viel geraucht worden war und der Wirt hielt die damit verbundene farbliche Veränderung offenbar für erhaltenswerte Patina. Schmuddelig und wenig einladend stellte jeder unbefangene Gast fest, der sich allerdings nur verlaufen haben konnte, wenn er die Gasträume betrat. Von der Decke hingen schmucklose Lampen, auf denen Myriaden von Fliegen ihren Dreck hinterlassen hatten. Das Licht war dadurch trübe.
Diesen ersten wenig einladenden Eindruck verstärkte der Wirt hinter dem Tresen. Er steckte in einer Hose, die er auch bei der Stall-

arbeit nicht ablegte, hatte an seinem blau karierten Hemd die Ärmel hochgekrempelt und zog an einer selbst gedrehten Zigarette, während er gerade ein Bier zapfte. Da kein Gast anwesend war, konnte das nur bedeuten, daß er seinen eigenen Durst löschen wollte. Beim Eintritt von Dolph hatte er nicht ausgesehen, als wenn er erfreut über neue, vor allem fremde, Besucher war.
Er beäugte neugierig, ohne dabei seine Mine zu verziehen, die drei Skinheads, die gerade den Raum betraten und auf ihn zusteuerten. Sepp fragte sich, warum Dolph ausgerechnet in dieser abgelegenen schmuddeligen Spelunke eine Geburtstagsfeier ausrichten wollte.
„Moin, Moin", begrüßte Dolph den Wirt, nachdem er den Tresen erreicht hatte, „drei Bier!"
Der Wirt nickte, und ohne den Gruß zu erwidern zog er, ohne sich dabei von der Stelle zu bewegen, drei leere Pilstulpen zu sich heran und begann sie zu füllen.
Dolph stützte beide Arme mit geschlossenen Fäusten auf den Tresen, beugte sich leicht zum Wirt nach vorn, wobei er seine Augen zusammenkniff.
„Ich habe gehört, daß es hier einen Saal gibt. Den will ich mir ansehen und wenn er mir gefällt, mieten."
Vor Überraschung ließ der Wirt fast das Glas fallen, welches er gerade unter den Zapfhahn hielt. Er setzte es ab, nahm seine Zigarette aus dem Mund, ließ sie auf den Boden fallen und zertrat die Glut.
„Erst das Bier oder erst den Saal ansehen?" wollte er wissen, ohne dabei eine Spur freundlicher zu werden.
„Erst das Bier", entschied Dolph.
„Nur Bier oder auch `nen Schnaps?"
„Wenn ich einen Schnaps gewollt hätte, hätte ich ihn bestellt", knurrte Dolph ebenso unfreundlich zurück.
Der Wirt schob die gefüllten Gläser über den Tresen, wischte sich die vom übergelaufenen Bier nassen Hände an der Hose ab und schlurfte zu einer Schiebetür am hinteren Ende des Gastraums. Dolph blieb stehen, nahm das Glas und stürzte das Bier in einem Zug herunter. Dann wischte er sich mit dem Handrücken über den Mund.
„So Jungs, hier werden wir ungestört Führers Geburtstag feiern."
Sepp sah sich um, nachdem er an seinem Glas eine saubere Stelle ge-

funden und ebenfalls in einem Zug das Bier in sich hinein geschüttet hatte.
„Seit 1945 hat hier auch niemand mehr Führers Geburtstag gefeiert", merkte er an. Dolph griente.
„Wenn man es genau nimmt, dann war das 1944. Im April 1945 waren hier schon die Russen. Aber was hindert uns, nach über 50 Jahren diese Tradition wieder aufleben zu lassen?"
Er wartete keine Antwort ab und folgte Benno, der schon hinter dem Wirt zur Schiebetür gegangen war. Umständlich wurde die Tür geöffnet. Sie war dem entstehenden Geräusch nach lange Zeit nicht mehr in Betrieb gewesen.
Neugierig lugten die drei Skins dem Wirt über die Schulter. Vor ihnen lag ein Saal, den sie hier nicht vermutet hatten und der von Außen nicht zu erkennen gewesen war. In dem großen, etwa 500 Quadratmeter großen hohen Raum, der mit Sicherheit schon bessere Tage erlebt hatte, standen mehrere lange Bierzelttische und Sitzbänke vor einer kleinen Bühne. Als Fenster dienten schmale Oberlichter an den Seitenwänden. An der Decke hingen Neonlampen, die nicht anders aussahen als die Lampen im Gastraum.
„Mmh", brummte Dolph und rieb sich mit der rechten Hand das Kinn, während er in den Saal hineinging und sich umsah.
„Können wir den Saal nach unseren Vorstellungen verändern?"
„Kommt darauf an, was ihre Vorstellungen sind", knurrte der Wirt zurück.
„Tische und Bänke an die Wand und Lautsprecherboxen auf die Bühne. Sind die Steckdosen zu benutzen?"
„Natürlich", brummte der Wirt beleidigt, „die elektrischen Leitungen wurden 1992 erneuert."
„Und danach nicht mehr genutzt", mischte sich Sepp ein. Der Wirt streifte ihn mit einem bösen Blick.
„Hier wird jedes Jahr das Dorffest ausgerichtet mit Diskomusik. Außerdem finden hier auch private Gesellschaften statt."
Dolph ging nicht weiter auf die Bemerkung ein.
„Wir nehmen den Raum. Was soll er denn kosten?"
„500 Mark für den Abend."
Dolph drehte sich überrascht um. Er fing an, dröhnend zu lachen.

„Mann, sie sind nicht ganz bei Troste. Hier am Arsch der Welt 500 Mark für diese Bruchbude. Seien sie froh, wenn überhaupt jemand kommt, der hier den Saal benutzen will."
„Mit wieviel Personen ist denn zu rechnen?" wollte der Wirt wissen.
„Na, mit 150 Teilnehmern rechne ich schon. Dazu kommt eine Musikband. Alle sind gute Trinker. Das verspricht einen Umsatz, wie sie ihn schon seit Jahren nicht mehr gehabt haben. Ich biete 50 Mark für die Reinigung und verspreche guten Umsatz. Was ist? Kommen wir ins Geschäft?"
Der Wirt murmelte etwas Unverständliches.
„War das Zustimmung?" wollte Dolph wissen. Ohne ein Wort zu sagen schlurfte der Wirt wieder zurück an den Tresen. Dort zapfte er ohne Aufforderung vier Bier. Dolph folgte ihm, während sich Benno und Sepp die Toilette ansahen. Sie entsprach dem bisherigen Gesamteindruck.
„Die Hygiene würde den Laden sofort sperren", sagte Sepp, der neben Benno an der Pissoirrinne stand.
„Wieso? Reicht zum Pinkeln doch völlig aus. Ich will hier nicht essen", kam die pragmatische Antwort von Benno, der dann ohne sich die Hände zu waschen wieder in den Gastraum stapfte.
Sepp wusch sich die Hände. Er hatte das Gefühl, sich hier einen Herpes einzufangen, wenn er etwas anfasste. Als er sich die nassen Hände abtrocknen wollte, wußte er plötzlich, warum Benno sich nicht gewaschen hatte. Ein Handtuch oder ein Trockner war nicht zu finden. Auch Toilettenpapier war nicht vorhanden. Es blieb zum Abtrocknen nur die Hose. Er fluchte.
Dolph war sich zwischenzeitlich mit dem Wirt einig geworden. Der Vertrag wurde mit Handschlag und einem Bier auf Kosten des Hauses besiegelt.
„Wir haben noch nicht über den Termin gesprochen", meldete sich der Wirt abschließend zu Wort.
„20. April, 19.00 Uhr", war die lakonische Antwort von Dolph. Der Wirt nickte. Er notierte sich das Datum auf einem Bierdeckel. In seinem Gesicht war nicht abzulesen, ob ihm dieses Datum etwas sagte.
„Was kriegen sie für die ersten drei Bier?" wollte Dolph wissen, während er in seiner Jackentasche nach einigen Münzen kramte.

„Schon gut", winkte der Wirt ab.
Die drei Skinheads verschwanden grußlos aus der Gaststätte. Nachdenklich schaute der Wirt hinter ihnen her.
Auf der Rückfahrt stellte Sepp laut fest:
„Der Kneiper konnte mit dem Datum 20. April nichts anfangen."
„Selbst wenn, dann ist es ihm egal. Hauptsache er hat die Aussicht auf eine gute Einnahme. Wessen Geburtstag wir feiern, kann ihm doch gleichgültig sein", antwortete Dolph und schob sich ein Pfefferminzdrops zwischen die Lippen. Benno ergänzte:
„Wo Dolph Recht hat, hat er Recht."

Kurz vor der Stadt gerieten sie in eine Polizeikontrolle. Dolph und seine Kameraden blieben stumm im Auto sitzen. Durch das geöffnete Fahrerfenster wurden die Papiere aus dem VW-Bus herausgereicht. Mit kritischem Blick ging der Polizeibeamte um den Wagen herum. Er prüfte hier und klopfte da. Nachdem er von außen durch das Rückfenster den Innenraum kontrolliert hatte, kam er zur Fahrerseite zurück.
„Von wo kommen sie?"
„Von dort", antwortete Dolph und wies mit dem Daumen lässig über die Schulter nach hinten, „und wir wollen nach dort", setzte er ungefragt hinzu, während er mit dem Zeigefinger nach vorne zeigte.
Die Reaktion des Polizeibeamten erfolgte prompt. Ein förmliches Gesicht aufsetzend fragte er:
„Haben sie was getrunken?"
„Ja."
„Auch Alkohol?"
„Ja".
„Was und wieviel?"
„Zwei Bier."
„So so, zwei Bier?" Der Polizeibeamte zeigte eine zweifelnde Mine. „Dann steigen sie bitte einmal aus und folgen mir zum Alkoholtest an den Dienstwagen."
Dolph schnallte sich umständlich vom Sicherheitsgurt ab, stieg aus und folgte dem Beamten. Der beugte sich an der offenen Seitentür des Einsatzfahrzeuges über einen Kasten, kramte einen Alkoholtest-

Set hervor, fummelte die Einzelteile zusammen und reichte das Röhrchen an Dolph.
„Tief Luft holen und in einem Zug pusten“, forderte er auf. Ohne zu zögern erfüllte Dolph die Anweisung. Das Röhrchen verfärbte sich nur minimal.
„Na ja“, kommentierte der Beamte nach einer intensiven Kontrolle der Verfärbung, „noch mal Glück gehabt. Besser wäre aber Fahren ganz ohne Alkohol.“
Dann reichte er ihm die Papiere zurück.
Dolph grinste. Abwinkend drehte er sich um, schlenderte ohne Eile zum Fahrzeug, stieg ein, schnallte sich umständlich wieder an und fragte:
„Können wir weiterfahren oder gibt es noch Wünsche?“
„Haut endlich ab, bevor mir noch etwas anderes einfällt“, bemerkte der Beamte unwirsch. Der Skinheadbus fuhr an, bog vorschriftsmäßig auf die Bundesstraße ein und verschwand zwischen den ersten Häusern der Stadt.
„Glaubst du, die haben uns ganz gezielt kontrolliert? wollte Benno unsicher wissen.
„Ne, glaube ich nicht. War bestimmt Zufall. Außerdem sah er nicht so aus, als wenn er zu den ganz Diensteifrigen gehört, die über jeden Furz eine Kontrollmeldung schreiben. Außerdem kann uns das egal sein“, brummte Dolph zurück.
Er wurde einsilbig, weil er sich auf den Straßenverkehr konzentrierte, um festzustellen, ob sie nicht doch von einer Zivilstreife observiert wurden. Deshalb fuhr er einmal um einen Häuserblock, wendete und fuhr dieselbe Strecke zurück. Danach war er beruhigt. Er hatte niemanden feststellen können, der ihnen folgte. Am Adlerhorst eingetroffen stellten sie den Wagen ab und planten die Einladungen für die Geburtstagsfeier.
Sepp erhielt den Auftrag, die Durchführung zu organisieren, wobei Dolph ihm freie Hand ließ und nur andeutete, wer eingeladen werden sollte und welche Musikbands seiner Meinung nach für die musikalische Unterhaltung in Frage kämen.

Am 20. April lief alles wie geschmiert. Sogar das Wetter feierte mit. Wie immer an Führers Geburtstag hatte die Vorsehung für fast frühsommerliche Temperaturen gesorgt. Weiße Quellwolken segelten vereinzelt über den blauen Himmel und die ersten grünen Knospen waren deutlich zu erkennen. Die Anemonen blühten in den Buchenwäldern. So war es immer gewesen und so sollte es nach Ansicht von Dolph auch weiter bleiben. Er wertete das gute Wetter als positiven Fingerzeig. Die Veranstaltung sollte dazu dienen, seine angestrebte herausgehobene Position in der rechtsextremen Skinheadszene des Landes zu unterstreichen. Er wollte die Führerfigur werden, die der Szene bislang fehlte. Alle, die sich seinem Anspruch widersetzten, wollte er gnadenlos ausschalten. Dazu sollte ihm jedes Mittel recht sein.
Sepp hatte gut vorgearbeitet. Hier machte es sich bezahlt, daß er ein Organisationstalent war, alle Möglichkeiten und Risiken gegeneinander abwägte und dann die Pläne entscheidungsreif vorlegte. Dolph hatte kaum etwas zu ändern gehabt, deshalb hatte er Sepp auch gebührend gelobt, was diesen sichtlich stolz gemacht hatte. Tatsächlich war es Sepp gelungen, die bekannte Band „JU 88“, die wegen ihrer aggressiv fremdenfeindlichen nationalistischen Liedtexte in Verbindung mit bekannten Schlagermelodien in der Szene besonders beliebt war, anzuheuern. Allein ihr Auftreten versprach eine gute Resonanz und zahlreiches Erscheinen.
So war es denn auch. Über Telefon, Internet und durch Mund-zu-Mund-Propaganda hatte er das Interesse geweckt und viele Zusagen erhalten. Über 200 Skinheads hatten ihr Kommen zugesagt. Den Veranstaltungsort hatte er nicht genannt. Lediglich den Zeitpunkt genannt, die Fahrtrichtung, ein Codewort sowie einen unverfänglichen Treffort. An diesem festgelegten Treffort würden die Konzertbesucher durch Kameraden der Kameradschaft Adlerhorst eingewiesen und Zeitpläne für die Anfahrt verteilt, damit nicht durch Kolonnenbildung auf den Anfahrtsstraßen ungewollt Hinweise auf die Veranstaltung gegeben würden.
Der ganze Aufwand war eine Vorsichtsmaßnahme, damit nicht die Beamten von der MAEX oder noch schlimmer, die Zecken von der Antifa, zu früh Wind von dem Konzert bekommen und möglicher-

weise die Feier durch irgendwelche miesen Verwaltungstricks verbieten oder durch Störungen verhindern.

Alles hatte wie am Schnürchen geklappt. Dolph war schon am frühen Nachmittag mit Sepp und Benno eingetroffen. Sie hatten dem Wirt, der organisatorischer Unsicherheitsfaktor war, auf die Finger gesehen. Aber der hatte gut gespurt. Die Aussicht auf eine klingelnde Kasse hatte ihn auf Trab gebracht. So fanden sie reichlich Zeit, auf der Bühne ein schwarzes Transparent mit dem weißen Schriftzug in gotischen Buchstaben

KAMERADSCHAFT ADLERHORST
GRÜßT ALLE aufRECHTEN,

die Kriegsflagge des Deutschen Kaiserreichs und eine schwarz-weiß-rote Fahne aufzuhängen. Dolph hatte noch die Hakenkreuzfahne mitgebracht, aber nach dem Einspruch der Band, die bei einem überraschenden Polizeieinsatz in einem solchen Fall fürchtete, ihre Instrumente könnten beschlagnahmt werden, darauf verzichtet, sie aufzuhängen. Auch Sepp erschien das zu riskant. Dafür hatte er sich den Titel: Oberbedenkenträger eingehandelt.
Als sein Kameradschaftsführer aber sah, wie viele der Einladung zum Konzert gefolgt waren, war er wieder gnädig gestimmt.
Der Saal war rappelvoll. An der Kasse neben der Schiebetür hatten sie deutlich über 200 Teilnehmer gezählt, so daß Dolph befürchtete, der Wirt könnte nicht genug Bier geordert haben. Aber der Mann war umsichtig gewesen. An Getränken bestand kein Mangel. Pünktlich um 19.30 Uhr trat Dolph an das Mikrofon.
„Kamerrraden, ich frrreue mich, euch heute am Ehrentag unseres grrroßen Vorbildes hier begrrrüßen zu können, zumal die Kamerrrradschaft Adlerhorst unter meiner Führrrung zum ersten Mal zu einer derrrartigen Veranstaltung eingeladen hat. Wir haben keine Kosten und Mühen gescheut, die Jungs von der Band 'JU 88', die ihr alle kennt, für den heutigen Abend zu gewinnen. Hiermit begrrrüße ich 'JU 88'."
Die Anwesenden im Saal klatschten, grölten und trampelten so heftig mit Begeisterung auf den hölzernen Dielenboden, daß die Wände bebten und die fast blinden Fensterscheiben aus den Rahmen zu fal-

len drohten. Dolph hob beide Arme. „Kamerrraden, laßt diesen Tag zu einem grrroßen Ereignis werden. Er soll von nun an wieder als Trrraditionstag unserer Bewegung eine Bedeutung erhalten. Jedes Jahr zur gleichen Zeit am gleichen Ort."
Der Beifall brandete erneut auf.
„Kamerrraden. Nun will ich Euch nicht länger auf die Folter spannen. Für Getrrränke ist gesorgt. Für die Musik auch. Laßt uns feiern. Das Fest kann beginnen. Der Sieg ist unser. Sieg Heil."
Dolph knallte die Hacken zusammen, riß den rechten Arm zum „Deutschen Gruß" hoch. Dann drehte er sich zur Band um, die das als Zeichen für ihren Einsatz verstand.
Die ersten Akkorde gingen im „Sieg Heil, Sieg Heil" - Gebrüll der versammelten Skinheads unter.

Aus Sicht der Kameradschaft Adlerhorst und insbesondere von Dolph wurde es ein gelungener Abend. Zu Störungen war es nicht gekommen. Weder die Linken von der antifa noch die Bullen hatten Wind von der Geburtstagsfeier bekommen. Die fremdenfeindlichen und antisemitischen Texte der „JU 88"-Lieder wurden laut mitgegrölt. Sie waren bekannt. Textbücher waren nicht erforderlich.

Der CD-Verkauf war ebenso überwältigend wie der Biergenuß. Jeder war voll auf seine Kosten gekommen. Dolph war stolz als Chef des Ganzen. Sepp war stolz, weil seine Organisation und sein Plan funktioniert hatten. Die Band wegen des guten Verkaufs der CDs. Der Wirt wegen des grandiosen Umsatzes und die Teilnehmer, weil sie schon lange nicht mehr so ungezwungen störungsfrei hatten feiern können.

Fast euphorisch machten sich gegen Mitternacht alle auf den Heimweg, nicht ohne Dolph anerkennend auf die Schultern geklopft zu haben, der es genoß und dem das wegen seines hohen Alkoholpegels keine Schmerzen bereitete.

AUF DEM FRIEDHOF

Während die Kameraden vom Adlerhorst ihr erstes Konzert vorbereiteten, war Boomer auf Einkaufstour im Baumarkt. Einkaufen tat er leidenschaftlich gern. Nur Geld hatte er nie. Aber das hatte er auch selten nötig.

Der Baumarkt am Rande der Stadt hatte es Boomer angetan. Auf einem Gelände, das noch vor wenigen Jahren zu einer Kaserne der Westgruppe der russischen Armee gehört hatte, war der Markt neu neben den alten Gebäuden errichtet worden. In der Zwischenzeit waren die Kasernengebäude baufällig. Die Fensterscheiben waren eingeworfen, die Türen zerstört, die Dachpfannen fehlten teilweise und Schrottsucher hatten alles, was die russischen Truppen bei ihrem Abzug nicht mitgenommen hatten, ausgebaut und verwertet. In den Ruinen tummelten sich nur noch Ratten und anderes Getier. Auf den freien Flächen zwischen den Mauern und Schutthügeln hatte sich die Natur wieder frei und ungestört entfaltet. Birken und Kiefern waren bereits über mannshoch gewachsen, kleinere Büsche, wilde Brombeersträucher und Beifussgewächse hatten ein unübersichtliches Gelände entstehen lassen. Für die Kinder aus der nicht weit entfernten Plattenbausiedlung war ein Abenteuerspielplatz entstanden. Trampelpfade führten zu einer Vielzahl von kleinen Feuerstellen, an denen alte Decken, Matratzen und unzählige leere Bierdosen, Zeitschriften und fast-food-Verpackungen lagen.

Hier und da konnte man auch Präservative erkennen, was den Schluss zuließ, daß in diesem unübersichtlichen Gelände erste sexuelle Erfahrungen gemacht wurden, von denen Vater und Mutter nichts wissen durften.

Boomer kannte dieses Gelände wie seine Westentasche. Nicht daß er sonderliches Interesse an dem Abenteuerspielplatz gehabt oder sich abends an irgendwelchen Lagerfeuern gewärmt hätte oder dort in der freien Landschaft sexuell betätigen wollte. Nein, viel interessanter war, dass sich dieses Gelände bis zu dem Zaun erstreckte, der den Baumarkt umgab. Hinter diesem Zaun befand sich direkt der Lagerplatz für Gartenartikel und Gartenpflanzen.

Um den Kunden den Blick auf das trostlose Ruinengelände zu ersparen hatte der Geschäftsführer direkt am Zaun, sozusagen als Blickschutz, größere Gewächse und kleine Bäume aufstellen lassen. Boomer fand, daß dies eine tolle Idee eines weit denkenden Mannes war. Sichtschutz von der einen war gleichzeitig Schutz vor Entdeckung auf der anderen Seite. Es konnte keine bessere Möglichkeit zum Einkaufen nach Art von Boomer geben. Eigentlich müsste er dem Geschäftsführer dafür auf die Schulter klopfen.

Im Moment stand Boomer aber noch auf dem Parkplatz vor dem großen Eingangsportal und beobachtete die vielen hektischen Menschen, die mit ihren leeren Einkaufswagen in den Markt hinein und mit ihren vollen Wagen wieder hinaus strömten. Es war Pflanzzeit und er fand es erstaunlich, was alles und vor allem wie viel zur Gartenverschönerung eingekauft wurde. Zwischen den Gartenfreaks wuselten Heimwerker mit ihren Holzlatten und Gipssäcken, Paketen mit Nägeln und Werkzeug. Und gelegentlich schleppte auch einer ein Waschbecken oder eine Toilettenschüssel zu seinem Auto. Der Umsatz ist gut, stellte Boomer fest. Da wird es nicht sonderlich schmerzen, wenn ich auf meine Art einkaufe. Er schloß sich einer Großfamilie an, die mit zwei Einkaufswagen in den Baumarkt drängte. Das Aufsichtspersonal am Informationsstand neben dem Eingang war mit einigen Kunden beschäftigt, die Reklamationen vortrugen oder sich anderweitig erkundigen wollten. So gelangte er ohne bemerkt zu werden, schließlich hatte er vom Geschäftsführer Hausverbot erteilt bekommen, in den riesigen Verkaufsraum. Dort ließ er die Großfamilie ihres Weges ziehen und schlenderte ohne Hast durch die Gänge. Am Regal, wo Nägel und Schrauben angeboten wurden fand er, was er suchte. Einen Einkaufswagen. Der ältere Herr, der einen Euro investiert hatte, um den Wagen auf dem Parkplatz aus der Box ziehen zu können, war intensiv mit dem Zählen von Schrauben beschäftigt und bemerkte nicht, wie Boomer die drei oder vier Päckchen achtlos in ein Schraubenregal stellte und dafür ein Paar Arbeitshandschuhe hineinlegte. Frech schob er den Wagen an dem Schraubenzähler vorbei, rempelte ihn auch noch an, ohne sich zu entschuldigen, und ab ging es in Richtung der Regale mit den

Farbspraydosen. Mit Kennermiene wählte er je eine Dose mit roter, schwarzer und Silbermetallicfarbe aus, legte sie in seinen Einkaufswagen und marschierte weiter in die Gartenabteilung, wo er zielstrebig die hinterste Ecke mit den Tujabüschen ansteuerte. Auf dem Weg dorthin stellte er zwei Geranien zu den Dosen. Einer verwundert zuschauenden Kundin schnitt er eine Grimasse und streckte ihr die Zunge heraus. Sie rümpfte die Nase und blickte in die andere Richtung. Diesen Augenblick nutzte Boomer, um mit Schwung die drei Spraydosen und die Arbeitshandschuhe über den Zaun in ein Gebüsch auf dem alten Kasernengelände zu werfen.
Er blickte sich um. Niemand hatte ihn beobachtet, und so schob er seinen Wagen zurück in Richtung Kasse. Die Geranien stellte er unterwegs in einen anderen Einkaufswagen, dessen Besitzer sich gerade um Tapeten kümmerte.
An der Kasse angekommen drängte er sich an den Wartenden vorbei, murmelte etwas von „nichts gefunden" und stellte den Wagen in der Box ab. Die Mark verbuchte er als Einkaufsgewinn und steckte ihn ein.
Auf dem Parkplatz erbettelte er sich noch einige Geldstücke, kaufte sich an dem Imbisswagen eine Wurst und verschwand kauend in Richtung des Kasernengeländes. Dort fand er ohne Mühe eine leere Plastiktüte, ging zum Baumarktzaun und angelte aus dem Gebüsch die Handschuhe und die Dosen. Boomer fand, daß er erfolgreich eingekauft habe und war mit sich zufrieden.

Er schlenderte zur Bushaltestelle, stieg in einen gerade vorfahrenden Linienbus und fuhr, natürlich ohne zu bezahlen, zwei Stationen in Richtung Innenstadt. Nicht daß er sich nicht getraut hätte weiter mit dem Bus zu fahren. Nein, er fuhr aus Prinzip immer ohne Fahrschein. Schon allein, weil er dafür kein Geld hatte. Außerdem kannte er die Kontrolleure in der Zwischenzeit und wäre sofort ausgestiegen, wenn an irgendeiner Haltestelle einer von ihnen zugestiegen wäre.
Dort, wo er ausstieg, begann sein Aktionsgebiet. Hier hörte die Siedlungsbebauung auf. In der Siedlung lohnte sich keine Sprayaktion. Vorgärten und Hecken verhinderten die freie Sicht auf seine „Kunst-

werke". Außerdem bestand die Gefahr, einem Hund in die offenen Fänge zu laufen, wenn man ein Grundstück betrat.
In unmittelbarer Nähe der Haltestelle befanden sich der Friedhof und der kleine Park mit dem Gedenkstein für die Opfer der faschistischen Gewaltherrschaft. Hier konnte er seine Freunde treffen, die sich zwischen den Büschen oft die Zeit vertrieben. So war es auch heute.
Timo lag auf dem Rasen, kaute gelangweilt an einem Grashalm und starrte in die Baumkronen über sich. Bruno hatte es sich wie immer neben seinem Herrchen bequem gemacht und bewachte den Leinenbeutel mit den Bierdosen. Neben ihm lag achtlos beiseite gelegt eine Zeitschrift. „Interim" konnte Boomer lesen. Neben Timo kniete Reini und redete gestenreich ununterbrochen auf ihn ein.
Einige Meter weiter lagen Nene, Pia und Jens, die drei Satansjünger, im Gras und beschäftigten sich mit einem Schreibheft, in das Jens fleißig etwas eintrug, während Pia in einer Illustrierten blätterte und Nene vor sich hin träumte.
Außerdem alberte eine kleine Gruppe dunkel Gekleideter in der Nähe der Büsche neben dem Ehrenmal herum. Boomer hatte die Jungens schon mehrmals gesehen. Sie kamen seines Wissens aus Hamburg, gehörten zu Reinis Alternative, trugen Springerstiefel wie die Rechten und tauchten regelmäßig bei Demonstrationen auf, wo sie mit anderen einen „schwarzen Block" bildeten und keine Gelegenheit ausließen, mit Steinen und Flaschen zu werfen oder gezielt gegen die Bullen vorzugehen.

Boomer warf seine Plastiktüte neben die Leinentasche von Timo, setzte sich unaufgefordert im Schneidersitz dazu, nahm sich die „Interim" und blätterte gelangweilt darin herum. Bruno knurrte, verließ demonstrativ seinen Liegeplatz, streckte sich, trabte an den Jungs aus dem „schwarzen Block" vorbei und schnüffelte in den Büschen. Reini unterbrach seinen Redestrom, während Timo sich nicht rührte und weiter auf seinem Grashalm kaute.
„Seit wann interessiert dich die 'Interim'"? wollte Reini wissen.
„Tut sie ja gar nicht. Sind keine bunten Bilder und schon gar keine nackten Frauen drin", maulte Boomer.

„Ist auch nicht zum aufgeilen, sondern dient der Sachinformation. Du solltest nicht nur bunte Bilder angucken. Ich empfehle dir, die Texte durchzulesen. Dann weißt du, was in der Szene läuft", belehrte ihn Reini.
„Da steht doch nur was aus Berlin drin. Was interessiert mich, was in Berlin läuft. Wir haben hier andere Sorgen", konterte Boomer.
„Nein, haben wir nicht. Die Probleme sind die Gleichen. Hier stellen sie sich nur etwas anders da. Deshalb ist es wichtig zu erfahren, wie unsere Freunde in Berlin mit den Problemen umgehen und wie sie darüber diskutieren."
„Ach halte doch die Schnauze. Ich will meinen Spaß und mir ist es total egal, wer in Berlin was macht und warum. Die ganze Politikscheiße geht mir gerade am Arsch vorbei."
Reini richtete sich auf und wandte sich Boomer zu. Er fixierte den Sprayer, strich sich gedankenverloren das Kinn und spielte an seinen Ohrringen. Boomer grinste ihn herausfordernd an, während Timo, ohne eine Miene zu verziehen, in seiner Leinentasche nach einer Bierdose fingerte.
„Na klar willst du deinen Spaß. Und wir sind die Letzten, die ihn dir nicht gönnen oder dich daran hindern. Du solltest aber bei allem Spaß und bei aller Selbständigkeit daran denken, daß nur die Gruppe dir den Schutz bietet, den du brauchst. Allein bist du ein Nichts. Allein bist du Freiwild für die Bullen und die Nazis. Wer soll dir helfen, wenn sie dich jagen?"
„Dafür habe ich doch euch und die WG", warf Boomer kleinlaut ein.
„Richtig. Dafür hast du uns. Das bedeutet aber auch, daß du dich nicht ganz außerhalb der Gruppe stellen kannst. Wir erwarten schon eine Gegenleistung, wobei wir deine Fähigkeiten und Neigungen berücksichtigen. Wir diskutieren das aus. Nicht wie bei den Nazis, wo von einem befohlen wird und alle anderen haben zu gehorchen. Bei uns kann jeder seine Meinung sagen und einbringen. Aber wenn wir danach mehrheitlich etwas beschlossen haben, dann wird das auch durchgezogen."
Boomer blickte bedröppelt auf den Boden und vermied den Augenkontakt zu Reini.

„Na ja, immer alleine etwas zu machen, macht auch keinen Spaß", wandte er ein.
„Siehst du, wir fangen an, uns wieder zu verstehen. Wir als Gruppe stehen auch nicht alleine da, sondern orientieren uns an den Diskussionen anderer Gruppen und die werden in der 'Interim' verbreitet. Deshalb liegt sie hier und deshalb sind die Beiträge auch interessant. Wenn wir unser Handeln abstimmen, können wir sicher sein, auch von anderen Gruppen in Berlin oder anderswo unterstützt zu werden. Klar?"
„Klar!"
Boomer war der Vortrag unangenehm und deshalb wollte er ihn auch beenden. Er hatte sich jedoch getäuscht.
„Wenn ich das richtig sehe", setzte Reini seine Rede weiter fort, „dann warst du einkaufen?"
Boomer nickte nur und Reini inspizierte die Tüte.
„Du hast dich ja richtig in Unkosten gestürzt. Drei Farbdosen. Da hast du dir aber Einiges vorgenommen."
Boomer nickte wieder.
„Na, kotz dich schon aus. Was hast du vor?"
„Eigentlich nichts Bestimmtes. Es gibt in der Altstadt einige trübe Fassaden, die einen neuen Farbanstrich verdienen. Ich verstehe gar nicht, warum die Leute ihre Häuser immer einfarbig anpinseln. Ein schönes rotes oder schwarzes Ornament auf einer weißen Wand macht doch richtig was her. Und ein silberner Scratch an einer dunklen Wand wertet gleich richtig auf."
Reini grinste und Timo verschluckte sich fast an seinem Bier.
„Ja", meinte Reini „bunte Verzierungen haben was. Da kann ich dir folgen. Das macht auch bestimmt Spaß. Zwar weniger bei den Hausbesitzern, aber zumindest bei dir. Du solltest aber nicht nur einfach schmieren oder scratchen. Den Kick hast du auch, wenn du die Malings mit politischen Aussagen verbindest. Nazis raus oder Freiheit für Palästina oder Für eine Gesellschaft ohne Knäste. Da hättest nicht nur du den Spaß, sondern wir auch und wir hätten eine gesellschaftspolitische Aussage gemacht."
„Und die Nazis gleich im Nacken", warf Timo ein und ergänzte: „Außerdem wissen die Bullen gleich, wen sie als Urheber unter Wind nehmen müssen."

„Ach was", entgegnete Reini unwirsch, „das müssen sie doch erst einmal beweisen. Vermuten können sie viel."
„Wenn die unsere WG durchsuchen und dann die Spraydosen finden, sind wir im Arsch", wandte Timo ein.
„Wenn die Bullen die Dosen im Gerümpelzimmer im Erdgeschoss finden, ist niemand im Arsch. Die kann da jeder hinein geworfen haben. Dann müssen sie erst einmal beweisen, wer gesprayt hat. Da wäre ich einmal sehr gespannt, wie sie das anstellen wollen", antwortete Reini. Timo zuckte die Schultern.
„Und was ist mit den Nazis? Die fragen nicht nach Beweisen."
„Die kommen auch nicht in die WG", meldete sich Boomer zu Wort.
„Du hast sie wohl nicht alle", reagierte Timo empört, „wenn die mit einer ganzen Horde kommen, haben wir kaum eine Chance. Ich bin dafür, daß wir die Nazis nicht reizen."
„Jetzt hast du sie nicht alle", entgegnete Reini, „gerade den Nazischweinen gehört eine verpasst. Wenn wir etwas unternehmen, dann ganz sicher gegen die Glatzen."
„Grundsätzlich hast du Recht. Es geht aber darum, uns nicht unnötig Streß zu machen."
„Quatsch nicht dumm herum."
Timo murmelte etwas Unverständliches, nahm noch einen Schluck aus der Dose und warf sie mit einer wütenden Bewegung in die Büsche. Dann pfiff er nach Bruno, der zuerst der Dose nachgesprungen und sie angewidert beschnüffelt hatte. In respektvoller Entfernung von Boomer blieb er stehen und wartete auf sein Herrchen.
„Wir reden heut abend weiter", verabschiedete sich Reini und ging zu seinen Leuten, die zuletzt die Diskussion mit Interesse verfolgt, sich aber nicht eingemischt hatten.
„Kannst du zwei Dosen mit in die WG nehmen?" fragte Boomer vorsichtig bei Timo an. Der nickte nur, packte die Dosen zusammen mit der „Interim" in seinen Leinenbeutel und verschwand mit Bruno hinter dem Ehrenmal.

Jens hatte seine Eintragungen beendet, die Kladde zugeklappt und Nene zur Aufbewahrung gegeben. Pia hatte die Lektüre ihrer Illustrierten beendet und gemeinsam standen sie wie auf ein geheimes

Kommando auf und trotteten Richtung Friedhof. Die Zeitung blieb auf dem Rasen zurück und leistete der Bierdose Gesellschaft.

Plötzlich war Boomer wieder allein. Er überlegte wem er sich anschließen sollte. Er entschloß sich, den Satanisten auf den Friedhof zu folgen. Ihn trieb die Neugierde. Bisher hatte er sich nicht getraut, Nene, Pia und Jens zu fragen, was sie denn so trieben, wenn sie sich mit ihren Freunden auf dem Friedhof treffen. Er konnte sich viele Orte vorstellen, wo es sicherlich viel Spaß machen würde, den Abend zu verbringen. Der Friedhof gehörte nicht dazu.
Er sah die Drei über den Zaun klettern und zwischen den Grabreihen verschwinden, wartete einige Zeit und ging dann zum Haupteingang, weil ihm das Klettern über den Zaun zu mühsam erschien. Der Haupteingang war verschlossen.
Der Friedhof wird um 18.00 Uhr geschlossen, war auf einem Schild des Garten- und Friedhofamtes zu lesen. Unschlüssig ging er ein wenig auf und ab, zog dann die Farbspraydose aus seiner Tüte und übermalte das Schild mit schwarzer Farbe.
„Nun ist der Friedhof wieder geöffnet", sagte er laut vor sich hin und überkletterte das Tor. Niemand war zu sehen. Nur wenige Meter hinter dem Tor begann eine Lindenallee. Die hohen Bäume ließen jetzt, wo das Laub schon dicht geworden war, kaum Licht bis auf den Boden und verstärkten die Dämmerung. Rechts und links des breiten Zufahrtsweges befanden sich Gräber, die teilweise von dichtem immergrünem Buschwerk umsäumt waren. Im Hintergrund, am Ende der Allee, war zwischen den Bäumen und Büschen im diffusen Licht die Leichenhalle zu erkennen.

Langsam ging er den Hauptweg Richtung Leichenhalle, immer bereit, sich sofort hinter einem Baum zu verstecken, wenn jemand erscheinen sollte. Ein merkwürdig unheimliches Gefühl konnte er nicht unterdrücken. Er konnte sich nicht daran erinnern, jemals auf einem Friedhof gewesen zu sein. Bisher hatte er sich immer davor gedrückt, zu Beerdigungen zu gehen. Auch als seine Großmutter gestorben war und hier auf dem Friedhof beerdigt wurde, hatte er sich nicht durchringen können, hinzugehen. Die Gefühlsduselei war ihm

einfach zuwider. Das Leben liegt in der Zukunft und nicht auf dem Friedhof, war seine Meinung.
Doch je näher er der Leichenhalle kam, umso verhaltener wurde sein Schritt. Hatte er anfangs noch überlegt, einige der Grabsteine auf den ungepflegten Gräbern mit einem Graffiti zu versehen, damit deutlich wurde, daß sich überhaupt jemand darum kümmerte, so hatte er den Gedanken zwischenzeitlich wieder verworfen. Nicht aus Pietät, derartige Gefühle waren ihm fremd, sondern eher aus einer unbestimmten, nicht einzuordnenden Ablehnung heraus. Die hier liegen, konnten sich nicht wehren und würden sich auch nicht mehr ärgern. Dann machte ein Graffiti keinen Spaß.
Plötzlich schreckte er aus seinen Gedanken hoch. Aus den Augenwinkeln hatte er zwischen den Büschen eine Bewegung wahrgenommen. Er drückte sich mit dem Rücken an einem Baumstamm und blieb regungslos stehen. Die Tüte hatte er neben sich auf den Boden fallen lassen. Angestrengt schaute er in Richtung des Schattens. Plötzlich war ihm klar, warum die drei Satanisten immer in Schwarz gekleidet waren. Man konnte sie mit diesem Outfit in der Dämmerung auf den Friedhof nur schwer oder gar nicht erkennen.
Er verfluchte sein helles T-Shirt, zog seine Jacke enger um sich und verschloß sie bis zum Hals. So blieb er einige Minuten regungslos am Baum stehen. Die Dämmerung nahm zu; er fühlte sich nicht recht wohl. Es war ihm unheimlich. Es war nichts zu sehen und zu hören. Vielleicht hatte er sich getäuscht? Vielleicht spielten ihm seine überreizten Sinne einen Streich?
Während er noch überlegte, ob er den Friedhof wieder verlassen sollte, um in der Altstadt einige Häuser mit neuen Graffitis zu verzieren, sah er an der Leichenhalle ein Feuerzeug aufflackern. Angestrengt versuchte er, die Szene zu erkennen. Einige Gestalten hatten sich neben der Tür zur Leichenhalle eingefunden. Es schien so, als ob sie Kerzen anzündeten. Die Neugier übermannte ihn. Vorsichtig hob er seine Plastiktüte vom Boden auf und tastete, sich immer in der Deckung der Alleebäume haltend, weiter auf die Leichenhalle zu. An einer mannshohen Ligusterhecke, die eine Familiengruft umschloß, kauerte er sich nieder. Vorsichtig schob er die Zweige auseinander. So konnte er den kleinen Platz, der mit lockerem hellem Kies abge-

streut war, bis zur Leichenhalle überblicken. An der Wand neben der großen hölzernen Flügeltür hockten sechs Personen im Kreis und hatten mehrere Kerzen angezündet. Gemurmel klang herüber. Nene, Jens und Pia konnte er erkennen. Die anderen, zwei Mädchen und ein Junge, waren ihm unbekannt. Jens hatte seine Kladde hervorgezogen und las daraus vor. Dann zeigte er auf etwas, was er aufgeschrieben oder aufgemalt hatte. Nach einigen Minuten wurden die Kerzen gelöscht und die Gruppe stand auf. Vorsichtig blickten sie sich um. Der unbekannte Junge ging mit raschen Schritten auf die Allee zu und blickte angestrengt in Richtung des Haupttors. Er steuerte auf die Hecke zu, hinter der sich Boomer verborgen hatte. War er entdeckt worden?
Boomer ließ die Ligusterzweige vorsichtig los, drückte sich fest auf den Boden und hoffte, daß der Unbekannte nicht bis zur Familiengruft ging. Die Schritte kamen näher. Auf der anderen Seite der Hecke, auf gleicher Höhe mit Boomer, blieb der Unbekannte stehen, öffnete seine Hose und pinkelte in das Gebüsch. Nur mühsam unterdrückte Boomer einen Fluch. Hätte der Blödmann nicht einen Meter weiter gehen können? Die Zeit, bis sein Gegenüber sich erleichtert hatte, kam ihm endlos vor. Es kribbelte ihm in der Nase und er kniff seine Lippen fest aufeinander, um nicht niesen zu müssen.
Endlich entfernte sich der Unbekannte wieder und ging zu der Gruppe, die sich in der Zwischenzeit vor der Flügeltür versammelt hatte. Boomer schob vorsichtig wieder die Ligusterzweige zur Seite und sah, wie sich Jens am Schloß der Türe zu schaffen machte. So schnell wie er die Tür öffnete, konnte er nur einen Schlüssel besitzen. Die Gruppe huschte einer nach dem anderen in die Halle. Der Unbekannte ging als Letzter, drehte sich noch einmal um, kontrollierte intensiv die Umgebung, danach schloß er hinter sich die Türe.
Boomer richtete sich auf und atmete durch.
Das war ein Ding. Die Satanisten trieben sich nicht nur auf dem Friedhof herum, sondern gingen auch in die Leichenhalle. Damit hatte er nicht gerechnet. Seine Neugierde wuchs. War da eine Leiche drin oder nutzten sie den Raum nur für ihr Treffen?
Er wollte der Sache auf den Grund gehen. Die lästige Plastiktüte hatte er an der Familiengruft liegen gelassen und die Spraydose in

der Innentasche seiner Jacke verstaut. Das war zwar unbequem, aber dafür hatte er die Hände frei. Er umrundete einmal die Leichenhalle, stellte aber keinen weiteren Eingang fest. Die Fenster waren zu hoch, um problemlos durch sie hindurch ins Innere sehen zu können. Er brauchte eine Leiter oder einen anderen Gegenstand, um unter dem Fenster einen erhöhten Platz zu schaffen. Eine Sitzbank an der Seite der Leichenhalle an der Seite war fest verankert. Lediglich zwei breite Bretter hatte er gesehen, die vermutlich dazu dienten, die Seiten von offenen Gräbern abzusichern, wenn die Särge hinuntergelassen wurden. Wenn er eines der Bretter seitlich auf die Ruhebank legte und für die andere Seite etwas fand, was er unterstellen konnte, könnte er durch das Fenster in das Innere sehen.
Boomer schlich, ohne eine konkrete Vorstellung davon zu haben, was er für seine Zwecke verwenden könnte, zwischen den Grabreihen durch. Ein Findling oder ein anderer Grabstein war zu schwer. Eine Gießkanne ungeeignet. Ein Wassereimer aus Kunststoff nicht stabil. An einem frisch aufgeworfenen Grab blieb er stehen. Auf dem Erdhaufen lagen Blumen und Kränze. Er studierte im Dämmerlicht die Kranzschleifen.
In stiller Trauer Bruni und Hans. In stillem Gedenken Kleingartensparte Sommertraum. Ein letzter Gruß unserem treuen Mitarbeiter. Ruhe in Frieden. In Liebe Deine Maria.
Für was die Leute alles so Geld ausgeben, dachte er. Aber jetzt konnte ihm das nur recht sein. Die Kränze könnten sein Problem lösen. Wenn er mehrere davon übereinander legte, könnte es klappen.
Er nahm zwei große Kränze mit und war überrascht, wie schwer die waren. Jetzt ist klar, warum Politiker immer ihre Träger für Trauerkränze haben und nur die Schleifen am Grab zurechtrücken, ging ihm durch den Kopf. Nicht weil sie sich die Finger nicht dreckig machen wollen, was er bisher unterstellt hatte, denn Politiker machen sich prinzipiell niemals die Finger dreckig, sondern einfach, weil die Gebinde zu schwer sind.
Er schleppte die beiden größten Kränze, den von Bruni und Hans und den von der Kleingartensparte, durch die Reihen bis zur Leichenhalle. An der Wand neben der Sitzbank stapelte er sie übereinander. Es reichte noch nicht. Deshalb holte er noch den Kranz von

Maria und einen ohne Schleife. Dann nahm er das Brett, legte es vorsichtig auf Bank und Kränze, stützte sich mehrfach auf, um die Festigkeit zu kontrollieren und kletterte dann auf seine Konstruktion. Sie gab zwar ein wenig nach, was ihn aber nicht beunruhigte. Als er sich auf die Zehenspitzen stellte, konnte er durch die Butzenscheiben hindurchsehen.
Viel war nicht zu erkennen. Deshalb legte er links und rechts am Gesicht die Hände an, preßte die Nase an das Glas und starrte durch das Fenster. Er erkannte einige Sitzbänke, ein Harmonium und auf einer kleinen Empore einen Sarg. Der Deckel war geöffnet. In dem Sarg lag jemand. Es mußte eine Leiche sein, denn links und rechts neben dem Sarg standen jeweils drei Personen. Sie hielten Kerzen in den Händen und bewegten diese langsam hin und her. Auf der Stirne und den Händen der Leiche war ebenfalls eine Kerze abgestellt. Die makabre Szenerie faszinierte ihn und er vergaß seinen nicht gerade sicheren Standort.
Als erstes nahm der Kranz der Gartensparte die neue Funktion übel. Er hielt dem Druck nicht stand. Langsam aber sicher rutschte er aus dem Stapel. Als zweites machte das Brett die Seitwärtsbewegung mit und mit Gepolter stürzte die Konstruktion ein. Boomer gelang es gerade noch, sich mit einem Satz auf den Kies zu retten und hastig hinter der Ligusterhecke zu verschwinden, als schon die Türe aufgerissen wurde und die Satanisten aus der Leichenhalle stürmten. Sie stoben auseinander, jeder in eine andere Richtung, wobei sie sich nicht die Mühe machten nachzusehen, wer oder was das Gepolter verursacht haben könnte. Boomer hörte in seinem Versteck, wie sich die Schritte weiter entfernten. Dann war es ruhig. Er blieb zur Sicherheit noch einige Minuten bewegungslos hinter der Hecke stehen und lugte dann vorsichtig um die Ecke.
Die Türe zur Leichenhalle stand weit offen, die flackernden Kerzen auf der Leiche waren deutlich zu erkennen. Langsam ging Boomer auf den Eingang zu, als er plötzlich auf Papier trat. Er bückte sich und hob den Gegenstand auf. Es war die Kladde von Jens. Er drehte sie unschlüssig in den Händen hin und her, dann steckte er sie ein. In diesem Moment bemerkte er vor sich einen dunklen Schatten. Mit einem lauten Schrei stürzte jemand auf ihn zu. Ein schwerer Ker-

zenleuchter schlug dumpf neben ihm auf den Kies. Boomers Fluchtreflex funktionierte. Instinktiv sprang er zur Seite, drehte sich um und rannte los. Hinter sich hörte er jemanden mit keuchendem Atem laufen. Im Zickzack ging es zwischen den Grabreihen durch. Der Verfolger kam näher. Vor Boomer lag eine lange Reihe mit Grabsteinen.

Im Vorbeilaufen zog er an dem einen oder anderen und hoffte darauf, daß einer umstürzt. Tatsächlich neigte sich eine größere Granitplatte und fiel auf den Weg. Sein Verfolger konnte nicht mehr ausweichen, stolperte und schlug hin. Boomer machte sich nicht die Mühe, sich umzusehen und rannte weiter Richtung Zaun, hangelte sich hoch, schwang sich darüber und war mit einem Satz auf dem Bürgersteig. Er lief weiter über die Straße in den Park zum Ehrenmal, wo er sich schwer atmend hinter einen Strauch fallen ließ. Von dort beobachtete er den Friedhof. Es blieb ruhig.

Boomer zog die Kladde aus der Jacke und blätterte sie im Schein der Straßenlaterne durch, die ihr trübes Licht bis in den Park verströmte. Es war eine Menge wirres Zeug eingetragen, mit dem er nichts anfangen konnte. Lediglich zwei Symbole kehrten immer wieder. Das eine war ein fünfzackiger Stern, der auf die Spitze gestellt worden war und dessen obere Zacken wie Hörner aussahen und das andere waren drei große „F“.

Er beobachtete erst wieder das Friedhofstor, als ein Passant mit seinem Hund am Tor vorbeiging und dieser wütend in das Friedhofsdunkel kläffte. Es war nichts zu erkennen, obwohl jemand dort sein mußte. Sonst hätte der Köter nicht so wütend gekläfft, überlegte Boomer.

Es dauerte einige Zeit, bis er hinter dem Eingangstor eine dunkle Gestalt bemerkte. Einer von den Satanisten, ging ihm durch den Kopf. Gott sei Dank keiner von den Friedhofsgärtnern. Beruhigt erhob sich Boomer und schlenderte über den Rasen zur Straße, auf den Friedhofseingang zu. Er lehnte sich gegen das Tor und blickte angestrengt in das Dunkel.

„He du Leichenfledderer komm raus. Hier ist die Luft rein. Keine Menschenseele zu sehen“, rief er in das Friedhofsdunkel.

„Boomer, bist du das?“ ließ sich eine dünne Stimme vernehmen.

Boomer war überrascht. Das war die Stimme von Pia. Damit hatte er nun gar nicht gerechnet. Schon wollte er sie auf den Kerzenleuchter und die wilde Hatz durch die Grabreihen ansprechen, als er sich spontan anders entschloß. Möglicherweise hatte sie ihn ja nicht erkannt. Er wollte nicht zu erkennen geben, daß er der heimliche Beobachter gewesen war.
Ich sage lieber mal nichts, wer weiß, wofür das gut ist, ging es ihm durch den Kopf, bevor er antwortete.
„He Pia, komm schon. Die Luft ist rein", rief Boomer erneut, nachdem er seine Überraschung überwunden hatte. Humpelnd schälte sich Pia aus dem Schatten eines Baumes und kam zum Tor.
„Ich komme nicht allein rüber", stöhnte sie.
„Ich bin hinter einem hergerannt, dabei gegen einen Grabstein gelaufen, habe mir mein Knie aufgeschlagen und mein Handgelenk verstaucht."
„Wer war das denn?" wollte Boomer listig wissen.
„Keine Ahnung. Aber er hat unsere Feier beobachtet. Wenn er uns erkannt hat, wird es Probleme geben."
„Ich würde mir an deiner Stelle keine Gedanken machen", versuchte er Pia zu beruhigen.
„Das sagst du so leicht. Los, hilf mir über den Zaun. Ich will nach Hause."
Boomer zog sich am Zaun hoch, schwang sich hinüber, lehnte sich mit dem Rücken gegen das Tor, ging er in die Knie und legte die Hände zusammen.
„Reintreten, hochdrücken und rüber. Dann wartest du im Park auf mich", kommandierte er. Pia stöhnte, als sie sich über den Zaun zog, auf der anderen Seite vorsichtig hinunterließ und über die Straße zum Park humpelte, wo sie zwischen den Büschen verschwand.
Boomer wartete noch einige Minuten, ließ mehrere Passanten vorbei und kletterte auf die andere Seite. Er drehte sich um, zog seine Spraydose aus der Jacke und sprühte unter das von ihm schon verunzierte Schild die drei „F" und das Pentagramm, das er in der Kladde gesehen hatte. Dann folgte er Pia in den Park, die dort auf dem Rasen am Gebüsch neben dem Ehrenmal saß, die Hose heruntergelassen hatte und sich ihr Knie besah. Es war aufgeschrammt und ein

großer Bluterguß zeichnete sich am Schienbein ab.
Die hat sogar schwarze Unterwäsche, stellte Boomer fest, als er bei ihr eintraf.
„Ist es schlimm? Kannst du gehen?"
„Ja, es wird schon. Nur schnell laufen kann ich nicht."
„Willst du mir noch helfen?" fragte er.
„Wobei?"
„Ich will noch einige Malings machen und dann nach Hause."
„Ich will sofort nach Hause", verlangte Pia energisch.
„Du kommst schon früh genug zu deinem Leichenschmaus und deinem Joint", grummelte Boomer, „ich habe dir aus dem Friedhof geholfen. Jetzt solltest du mir auch helfen."
„Ich kann nicht malen. Außerdem habe ich keine Spraydose", maulte Pia.
„Sollst du auch nicht. Das mache ich schon selbst. Aber du kannst aufpassen und warnen, wenn jemand kommt."
Pia verzog das Gesicht, schloß sich aber dann doch humpelnd Boomer in Richtung Altstadt an.
An der Kirche am Marktplatz setzte Boomer seinen letzten Tac, nachdem vorher drei Buswartehäuschen, eine Schallschutzmauer, eine Garageneinfahrt und ein gutes Dutzend bisher jungfräulicher Hauswände mehr oder weniger sinnvolle Malings erhalten hatten. Nun, nachdem die Dose leer war, warf er sie in hohem Bogen über eine Mauer auf den Innenhof eines Wohnhauses, wo sie scheppernd noch einige Meter über die Steine trudelte, bis sie an der Hauswand liegen blieb. Im dritten Stock öffnete sich ein Fenster. Ein neugieriger Anwohner stellte die Ursache des Lärms fest und schimpfte in Richtung Boomer.
„Du dreckiger Schmierer. Ich hole die Polizei!"
„Fick dich selbst", brüllte Boomer zurück und zeigte ihm den Stinkefinger. Dann verschwand er mit der humpelnden Pia um die nächste Hausecke.
„Woher habt ihr eigentlich die Knete für euer Hasch?" fragte Boomer beiläufig, während sie die WG ansteuerten. Pia schüttelte ärgerlich den Kopf.
„Warum willst du das wissen?"

„Ach, nur so. Aus Interesse. Ist ja wohl auch nicht ganz billig."
Pia zögerte. Dann bequemte sie sich doch noch zu einer Antwort, als Boomer schon nicht mehr damit gerechnet hatte.
„Wir bedienen uns an den Opferstöcken in den Kirchen."
„Das ist ein Ding. Da wäre ich nie drauf gekommen", entfuhr es dem sichtlich überraschten Boomer.
„Aber nicht, daß du auf die Idee kommst, uns unsere Einnahmequelle streitig zu machen", baute Pia vor.
„Keine Sorge", winkte Boomer ab. Insgeheim nahm er sich aber vor, diese Möglichkeit einmal genauer zu überprüfen.

DIE SCHLACHT AM SEE

Für naturentwöhnte Großstädter und Naturfreunde war die Umgebung der Stadt ein kleines Paradies. Nur wenige Kilometer nach den letzten Häusern erstreckten sich weite, fast grenzenlos wirkende Felder, auf denen jetzt im Frühsommer Gerste und Weizen wogten. Wie Wellen im Meer zeichneten Windböen in die Halme eine lange Dünung, die sich am Horizont, dort wo sich ein dunkler Waldsaum abzeichnete, verlor.
Der Raps war schon fast verblüht, aber der schwere Duft hing noch in der Luft, als wenn er sich niemals vertreiben lassen wollte. Über den Feldern zogen Bussarde ihre einsamen Kreise, ohne die Flügel zu bewegen.
Zwischen Feldern und Wald, der sich bis nach Brandenburg hinein erstreckte, wand sich durch ein flaches, sumpfiges Wiesental ein schmaler Fluß, der nach einigen Kilometern in einen der vielen kleineren oder größeren Seen mündete, irgendwo zwischen den Schilfflächen wieder austrat und letztlich seine Wasser in die Ostsee ergoss. Wer durch diese Idylle wanderte oder radelte, konnte mit etwas Glück ein Rudel Rotwild im Feld äsend entdecken oder Störche in den Sumpfwiesen bei der Jagd nach Fröschen und anderem Getier beobachten.
Für jeden, der sich hier vom Alltagsstreß erholen wollte, war es problemlos möglich, sich einen kleinen See auszusuchen, wo er picknicken oder baden konnte, ohne von anderen gestört zu werden oder selbst zu stören. So war es nicht ungewöhnlich, daß sich an Wochenenden aus der näheren und weiteren Entfernung Erholungssuchende mit Kind und Kegel in der Landschaft verloren, vorausgesetzt, das Wetter spielte mit.

Thien Sehr wohnte seit mehr als 15 Jahren in der Stadt und betrieb mit seiner Frau, seiner Schwester Mai Ling und seinem Schwager Huong ein Vietnamesisches Restaurant. Er hatte seine Verwandten aus Berlin eingeladen, um an einem Wochenende eine Familienfeier auszurichten. Insgesamt vierzehn Personen waren nach Mecklenburg gekommen, um gemeinsam zu feiern.

Natürlich war das Restaurant geschlossen. Thien wollte den Tag nicht im Haus verbringen, sondern draußen in der Natur verleben. Es war ein strahlender, warmer Frühsommertag und Thien hatte vor, mit der ganzen Gruppe zu einem kleinen See in Waldnähe zu fahren, um dort zu grillen und den naturentwöhnten Berlinern die schöne Landschaft, in der er sich niedergelassen und die ihm fast zur Heimat geworden war, vorzuführen. Die Stimmung war prächtig, ja ausgelassen. Auf einer Wiese, die hinter einem verblühten Rapsfeld leicht zum See abfiel, hatten sie Decken ausgebreitet und es sich gemütlich gemacht. Die Kinder planschten im Wasser, spielten im Sand oder gingen auf Entdeckungstour am Schilfgürtel des Ufers.
Auf dem Grill garten verschiedene Spezialitäten aus der alten Heimat, die Thien aus dem Restaurant mitgebracht und speziell für diesen Tag mit viel Liebe vorbereitet hatte. Für die Getränke hatte Huong gesorgt. Geschichten aus der alten und der neuen Heimat wurden erzählt und über Pläne für die Zukunft diskutiert.
Natürlich spielten auch die fast zehn Jahre zurückliegenden Ereignisse von Rostock-Lichtenhagen wieder eine Rolle. Schließlich hatte Thien mit seiner Frau dort lange gelebt und war danach erst in die Kleinstadt umgezogen, um sich selbständig zu machen. Die Berliner Verwandten hatten die Brandanschläge im Fernsehen verfolgt und natürlich hinterher angerufen und sich erkundigt. Sie waren froh, daß Thien und seiner Familie nichts passiert war und ließen sich jetzt noch einmal alle Einzelheiten schildern. Dabei war auch von Interesse, ob denn heute ein sicheres Leben in dem Land möglich sei und ob es in der Kleinstadt ausländerfeindliche Ausschreitungen gebe.
Thien war sichtbar stolz, versichern zu können, daß er und seine Familie freundlich aufgenommen worden seien und daß die Geschäfte zufriedenstellend verlaufen. Noch nie habe er Probleme bekommen, weil er Vietnamese sei. Es gebe zwar junge Leute in der Stadt, die Ausländern nicht unbedingt freundlich gesinnt seien, aber Ärger habe es mit denen noch nie gegeben. Im Gegenteil. Einige von diesen Leuten zähle er zu seinen treuesten Gästen.
Währenddessen war Mai Ling aufgestanden und kümmerte sich um die kleine Tochter, die plärrend am Ufer stand und sich heftig beschwerte, daß sie von ihrem Cousin aus Berlin nicht ins Wasser ge-

lassen wurde. Er hatte sie immer naß gespritzt. Die Mutter versuchte zu erklären, daß sie sowieso naß werde, wenn sie ins Wasser gehe. Als sie sich noch mit der Kleinen beschäftigte, sah sie die größeren Kinder aufgeregt am Ufer auf sich zu laufen. Was sie riefen war nicht zu verstehen, aber es schien wichtig zu sein. Sie richtete sich auf und wartete gespannt, bis die Beiden völlig außer Atem bei ihr angekommen waren.
„Auf dem Sandweg zum See kommt eine Gruppe von jungen Männern mit Glatzen. Die sehen so aus, wie die Leute, die in der Stadt immer 'Ausländer raus' rufen und uns auch schon einmal beschimpft haben", schrie eines der Kinder.
Mai Ling wurde unruhig und wollte gerade zu den Männern am Lagerplatz zurückgehen, um die Beobachtung der Kinder mitzuteilen. Das etwas Ungewöhnliches vorgefallen sein mußte, hatten die Männer schon mitbekommen und schauten alle in Richtung des Ufers. Thien hatte soeben die Spezialitäten auf dem Grill umgedreht, als es wie ein Unwetter über sie hereinbrach.
Aus dem Rapsfeld stürmten sieben glatzköpfige junge Männer in Bomberjacken und mit Springerstiefeln den kleinen Abhang hinunter auf den Lagerplatz zu. Bevor nur einer der Ausflügler reagieren konnte, wurde Thien beiseite gestoßen und der Grill umgekippt. Spezialitäten und die glühende Holzkohle fielen in den Sand. Thien stürzte, durch den Stoß aus dem Gleichgewicht gebracht, daneben und verbrannte sich an einem glühenden Stück Kohle die Hand.
Überrascht und empört richtete er sich wieder auf. Seine Verwandten saßen noch auf der Wolldecke. Vor ihnen hatten sich sechs Skins breitbeinig aufgebaut, die Arme in die Seiten gestemmt. „Sitzen bleiben", kommandierte einer, „spricht hier jemand deutsch? Oder brauchen wir hier einen Dolmetscher?" wollte der Anführer wissen, der Thien zu Boden gestoßen und den Grill umgekippt hatte. Thien gewann langsam seine Fassung wieder.
„Wir sprechen alle deutsch", antwortete er.
„Das vereinfacht die Sache. Wißt ihr, was das hier ist?" wollte der Anführer wissen. Thien wußte nicht, was der Skinhead wollte.
„Das ist ein See und eine Wiese", antwortete er deshalb vorsichtig.
„Nein", brüllte der Anführer laut, „das ist ein deutscher See und eine

deutsche Wiese. Um genauer zu sein, es ist unsere Wiese und unser See. Wir werden es nicht dulden, daß deutsches Land durch ausländisches Geschmeiß verunreinigt oder deutsches Gras durch ausländische Holzkohle verbrannt wird."
Mit ausgestrecktem Finger wies er auf die im Gras vor sich hin glühende Holzkohle.

Mai Ling hatte inzwischen die Kinder aus dem Wasser geholt und am Ufer unter ihre Fittiche genommen. Abtrocknen konnte sie die Kinder nicht. Die Tücher lagen oben bei den Männern, und da wollte sie jetzt nicht hin. Ihre kleine Tochter zitterte und fing an zu weinen. Auch der Cousin drückte sich eng an Mai Ling, während die beiden Großen am Ufer entlang gelaufen waren und die Szene aus sicherer Entfernung beobachteten.
„Wolf, die Kinder laufen weg", meldete sich einer der Skinheads. Der Anführer drehte sich um und nickte.
„Ich bin sicher, die laufen nicht weit", erklärte er und wandte sich wieder Thien zu, der verunsichert und Hilfe suchend zu seinen Verwandten hinüber blickte. Aber von dort konnte er keine Unterstützung erwarten. Sie saßen noch immer, von den Skinheads bewacht, auf ihrer Decke.
„Ihr werdet hier sofort verschwinden und dahin zurückkehren, wo ihr hergekommen seid", ordnete Wolf an, „wir geben euch eine Stunde Zeit, dann habt ihr hier aufgeräumt, den Müll entfernt, eure Sachen gepackt und den Platz so verlassen, wie ihr ihn vorgefunden habt. Habe ich mich klar genug ausgedrückt?"
Thien sah keine Möglichkeit zu widersprechen. Er dachte an die Frauen und die Kinder und nickte.
„Habe ich mich klar genug ausgedrückt? Hast du mich verstanden?" brüllte Wolf.
„Ja, wir werden zusammenpacken und weggehen", bestätigte Thien und unterdrückte mühsam ein Zittern.
„Ich will euch hier nie wieder sehen. Sonst werden andere Seiten aufgezogen. Genau eine Stunde habt ihr Zeit. Von jetzt an."
Wolf dreht sich um, winkte seinen Leuten und die glatzköpfige Schar verschwand über den Sandweg zwischen den Feldern. Von dort

dröhnte noch mehrfach „Sieg Heil", dann waren sie verschwunden.

Wie paralysiert saßen die Vietnamesen auf ihrer Decke. Mai Ling brachte die Kinder, und die beiden Großen kamen schnell angelaufen. Thien begann, ohne ein Wort zu sagen, mit den Händen die Kohle und die verdorbenen Spezialitäten im Sand zu verscharren. Während sich die Frauen um die Kinder kümmerten, sie abtrockneten und anzogen, packten die anderen Männer schweigend die Decke zusammen und verstauten die Getränke in den Autos. Thiens Frau Mo hatte aus dem Sanitätskasten im Auto Salbe und Verbandszeug geholt und Thien die Hand verbunden. Danach suchten sie alle den Lagerplatz noch einmal nach Papier und Essenresten ab, vergruben das, was sie gefunden hatten, stiegen in die Autos und fuhren langsam durch den Sandweg zwischen dem Raps und einem wogenden Gerstenfeld in Richtung Stadt.
Bevor sie eingestiegen waren, hatte Huong Verhaltensmaßregeln für den Fall abgesprochen, daß sie unterwegs noch einmal belästigt würden. In solch einem Fall wollten sie sich wehren.

Thien schaute auf die Uhr. Genau eine Stunde war seit dem Überfall vergangen. Er drängte zur Eile. Innerhalb der zugebilligten Stunde würde man sie in Ruhe lassen, war er der Meinung. Deshalb sollte nicht mehr diskutiert, sondern lieber abgefahren werden. Huong bestand auf seinen Instruktionen und fand bei den Verwandten Zustimmung.
Der Sandweg führte gerade durch ein Rapsfeld, welches jetzt, Anfang Juli, eine beachtliche Höhe hatte. Es mußte langsam gefahren werden, denn der Weg war durch Landmaschinen tief ausgefahren und die kümmerliche Grasnarbe in der Mitte streifte hörbar über die Fahrzeugböden. Die Autos waren voll besetzt und lagen tief. Vorsicht war geboten, wollte man die Autos unbeschädigt auf die Straße bringen.
Thien ließ seinen Schwager fahren. Er hielt sich die schmerzende Hand und blickte unruhig in die Felder. Aber außer den im Wind wogenden Halmen konnte er nichts bemerken. Nur noch wenige Meter, und sie hatten es zur Straße geschafft.

In diesem Moment bog ein VW-Bus in den Feldweg ein und fuhr durch die Schlaglöcher hüpfend auf sie zu. Huong trat auf die Bremse und hielt an. Das Fahrzeug hinter ihm, in dem die Verwandten aus Berlin fuhren, hielt ebenfalls. Mai Ling, die in dem dritten Wagen die anderen Frauen und die Kinder eingeladen hatte, gab Gas, scherte aus und pflügte durch den Raps. Sie hatte Angst stecken zu bleiben. Aber der Boden war trocken und relativ eben. Wenn die vielen dichten Pflanzen nicht wären, die keine Sicht nach vorne erlaubten, sich erst direkt vor dem Kühler teilten und wie durch Zauberhand verschwanden, war auf dem Feld weit besser zu fahren als auf dem Weg, ging es ihr durch den Kopf.
Sie mußte durch das Feld, koste es was es wolle. Nur die Kinder in Sicherheit bringen und nicht anhalten. Unendlich lang kam ihr die Fahrt durch das Rapsfeld vor. Die Kinder weinten wieder und die Frauen versuchten sie mühsam zu beruhigen. Schemenhaft sah sie eine Gestalt neben dem Wagen auftauchen. Ihre Schwägerin Mo schrie auf. Es gab einen dumpfen Schlag und die Gestalt war wieder verschwunden.
Plötzlich sah sie die Straße. Sie hatte das Feld durchquert. Direkt vor ihr führte eine Ausfahrt über einen kleinen Graben. Ohne auf die Männer zu warten, fuhr sie auf die Straße, wo wütend ein Auto hupte, dem sie die Vorfahrt genommen hatte und raste Richtung Stadt.

Während sich Mai Ling mühsam einen Weg durch das Rapsfeld bahnte, sahen die Vietnamesen die Skinheads aus dem VW-Bus herausspringen und in das Feld laufen. Sie hatten nicht die geringsten Zweifel, daß dieser Angriff ihnen galt. Genau diese Situation hatte Huong offenbar geahnt und besprochen. Deshalb wußte jeder, was nun zu tun war. Sie wollten sich nicht in ihr Schicksal ergeben und wie am See in Untätigkeit verharren. Main Ling hatte Frauen und Kinder in Sicherheit gebracht. Das Motorengeräusch des sich immer weiter entfernenden Wagens war deutlich zu hören. Huong stieß die Fahrertür auf und sprang aus dem Auto. Die aufschwingende Tür traf den ersten Angreifer an der Schulter und hielt ihn auf. Aus den Augenwinkeln beobachtete Huong, wie die Verwandten ebenfalls

aus dem Auto gesprungen waren und sich auf die Angreifer stürzten.
Sechs Gegner waren zu erkennen. Trotz Ausfall von Thien war somit zahlenmäßig Gleichstand hergestellt. Huong kümmerte sich um den Skin, den die Autotür an der Schulter getroffen hatte. Es war der Anführer der Gruppe. Der, den sie Wolf genannt hatten. Die Reaktion von Huong traf diesen völlig unvorbereitet. Er zögerte einen Moment. Genau einen Wimpernschlag zu lange. Die Unsicherheit nutzte Huong und trat ihm zwischen die Beine. Der Skin klappte wie ein Taschenmesser zusammen. Huong dreht sich einmal um die eigene Achse und traf mit dem zweiten Tritt seinen Gegner an den Rippen. Wolf stürzte stöhnend zu Boden, fing an zu würgen und übergab sich.
Thien war inzwischen ebenfalls ausgestiegen und zum VW-Bus gelaufen. Er fand einen faustgroßen Feldstein und schlug wie wild auf die Scheinwerfer ein, bis sie zersplitterten. Dann wurde er durch Huong zurück gerissen und wieder zum Auto gebracht.
Den anderen Skins war es ähnlich ergangen wie Huongs Gegner. Mit einem Gegenangriff hatte keiner von ihnen gerechnet. Deshalb fiel ihre Gegenwehr eher dürftig aus, und nach wenigen Augenblicken war der Spuk zu Ende. Die Vietnamesen hielten sich nicht damit auf, sich um die Verlierer zu kümmern, sondern eilten zu ihren Fahrzeugen zurück, stiegen ein, umkurvten den VW-Bus durch das Feld und fuhren Richtung Stadt.
Auf dem Schlachtfeld, das eigentlich der Ort eines glorreichen Sieges über die Vietnamesen hätte werden sollen, blieb die geschlagene und gedemütigte Skinhorde stöhnend zurück. Mühsam quälte sich Wolf, vor Unterleibschmerzen und Übelkeit bleich, hoch. Seine Brust schmerzte, das Atmen tat ihm höllisch weh.
Er schlich zurück zum Bus, wo langsam seine Kameraden eintrafen, die ebenfalls ihre Wunden leckten. Er lehnte sich an den Bus und musterte, mit Mühe das Wasser in seinen Augen unterdrückend, den Haufen Elend, der vor ihm stand. Einer fehlte.
„Wo ist Peter? Hat sich der Feigling zwischen den Raps verdrückt?" Gepresst und stockend kamen ihm die Worte über die Lippen. Schulterzucken war die Reaktion.

„Der ist vor mir aus dem Bus gesprungen und zu dem Auto gelaufen, das durch das Feld weggefahren ist", ließ sich einer der Skins hören.
„Suchen", ordnete Wolf an. Die Skins schwärmten aus. Das heißt, sie humpelten und schlichen in das Feld. Wolf blieb am Wagen, inspizierte fluchend den Schaden und beobachtete dann die Suche. Nach einigen Minuten sah er, wie einer seiner Leute seine Hand nach oben streckte. Der Skin dreht sich um und rief:
„Hier! Alle Mann zu mir! Hier liegt er! Er ist verletzt!
„Bringt ihn vorsichtig zum Wagen", rief Wolf und wurde unruhig. Lautes Schmerzgebrüll war aus dem Feld zu hören.
„Vorsichtig, habe ich gesagt", schrie Wolf noch einmal in Richtung der Suchmannschaft. Mit hochroten Gesichtern und Schweiß überströmt kämpfte sich seine Truppe durch das Feld. Ausgerechnet Peter, den Korpulentesten aus der Truppe, mußten sie zum Auto tragen.
„Was ist los?" wollte Wolf wissen, dem es inzwischen etwas besser gelang, Luft zu bekommen.
„Was los ist?" stöhnte Peter mit vor Schmerzen verzerrtem Gesicht. „Die schlitzäugige Schickse hat mich überfahren. Mein linkes Bein ist gebrochen. Und die dumme Kuh ist ohne anzuhalten weiter gefahren. Das ist Fahrerflucht."
„Bei wem willst du Idiot das denn anzeigen", entgegnete Wolf, „wir fahren dich jetzt zum Krankenhaus und dann sehen wir weiter. Viel schlimmer ist es, Dolph zu erklären, warum unser Auto beschädigt ist."
Umständlich legten sie Peter auf die Rückbank und drängten sich auf den restlichen Sitzen zusammen, um zuerst zum Krankenhaus und dann zur Baracke zu fahren.

Eine halbe Stunde brauchten Boomer und Pia noch bis zur WG, da die Satanistin nicht schnell gehen konnte und alle paar Meter stöhnend stehen blieb. Normalerweise hätte Boomer die Geduld nicht aufgebracht, so gemächlich mit Pia durch die Stadt zu gehen. Da er sich aber insgeheim für ihre Behinderung verantwortlich fühlte, biß er in den „sauren Apfel" und machte gute Mine zum bösen Spiel.
Als die Beiden am Haus eintrafen, kamen ihnen im Hausflur Timo, Jenny, Annika, Laszlo und drei von Reinis „schwarzen Jungs" entgegen. Sie trugen schwere Sporttaschen und drängten sich an Boomer und Pia vorbei nach draußen. Timo blieb stehen und drehte sich um.
„Wir sind noch einige Zeit beschäftigt", erklärte er Boomer.
„Du läßt in der Zwischenzeit Bruno zufrieden, oder ich reiße dir nach meiner Rückkehr den Arsch bis zum Genick auf. Ist das klar? Deine Dosen habe ich übrigens auf den Flur gestellt."
Boomer blieb stehen und nickte, während Pia ohne zu warten auf der Treppe nach oben verschwand.
„Muß ja wichtig sein, wenn ihr jetzt noch raus geht", stellte er fest.
Timo kratzte sich am Kopf.
„Mmh, ja. Vielleicht ist es besser, wenn du mitkommst. Wir können jeden Mann gebrauchen. Außerdem ist mir wohler, wenn du mit Bruno nicht allein im Haus bist."
„Stelle dich mit deinem Köter nicht so beschissen an. Warum nimmst du ihn nicht mit, wenn du solche Angst um ihn hast?"
„Der Hund stört nur", antwortete Timo.
„Dann muß es wirklich wichtig sein", stichelte Boomer weiter, „was habt ihr denn vor? Laß dir doch nicht alles einzeln aus der Nase ziehen."
„Wir haben eine Aktion gegen das Großkapital und die Macht der Konzerne beschlossen", erklärte Timo kurz.
„Und was bedeutet das?"
„Wenn du neugierig bist und wissen willst, was wir machen, dann komme mit."
Boomer überlegte einen Moment und entschloß sich dann, nicht neugierig zu sein.

„Ich bleibe hier", entschied er, drehte sich um und ging in den Flur. „Dann behalte die Tür im Auge und passe auf", brüllte Timo ihm nach, drehte sich um und rannte der Gruppe hinterher, die gerade um die Straßenecke verschwand.

Boomer schlich sich nach oben. Seine Spraydosen fand er an der angegebenen Stelle. Als er sie vom Boden aufnahm, knurrte hinter der Tür Bruno. Ohne den Hund zu beachten, stieg er weiter die Treppen hinauf zu seinem Verschlag. Im großen Zimmer hatten Jens und Nene bereits wieder ihre Kerzen angezündet. Sie kümmerten sich um Pia, ohne dabei Boomer zu beachten, der sich kommentarlos in seinem Verschlag verkroch, die Dosen auf den Boden warf und sich auf seine Matratze fallen ließ. Dort starrte er an die Decke. Er wußte nicht, wie lange er da einfach nur so gelegen hatte, als er die Sirenen von Polizei oder Feuerwehr hörte. Zuerst war nur eine Sirene zu hören, dann zwei, dann waren es noch weitere, also konnte es kein Krankenwagen sein. Ohne zu überlegen brachte er den Lärm gleich mit Timo und den Anderen in Verbindung. Er sprang, wie von der Tarantel gestochen auf, riß die Tür seines Verschlages auf. Jens, Nene und Pia blickten teilnahmslos hinter ihm her. Sie saßen auf ihren Hockern, glotzen mit leeren Augen ihren Totenschädel an, der auf dem kleinen Tischchen zwischen ihnen stand, und kifften.
Mit denen ist nichts mehr anzufangen, dachte Boomer und rannte die Treppe hinunter, immer mehrere Stufen auf einmal nehmend. An der Haustür angekommen, prallte er fast mit Annika zusammen, die atemlos von draußen zur Tür hereinstürzte. Sie stank übel nach Benzin und blutete an der Stirne und an den Händen. Boomer versuchte sie aufzuhalten, doch Annika entwand sich seinem Griff und rannte weiter die Treppe hinauf.
„Halte den Anderen die Türe auf, die kommen auch gleich", rief sie im Laufen und verschwand in den oberen Stockwerken. Boomer blickte vorsichtig aus der Tür. Er sah noch niemanden. Die Straße war leer. In einiger Entfernung waren noch immer die Sirenen zu hören. Und er glaubte an den niedrigen Wolken sogar das zuckende Blaulicht erkennen zu können.
Vorsorglich holte er aus dem Gerümpelzimmer die großen Eisen-

stangen, mit denen die Tür im Notfall von Innen verrammelt werden konnte und stellte sie griffbereit in den Flur. Dann bezog er wieder seinen Posten an der Tür und wartete. Der Türrahmen lag im Lichtschatten. Die Straßenlaterne auf der anderen Straßenseite hatte Timo mit Steinwürfen zerstört und die Stadtwerke hatten es wohl aufgegeben, sie zu reparieren. Seit einigen Monaten blieb sie dunkel. Gesehen werden konnte er deshalb nicht. Umso besser konnte er beobachten, was auf der Straße alles so passierte.
Die Leute in dem Wohnhaus gegenüber hatten sich längst an die WG gewöhnt. Anfangs hatte es mehrfach Streitereien, Beschwerden oder Anzeigen gegeben, die aber nichts bewirkt hatten. Auf gewalttätige Auseinandersetzungen wollten sie es offenbar nicht ankommen lassen, weil sie richtigerweise befürchteten, daß sie dabei den Kürzeren ziehen würden. Also kümmerten sie sich nicht umeinander. Weder positiv, noch negativ. Man ignorierte sich. Deshalb konzentrierte sich Boomer auch auf die etwas entfernter liegenden Mietshäuser links und rechts. Alles Altbauten, wie ihr eigenes Haus. Teilweise renoviert, teilweise noch in dem Zustand wie vor der Wende. Auf allen Hauswänden und in allen Einfahrten prangten die Tacs und Scratchings von ihm. Sozusagen seine Duftmarke. Auch den Bau der WG hatte er reichlich mit wilden gegenstandslosen Kritzeleien verziert. Nein, einen künstlerischen Anspruch erhob er nicht auf seine Werke. Nicht wie einer seiner Bekannten, der seine Malings fotografierte, sammelte und in einem Referenzordner geheftet Interessenten vorlegen konnten, um auf diese Weise die eine oder andere Auftragsarbeit gegen gute Bezahlung machen zu dürfen.
Er, Boomer, wollte nur seinen Spaß, und den hatte er, wenn andere sich ärgerten. Schon begann er sich zu langweilen, weil Timo und die Anderen noch nicht erschienen, als er eine flüchtige Bewegung und danach ein aufflammendes Licht in einem der etwas entfernter liegenden Hauseingänge bemerkte. Dort stand jemand und hatte sich eine Zigarette angezündet. Wenn er genau hinsah, konnte der hin und wieder die Glut erkennen. Danach wurde die Zigarette offensichtlich in der hohlen Hand verdeckt. Scheiße, dachte er, die Bullen oder die Sicherheitsnadeln haben unsere WG unter Wind genommen. Was tun? Die Tür konnte er nicht unbewacht lassen. Die Satanis

sind zugekifft und nicht zu gebrauchen. Annika versorgt ihre Verletzungen.
Unruhig trat er von einem Bein auf das andere. In diesem Moment bogen nacheinander ohne große Eile Laszlo, Jenny und Timo um die Hausecke, sahen sich noch einmal um und kamen schweigend zur Tür herein.
Laszlo nickte Boomer zu und drückte sich an ihm vorbei.
„Annika ist schon oben. Sie blutet", informierte Boomer. Laszlo sah kurz auf, nickte wieder nur und ging die Treppe hoch.
„Na Boomer, gut aufgepaßt und niemanden hereingelassen, der nicht hierhin gehört?" flötete Jenny sichtlich zufrieden. Die Frage war offensichtlich rhetorisch gemeint, denn sie folgte, ohne stehen zu bleiben, Laszlo die Treppe hinauf. Zuletzt erschien Timo. Auch er blutete an der Hand und hatte um die Wunde einen Fetzen von einem Hemd herumgewickelt, war aber guter Laune.
„Seid ihr komplett oder kommt noch wer?" wollte Boomer wissen.
„Es kommt keiner mehr. Wir sind komplett. Wir können das Haus dicht machen", erklärte Timo und wollte ebenfalls nach oben gehen, als er von Boomer daran gehindert wurde.
„Es kann sein, daß ich mich täusche. Aber ich glaube, wir werden beobachtet."
Timo blieb wie vom Blitz getroffen stehen.
„Wer beobachtet uns und seit wann?"
„Seit wann weiß ich nicht. Ich habe vor etwa zehn Minuten einen Typen entdeckt, die in der Toreinfahrt auf der linken Seite steht und eine Zigarette geraucht hat."
„Welche Einfahrt?"
„Da, wo ich meine ersten Tacs gemacht habe, nachdem renoviert wurde."
„Mmh, und wen genau hast du da gesehen?"
„Genau habe ich keinen gesehen. Ich habe nur die Zigarette erkannt, die immer wieder aufglühte, wenn der Typ daran zog."
„Und warum bist du nicht hingegangen und hast nachgesehen?"
„Bist du bescheuert? Ich konnte doch die Tür nicht unbeaufsichtigt lassen. Die Schwarzen sind zugedröhnt bis unter die Hirnschale, Annika im Bad und deinen Köter durfte ich als Verstärkung nicht holen."

„Der ist auch keine Verstärkung, lediglich ein Angstbeißer. Wozu brauchtest du denn Verstärkung? Wenn du rennst, bist du allemal schneller."
Boomer hätte nach dieser arroganten Antwort Timo eine reinhauen können.
„Du Arsch! Sichere doch das nächste Mal selbst die Tür ab, wenn du auf Tour gehst."
„Schon gut, ich hab's ja nicht so gemeint", beschwichtigte Timo, „komm, wir gehen und sehen nach."
Vorsichtig lugten sie aus der Tür und gingen in Richtung der Toreinfahrt. Dort war niemand zu sehen. Timo ging in die Einfahrt hinein. Er fand auf dem Betonboden neben der Regenrinne mehrere zertretene Zigarettenkippen.
„Unser Spanner bevorzugt traditionelle DDR-Kippen. Ein Nostalgiker und bestimmt kein Wessi. Anwohner scheiden aus. Die rauchen nicht Kette in der zugigen Toreinfahrt", stellte er sachlich fest.
„Na, glaubst du mir jetzt?" ereiferte sich Boomer und behielt die Tür der WG im Auge.
„Ich habe dir immer geglaubt", antwortete Timo ganz ruhig und ging wieder zurück, „nur wissen wir immer noch nicht, wer das war."
„Na, das können doch nur die Bullen oder Verfassungsschützer gewesen sein", ereiferte sich der Sprayer.
„Ja, ja. Kann sein. Kann aber auch nicht sein. Es kann aber auch einer von den Nazis gewesen sein oder einer, der einfach nur seine Töle ausgeführt hat. Aber das hilft uns jetzt auch nicht weiter. Wir verriegeln die Tür, richten unser Dosenalarmsystem ein und dann ist Feierabend."
Sie blieben noch einen Moment im Eingang stehen und beobachteten die Umgebung. Timo wickelte den Stoffetzen ab und warf ihn in den Rinnstein. Danach verschwanden die Beiden in der Tür, legten die großen Eisenstäbe in die Halterungen und verteilten die leeren Dosen im Flur.

Bei Schrader klingelte das Telefon. Verschlafen drehte er sich im Bett herum und tastete nach dem Hörer auf dem Nachttisch.

„Ja, was ist denn los?", knurrte er unwirsch in die Sprechmuschel.
„Einsatzleitstelle, Polizeihauptmeister Bergmann, " meldete sich sein Gegenüber, „wir haben eine Einsatzlage. Terroristischer Anschlag. Sie werden dringend auf der Dienststelle erwartet. Das gesamte Fachkommissariat wurde alarmiert. Das Innenministerium und das Landeskriminalamt sind bereits unterrichtet."
„Ach du große Scheiße! Ein Anschlag? Bei uns? Das kann doch wohl nicht wahr sein. Was ist denn passiert?"
„Das erfahren sie auf der Dienststelle", erklärte Bergmann kurz angebunden und legte auf. Schrader wälzte sich auch dem Bett.
„Ich bin gerne Polizist", brummte er mißmutig und steuerte das Bad an. Seine Freundin murmelte etwas, drehte sich auf die andere Seite und schlief weiter.

Auf der Dienststelle angekommen, lief ihm Raschke über den Weg, der mit dem gleichen übellaunigen Gesicht aus seinem Auto gestiegen war.
„Ist ja ein großer Auftrieb", stellte er fest und blickte sich auf dem fast voll besetzten Parkplatz um. Gemeinsam gingen sie in den Besprechungsraum, suchten sich noch einen freien Platz und harrten der Dinge, die da kommen sollten. Und sie kamen. Zunächst in Gestalt des Chefs der Kriminalpolizeiinspektion und des stellvertretenden Leiters der Polizeiinspektion, sowie des Bereitschaftsstaatsanwaltes.
Der Kripochef, der von seinen Mitarbeitern wegen seines äußeren Erscheinungbildes auch respektlos Kugelblitz genannt wurde, begrüßte die Anwesenden.
„Meine Damen, meine Herren." Er machte eine kleine Pause und blickte über die versammelten Beamten.
„Wie sich feststelle, sind wir fast komplett. Polizeirat Rönsch und Staatsanwalt Bertling muß ich nicht extra vorstellen.
Sie sind alarmiert worden, weil wir hier in unserem friedlichen Städtchen einen terroristischen Anschlag, ich berichtige mich, zwei terroristische Anschläge gehabt haben."
Unruhe entstand im Besprechungsraum. Es wurde getuschelt und gemurmelt.

„Ich bitte um Ruhe“, fuhr der Kripochef weiter fort, „zur Lage wird der Kollege Rönsch jetzt vortragen und die Besondere Aufbauorganisation erläutern, die unter Leitung des PI-Leiters eingerichtet wurde. Danach werde ich die personelle Einteilung für den Abschnitt Verbrechensbekämpfung, der unter meiner Leitung steht, vornehmen. Bitte Herr Rönsch.“
Der in seiner Uniform etwas steif wirkende Polizeirat hüstelte nervös und ergriff das Wort.
„Zunächst zur Lage, dann zur Aufbauorganisation.
Bisher unbekannte Täter haben gegen 00.15 Uhr in dem bekannten Autohaus mit dem großen Stern 6 große Schaufensterscheiben der Ausstellungs- und Büroräume, sowie der Eingangstür eingeschlagen und mehrere Brandsätze in das Gebäude geworfen. Außerdem wurden auf dem Firmengelände die Reifen von zwölf fabrikneuen zur Übergabe an Käufer vorbereiteten Fahrzeugen zerstochen. Der Schaden dürfte nach ersten Schätzungen mehr als 50.000 DM betragen. Die Brandflaschen sind zwar zerplatzt, haben sich aber nicht entzündet.
Am Tatort lag in einer Klarsichthülle ein mit einem fünfzackigen schwarzen Stern im Kreis signiertes Selbstbezichtigungsschreiben einer Gruppe MERAF, Mecklenburger revolutionäre Aktionsfront.“
Schrader stieß seinem Kollegen den Ellenbogen in die Seite.
„Kennst du die Gruppe? Ich habe bisher nichts davon gehört.“
Raschke schüttelte den Kopf.
„Entweder ist die Gruppe nicht von hier oder sie hat sich neu gegründet. Ich habe auch nicht die leiseste Ahnung.“
Polizeirat Rönsch war aber noch nicht am Ende.
„Damit aber noch nicht genug. An der Tankstelle in der Fritz-Reuter-Straße, dort wo wir auch immer unserer Einsatzfahrzeuge betanken, wurden die Zapfschläuche an zwei Säulen durchgeschnitten. Hier liegen uns vage Täterbeschreibungen vor. Die Kameras der Überwachungsanlage haben die Tatbegehung im Bild festgehalten.“
„Wenn das die undeutlichen und verwaschenen Bilder sind, die ich früher immer im Kommissariat auswerten mußte, wenn es um Benzindiebstahl ging, dann können wir das gleich vergessen. Da würde ich keine Hoffnung auf Identifizierung setzen“, flüsterte Schrader.

Raschke nickte nur und lauschte weiter dem Kollegen Rönsch, der gerade die Besondere Aufbauorganisation und die Aufgaben der einzelnen Abschnitte erklärte.
„Sind noch Fragen?“ schloß er seinen Vortrag. Wie gewohnt hatte niemand Fragen. Nach einer kurzen Verabschiedung ließ er den „Kugelblitz“ und den Staatsanwalt mit den Verbrechensbekämpfern allein. Staatsanwalt Bertling erläuterte die rechtlichen Aspekte und die Möglichkeiten, welche die Strafprozeßordnung als Reaktion zuließ und die er mitzutragen gedachte.
Der „Kugelblitz“ wurde ungeduldig. Ihm dauerte das schon zu lange. Er wollte verständlicherweise seine Leute schnell auf der Straße haben und mit den Ermittlungen beginnen. Deshalb unterbrach er den Staatsanwalt mitten in seinem Redefluß und verteilte die Arbeitsaufträge. Die Brüskierung des Staatsanwalts vor versammelter Mannschaft sollte später noch Folgen haben.
Raschke und Schrader wurden mit drei anderen Kollegen und einer Kollegin für den Unterabschnitt Fahndung eingeteilt. Sie hatten es nicht anders erwartet. Die Leitung bekam Raschke. Zur Besprechung gingen alle in das Büro von Schrader und Raschke.
„In der Ruhe liegt die Kraft“, begann Raschke seine Besprechung, „und ich will hier nicht stundenlang diskutieren. Wir müssen auf die Straße. Es ist jetzt, um halb drei Uhr, zwar eine beschissene Zeit für die Fahndung, aber der frühe Vogel fängt den Wurm. Wir haben keine Ahnung, wer hinter den Anschlägen steckt. Gerade deshalb sollten wir uns die Zeit nehmen und darüber nachdenken, wer dafür in Frage kommen könnte. Es gibt immer zwei Möglichkeiten. Die Täter sind von hier oder sie sind nicht von hier. Wenn sie von hier sind, muß es mit dem Deibel zugehen, wenn wir keinen Hinweis erhalten. Sind sie nicht von hier, haben wir die schlechteren Karten. Dann sind wir Ruckzuck das Verfahren los und das Landeskriminalamt oder gar das Bundeskriminalamt kümmert sich weiter darum.“
„Das BKA glaube ich weniger“, meldete sich einer der älteren Beamten, der auf der Schreibtischkante saß, zu Wort, „seit ihrem Reinfall mit Bad Kleinen machen die um Mecklenburg-Vorpommern einen Bogen und sind froh, wenn sie nicht in den wilden Nordosten müssen. Aber mit dem LKA könntest du richtig liegen. Die Jungs sit-

zen sich ihre Hintern in den Sesseln platt und sind richtig geil darauf, einmal Landluft schnuppern zu können."
Raschke zog die Augenbrauen hoch.
„Hast du was gegen das LKA? Hast du dich bei denen mal ohne Erfolg beworben oder hast du da mal gearbeitet?"
Der Kollege rutschte von seiner Schreibtischkante herunter.
„Äh, nein. Ich meine ja nur."
„Spare dir deine dummen Kommentare. Ich mag es auch nicht, wenn andere in meiner Abwesenheit dumme Sprüche über mich und meine Arbeit machen. Die vom LKA machen auch ihre Arbeit und dürften sicherlich genug zu tun haben. Also reiß dich zusammen! Wenn wir Pech haben, nimmt uns der Staatsanwalt sowieso das Verfahren weg und gibt es dem LKA. Ich kenne Bertling. Der läßt sich das, was unser Kugelblitz mit ihm gemacht hat, nicht ohne weiteres bieten. Also wundert euch nicht, wenn Gunnar Reinicke mit seiner Truppe hier in Kürze erscheint."
Der Gemaßregelte verzog das Gesicht und rollte mit den Augen; die anderen Kollegen und die Beamtin grinsten.
„Warum ereiferst du dich?" wollte Schrader wissen, „nur weil du vor einigen Jahren beim LKA gearbeitet hast?"
„Nein, weil mir die Kollegen aus Rampe lieber sind, als die vom BKA. Von denen habe ich seit Bad Kleinen die Schnauze voll. Da haben die uns ganz schön auf die Seife gestellt. Meinen damaligen Chef hat es fast zerrissen. Der bekam durch die Hektik einen Herzinfarkt."
„Mensch, das ist fast zehn Jahre her."
„Wenn auch, so etwas bleibt im Gedächtnis haften. Natürlich hat der alte Chef geraucht wie ein Schlot und seine einzige Bewegung bestand lediglich in dreimal täglichem Treppen steigen über zwei Stockwerke. Aber mich hat geärgert, daß die BKA-Fritzen sich noch nicht einmal für ihr Verhalten entschuldigt haben.
Schlimmer noch, sie haben ihn zusätzlich diffamiert und erzählt, er habe schlapp gemacht."
„Kam der nicht selber auch von diesem Verein?"
„Ja, gerade deshalb nehme ich denen das auch übel..."
„Und Reinicke kommt auch von denen?"

„Nein, der ist von hier. War mal Major bei der Volkspolizei. Deshalb nennen ihn auch noch einige Genosse Major."
„Und das läßt er sich gefallen?"
Raschke zuckte mit den Schultern.
„Das ist ihm egal. Jedenfalls habe ich noch nicht gehört, daß er sich darüber beschwert hat. Und jetzt wollen wir mal unsere Arbeit machen."

Die Teams wurden eingeteilt. Und da Raschke das Sagen hatte, war es nicht weiter verwunderlich, daß er zusammen mit Schrader ein Team bildete. Alle bekamen ihre Aufträge. Gegen sieben Uhr sollten sie sich wieder im Büro einfinden.
Bevor Raschke und Schrader sich in ihr Auto schwangen, gingen sie noch zum „Kugelblitz". Dort konnten sie auf dem Videorekorder den in der Tankstelle sichergestellten Film aus der Überwachungskamera ansehen. Es waren verschiedene Standbilder, die den Ablauf der Tat immer mit mehreren Sekunden Unterbrechung darstellten. Zwei dunkel gekleidete Gestalten, nach Größe und Statur offenbar männliche Personen, schlichen an der Wand entlang und lehnten sich dann mit dem Rücken an den Nachtschalter. Dem Kassierer war die Sicht genommen. Unmittelbar danach sprangen zwei, nein drei, kleinere Täter von der Straße auf die Zapfsäulen zu. Während einer die Zapfpistole aus der Halterung nahm und ein Zweiter ihm half, den Schlauch zu halten, sägte der dritte Täter mit einer kleinen Säge, es könnte eine Eisensäge gewesen sein, den Schlauch durch. Benzin spritzte heraus, die Täter sprangen zur Seite und liefen zur zweiten Säule, wo sich der Vorgang wiederholte. Danach rannten sie auf die Straße, wo sie sich mit den Beiden vom Kassenhäuschen trafen und Richtung Stadt entfernten.
Raschke ließ sich den Film mehrmals zeigen und bat den Kollegen von der Kriminaltechnik, ihm von einer Szene ein Standbild zu fertigen.
Normalerweise hörte der Kugelblitz die Flöhe husten und hätte sofort nachgefragt, ob Raschke schon einen Verdacht hätte. Gott sei Dank war der aber noch damit beschäftigt, alle telefonischen Anfragen, von wem auch immer, und ganz sicher nicht nur aus dienstli-

chem Interesse, sondern zur Befriedigung persönlicher Neugier, abzuarbeiten.
Schrader sagte kein Wort und ging schweigend mit zum Auto. Auf dem Parkplatz angekommen, konnte er nicht mehr an sich halten.
„Nun spann mich nicht auf die Folter. Du hast doch einen Verdacht."
„Mmh."
„Na toll, das ist ja eine erschöpfende Auskunft."
„Mmh."
„Kannst du auch etwas anderes sagen?"
„Entschuldigung, ich habe nachgedacht, was wir machen können. Ich habe nämlich in der Tat einen Verdacht; weiß aber noch nicht, wie wir an die Leute herankommen."
„Wenn du mir deinen Verdacht sagen würdest, könnten wir zu zweit darüber nachdenken. Ist das ein Angebot?"
„Ich glaube, mindestens zwei der Täter waren Mädchen, und eines könnte sich beim Sägen verletzt haben. Außerdem dürften deren Klamotten stark nach Benzin stinken, so wie der Sprit aus den Schlauchenden herausgespritzt ist."
Schrader war baff.
„Wie kommst du denn darauf?"
„An der Art, wie der Schlauch zersägt wird. So sägt kein Mann. So sägt eine Frau. Außerdem war ein Zucken der Hand festzustellen, das immer automatisch erfolgt, wenn man sich verletzt. Ein Reflex."
„Wir suchen also eine Frau, die sich am Arm verletzt hat und die deutlich nach Benzin stinkt."
„Wenn es wirklich so leicht wäre. Die wird schon geduscht haben, und ob die Verletzung so schwer ist, daß sie in ärztliche Behandlung gegangen ist, wage ich zu bezweifeln. Aber es ist zumindest ein Ansatz."
Schrader setzte sich wie gewohnt ans Steuer des zivilen Dienstautos und sie fuhren vom Hof der Dienststelle in Richtung Altstadt. Raschke starrte aus dem Fenster auf die noch schlafende Stadt. Nur vereinzelt war in den Häusern Licht zu sehen.
„Gehen wir einmal davon aus, es sind Täter aus unserer Stadt. Wer könnte deiner Meinung nach potentiell dafür in Frage kommen?"
„Ich bin noch nicht so lange im Geschäft, daß ich dazu was sagen

kann“, drückte sich Schrader um eine konkrete Antwort.
„Stelle dein Licht nicht unter den Scheffel. So unbeleckt bist du auch nicht mehr.“
„Zunächst scheiden die Skinheads aus. Gegen Autohäuser und Tankstellen gehen die nicht vor. Eher gegen Asylantenheime oder Dönerbuden. Kriminelle sehen keinen Sinn darin, nur etwas zu zerstören. Die suchen den eigenen Gewinn und hätten Autos oder Benzin geklaut oder zumindest Zubehör oder den Tankwart überfallen und die Knete geraubt. Bleiben eigentlich nur unsere Autonomen.“
„Ja, ja. Nur, die haben bisher lediglich Leute verschreckt, gebettelt oder sich mit den Rechten geprügelt. Vermutlich machen sie auch die Graffitischmierereien. Anschläge mit programmatischer Aussage waren nicht ihr Ding.“
„Und wenn es zwischenzeitlich welche gibt, die eine politische Richtung verfolgen? Bei denen gibt es doch auch eine personelle Fluktuation. Nicht so hoch wie bei den Rechten, aber immerhin.“
Mmh“, ließ sich Raschke wieder vernehmen, „fahre mal an der WG in der Altstadt vorbei.“
Langsam rollte der Wagen durch die engen Gassen, vorbei an den graffitibeschmierten Häusern. Dort wo die defekte Straßenlaterne war, befand sich der Altbau der WG. Es war dunkel; kein Licht zu erkennen. Im Vorbeifahren sahen sie, daß die Türe verschlossen war. Nichts rührte sich. Schrader hielt einige Meter hinter dem Haus an und sie stiegen aus.
Gemächlich gingen sie Straße zurück. Vor der Tür der WG blieben sie stehen und lauschten. Nichts war zu hören.
Schrader ging auf die andere Straßenseite, um von dort in die Fenster im ersten und zweiten Stock zu sehen. Es war sinnlos.
Als er zurückging, stand Raschke am Rinnstein. Er betrachtete einen Stoffetzen, der achtlos zwischen einigen plattgetretenen Tüten und Papierresten lag. Schrader wollte ihn gerade achtlos zur Seite kicken, als er von Raschke daran gehindert wurde.
„Da ist Blut dran, frisches Blut“, stellte er fest, hob den Fetzen vorsichtig mit zwei Fingern auf und schnüffelte daran.
Schrader grinste.

„Na, ist der Duft ansprechend? Was haben wir denn gefunden? Achselschweiß, Wischwasser oder Schuhcreme?“
„Er stinkt nach Benzin, wenn mich mein Näschen nicht trügt.“
Sie gingen zum Wagen zurück und tüteten den Fetzen ein.
„Bei Licht betrachtet ist das ein Stück von einem Hemd. Vielleicht finden wir auch noch das Hemd und den, der drinsteckt. Dann haben wir jemanden, den wir fragen können.“

Sie fuhren zur Dienststelle zurück. Während Schrader den obligatorischen Bericht schrieb, ging Raschke mit seinem Fund zum „Kugelblitz“.
„Zur Kriminaltechnik und untersuchen lassen“, ordnete er an. Raschke schlug ihm eine sofortige Durchsuchung der WG vor. Der Kripochef schaute ihn überrascht an.
„Raschke, wie lange sind sie schon bei der Kripo? Allein aufgrund dieses Fetzens gehe ich doch nicht zum Staatsanwalt und beantrage eine Durchsuchung. Das ist doch wirklich etwas dürftig. Sie können doch nicht einfach ein Haus durchsuchen, vor dem ein nach Benzin stinkender Fetzen mit möglicherweise etwas Blut gefunden wurde.“
Raschke zuckte mit den Schultern.
„Dann nicht“, sagte er und trollte sich wieder.
„Um halb acht ist Lagebesprechung“, brüllte ihm „Kugelblitz“ hinterher.
Raschke wartete in seinem Büro auf die anderen Kollegen, die langsam wieder eintrafen und stellte die Kaffeemaschine an. Die Kollegin stellte eine Tüte mit frischen Brötchen auf den Schreibtisch.
„Ich denke, die haben wir uns als Frühstück verdient. Ich habe sie von einem Bäcker direkt aus der Backstube geholt.“
„Eine Kollegin die mitdenkt und weiß, was Männer am frühen Morgen mögen“, stichelte der Beamte, der schon mit seiner unqualifizierten Bemerkung über das LKA aufgefallen war.
„Du bist von den Brötchen ausgeschlossen“, bestimmte die Kollegin und nahm dem Verdutzten die Schrippe aus der Hand.
Raschke grinste.
„Laß dir von einem älteren Kollegen sagen: Ohne unqualifizierte Bemerkungen kommst du weiter.“

Die Kollegen besprachen bei Kaffee und trockenen Brötchen das magere Ergebnis, bevor sie gemeinsam zur Lagebesprechung gingen.

Neben „Kugelblitz" stand der Staatsanwalt. Jedem, der Körpersprache lesen konnte, durfte klar sein, eine vertrauensvolle Zusammenarbeit zwischen den Beiden war nicht möglich. Die Unterabschnittsleiter berichteten über die bisherigen Ergebnisse, die der Staatsanwalt schweigend zur Kenntnis nahm. Als alle fertig waren, ergriff Bertling das Wort
„Ich habe mich nach Rücksprache mit dem Leitenden Oberstaatsanwalt und dem Generalstaatsanwalt entschlossen, das Landeskriminalamt mit den Ermittlungen zu beauftragen. Die Kollegen werden in Kürze eintreffen. Ich gehe davon aus, daß sie in gewohnter Weise unterstützt werden."
Die Entscheidung kam für „Kugelblitz" sichtlich unerwartet und sie hatte den gleichen Effekt wie ein Tiefschlag beim Boxen. Der Kripochef lief rot an und kniff die Lippen zusammen. Dennoch fügte er sich ohne Widerrede in die Entscheidung. Der Staatsanwalt ist schließlich Herr des Verfahrens. Seine Entscheidung war zu respektieren.

„Hallo Gunnar, komm rein. Kaffee? Schon beim Kugelblitz gewesen?" Raschke begrüßte den kleinen bulligen Beamten, der im Landeskriminalamt die Ermittlungen beim Staatsschutz leitete, freundlich. Beide hatten schon mehrfach miteinander zu tun gehabt und wußten, was sie voneinander zu halten hatten.
„Ich wußte, daß ich bei dir einen Kaffee und vor allem die Infos bekomme, die ich brauche, bevor ich mich mit eurem Chef unterhalte. Bertling hat uns noch in der Nacht beauftragt, die Ermittlungen zu übernehmen. Das kann nur bedeuten, daß es zwischen eurem Kugelblitz und dem Staatsanwalt Ärger gegeben hat."
„Das kannst du wohl sagen. Unser Dicker hat Bertling vor versammelter Mannschaft das Wort entzogen. Was dann kam, kannst du dir denken."
In diesem Moment kam die Kollegin herein, die in der Frühe die Brötchen spendiert hatte und legte einen Brief auf den Tisch.

„Der ist eben für dich unten an der Wache abgegeben worden."
„Von wem?"
„Keine Ahnung!"
Raschke griff zum Telefonhörer, rief bei der Wache an und stellte die gleiche Frage noch einmal. Mit unbewegtem Gesicht hörte er sich an, was der Beamte zu sagen hatte. Als der geendet hatte, legte er wortlos den Hörer auf den Apparat, riß den Brief auf und las. Dann schaute er auf die Uhr.
„Gunnar! Schrader und ich haben etwas Dringendes zu erledigen. Du mußt sowieso jetzt zum Chef, sonst gibt es Theater. Komm aber hinterher wieder zu uns ins Büro. Ich glaube, wir haben dann was für euch."
Gunnar Reinicke nickte. Er nahm noch einen Schluck Kaffee, bevor er auf dem Flur verschwand.

Schrader war aufgestanden, um ohne zu fragen hinter Raschke her zu gehen. Der hatte das Zimmer bereits verlassen und lief für seine Verhältnisse überraschend schnell die Treppe herunter. Schrader hatte Mühe, ihn auf der Straße einzuholen.
„Was gibt es denn so Eiliges, daß du zu Fuß gehst und dann auch noch so schnell, daß man dich kaum einholt?"
„Der Brief muß schon längere Zeit am Eingang gelegen haben. Durch Zufall hat ihn ein Kollege aufgehoben, meinen Namen gelesen, ihn bei der Wache abgegeben und die haben dann gewartet, bis zufällig die Kollegin vorbeikam. Da kommt keiner auf die Idee, den Hörer in die Hand zu nehmen und anzurufen. Es ist zum Kotzen. In dem Brief bestellt uns ein Unbekannter zum Eingang der alten Brauerei. Er will letzte Nacht eine wichtige Beobachtung gemacht haben, traut sich aber nicht in die Dienststelle."
„Wenn der dich direkt angeschrieben hat, kann der Unbekannte doch eigentlich nur aus der Szene kommen."
„Ja, fragt sich nur aus welcher."

Die alte stillgelegte Brauerei lag nur wenige hundert Meter von der Polizeidienststelle entfernt. Sie war am schnellsten zu Fuß durch einen schmalen Weg hinter den Wohnhäusern an der Straße zu errei-

chen. Die Gebäude verfielen langsam und das ehemalige Firmengelände verwilderte, da sich noch kein Investor gefunden hatte, der das Areal nutzen wollte. Eigentlich war das unverständlich, denn die Lage war optimal mit eigenem Zugang zum See und einem Bootsanleger. Zur Straße hin war das Gelände durch ein großes eisernes Tor und einen hohen Zaun gesichert, hinter dem eine dichte Hecke den Einblick erschwerte, wenn nicht gar verwehrte.
Raschke war sich sicher, durch diese Hecke wurde ihr Kommen beobachtet. Er brauchte erst gar nicht am Tor zu rütteln, sondern mußte nur warten. Er hatte sich nicht getäuscht.
„Hallo Herr Raschke", meldete sich eine jugendlich helle Stimme hinter der Hecke. Die Unbekannte, es handelte sich eindeutig um eine Mädchenstimme, kannte ihn. Fieberhaft grübelte Raschke nach, wo er die Stimme schon einmal gehört hatte. Es fiel ihm nicht ein.
„Na mien Deern", gab er sich väterlich jovial, „was gibt es denn Wichtiges und Dringendes?"
„Sie machen mir Spaß", antwortete es durch die Hecke, „die ganze Polizei der Stadt fährt hektisch durch die Gegend und sucht nach irgendwelchen gefährlichen Menschen, und sie fragen, was es denn Wichtiges gibt. Wollen sie einen Tipp, wer hinter der ganzen Sache von heute Nacht steckt - oder nicht?"
„Nun mach es nicht so spannend Mädel. Natürlich bin ich an einem Tipp interessiert. Aber er muß Hand und Fuß haben, sonst hätten wir uns das Ganze hier sparen können. Nun zeig dich mal, dann kann ich einschätzen, ob mir die Info was bringt."
„Wollen sie mich verscheißern?" tönte es aus der Hecke, „ich bringe mich hier in Gefahr und sie wollen verhandeln. Dann hätte ich ja gleich in den Bullenstall kommen können."
„Schon gut. Erzähl', was du weißt."
„Also, die Aktionen gegen die Firma und die Tankstelle wurden von der WG in der Altstadt gemacht. Aber nicht allein. Es sind noch einige Fremde dabei gewesen. Die Mollys haben die in der WG gemixt. Wenn ihr da durchsucht, müßt ihr noch was finden. Aber nur, wenn ihr euch beeilt. Eine Frau und ein Mann wurden verletzt. Der Mann hat seinen Verband vor dem Haus weggeworfen. Viel Glück."

„Wie viele waren es? Kennst du Namen? Um wieviel Uhr sind sie weggegangen und wann wiedergekommen?"
Raschke erhielt keine Antwort mehr.
„Die Kleine ist weg. Bis wir über den Zaun oder um die Anlage herumgelaufen sind, ist die über alle Berge", bemerkte Schrader, „wer könnte das gewesen sein? Die schien dich zu kennen. Hört sich an, als ob sie aus der WG kommt."
„Oder alles beobachtet hat", ergänzte Raschke und machte sich auf den Rückweg, Schrader im Schlepp.
„Mir fällt bestimmt noch ein, wer das war. Das Dumme ist nur, mich kennen aus der Szene mehr Leute, als ich Leute aus der Szene."
Schweigend stapften sie zur Dienststelle zurück. Unvermutet blieb Raschke stehen.
„Heureka! Ich hab´s".
„Was hast du?" wollte Schrader wissen.
„Ich weiß, wer unsere Informantin ist."
„Na, sag schon und lasse dir nicht die Würmer aus der Nase ziehen."
„Rabe. Tiffi Rabe."
„Ja gut, und was sagt uns das?"
„Das ist die Tochter von meinem Nachbarn."
„Wie schön für uns. Dann können wir sie ja ganz formell vorladen", brummelte Schrader und machte Anstalten, weiter zu gehen.
„Die ist zu Hause ausgezogen. Soll in einer WG leben."
„Na toll! Der Kandidat hat hundert Punkte. Mach was draus. Und jetzt komm schon. Dein Geistesblitz hilft uns nicht weiter."
Raschke murmelte etwas Unverständliches, bevor er sich wieder in Bewegung setzte, um hinter Schrader herzutrotten.

DIE STAATSMACHT

Nachdem Raschke erzählt und Schrader den Kaffee verteilt hatte, herrschte zunächst Schweigen im Raum.
„Mehr habt ihr nicht?“ fragte Reinicke.
„Mehr haben wir nicht“, echote Raschke.
„Das ist ein wenig dürftig, um einen Durchsuchungsbeschluß zu beantragen“, ergänzte Bertling.
In diesem Moment kam eine Kollegin aus der Kriminaltechnik. Sie wedelte aufgeregt mit zwei Papiertüten, aus denen sie umständlich zwei gleichartige Stoffetzen herauszog.
„Kollegen, das wird euch interessieren!“
Sie legte die Lappen nebeneinander auf den Tisch. Alle Anwesenden beugten sich interessiert über die deutlich nach Benzin riechenden Stoffstücke.
„Was meint ihr? Sind die vom gleichen Hemd oder nicht?“
„Wenn es nach dem Muster geht, ja“, meldete sich Reinicke.
Triumphierend ergänzte die Kriminaltechnikerin:
„Es geht nicht nur nach dem Muster. Es sind Passstücke und haben ursprünglich einmal zusammengehört. Die sind eindeutig vom gleichen Hemd. Eines steckte im Hals einer Flasche, die als Molly ins Autohaus geworfen wurde. Das andere Stück hat mir Kollege Raschke gegeben.“
„Du bist ein Goldstück“, erklärte Schrader und nahm die Kollegin in den Arm.
„Schnell, präzise und genau zum richtigen Zeitpunkt. Gut gemacht“, lobte Reinicke und wandte sich wieder Staatsanwalt Bertling zu.
„Das müßte doch für einen Beschluß reichen, oder?“
Der Angesprochene konnte die Euphorie der Polizeibeamten nicht teilen.
„Mmh ja, immer noch recht dürftig, aber ich will es versuchen.“
Er wies die anwesenden Kollegen an, alles vorzubereiten, um kurzfristig die Durchsuchung der Altstadt-WG durchzuführen. Da nicht bekannt war, wie viele Personen sich in dem Haus aufhielten und weil mit Widerstand gerechnet werden mußte, wurde das Sonder-

einsatzkommando, das für derartige Aufgaben besonders geschult ist, angefordert.
Wichtig war für Reinicke, nicht noch mehr Zeit zu verlieren. Präzise Planung war gegen Schnelligkeit abzuwägen. Er entschied sich für die Schnelligkeit. Nachdem er die Kollegen angewiesen hatte, stand er auf und verließ die Dienststelle, um den Staatsanwalt zu überzeugen, die Durchsuchungsbeschlüsse zu beantragen.

Es dauerte nicht lange und der Kommandoführer des SEK erschien im Büro, wo er in die Lage eingewiesen wurde. Der „Kugelblitz" war zwar wenig begeistert über den Wirbel, den die LKA-Leute auf seiner Dienststelle machten, unterstützte aber mit seinen Beamten, wo er nur konnte. Auch Schrader und Raschke wurden abgestellt und erhielten von ihm den Auftrag, nach Abschluß der Aktion detailliert zu berichten.

Als das Telefon klingelte, blickten alle wie elektrisiert auf den Apparat. Raschke nahm ab, meldete sich und reichte den Hörer wortlos an Reinicke weiter. Der lauschte einige Sekunden und sah auf die Uhr. „Dann treffen wir uns in genau 20 Minuten vor dem Objekt", sagte er und legte wieder auf.
Die Spannung war im Raum förmlich zu fühlen. Mit wenigen Worten wurde das Vorgehen noch einmal abgesprochen, dann stürmte der SEK-Leiter hinaus, um seine Leute einzuweisen, zumal er den ersten Angriff durchzuführen hatte.
Mit der zweiten Welle würden die Kriminalbeamten, ein Polizeifotograf und zum Schluß die Kriminaltechniker der Spurensicherung hineingehen. Zusammen mit Einsatzleiter Reinicke wollte der Staatsanwalt in das Haus und den Durchsuchungsbeschluß selbst aushändigen.
Eine Minute vor der festgelegten Zeit liefen die SEK-Beamten in ihren martialisch aussehenden Anzügen mit schußsicherer Weste und Helm an den Wänden der Häuser auf den Eingang der WG zu. Von der anderen Seite des Wohnblocks schlichen sich ebenfalls einige Beamte durch eine Toreinfahrt in den Innenhof und sicherten die Rückseite des Altbaus.

Neben der Eingangstür baute sich das SEK links und rechts auf und wartete auf das Zeichen zum Eindringen.
Reinicke, der wie ein Feldherr mitten auf der Straße stand, hob den Arm. Zwei SEK-Beamte setzten den Rammbock an die Tür: Ein Türöffner, der von einer Explosivladung getrieben, die Tür aus dem Rahmen drücken und ein schnelles Eindringen ermöglichen soll.
Der Arm fiel nach unten und mit lautem Krachen schlug die Ramme auf die Tür ein. Zur Überraschung der Beamten hielt sie aber stand. Die dicken Eisenstreben hatten das Ausbrechen aus dem Rahmen verhindert. Fluchend setzten die Beamten die Ramme ein zweites Mal ein, jetzt mit Erfolg und die Beamten stürmten in den Flur.
In der Zwischenzeit waren einige Minuten vergangen und den Bewohnern der WG mußte klar sein, daß von wem auch immer versucht wurde, in das Haus einzudringen. Die besten Chancen hatten Boomer, Jens, Nene und Pia, Dinge verschwinden zu lassen, die nicht unbedingt gefunden werden sollten.
Während Boomer auf seiner Matratze liegenblieb, war Nene zum Klo gerannt, wo sie schnell das Haschisch hinunterspülte, das in einer Blechdose auf dem Tisch stand. Die Rauchutensilien raffte Jens zusammen, stopfte sie zusammen mit einem verschlossenen Päckchen Rauschgift in eine kleine Plastiktüte, riß die Inspektionsklappe des Schornsteins auf und drückte die Tüte hinein. Während die Polizisten die Treppe heraufpolterten, rutschte die Tüte langsam in die entgegengesetzte Richtung. Kaum daß Jens die Klappe wieder geschlossen und zu seinen Liege zurückgegangen war, sprangen die Beamten mit gezogenen Waffen in den Raum und sicherten nach links und rechts. Einer riß die Tür zu Boomers Verschlag auf und hielt dem Sprayer die Pistole unter die Nase.
Boomer stützte sich auf die Ellenbogen und kam langsam von seiner Matratze hoch.
In diesem Moment knallte ein Schuß. Der SEK-Beamte zuckte genauso wie Boomer zusammen. Nene und Pia fingen an zu schreien. Dazwischen war das „Ruhe“, „Ruhe“, „Liegen bleiben“ der Polizisten zu hören.
Aus dem ersten Stock tönten Schreie, Weinen und Keifen. Boomer identifizierte die Stimmen von Annika, Timo, Laszlo und Tiffi.

Dazwischen klangen fremde Stimmen, die laut auf Ruhe bestanden. „Ihr Schweine, ihr dreckigen Bullenschweine, warum habt ihr das gemacht?"
„Aus dem Weg! Gehen sie zur Seite!" Eine fremde energische Stimme übertönte alle anderen.
Unten entstand erneut Getümmel. Das Klatschen von Schlägen war zu hören, danach wieder laute Schreie. Nach einem erneuten dumpfen Schlag, an den sich das deutliche Ratschen von Handschellen anschloss, und einem lauten: „Sie sind festgenommen wegen Widerstandes gegen die Staatsgewalt", war plötzlich Ruhe.
Boomer blinzelte den Beamten vor ihm vorsichtig an. Das Gesicht des Polizisten war nicht zu erkennen. Unter dessen Helm befand sich ein Gesichtsschutz, ähnlich einer Motorradmütze, die nur die Augen erkennen ließ.
Die Waffe noch immer mit ausgestreckten Händen im Anschlag forderte der Beamte Boomer auf, langsam aufzustehen, aus seinem Verschlag herauszutreten und sich neben die drei Satanisten zu stellen. Mit gespreizten Beinen, dem Gesicht zur Wand und mit den Händen über dem Kopf abgestützt.
Dann wurde er von oben bis unten abgeklopft. In der Zwischenzeit drehten mehrere Beamte in Zivil alle Gegenstände um und stöberten durch alle Ecken. Dabei redeten sie kein Wort.
Langsam fand Boomer seine Worte wieder. Er hatte das Verlangen, sich freireden zu müssen, auch um seine Angst in den Griff zu bekommen.
„He Leute", versuchte er es auf die joviale Art, „weswegen macht ihr hier denn so einen Aufstand? Ist einer von uns zu schnell gefahren oder bei Rot über die Ampel gegangen?"
Er erhielt keine Antwort und versuchte es eine Spur aggressiver:
„Wenn wir nichts gemacht haben, weshalb laßt ihr uns nicht ganz einfach in Ruhe, oder habt ihr nichts Besseres zu tun."
„Mach dir keine Sorge, der Staatsanwalt ist gleich bei euch und erklärt, warum wir hier sind", bekam er endlich zu hören.
Sieh an, die können doch reden und haben nicht nur Taubstumme geschickt, ging es Boomer durch den Kopf, was wissen die und was können die uns nachweisen?

Die Spannung stieg von Minute zu Minute. Er versuchte die Beamten, die ihn und die Satanisten bewachten aus der Reserve zu locken, was ihm aber nicht gelang. Ohne auf ihn und seine Fragen zu reagieren, durchsuchten die drei Kripoleute weiter den großen Dachboden und seinen Verschlag.

Im ersten und im zweiten Stock war es nicht so ruhig geblieben. Der erste Rammstoß, der das ganze Haus erschütterte, hatte Timo aus dem Schlaf gerissen. Bevor er einen klaren Gedanken fassen konnte, hatte es noch einmal gekracht. So hatte er keine Zeit gefunden, sich auf eine Verteidigung vorzubereiten, zumal Jenny sich an ihn gekuschelt hatte und jetzt fest in seinem Arm lag. Bevor er sich aus ihrer Umklammerung befreit hatte, waren die Polizeibeamten bereits im Haus. Bruno war aufgesprungen und stand, ganz gegen seine Gewohnheit, mit aufgerichteten Nackenhaaren, knurrend und mit gefletschten Zähnen an der Zimmertür. In diesem Moment wurde die Tür durch einen fürchterlichen Schlag geöffnet. Sie fiel mit dem Rahmen in den Raum. Durch die Öffnung sprangen mit vorgehaltener Waffe zwei behelmte Uniformierte in das Zimmer, während Bruno das zähnefletschend zu verhindern suchte. Ohne viel Federlesens drückte ein Uniformierter ab. Bruno sackte in sich zusammen.
Das war der Schuß, den Boomer und die anderen gehört hatten. Jenny keifte, Timo schrie und heulte. Auch die anderen auf dem Flur und aus dem oberen Stockwerk brüllten mit. Die Stimmung wurde angeheizt. Bisher hatte Jenny ihren Timo noch festgehalten, der riß sich aber los, stürzte zu seinem Hund, stellte fest, daß ihm nicht mehr zu helfen war und rastete regelrecht aus. Blind vor Wut stürzte er sich auf den ersten Zivilisten, der in diesem Augenblick in der Tür erschien und beschimpfte ihn.
Als er die dahinter auftauchende Person angriff, erhielt er einen derben Schlag in den Rücken, stolperte, stürzte gegen die gegenüberliegende Wand auf dem Flur, rutschte an ihr herunter und blieb benommen auf dem Boden liegen. Bevor er sich aufrichten konnte, kniete jemand auf ihm, zog seine Hände auf den Rücken und legte ihm Handschellen an. Er registrierte noch, wie man ihm sagte, er sei festgenommen, dann heulte er wie ein Schloßhund. Nicht wegen seiner

Schmerzen und der Festnahme, sondern wegen Bruno.
Auch Jenny ging es nicht besser. Ununterbrochen hatte sie auf die Polizisten eingeschrien. Als sie sah, daß Timo in Handschellen auf dem Boden lag, war sie wie eine Furie auf die Beamten losgegangen und versuchte, mit ihren Fingernägeln deren Gesichter zu zerkratzen. Aber sie wurde schnell von hinten umklammert, ihre Arme an den Leib gepreßt und ebenfalls mit Handschellen zusammengeschlossen. Ein Beamter zerrte sie aus dem Zimmer in den Flur, wo sie einige Meter von Timo entfernt auf den Boden gelegt wurde. Da sie mit den Füßen gegeneinander lagen, war es nicht möglich, sich zu verständigen.

Inzwischen waren Annika und Laszlo die Treppe heruntergekommen. Sie versuchten mit Timo und Jenny zu reden, wurden aber von den Polizisten daran gehindert und in die Küche abgedrängt. Dort hatten sich der Staatsanwalt und Reinicke zwei Stühle organisiert und auf dem Küchentisch eine Art Büro eingerichtet.
„Sind sie der Mieter der Wohnung oder sie die Mieterin?“ wandte sich Bertling an die Beiden. Annika blickte regungslos aus dem Fenster und ignorierte die Beamten, während Laszlo verächtlich auf den Boden spuckte.
Bertling schaute angewidert zu Reinicke, der sich in seinem Stuhl zurückgelehnt hatte.
„Ich nehme an, Herr Bertling, daß sich die Mischpoke hier nicht mit uns unterhalten will. Es wird uns nichts anderes übrig bleiben, als alle einzusacken und mit auf die Dienststelle zu nehmen. Wenn die Durchsuchung im Nebenzimmer beendet ist, können die Kolleginnen dort die Frauen durchsuchen. Danach kann es sofort losgehen.“
Bertling nickte. Zur Sicherheit hielt er den Durchsuchungsbeschluß Laszlo und Annika unter die Nase. Auf ein Zeichen von Reinicke wurden die Beiden rüde an den Armen gefaßt und auf den Flur geführt. Annika versuchte sich dem Griff zu entwinden, was nur noch ein härteres Zupacken zur Folge hatte. Im Nebenzimmer mußte sie sich ausziehen und die Polizistin tastete sie ab. Ohne sich zu wehren ließ er es über sich ergehen. Der inzwischen apathisch wirkenden Jenny erging es ebenso. Eine Beamtin hatte ihr die Handschellen ab-

genommen. Als die körperliche Durchsuchung begann und dabei ihr Arm berührt wurde, begann sie wie eine Wilde zu toben. Sie wehrte sich, schlug um sich und schrie wie am Spieß. Dabei verrutschte der Ärmel ihres Pullovers und die frische Verletzung war für alle deutlich zu sehen.
„Wir brauchen einen Krankenwagen!" rief die Polizistin auf den Flur, „und noch zwei Kolleginnen als Begleitung. Unsere Kundin leistet erheblich Widerstand."
„Dann setzen wir die Durchsuchung der Frauen auf der Dienststelle fort", entschied Reinicke und beorderte die restlichen zwei Polizistinnen zu Timos Zimmer, wo sie sich gemeinsam um die tobende Jenny kümmerten.
„Die Gefangenentransporter vor die Tür! SEK sperrt gegen Neugierige ab! Nach Ende der Durchsuchung wird versiegelt und eine Wache bleibt bis auf weiteres vor Ort", ordnete Reinicke an.

Vor dem Haus hatten sich, trotz der Nachtstunden, viele Schaulustige eingefunden, die nur mühsam auf Distanz gehalten werden konnten. Ein Reporter der örtlichen Zeitung stürzte sich im Wettstreit um das erste Interview mit einem Rundfunkreporter auf den aus der Eingangstür kommenden Staatsanwalt.
„Meine Herren, um 14 Uhr findet in der Polizeidienststelle eine Pressekonferenz statt. Wenn sie sich bis dahin bitte gedulden wollen. Jetzt gebe ich keine Stellungnahme ab", wimmelte Bertling die Reporter ab und stieg mit Reinicke in den Einsatzwagen. Die Kameraleute und Fotoreporter versuchten dennoch, einige Bilder von den festgenommenen Personen zu bekommen, die gebückt unter Jacken in die Transportwagen gebracht wurden.

Allmählich beruhigte es sich in der Straße wieder. Die Neugierigen verliefen sich. Mit den unmittelbaren Nachbarn wurden von den Reportern noch einige Interviews gemacht, sowie Fotos von Beamten, die Kartons mit sichergestellten Gegenständen zu den Fahrzeugen schleppten.

Die Pressekonferenz verlief wie immer. Von den überregional arbeitenden Journalisten war nur Kurt Leger gekommen, der normalerweise Polizeiaktionen kritisch hinterfragte. Heute blieb er zahm. Außerdem waren die drei oder vier Schreiberlinge anwesend, die immer zu den Pressekonferenzen kamen, nur wenig kritische Fragen stellten, sondern lediglich nur das zur Kenntnis nahmen, was Staatsanwalt und Inspektionschef zu sagen hatten.
Der Staatsanwalt begründete den Einsatz mit den Ereignissen der letzten Nacht und der Inspektionschef erklärte, der Einsatz sei dem Anlaß angemessen und im Ergebnis erfolgreich verlaufen. Die zahlreichen sichergestellten Gegenstände müßten erst gesichtet und ausgewertet werden. Die festgenommenen Personen würden derzeit vernommen und hinterher dem Ermittlungsrichter vorgeführt, der über eine Untersuchungshaft zu entscheiden habe. Bedauerlicherweise sei während der Aktion ein Polizeibeamter von einem großen Hund angegriffen worden. Es habe keine andere Möglichkeit bestanden, als das Tier zu erschießen. An Reinicke wurden keine Fragen gestellt.
Schneller als erwartet, war die Pressekonferenz beendet.

Auf der Straße vor dem Dienstgebäude der Polizei hatte sich Boomer auf eine kleine Mauer gesetzt. Er versuchte seine mit Druckerschwärze eingesauten Finger durch abwechselndes Reiben auf dem Beton und seiner Hose wieder sauber zu bekommen. Dabei wartete er auf die drei Satanisten, die wie er nach einer kurzen Vernehmung, bei der er angab, nichts gesehen und gehört zu haben, wieder entlassen worden waren. Vor dem Zimmer, wo Fingerabdrücke genommen und Fotos gemacht worden waren, hatten sie sich verständigt, aufeinander zu warten.
Aus den Augenwinkeln beobachtete er, wie die Polizisten auf der Wache mißtrauisch aus dem Fenster zu ihm herüber sahen. In ihm kochte es, auch wenn ihm das äußerlich nicht anzumerken war. Von Timo, Jenny und den anderen hatte er weder etwas gesehen, noch gehört. Betont gelangweilt ließ er seine Beine baumeln, wartete und dachte nach. Wie waren die Bullen so schnell auf die WG gekommen? Was hatten sie gewußt? Was können sie beweisen? Was haben

sie mitgenommen? Was haben sie zerstört? Vor allem, auf wen war geschossen worden?
Endlich kamen Jens, Pia und Nene nacheinander aus der Tür. Sie drehten sich nicht um, sondern straften die hinter ihnen her starrenden Polizisten mit Verachtung. Boomer rutschte von der Mauer.
„Habt ihr etwas von den anderen gehört?"
Jens blieb stehen, betrachtete nachdenklich seine ebenfalls schwarzen Finger, während Pia, von Nene gestützt, wortlos an ihm vorbei humpelte.
„Nein. Nichts gesehen und gehört. Ich befürchte, die sehen wir so schnell nicht wieder. Wir sollten zusehen, daß wir nach Hause kommen. Ich jedenfalls will wissen, was die Bullen alles mitgenommen haben. Außerdem brauche ich dringend einen Joint."
Boomer nickte und schloß sich der Gruppe an, nicht ohne in Richtung der Wache eine obszöne Geste zu machen, die dort auch verstanden wurde, wie er an der drohenden Faust hinter dem Fenster erkennen konnte.

Sie gingen auf dem direkten Weg zur WG und hielten sich nirgends mehr auf. Als sie in ihre Straße einbogen, ließen hier und da kleine Bewegungen an den Gardinen vermuten, daß die Nachbarn neugierig ihre Rückkehr beobachteten. Auch die zwei verdächtig unverdächtig aussehenden Männer in mittlerem Alter, die ihnen aus einem vor der Toreinfahrt des Nachbarhauses auffällig unauffällig geparkten schmutzigen beigefarbenen Mittelklassewagen entgegenstarrten, fielen Boomer auf.
„Hätte ich mir doch denken können, daß die Bullen uns weiter unter Wind halten", brummte er im Weitergehen Jens zu.
„Können auch die ganz Geheimnisvollen sein", knurrte der zurück, „mir wäre das lieber. Das hätte nämlich zwei Vorteile. Erstens, daß sie nicht unvorbereitet bei uns hereinstürzen und zweitens stürmt kein anderer bei uns herein. Wir haben also zuerst einmal Ruhe. Ruhe vor den Bullen. Ruhe vor den Rechten. Und Ruhe vor Journalisten."
Boomer sah Jens überrascht an.
„Von dieser Seite habe ich das noch gar nicht betrachtet. Aber du könntest Recht haben."

In der Zwischenzeit waren sie an der WG angekommen. Die Tür war nicht verschlossen. Ein Siegel war auch nicht zu erkennen. Vorsichtig betraten sie den Flur. Mit der Tür mußten sie sich etwas einfallen lassen. Die Halterungen für die Riegel waren aus dem Mauerwerk gerissen. Hier mußte dringend etwas geschehen.
„Ich glaube, ich muß erst einmal im Baumarkt einkaufen gehen“, erklärte Boomer, als er die etwas ratlosen Blicke der anderen sah.
Jens bahnte sich durch die Dosen, den Draht und den Müll im Gerümpelzimmer einen Weg Richtung Kamin. Die Unordnung war noch konfuser geworden. Vermutlich hatten die Polizisten bei der Durchsuchung ihr eigenes Ordnungssystem verwendet, aber in dem Gerümpel nicht sonderlich konzentriert gearbeitet.
Jens erkannte sofort, daß die Inspektionsklappe am Schornstein nicht geöffnet worden war. Er hob sie aus und langte mit seinem Arm in die dunkle, rußige Öffnung. Er tastete vorsichtig in dem Schacht herum und mußte seinen Arm schon bis zur Schulter hineinstecken, bevor er seine Tüte mit den Joints herausziehen konnte. Mit einem triumphierenden Lachen schwenkte er seinen Fund vor Pia und Nene, die ebenfalls über beide Backen strahlten.
„Wenn die blöden Bullen überall so präzise gearbeitet haben wie hier unten, dann habe ich aber um Timo und die anderen keine Angst“, sagte Jens laut, bevor er, seine zwei Begleiterinnen im Schlepp, die Treppe in Richtung Dachboden verschwand.
Boomer suchte im Gerümpelzimmer nach seinen Sprühdosen. Sie waren verschwunden.
„Das, was so herumlag, haben sie mitgenommen. Das, was versteckt war, haben sie nicht gefunden oder erst gar nicht gesucht“, brummte er vor sich hin und setzte in Gedanken neue Sprühdosen auf seine Einkaufsliste.

Im ersten Stock blieb er neugierig stehen. In der Küche sah es einigermaßen aufgeräumt aus, wenn auch auf den ersten Blick einige Sachen dort standen, wo sie eigentlich nicht hingehörten. Es war auch nichts liegen geblieben, was auf die Anwesenheit der Polizisten hingewiesen hätte. Boomer nahm sich eine Dose Bier aus Timos Beständen, riß sie auf, nahm einen großen Schluck, wischte sich mit

dem Handrücken den Mund ab, verließ die Gemeinschaftsküche und ging zu Timos Zimmer. Die Tür war angelehnt. Mit dem Fuß stieß er sie ganz auf. Er wartete auf den dumpfen Schlag, der jedesmal ertönte, wenn die Klinke an die Wand schlug. So hatte er schon oft Timos Zimmer betreten. Doch dieses Mal prallte die Tür halb geöffnet gegen einen weichen Gegenstand und schwang langsam wieder zurück.
Boomer stellte die Dose Bier auf den Fußboden im Flur und schob vorsichtig die Tür mit der Hand auf. Die Tür war noch nicht ganz an dem imaginären Hindernis angelangt, als er auf dem Fußboden eine rötliche Lache erkannte. Er machte einen großen Schritt über die Lache, ging noch einige Schritte, bevor er sich umdrehte, um nach dem Grund zu sehen.
Was er sah, ließ ihn schwindeln. Ihm wurde übel, und das eben auf nüchternen Magen getrunkene Bier spuckte er in hohem Bogen auf den Boden. Direkt hinter der Tür lag verkrümmt der Kadaver von Bruno. Dort, wo dessen Kopf gewesen war, befand sich blutiger Matsch. Teile der Schnauze und des Gehirns mischten sich mit Haaren und Zähnen. Angeekelt wandte sich Boomer ab und sprang zurück in den Flur. Dort bekämpfte er seine erneut aufkommende Übelkeit. Er rang mühsam nach Atem.
„Jens, Pia, Nene, kommt sofort her", brüllte er durch das Haus. Seine Stimme und Lautstärke ließ bei den Gerufenen keinen Zweifel aufkommen, daß es wichtig war. Wenige Sekunden später hörte er die drei die Treppe herunterlaufen.
Sie bogen in den Flur ein und starrten überrascht auf den ungewohnt bleich im Flur an die Wand gelehnten Boomer, der mit der Hand in Richtung Timos Zimmer zeigte. Nene kümmerte sich um ihn, während Jens vorsichtig die wieder zurückgeschwungene Türe aufdrückte und um die Ecke lugte. Als er sich wieder umdrehte, war ihm das Entsetzen anzusehen.
„Warum haben die Scheißbullen das gemacht? Der Köter konnte keinem was zuleide tun. Der war doch froh, daß er lebte!"
Stockend suchte Boomer nach Worten.
„Ich habe ihn zwar nicht unbedingt gemocht, aber das hat er nicht verdient."

Die beiden Mädchen wurden neugierig. Sie lugten vorsichtig um die Ecke. Das Bild das sich ihnen bot, erschreckte sie. Pia fing an zu heulen, während Nene wütend die Lippen aufeinander preßte. Nach einigen Minuten Nachdenkens fand sie als erste ihre Fassung wieder.
„So darf ihn Timo nicht sehen. Wir müssen ihn wegschaffen."
„Und was sagen wir Timo?" meldete sich Boomer, „der glaubt doch, ich hätte dem Hund was getan. Dann habe ich bei ihm nichts mehr zu lachen."
„Quatsch doch keinen Unsinn", meldete sich Pia, „der hat doch mitgekriegt, daß die Bullen den Hund erschossen haben, und wenn er nicht mehr da ist, wird er glauben, daß der Kadaver von denen auch entsorgt wurde." Sie brütete einen Moment vor sich hin.
„Ich habe einen Vorschlag. Die Bullen haben den Hund erschossen. Sie sollen ihn auch entsorgen. Da sie ihn einfach liegen gelassen haben, müssen wir ihnen Bruno bringen. O.K.?"
„Na prima, was glaubst du, was die an der Wache mit dir machen, wenn du da mit dem matschigen Köter erscheinst?"
„Bist du doof? Ich will den da nicht einfach abgeben. Wir werfen ihn über den Zaun."
Wie in Trance nickte Boomer und ging ins Erdgeschoss, um im Gerümpelzimmer die große Plastiktüte eines Modegeschäfts aus der Innenstadt zu suchen, die vor gar nicht so langer Zeit eine teure Lederjacke beherbergt hatte. Boomer hatte sie auch ganz chic gefunden. Zu seiner eigenen Überraschung hatte die Tüte mit Inhalt plötzlich und unvermutet wie von selbst den Besitzer gewechselt. Wie magisch war sie auf ihn zugeflogen. Seit dieser Zeit war er stolzer Besitzer einer Lederjacke, die er in seinem Sinne schon umgearbeitet hatte. Ohne eigene Verzierungen war sie ihm zu spießig gewesen.
Immer noch mit wackeligen Beinen kam er mit der Tüte wieder oben auf dem Flur an. Dort hatten die Satanisten, hier machte es sich bezahlt, daß sie keine Befindlichkeiten im Umgang mit toten Geschöpfen jeder Art hatten, den Kadaver in ein schmutziges Badetuch, was Bruno bisher als Liegedecke gedient hatte, gewickelt und auf den Flur geschleift.
Nene nahm dem geistesabwesend daneben stehenden Boomer die Tüte aus der Hand. Mit vereinten Kräften stopften sie den Hun-

dekadaver in die Tüte. Pia warf das alte Badetuch auf die Blutlache. „Bevor du hier Wurzeln schlägst oder noch mal in den Flur kotzt, wisch das Blut und deinen Dreck auf. Dann kannst du Jens helfen, die Tüte zur Bullerei zu bringen. Also bewege deinen Arsch."
Boomer kratzte sich verlegen am Kopf, atmete noch ein paarmal tief durch, dann ging er mit Jens die Treppe hinunter. An der Haustür stellten sie die Tüte ab und schauten vorsichtig die Straße herauf und herunter. Es war niemand zu sehen.
In dem beigefarbenen Auto saß nur noch eine Person, die intensiv in einer Zeitung las. Boomer schulterte die Tüte, während Jens aufmerksam die Umgebung beobachtete. Schnell bewegten sie sich an der Hauswand bis zur nächsten Straßenecke, wo sie zwischen den Altbauten verschwanden. Auf dem Weg Richtung Polizeidienststelle fielen sie nicht weiter auf. Es gab zwar den einen oder anderen Passanten, der das merkwürdige Paar mit der schweren Tüte neugierig beäugte, aber man ließ sie in Ruhe.

Sie hatten den Weg durch das Gartengelände gewählt. Dort war zu dieser Tageszeit kaum jemand zu finden. An dem Grundstück, welches direkt an die Polizei angrenzte, warfen sie die schwere Tüte über den Maschendrahtzaun, drückten ihn herunter und kletterten hinterher. Quer über die Beete, ohne Rücksicht auf die jungen Gemüsepflanzen und Blumen zu nehmen, gingen sie zur Mauer. Dort fanden sie auch noch eine Leiter, die sie an die Wand lehnten. Boomer stieg hoch und Jens wuchtete ihm die Tüte mit Bruno zu. Mit Wut im Bauch schleuderte Boomer die Tüte über die Mauer, die klatschend auf dem Dach eines Streifenwagens landete. Dabei riß sie auf. Der Kadaver rollte heraus und rutschte langsam, eine blutige Spur auf der Windschutzscheibe hinterlassend, auf die Motorhaube.
Boomer wartete nicht ab, was passierte, sondern sprang von der Leiter. Gemeinsam mit Jens verließ er auf dem gleichen Weg, auf dem sie gekommen waren, den Garten.

Vor der WG wartete Reini. Er begrüßte sie schweigend, um dann mit ihnen ins Haus zu gehen. Im Dachgeschoß versammelten sie sich. Boomer starrte trotzig auf den Fußboden. Er war sauer auf Reini.

„Das hast du aber gut geplant. Hast die anderen die Drecksarbeit erledigen lassen. Du selbst stehst mit sauberen Fingern da. Sieh bloß zu, daß du Timo und Jenny bald frei bekommst. Ich hätte nicht übel Lust, dir was in die Fresse zu hauen", regte er sich auf.
„Nun mach mal halblang, Junge", beschwichtigte Reini, „ich bin sicher, daß alle noch heute auf freien Fuß kommen."
„Und woher nimmst du deine arrogante Sicherheit?" fragte Pia.
„Ich habe die bekannte Rechtsanwältin Jakobi gebeten, die Vertretung zu übernehmen. Die hat schon mehrfach meine Freunde aus dem Schwarzen Block aus Hamburg verteidigt. Sie kennt sich bestens aus und ist schon beim Haftrichter. Also wie gesagt, macht mal halblang."
Die Anwesenden schienen nicht sonderlich überzeugt und Reini wechselte das Thema.
„Auch wenn ihr mich im Moment für bescheuert haltet. Wir dürfen jetzt mit unseren Aktionen nicht nachlassen. Ich wünschte mir, die Bullen würden gegen die Nazis genauso konsequent und schnell vorgehen wie gegen uns. Aber die sind ja auf dem rechten Auge total blind. Gegen uns gehen sie mit der geballten Staatsmacht vor, während die Rechten tun und lassen können, was sie wollen. Sie verprügeln Ausländer, kassieren Obdachlose ab, werfen auf dem Friedhof Grabsteine um und feiern ungestört Hitlers Geburtstag. Ihr seht also, wenn die Bullen nichts tun, müssen wir handeln. Es muß deutlich werden, daß es hier in der Stadt Bürger gibt, die sich das nicht bieten lassen wollen. Nur mit verbalem Protest ist niemand aufzurütteln. Nur durch Taten können wir die Bürger aus ihrer Gleichgültigkeit aufrütteln. Wir müssen auf die Straße gehen und zeigen, daß wir dagegen sind. Unser Land, unsere Stadt dürfen nicht zum Synonym für Rechtsextremismus in Deutschland werden."
„Das ist mir doch egal. Hauptsache, die lassen uns in Ruhe. Bisher haben die uns noch nichts getan, wenn man mal von den kleinen Streitereien in der Stadt absieht", brummte Boomer.
"Du kannst sicher sein, daß das nicht so bleibt. Was glaubst du denn, wer den Bullen gesteckt hat, das wir die Aktion gegen die Macht der Konzerne gestartet haben?"
„Du bist ein Traumtänzer. Das mußte den Bullen doch keiner ste-

cken. Das konnten die sich doch an drei Fingern abzählen. Auch wenn von denen kaum einer bis drei zählen kann."
Reini entschloß sich, den Einwand zu ignorieren.
„Wenn die Nazis es schaffen, hier eine national befreite Zone einzurichten, dann werden wir es sehr schnell merken. Dann dürft ihr euch eine neue Bleibe suchen. Da bin ich aber ganz sicher."
Überzeugt hatte Reini seine Zuhörer nicht. Die Satanisten waren sowieso nur schwer für Reinis Ideen zu begeistern. Sie hatten andere Vorstellungen. Nur sein Einwand, sich möglicherweise eine andere Unterkunft suchen zu müssen, hielt sie bei der Stange.
Boomer hatte mit politischen Ideen, egal von welcher Seite, auch nicht viel am Hut. Er wollte lediglich Spaß und so leben, wie er sich das vorstellte. Vor allem, ohne daß ihm jemand irgendetwas vorschrieb. Aber auch er war von der Aussicht, sich möglicherweise eine neue Unterkunft suchen zu müssen, nicht begeistert. Hier in der WG fühlte er sich wohl. Hier gehörte er dazu.
Reini ließ sich Zeit, um den Zuhörern Gelegenheit zu geben nachzudenken. Pia hatte Tee aufgegossen und schenkte ungefragt jedem ein Glas ein.
„Am kommenden Samstag will eine rechtsextreme Partei hier eine Demo mit Kundgebung durchführen. Die Anmeldung ist bereits beim Ordnungsamt eingegangen. Zurzeit überlegen die da noch, ob man sie verbieten kann. Ich bin aber sicher, sie findet statt. Es wird zu einer Gegendemo aufgerufen. Ich denke, wir sollten daran teilnehmen. Bestimmt gibt es Gelegenheit, den Nazis handgreiflich zu erklären, daß sie nicht erwünscht sind. Ich fände es spaßig, wenn am Demoweg jeder NAZIS RAUS lesen kann. Wäre das keine Aufgabe für dich, Boomer?"
„Mmh, durch welche Straßen soll die Demo denn gehen?" kommentierte dieser, ohne sich festzulegen.
Reini zog einen Stadtplan aus der Tasche, faltete ihn umständlich auf, um ihn dann auf dem Fußboden auszubreiten. Mit einem Kugelschreiber zeigte er Beginn und Ende des Aufzugs auf. Interessiert beugten sich die Anwesenden über die Karte.

MANÖVERKRITIK

Am Abend war großer Auftrieb in der alten Fabrik bei den Skinheads.
Dolph stand hinter dem Tisch; seine Stellvertreter und Adjutanten hatten links und rechts von ihm Platz genommen.
Mit Genugtuung in der Stimme stellte er zu Wolf gewandt fest:
„Wir werden von Tag zu Tag mehr. Sogar einige national gesinnte Mädels haben den Weg zu uns gefunden. Noch ein paar Wochen und wir sind eine nicht zu unterschätzende Kraft in der Stadt. Und wenn die Zecken von uns richtig eins auf die Mütze bekommen, haben wir einen Gegner weniger."
Wolf nickte und stieß Sepp seinen Ellenbogen in die Seite.
„Na Sepp Dietrich, wenn das so weitergeht, haben wir bald eine große Schlagkraft, im wahrsten Sinne des Wortes. Da werden wir in der Stadt richtig Ordnung schaffen."
„Ja, wie am See", konterte Sepp. Wolf verzog mißmutig das Gesicht.
„Darüber wird noch zu reden sein", mischte sich Dolph ein, der das kleine Wortgeplänkel mitgehört hatte. Dann hob er die Hand und gebot der versammelten Runde Ruhe.
„Kammerrraden! Ich habe euch heute außerplanmäßig zusammengerrrufen, weil es etwas Wichtiges gegeben hat, was uns nicht untätig lassen kann. Subverrrsive Kräfte haben in der letzten Nacht zwei terroristische Anschläge in unserer Stadt unternommen. Sie wurden sowohl bei der Tat, als auch bei der Rückkehr durch uns beobachtet. Es gibt keinen Zweifel. Es waren eindeutig die Zecken aus der Altstadt. Ich hatte eigentlich vor, heute Nacht ihr Nest ein für alle Mal auszuräuchern. Diese Aktion wird verschoben, da die Bullen uns zuvor gekommen sind. Da sie aber auf dem linken Auge blind sind, bin ich sicher, die Terroristen werden noch heute wieder laufen gelassen. Sie werden also in ihr Drecknest zurückkehren. Heute eine Aktion zu starten, wäre taktisch unklug. Aber aufgeschoben ist nicht aufgehoben."
Dolph reckte sich etwas höher und blickte wieder wie Mussolini herausfordernd in die Runde.

„Ist jemand anderer Meinung?"
Wie nicht anders zu erwarten, war niemand anderer Meinung. Deshalb fuhr er fort:
„Mir erscheint es wichtig, in den nächsten Tagen mehrere Aktionen in Stadt und Landkreis durchzuführen, um deutlich zu machen, welche Macht wir geworden sind.
Auf unserer letzten Versammlung wurden die Ziele festgelegt und die verantwortlichen Führer benannt. Von denen erwarte ich Eigeninitiative und Engagement. Deshalb ist die Aktion von Wolf auch positiv zu bewerten. Verluste gibt es immer. Wichtig war jedoch das Ziel. Und das ist erreicht worden. Wir haben den Ausländern ihre Grenzen aufgezeigt. Dieses Geschmeiß nutzt die Gutmütigkeit, nein die Dummheit unserer Politiker aus. Dadurch haben sie uns den Fehdehandschuh hingeworfen. Wolf hat ihn aufgenommen und dem Kampf neue Akzente verliehen. Die Fidschis wurden von dem See vertrieben. Sie werden sich dort wohl nicht mehr blicken lassen. Blutiger Raps wird für uns zum Symbol.
Aus den Fehlern, die dabei gemacht wurden und die zu Verlusten geführt haben, kann Wolf nur lernen. Ich bin sicher, er hat gelernt. Kritik an seinem Vorgehen ist deshalb unangebracht. Nehmt euch vielmehr ein Beispiel an ihm und seinen Leuten. Denkt daran, die Gewalt ist das einzige Argument, was unsere Gegner wirklich verstehen. Seit Jahrtausenden wird Gewalt akzeptiert. Nur so verschaffen wir uns den nötigen Respekt. Es ist ein Naturgesetz: Nur der Stärkere setzt sich durch. Alle dekadenten und schwachen Gesellschaftsordnungen der Antike sind durch ihre Friedfertigkeit den Fremden gegenüber zugrunde gegangen. Nehmt zum Beispiel die Römer: Als sie aggressiv waren, schufen sie ein Weltreich. Als sie verweichlichten, wurden sie von den Germanen überrannt. Wir sind die Wächter darüber, daß es uns nicht auch so geht. Wir sind die neuen Germanen. Wir sind der Stoßtrupp einer Massenbewegung im Wartestadium. Deshalb denkt immer daran: Unser Ziel ist es, die nationale Macht im Land zu übernehmen."
Andächtig hörten ihm die versammelten Skinheads zu, wobei einige verstohlene Blicke auf Wolf warfen, der mit stolzgeschwellter Brust hinter dem Tisch saß und die lobenden Worte von Dolph sichtlich ge-

noss. Insgeheim hatte er damit gerechnet, zurechtgewiesen zu werden. Er war voller Bewunderung für Dolph, der aus Niederlagen noch Siege zu machen verstand.
Dolph machte eine kleine Pause, die er nutzte, um sich eine Dose Bier aufzureißen. Die vom Reden trockene Kehle benötigte etwas zum Anfeuchten.

Währenddessen kniff Sepp die Lippen etwas fester aufeinander. Er ärgerte sich darüber, als die Aktion von Wolf als Sieg verkauft wurde. Schließlich war im Raps kein Ausländerblut, sondern deutsches Blut vergossen worden. Er konnte sich nicht vorstellen, daß Dolph das anders sah. Dieses Lob dürfte Wolf nur dazu ermuntern, unüberlegte Handlungen und Aktionen durchzuführen, die letztlich der gemeinsamen Sache schaden würden. Wolf war ein typischer Befehlsempfänger mit vorauseilendem Gehorsam, ohne in die Zukunft zu denken oder gar die Konsequenzen zu beachten.
Gleichzeitig erkannte Sepp neidlos an, wie Dolph die Anwesenden durch seine Persönlichkeit und markigen Worte fesselte. Stoßtrupp einer Massenbewegung im Wartestand! Darauf muß man erst einmal kommen. Aber er hatte wahrscheinlich sogar Recht, wenn man die Tendenz in den anderen europäischen Ländern betrachtete.
In Italien waren der nationalen Bewegung fast 30 %, in Österreich über 20 %, in Frankreich, den Niederlanden, Belgien, Spanien fast 20% der Bevölkerung zuzurechnen. Es ging langsam aber stetig aufwärts. So wie es bei den Sozialisten eine Internationale gibt, so war festzustellen, daß sich seit einiger Zeit auch bei den Rechtsextremisten eine Internationale entwickelt. Gleichgesinnte, bei denen Übereinstimmung in der politischen Grundrichtung festzustellen war, wenngleich dabei jeweils die nationalen Gedanken im Vordergrund stehen.
Nazi zu sein ist trendy. Immer mehr junge Menschen, auch die mit einem bestimmten intellektuellen Niveau, interessierten sich in der letzten Zeit nicht nur für nationale Ideen, für ein Reich und gegen Überfremdung, sondern waren zunehmend dafür zu begeistern. Zur Symbolfigur entwickelte sich dabei der Österreicher Adolf Schweiger. Den ehemaligen Angehörigen der Waffen-SS-Division „Leib-

standarte Adolf Hitler“ hatte er als Redner zum Thema „Neue Machtergreifung“ auf einer Versammlung gehört und sich von der Begeisterung der Zuhörer anstecken lassen. Diese Begeisterung hatte ihn dazu gebracht, neben einigen CDs der rechten Musikgruppen „Landser“ und „Zillertaler Türkenjäger“ auch das Buch von Schweiger „Evolution und Wissen“ zu kaufen, das dieser in Anlehnung an Hitlers „Mein Kampf“ verfaßt hatte.
Das Buch, mit einer Widmung des Autors, hatte er ungelesen Dolph zum Geburtstag geschenkt, wobei er überzeugt war, daß der es auch nicht las, sondern nur auf seinem Bücherbord stehen hatte. Insgeheim zweifelte er daran, daß Dolph intellektuell in Lage war zu verstehen, was dort geschrieben war. Aber zugejubelt hatte auch er dem Mann. Hinterher war er über sich selbst richtig erschrocken gewesen. Und er mußte sich eingestehen, daß Menschen wie Schweiger und die anderen Redner auf dieser Versammlung es verstanden, die Anwesenden in ihren Bann zu ziehen und Begeisterung auszulösen.
Er mußte an ein Zitat von Horst Mahler denken, den Chefideologen einer rechtsextremen Partei, der vor etlichen Jahren einmal der linksterroristischen Szene in der damaligen BRD nahegestanden hatte. Wie hatte der doch gesagt: Der Machtergreifung geht die Wortergreifung voraus!
Und anläßlich einer Demonstration in Mecklenburg-Vorpommern hatte ein aus Hamburg stammender Redner, der die nicht an eine Partei gebundenen Freien Nationalen, zu denen sich auch die Kameradschaft „Adlerhorst“ zählte, an sich binden wollte, gesagt: „Erst sind die zu mobilisieren, die sich mit Teilen unserer Aussagen identifizieren. Denen müssen dann die Inhalte vermittelt, dadurch die Zahl der Anhänger vergrößert und dann die Massen mobilisiert werden.“ Auch Dolph war in der Lage, dieser Begeisterung Ausdruck zu geben, sie weiterzutragen, sie überzeugend zu vermitteln.
Allerdings war er, anders als sein Kameradschaftsführer, nicht der Überzeugung, diese Vermittlung allein durch Gewaltaktionen besonders erfolgreich durchführen zu können. Vielmehr war er der Meinung, gewalttätige tumbe Schläger wirkten kontraproduktiv auf die nationale Idee. Fremdenfeindlichkeit, Rassismus, Antisemitis-

mus und nationale Identität können nicht in die Köpfe hineingeprügelt werden. So etwas geht nur mit überzeugenden Argumenten. Diese Argumente den Erwachsenen zu vermitteln ist schwer, wenn nicht gar unmöglich. Erwachsene, gerade die Lebensälteren, haben schon ihre festgefügte Meinung. Zumal hier im deutschen Nordosten. Da wird traditionell dunkelrot, hellrot oder bestenfalls schwarz gewählt. Eine Veränderung könnte seiner Meinung mittelfristig nur erreicht werden, wenn es gelang, die zwölf-, dreizehn- oder vierzehnjährigen Kids an den Schulen zu überzeugen.

Sepp wurde durch Dolph, der seinen Durst inzwischen gelöscht hatte, wieder aus seinen Gedanken gerissen.
„Kamerrraden! Wir haben dann gewonnen, wenn es uns gelungen ist, daß sich eine Mehrheit der Bürger vom demokratischen System abwendet und Politikverdrossenheit zeigt. Das ist der Anfang vom Ende der derzeit herrschenden Streichelpolitik. Ich sage euch, die Mehrheit will geführt werden. Die Mehrheit will Sicherheit in klaren Grenzen. Die Mehrheit will Deutschland für die Deutschen. Die Mehrheit will Arbeit für die Deutschen. Diejenigen, die ein Europa ohne Grenzen und ohne Nationen wollen, die ein Wahlrecht für Ausländer wollen, verraten die deutsche Sache."
Bei den folgenden Worten erhob Dolph seine Stimme.
„Kamerrraden! Wahlrecht für Ausländer bedeutet, daß in Städten, wo viele Ausländer wohnen, zukünftig ein Türke oder Portugiese oder Pole uns Deutsche regiert! Das ist ein unerträglicher Gedanke. Oder glaubt hier im Raum wirklich jemand, als Deutscher im eigenen Land noch sein Recht zu bekommen, wenn ein Kümmeltürke Bürgermeister und die Stadträte in der Mehrheit Fidschis sind? Schlimmer noch. Ich befürchte ethnische Kriege in diesem unserem Land. Das gilt es zu verhindern! Dazu sind wir angetreten!"
Dolph machte eine Kunstpause und ließ die Worte wirken. Er blickte in finstere Gesichter. Zustimmendes Gemurmel war zu hören.
Zufrieden lehnte er sich wieder zurück. Ein langer Zug aus der Bierdose schmierte erneut die vom Reden trockene Kehle. Dann ergriff er wieder das Wort.
„Kamerrraden! Ich bin vor einigen Tagen mit Sepp Dietrich in unse-

rer geliebten Reichshauptstadt gewesen. Wir haben an einer Versammlung teilgenommen, auf der ein Veteran des Zweiten Weltkriegs aus der Ostmark, der in der SS-Division „Leibstandarte Adolf Hitler" gekämpft hatte, uns deutlich gemacht hat, wie viel Rückhalt wir mit unseren Ideen in ganz Europa haben. Ich sage euch, wir stehen nicht allein. Das sollte uns Mut machen. Wir haben die Unterstützung unserer Freunde. In Dänemark, Schweden, bei den Flamen und in der Ostmark. Ja sogar in den USA und in England. Alles was hier verboten ist, bekommen wir von dort. Unserer Musik, unsere Abzeichen, unsere Zeitschriften, unser Propagandamaterial. Ihr seht, die Unterstützung ist vielfältig. Und die, die uns heute hartnäckig bekämpfen, werden wir nach unserer Machtergreifung rücksichtslos an den Pranger stellen und ausmerzen. Wir werden bei ihnen ebensowenig Gnade walten lassen, wie sie es heute mit uns machen. Laßt deshalb den Kopf nicht hängen und fraternisiert nicht mit den Bullen. Egal ob sie von der MAEX kommen oder von den ganz Geheimen."

Wolf stieß Sepp in die Seite.
„Ich bin stinksauer auf die Fidschis. Ich war bei Peter. Der Beinbruch vom Dicken heilt schlecht. Kann sein, dass er immer hinken wird. Sein Plan, sich freiwillig zur Bundeswehr zu bewerben, dürfte damit wohl geplatzt sein. Hast du eine Idee, wie wir uns gebührend rächen können?"
Sepp überlegte nicht lange
„Steck den Fidschis doch ihren Imbiss an", schlug er vor. Wolf sah ihn einen Moment mit großen Augen an.
„Scheiße, darauf hätte ich auch kommen können."
„Bist du aber nicht. Und jetzt noch ein guter Rat. Wenn du das machst, dann plane das besser, damit du nicht erwischt wirst."
„Kannst du mir helfen?"
„Wenn du das ideologisch begründen willst, ja. Ansonsten mache dir deine eigenen Gedanken. Die Lorbeeren willst du doch auch allein, oder?"
Wolf verzog die Mundwinkel.
„Scheiß auf deine Ideologie."

Sepp grinste.
„Na, dann schaun wir mal."
Dolph räusperte sich.
„Nicht jeder hier im Raum scheint ein Interesse an dem zu haben, was ich hier vortrage", erklärte er, wobei ein böser Seitenblick Sepp und Wolf traf, die sich beeilten, ihm wieder zuzuhören.
„Am kommenden Samstag hat eine politische Partei, die im Wesentlichen unsere Auffassungen vertritt, eine Demonstration angemeldet. Wir werden aus Solidarität Geschlossenheit demonstrieren und als Kameradschaft „Adlerhorst" Flagge zeigen. Im wahrsten Sinne des Wortes. Wir werden mit unserem Transparent und zwei schwarz-weiß-roten Fahnen teilnehmen. Ich erwarte zahlreiches Erscheinen. Außerdem erwarte ich ein geschlossenes Bild mit einheitlicher Kleidung. Unser Treffpunkt ist der Kiosk vor dem Bahnhof. Treffzeit ist 14.00 Uhr."

Damit war seine Ansprache beendet. Es ging zum gemütlichen Teil über. Egon Koors kämpfte sich zum Tisch von Dolph durch und zwängte sich neben ihn. Er kramte umständlich in der Innentasche seiner Bomberjacke herum, zog ein Bündel Geldscheine heraus und knallte sie vor Dolph auf den Tisch. Überrascht schaute dieser abwechselnd auf das Geld und auf Egon. Als dieser nichts sagte, sondern nur stolz strahlte, rang sich Dolph zu einer Frage durch.
„Was ist das für eine Knete?"
Die anderen am Tisch schwiegen und blickten interessiert auf Egon.
„Mein Arbeitsergebnis als Beitrag für die Kameradschaftskasse. Zur Verfügung des Führers."
„Wie? Was? Arbeitsergebnis?"
Dolph war sichtlich irritiert. Die Anderen glotzten verständnislos.
„Ich führe doch die Kampfgruppe, die sich um Assis kümmern soll."
„Ja und? Hast du Sponsoren gefunden? Oder eine Kollekte veranstaltet? Verdammt, laß dir doch nicht jedes Wort aus der Nase ziehen. Sonst sitzen wir bei deinem großen Zinken noch morgen hier."
Meckernd lachten die Tischgenossen über die Bemerkung. Egon drängte sich fester an den Tisch, zog sich einen Stuhl vom Nachbartisch heran und setzte sich.

„Also, so einfach Assis klatschen bringt nicht den richtigen Kick. Es muß auch etwas dabei herausspringen. Ich habe herausgefunden, wann sie regelmäßig ihre Stütze beim Sozialamt kassieren. Danach setzen sie die Knete gleich wieder in Sprit um. Ich habe mir überlegt, wenn wir ihnen die Knete gleich wieder abnehmen, können sie nicht mehr saufen. Damit tun wir sogar etwas für ihr eigene Gesundheit und entlasten die Krankenkassen. Kapiert?"
„Nicht so ganz. Bitte etwas genauer", forderte Dolph.
„Wir haben herausgefunden, wo die Assis ihre Nachtquartiere haben und besuchen sie, wenn sie vom Sozialamt zurückgekommen sind. Sie haben dann drei Möglichkeiten. Entweder sie geben uns einen Teil der Knete, oder sie verschwinden oder sie bekommen etwas aufs Maul. Die meisten wollen nichts aufs Maul und zahlen. Einigen waren uneinsichtig. Denen haben wir etwas kerniger beibringen müssen, was passiert, wenn sie nicht zahlen. Danach haben sie gerne gegeben. Jetzt kommen sie fast freiwillig zum Bezahlen. Lediglich der eine oder andere Neue mußte sich erst daran gewöhnen. Das ging aber relativ schnell. Ein paar sind in andere Städte abgewandert."
„Na, das nenne ich Geschäftssinn", nickte Dolph anerkennend.
„Da hätte ich auf drauf kommen können", wandte Wolf ein.
„Bist du aber nicht. Ist alles meine eigene Idee", erklärte Egon stolz.
„Und keiner ist bisher zu den Bullen gerannt?" wollte Sepp wissen.
„Nö. Einer hat einmal so eine Andeutung gemacht. Nach meiner Spezialbehandlung hat er es dann bleiben lassen. Ich glaube, er liegt noch im Klinikum. Dort hat er gesagt, er wäre im besoffenen Kopp die Treppe heruntergefallen. So sah er auch aus. Deshalb hat es ihm jeder geglaubt."
„Na ja, jedenfalls hast du deinen Auftrag gut umgesetzt. Weiter so." Dolph nickte Egon anerkennend zu und klopfte ihm kameradschaftlich auf die Schulter.
„Aber paß auf, daß du keinen totschlägst. Dann drehen dich die Bullen durch die Mangel. Außerdem haben wir sie dann auf dem Hals. Das will ich nicht. Kapiert?"
Egon nickte.
„Mach dir keine Sorgen. Das Geschäft hat sich eingespielt. Es pas-

siert schon nichts. Es bleibt dabei. Das Geld liefere ich nach Abzug meiner Spesen bei dir ab."
Dolph nahm das Geld. Er drehte es einige Momente unschlüssig in der Hand hin und her. Dann zog er aus dem Bündel zwei blaue Scheine, die er Egon in die Hand drückte. Die anderen steckte er ein.
„Das ist für deine Kampfgruppe. Anerkennung und weiteren Erfolg."
Egon nahm strahlend das Geld an. Dann zog er sich zu seiner Gruppe zurück, die ihn gespannt erwartete, um seinen Bericht zur Reaktion des Führers zu hören. Lautes Gegröle verriet, daß die Schilderung gut angekommen war.

Es war dem Gesicht von Dolph nicht anzumerken, ob er über den Bericht von Egon stolz war, oder ob er Bedenken hatte. Schließlich nahm er das Gespräch am Tisch wieder auf.
„Hat einer von euch davon etwas gewußt?" fragte er in die Runde.
Benno, Sepp, Wolf und Axel schüttelten mit dem Kopf. Vorsichtig warf Wolf ein: „Du hast selbst gesagt, die Kampfgruppenführer arbeiten selbständig."
„Ja, ja. Habe ich. Trotzdem hätte ich gerne vorher gewußt, was die einzelnen Gruppen planen oder durchführen. Ihr solltet das zukünftig mit Sepp Dietrich absprechen. Der kann mich dann informieren oder die Aktionen koordinieren, wenn es erforderlich sein sollte."
Axel stand auf und sorgte für Getränke. Nachdem alle versorgt waren, stießen sie miteinander an. Nachdem er sich mit dem Handrücken den Schaum vom Mund gewischt hatte, wandte sich Dolph an Sepp.
„Hast du morgen Nachmittag schon etwas vor?"
Sepp schüttelte mit dem Kopf.
„Dann sollten wir beide zu Dottes Nationalistenladen fahren, damit du endlich deine Kluft bekommst."
Sepp nickte.
„Du weißt, daß ich von meinem Alten abhängig bin. Der wird einen Teufel tun und mir Geld dafür geben."
„Ich weiß. Aber ich habe mich gerade entschlossen, die ersten Einnahmen von Egon mit dafür zu verwenden, daß du vernünftig

angezogen herumlaufen kannst, wenn wir gemeinsam auftreten. Hemd, Hose, Koppel, Springerstiefel und Bomberjacke. Ist das eine Maßnahme?“
Sepp grinste von einem Ohr zum anderen.
„Mensch Dolph, da freue ich mich. Du kannst jederzeit auf meine Loyalität setzen.“
„Daran habe ich nie gezweifelt. Dann bis morgen um vier Uhr nachmittags hier am Adlerhorst. Und jetzt will ich die anderen Berichte hören. Wolf fängt an. Danach folgt Benno, dann Axel.“

Wolf schilderte noch einmal seine Aktion am See gegen die Vietnamesen, nicht ohne abschließend auf seinen nächsten Plan, einen Brandanschlag gegen den Asia-Imbiss hinzuweisen. Er verkniff sich den Hinweis, die Idee dazu von Sepp bekommen zu haben.
„Darüber habt ihr doch eben getuschelt“, unterbrach Dolph den Vortrag von Wolf und fixierte Sepp.
„Du solltest Wolf unterstützen, um die eigenen Verluste in Grenzen zu halten.“
Wolf verzog das Gesicht zu einem Grinsen. Er ballte die Faust mit dem gestreckten Daumen nach oben in Richtung Sepp.

Benno schilderte seine ersten Ermittlungen zu den Graffitisprayern, sowie seine in Vorbereitung befindlichen Aktionen. Seiner Feststellung nach kam zumindest einer der aktivsten Schmierfinken aus der Wohngemeinschaft in der Altstadt. Dieses Zeckennest müsse in der Tat in nächster Zukunft ausgeräuchert werden, unterstützte er die Forderung von Dolph. Dass dieses nicht einfach sei, habe der Polizeieinsatz bewiesen. Den habe er beobachtet. Mit einer Aktion müsse man sich noch etwas Zeit lassen, da das Haus mit Sicherheit von den Bullen weiter unter Wind genommen werde.
Ob er den Bullen einen Tipp gegeben habe, wer für die Anschläge gegen das Autohaus und die Tankstelle verantwortlich gewesen sei, wollte Dolph wissen.
Er habe lange überlegt, ob er das mache, erklärte Benno. Letztlich habe er aber darauf verzichtet, um nicht unnötig darauf aufmerksam zu machen, daß sie auch Interesse an der WG haben.

Als Letzter trug Axel den Erkenntnisstand zu den Personen und Firmen vor, die Verbindungen zur organisierten Kriminalität hatten. Interessant war dabei sein Hinweis, bisher nur Verbindungen zur russischen Mafia festgestellt zu haben, in der Tschetschenen offensichtlich das Sagen haben, die früher als Soldaten der Roten Armee in der DDR stationiert waren. Die sprechen fast alle gut deutsch, wußte Axel zu berichten. Deshalb dürfe man nichts überstürzen.
„Wie Sepp Dietrich und ich bisher festgestellt haben, betreiben die Tschetschenen mit einigen anderen Kaukasiern, Armeniern oder Georgiern, zwei illegale Wettbüros, je einen Spielsalon und einen Sexshop, sowie zwei Bars. Über ein paar deutsche 'Strohmänner' wird die Verbindung zu Behörden unterhalten. Außerdem läuft da irgendeine Schweinerei mit verseuchtem Getreide aus Rußland. Ein Kamerad, der im Hafen arbeitet und der bei der Kameradschaft 'Küstenschutz' aktiv ist, hat mir das gesteckt. Ein deutscher Geschäftsmann, der in unserer Stadt wohnt, soll in dieser Sache der Drahtzieher sein. Bei dem Gift soll es sich um Natreen oder so ähnlich handeln."
„Nitrofen", berichtigte Sepp, was ihm einen säuerlichen Seitenblick von Axel und Wolf eintrug.
„Das ist ja hochinteressant", bemerkte Dolph.
„Dazu brauche ich sofort nähere Infos."

SCHLAPPHELME UND SCHLAPPHÜTE

Sepp war richtig stolz, nachdem Dolph mit ihm im Nationalistenladen eingekauft hatte. Er hatte keinen Gedanken daran verschwendet, dass das Geld, welches für die Klamotten auf den Ladentisch gelegt wurde, aus Obdachlosen herausgeprügelt worden war.
Im Spiegel hatte er sich ausgiebig betrachtet. Adrett gescheiteltes Haar, an den Schläfen ausrasiert, weißes Hemd, schwarze Hose mit schwarzem Koppel, großer Koppelschnalle mit schwarz-weiß-rotem Wappen, glänzende schwarze Springerstiefel mit weißen Schnürsenkeln und natürlich die schwarze Bomberjacke. Das wird Eindruck machen, stellte er für sich fest. Die neuen Sachen behielt er gleich an. Seine Jeans, das bunte Hemd und die Windjacke ließ er einpacken.
Dolph lehnte derweil an einem Kleiderständer, von dem er aus die Ankleideprobe betrachtete. Auch er hing seinen eigenen Gedanken nach.
Ein Mann mehr, der ihm bedingungslos ergeben war. Den er fest an sich gebunden hatte. Nicht unbedingt einer, der eigene Aktivitäten entfaltet, aber einer, der Ideen entwickelt. Vor allem aber einer, der Pläne durchdenken und Risiken abschätzen kann. Er nahm sich vor, größere Vorhaben unbedingt immer mit Sepp zu besprechen. Der Mann hatte offenbar zum einen ein Gespür für Gefahren. Zum anderen verstand er es glänzend, Lösungswege zu finden. Mit ihm in der Hinterhand würden Entscheidungen leichter fallen.
Bevor sie gingen, kaufte Dolph noch einige Orden aus dem „Dritten Reich", mehrere Fahnen, sowie unter dem Ladentisch eine indizierte CD von den „Zillertaler Türkenjägern" mit antisemitischen und fremdenfeindlichen Inhalten, die er im Adlerhorst abspielen lassen wollte.
Dann fuhren sie zurück, wobei Dolph die Pläne der Kameradschaft für die Zukunft mit Sepp besprach, der in dem einen oder anderen Fall natürlich seine Bedenken hatte.

Als Sepp nach Hause kam, erregte er in der Nachbarschaft Aufsehen. Er grüßte wie immer höflich die Nachbarin, die auf dem Bürgersteig

wie festgenagelt stehen blieb und ihn anstarrte. Sie glaubte, eine Erscheinung zu haben. Ebenso erging es einigen jüngeren Nachbarskindern, die kichernd vorbeigingen, wobei sie einen großen Bogen um ihn machten. Zwei elf- bis zwölfjährige Jungen, die auf der anderen Straßenseite mit einer leeren Bierdose Fußball gespielt hatten, unterbrachen ihr Spiel und glotzten bewundernd herüber. Sepp genoß das spontane Interesse. Er bemerkte nicht oder wollte nicht bemerken, daß anders als sonst niemand zurückgegrüßt hatte.
Sepp schloß die Haustüre auf und brüllte laut „Guten Abend", bevor er in seinem Zimmer verschwand, wo er die Einkaufstüte mit seinen „Zivilsachen" neben dem Bett in die Ecke warf.
Es dauerte nur wenige Augenblicke, bis es an seiner Tür klopfte. Ohne auf eine Antwort zu warten, wurde die Türe geöffnet. Sein Vater kam herein. Wie vom Donner gerührt blieb er im Türrahmen stehen und starrte seinen Sohn an, sichtlich nach Atem ringend. Sepp hatte sich breitbeinig mitten ins Zimmer gestellt, die Arme hinter dem Rücken verschränkt.
„Na, wie gefällt dir mein neues Outfit?" fragte er provozierend leise.
„Wie mir das gefällt willst du wissen?"
„Ja. Eigentlich ist die Frage überflüssig. Es muß dir doch gefallen. Adrett, sauber, uniformähnlich."
„Du bist wohl vom Affen gebissen. Zieh den Trödel sofort wieder aus. Fasching ist lange vorbei."
„Ich denke im Traum nicht daran. Du wirst dich daran gewöhnen müssen."
„Was für ein Schmarrn. Da gibt's nix zu gewöhnen."
„Das ist dein Problem. Mir gefällt es."
Der Vater versuchte es im Guten.
„Das kannst du deiner Mutter und mir nicht antun. Was sollen denn die Nachbarn oder meine Soldaten denken. Und du willst doch wohl nicht so angeschirrt in die Schule gehen? Außerdem: von wem hast du das Geld für die idiotischen Klamotten?"
„Was die Nachbarn oder deine Soldaten reden, ist mir relativ egal. Und von wem ich das Geld habe, geht dich nichts an und natürlich ziehe ich die Sachen auch zur Schule an. Alle Fragen beantwortet?"
Der Vater lief rot an. Die Halsschlagader war pochend über dem

Hemdkragen zu sehen. Er war nahe daran zu explodieren.
„Mein lieber Sohn! Ich will dir jetzt mal was sagen. Auf der Stelle ziehst du das Zeug aus. Ich dulde eine derartige Maskerade nicht in meinem Haus. Ich habe dich für wesentlich intelligenter gehalten, als du offensichtlich bist. Sonst wärst du nicht auf diesen idiotischen Gedanken gekommen. Du versaust dir deine Zukunft. Also ausziehen. In fünf Minuten komme ich wieder. Dann bist du vernünftig angezogen."
Der Vater drehte sich um. Krachend flog die Tür zu. Der Rahmen erzitterte.
Sepp grinste. Er legte ironischerweise eine CD der rechtsextremistischen Band „Landser" in den Recorder, warf sich aufs Bett, verschränkte die Arme hinter dem Kopf und dachte nicht im Traum daran, der Forderung seines Vaters nachzukommen.
Die fünf Minuten waren noch nicht um, als die Tür wieder aufflog.
„Kannst du nicht anklopfen", provozierte Sepp, ohne die noch immer hinter dem Kopf verschränkten Arme zu verändern.
„Steh auf, wenn ich mit dir rede", brüllte sein Vater los. Sepp zog nur die Augenbrauen hoch.
„Reden? Du brüllst herum, wie auf dem Kasernenhof. So kannst du vielleicht mit deinen Soldaten umgehen, Herr Oberstleutnant. Nicht aber mit mir."
„Mit dir gehe ich noch ganz anders um, mein Herr Sohn", brüllte der Vater zurück, „so läufst du draußen nicht herum und versaust mir damit meine Reputation. Ich sorge hier mit meiner Arbeit für das Familieneinkommen. Davon profitierst auch du und zwar nicht zu knapp. In meinem Haus hältst du dich an die hier geltenden Regeln. Und diese Regeln mache ich. Und in diesen Regeln steht, daß sich mit den kriminellen Skinheads keiner aus unserer Familie abgibt. Also zieh das Gelump aus. Sofort!"
„Was hast du gegen Skinheads? Sie haben kurze Haare, pflegen Disziplin, sind national gesinnt, tragen einheitliche Kleidung. Alles das, was du erstrebenswert findest, wenn ich deine Kommentare zu verschiedenen Fernsehberichten über die Krawalle am ersten Mai in Berlin richtig verstanden habe."
„Du verwechselst die Ebenen."

„Durchaus nicht. Nimm zur Kenntnis, daß ich auch nicht im Entferntesten daran denke, meine Freunde, die mir diese Sachen bezahlt haben, weil du zu knickerig bist, zu vergrätzen. Und jetzt laß mich in Ruhe.“ Sepp konzentrierte sich erkennbar wieder auf die Musik.
Der Vater kniff die Lippen zusammen. Seine Kiefer mahlten deutlich aufeinander. Er sah aus, als wollte er sich jeden Moment auf seinen Sohn stürzen. Nach einem Moment unschlüssigen Zögerns drehte er sich jedoch um und verließ das Zimmer. Sepp stieß triumphierend seine Faust Richtung Decke.
„Sieg Heil“, murmelte er, ehe er die Musik lauter drehte.

Am nächsten Morgen ging Sepps Vater in seinem Büro in der Kaserne unruhig auf und ab. Er konnte noch nicht einordnen, welche Gefühle bei ihm die Oberhand behielten. Wut, weil sich sein Sohn seinen Anordnungen nicht fügte. Enttäuschung, weil er nicht so geriet, wie er es sich wünschte, oder Angst, weil er offensichtlich in eine Richtung zu driften drohte, die zwangsläufig im kriminellen Milieu enden mußte.
Schließlich rang er sich zu einer Entscheidung durch. Er griff zum Telefonhörer. Von seinem S 2, dem Sicherheitsoffizier, hatte er die Nummer eines Verbindungsoffiziers der militärischen Abwehr erhalten.
Sein Gesprächspartner am anderen Ende der Leitung hörte ihm aufmerksam zu, unterbrach ihn aber nach wenigen Minuten.
„Herr Oberstleutnant, wir sollten die Einzelheiten nicht am Telefon besprechen. Ich komme sofort zu ihnen. Haben wir die Möglichkeit, bei ihnen im Büro ungestört zu reden?“
Das wurde zugesagt.
Eine Stunde später klopfte es an der Tür. Nach Aufforderung trat ein drahtiger Enddreißiger in Zivil ein. Sepps Vater schaute ihm interessiert entgegen.
„Major Hämmerle, wir haben am Telefon miteinander gesprochen“, stellte sich der Neuankömmling vor. Zur Bestätigung zeigte er einen Truppenausweis, auf den Sepps Vater nur einen flüchtigen Blick warf. Der Oberstleutnant erhob sich hinter seinem Schreibtisch und bat seinen Besucher in die kleine Sitzecke am Fenster.

„Dem Namen nach kommen sie auch aus Süddeutschland. Ich komme aus Regensburg."
„Ich weiß. Ich komme aus Memmingen. Wir Bayern sind überall zu gebrauchen. Sogar hier oben bei den Fischköppen."
Sepps Vater war nicht zum Lachen zu Mute.
Nachdem die Vorzimmerdame Kaffee gebracht und angewiesen worden war, weder Besucher vorzulassen noch Telefonate durchzustellen, kam er ohne Umschweife zur Sache. Geduldig hörte Hämmerle zu, ohne zu unterbrechen.
Nach gut einer halben Stunde hatte sich Sepps Vater seine Sorgen von der Seele geredet.
„Nun wissen sie alles, was ich weiß", schloß er.
Hämmerle nickte nur.
„Gut, daß sie uns in dieser Angelegenheit informiert haben", erklärte er nach einer kurzen Zeit des Schweigens, in der er sich gedankenverloren am Hals gekratzt hatte.
„Zunächst bin ich einmal froh, daß es sich nicht um einen Soldaten handelt. Ich weiß, das beruhigt sie wenig. Aber ich kann ihnen versichern, daß die unappetitlichen Aktivitäten ihres Sohnes auf ihre Arbeit hier keinen Einfluß haben. Dienstliche Konsequenzen haben sie von uns nicht zu befürchten."
„Das beruhigt mich nur wenig", erklärte Sepps Vater.
„Das glaube ich gerne. Allerdings wird meine Dienststelle in dieser Sache nicht aktiv werden können. Wie sie wissen, sind wir nur für die Bundeswehr zuständig. Da ihr Sohn aber kein Soldat ist, werde ich eine zivile Dienststelle einschalten müssen. Die haben spezielle Programme, die es für Aussteiger aus der rechtsextremen Szene leichter machen, sich aus der Gruppe zu lösen. Die werden sich mit ihrem Sohn unterhalten. Haben sie dagegen Einwände?"
Sepps Vater schüttelte den Kopf.
„Was sollte ich schon dagegen haben? Hauptsache die Leute können helfen."
„Davon gehe ich aus", erklärte Hämmerle, „ich möchte sie nur bitten, ihren Sohn vorerst in Ruhe zu lassen. Kümmern sie sich einfach nicht um ihn. Auch wenn es schwer fällt. Ignorieren sie ihn.
Wenn Sie Probleme bekommen, rufen sie mich einfach wieder an. Ich

werde die mir persönlich bekannten Beamten des Verfassungsschutzes über unser Gespräch informieren. Wenn sie mich jetzt entschuldigen?"
Sepps Vater nickte und geleitete Hämmerle wieder an die Türe. Der drehte sich dort noch einmal um, wie Inspektor Columbo im Fernsehen.
„Ach noch etwas. Beruhigen sie bitte ihre Frau, damit nicht von dieser Seite unkalkulierbare Reaktionen erfolgen. Wichtig ist, daß jetzt von allen die Füße ruhig gehalten werden."
„Das wird nicht einfach sein, aber ich denke, das bekomme ich hin."
Hämmerle verschwand so unauffällig, wie er gekommen war. Sepps Vater setzte sich wieder hinter seinen Schreibtisch und quälte sich durch Unterschriftsmappen, die sich vor ihm stapelten.

Hämmerle fuhr geradewegs nach Schwerin. Vom Handy aus hatte er mit seinem Kollegen von der befreundeten Dienststelle einen Termin vereinbart. Ihm schien es wichtig, sofort zu reagieren und nicht erst einen Bericht zu schreiben, der dann auf den verschlungenen Dienstwegen nur mit erheblicher Zeitverzögerung seinen Empfänger erreichte. Ganz abgesehen davon gab es eine Menge Leute, die in Berichten vorher herummalen und herummäkeln oder die eine oder andere Formulierung für mindestens unglücklich hielten.

Er wurde in dem schmuck renovierten Kasernengebäude aus Großherzogs Zeiten schon erwartet. Mit gespannten Gesichtern lauschten zwei „Schlapphüte" des Verfassungsschutzes, was Hämmerle, der „Schlapphelm" von der militärischen Abwehr, zu berichten hatte.
Sie machten sich eifrig Notizen. Natürlich wurde zugesichert, daß die spärlichen Absprachen, die mit Sepps Vater getroffen wurden, auch von ihnen akzeptiert würden. Dann wurden die ersten Schritte besprochen, bei denen Hämmerle noch einmal den Vermittler spielen sollte, um Berührungsängste abbauen zu helfen.
„Halten sie es für erforderlich die Staatsschutzabteilung des Landeskriminalamtes zu unterrichten? Die könnten gegebenenfalls über die MAEX Kontakte knüpfen", fragte Hämmerle. Die „Schlapphüte" winkten beide wie auf Kommando ab.

„Bloß nicht. Lassen sie uns zuerst versuchen, den Sohnemann ihres Oberstleutnants für eine Arbeit mit uns zu gewinnen. Die Polizei können wir immer noch informieren, wenn unsere Bemühungen nicht fruchten."
„Wieso Arbeit mit ihnen?" fragte Hämmerle irritiert, „bei meinem Gespräch mit dem Vater ging es um Ausstieg aus der Szene."
„Na, Herr Kollege, sie sind doch nicht erst seit gestern im Metier. Zuerst wollen wir nichts unversucht lassen, eine Erfolg versprechende Quelle aufzugraben. Wir haben da so unsere Methoden. Erst wenn das nicht klappen sollte, wovon ich aber nicht ausgehe, da wir da so unsere Methoden haben, können wir über einen Ausstieg nachdenken."
Hämmerle fügte sich wortlos. Zum Abschluß der Besprechung wurde die bewährte kollegiale Zusammenarbeit mit einem Glas Cognac erneut besiegelt. Ein Grund fand sich eben immer...
Bereits am nächsten Tag meldete sich Hämmerle wieder bei Sepps Vater und bereitete ihn auf das Gespräch mit den Beamten in einem Restaurant in der Nachbarstadt vor. In Zivil natürlich.

Es dauerte dann auch nur wenige Tage, bis es zum Treffen zwischen den „Schlapphüten" und Sepps Vater kam. Dieser hatte sich einen Tag dienstfrei genommen, war aber trotzdem zur Verwunderung seiner Frau morgens so weggefahren, als wenn er zur Arbeit wollte. Er war beim Frühstück ausgesprochen einsilbig gewesen. Außerdem hatte er keine Uniform angezogen, sondern war in Zivil ins Auto gestiegen. Nachdenklich schaute sie ihrem Mann hinterher. Er hatte sich in den letzten Tagen merklich verändert, fand sie. Er stritt nicht mehr mit Sepp, sondern ignorierte ihn einfach.

Sepps Vater hatte noch reichlich Zeit. Deshalb machte er einen kleinen Stadtbummel. Das Auto hatte er in einem Parkhaus abgestellt. Der Bummel machte ihm keinen Spaß. Er konnte sich nicht konzentrieren. Die Auslagen langweilten ihn. Lust, etwas einzukaufen, hatte er schon gar nicht. In einem Stehkaffee schlürfte er einen Kaffee und blickte nebenbei in die Zeitung, die sein Tischnachbar, ein Mann in mittleren Jahren im gedeckten grauen Anzug mit dezenter Kra-

watte, von Kopf bis Fuß als seriöser Geschäftsmann verkleidet, umständlich aufgeblättert hatte. Beim Querlesen fiel ihm eine Überschrift ins Auge:
OBDACHLOSER BRUTAL ZUSAMMENGESCHLAGEN!
Mehrspaltig berichtete der Journalist über einen Überfall auf einen Obdachlosen in der Innenstadt seines Wohnortes, der zurzeit im Krankenhaus im Koma liege. Dem äußeren Anschein nach sollen die noch unbekannten Täter aus der Skinheadszene stammen. Für sachdienliche Hinweise hatte die Staatsanwaltschaft einen stattlichen Betrag ausgelobt.
Sein Tischnachbar hatte bemerkt, daß er den Artikel mitgelesen hatte und fühlte sich bemüßigt, einen Kommentar abzugeben.
„Wenn es Polizei und Politiker nicht schaffen, diese Nichtstuer und Bettler aus der Stadt zu vertreiben, müssen diese Aufgabe andere übernehmen. Na ja, man muß sie ja nicht gleich zusammenschlagen. Aber diesem arbeitsscheuen Gesindel muß ja mal gezeigt werden, daß sie das Stadtbild verschandeln, Touristen vertreiben und geschäftsschädigend sind. Wenn die Politik Arbeitslager einrichten würde, hätte man die Typen schnell von der Straße. Die Bunten übrigens auch", beendete er einen Vortrag und zeigte auf einen zweiten Artikel.
GRAFFITISCHMIEREIEN NEHMEN ÜBERHAND.

Sepps Vater entschloß sich, auf die seiner Meinung nach unqualifizierten Äußerungen seines Nachbarn nicht zu antworten und ging. Innerlich unruhig, von der Sorge getragen, sein Sohn könne mitverantwortlich für den brutalen Überfall auf den Obdachlosen sein, suchte der das Lokal, in dem er mit den Beamten vom Verfassungsschutz verabredet war.
Es war das sogenannte „Erste Haus" am Platze. Nobel speisen die Herren, ging ihm durch den Kopf.
Er betrat das Lokal zur vereinbarten Zeit und blickte sich suchend um. Es waren nur wenige Tische besetzt. Kein Wunder bei den Preisen, dachte er. An einem Tisch redete ein älterer Herr intensiv auf eine jüngere Blondine ein, die dümmlich kicherte. Die Beiden waren ganz mit sich beschäftigt. Augen für die anderen Gäste hatten sie

nicht. Ein Neureicher mit Johannistrieb, fiel Sepps Vater spontan dazu ein.
An einem weiteren Tisch plauderten zwei ältere Damen. Es ging um Schwiegertöchter, Enkelkinder und Krankheiten, wie im Vorbeigehen einigen Gesprächsfetzen zu entnehmen war.
In der hintersten Ecke, den Rücken an der Wand, die Eingangstür im Blick, saßen zwei Herren. Sie blätterten unschlüssig in der großen Speisekarte. Vor sich hatten sie Mineralwasser stehen. Wenn die jetzt beim Kellner Bockwurst bestellen, sind es meine Treffpartner, schoß es ihm gehässig durch den Kopf. Er wollte aber nicht so lange warten, sondern sprach die Herren an.
„Guten Tag. Entschuldigung, kommen sie aus Schwerin?"
„Ja, wir haben sie schon erwartet. Der Kollege Hämmerle hatte sie uns beschrieben. Wenn sie nicht zu uns an den Tisch gekommen wären, hätten wir sie angesprochen", sagte der Ältere der Beiden.
„Wie haben sie uns erkannt?"
Sepps Vater entschloß sich, nicht die Wahrheit zu sagen, sondern murmelte etwas von Eingebung oder Ahnung. Die beiden stellten sich mit Wermelt und Hennig vor. Sie hätten auch Schulze oder Meier sagen können, dachte der Bundeswehroffizier und setzte sich auf den angebotenen Stuhl.
„Studieren sie in aller Ruhe erst einmal die Speisenkarte, bevor wir zum Thema kommen. Betrachten sie sich als eingeladen. Was möchten sie denn trinken?"
"Ich nehme auch ein Mineralwasser. Mit Eis." Dann blätterte er die Karte durch, wählte ein Menü in mittlerer Preisklasse und musterte seine Gegenüber. Die Beiden bestellten Boef Stroganoff mit Spargel. Der Jüngere fühlte sich zu einem Kommentar berufen.
„Mittags steht uns ein Stück Fleisch mit Kartoffeln und Gemüse zu. Wie bei ihnen in der Kaserne."
Irritiert überlegte Huber, was sein Gegenüber ihm damit sagen wollte.
Bis das Essen serviert wurde, unterhielt man sich über allgemeine Themen. Unter anderem erfuhr Sepps Vater, daß auf Grund von Erhebungen eines Universitätsinstituts etwa ein Drittel der Bevölkerung zumindest zum Teil den Thesen der rechtsextremen Ratten-

fänger zustimmt. Deswegen sei eine umfassende Protestbewegung nicht zu erwarten. Nach seinen eigenen Erfahrungen im Stehkaffee konnte er diese Einschätzung nur stützen.

Nach dem Essen kam man dann zur Sache. Wie schon bei Hämmerle schilderte Huber ohne schmückendes Beiwerk, so wie es bei Soldaten eben üblich ist, die Lage. Die beiden Beamten zeigten Verständnis. Es wurde ein Plan entwickelt, wie am besten ein Kontakt zwischen den „Schlapphüten" und Sepp hergestellt werden konnte. Aufhänger sollte dabei der brutale Überfall auf den Obdachlosen sein. Der Kontakt könnte zu Hause erfolgen, bot Sepps Vater an. Besuch erhalte er regelmäßig, so falle es in der Nachbarschaft nicht auf, wenn sie ihn in der Wohnung aufsuchen würden. Während des Gesprächs würde er sich mit seiner Frau zurückziehen.
Der Vorschlag behagte den Beamten offensichtlich nicht besonders. Es wurden verschiedene Varianten diskutiert, wieder verworfen und neu vorgeschlagen. Schließlich einigte man sich doch darauf, das Gespräch noch am gleichen Tag im Hause Huber zu führen.

So kam es zum Kontakt zwischen den „Schlapphüten" und Sepp. Zunächst hatte es, nachdem sie eingetroffen waren, ein lautes Wortgefecht zwischen Vater und Sohn gegeben. Erst als sich die Mutter eingeschaltet hatte, wobei sie Sepp unter Tränen ins Gewissen redete, war dieser bereit, mit den Beamten zu reden. Im Wohnzimmer saßen sie sich nun gegenüber. Wie verabredet zogen sich die Eltern zurück. Sie machten einen Spaziergang.
Zu Sepps Überraschung zeigten sie die Beamten von seinem Skinheadoutfit weder beeindruckt noch machten sie irgendeine Bemerkung dazu. Sie kamen sofort auf den Punkt.
„Daß ihr Vater wenig begeistert von ihren Ambitionen ist, müssen wir nicht mehr erörtern. Das wissen sie selbst. Uns ist es egal, aus welchem Grund sie die Familienfehde provozieren. Uns geht es um die Sache an sich. Sie gehören der Kameradschaft 'Adlerhorst' an?"
Sepp nickte. Er sah keinen Grund, das zu verheimlichen. Der jüngere Beamte riskierte einen sogenannten „Schuß ins Blaue".
„Angehörige der Kameradschaft sind meines Wissens verantwort-

lich für den Mordversuch an einem Obdachlosen hier in der Stadt. Ich unterstelle, sie waren auch an dem Überfall beteiligt. Sie sollten darum beten, daß der Mann nicht stirbt. Aber auch für einen Mordversuch gibt es eine Freiheitsstrafe. Wenn er stirbt, war es Mord. Für Mord gibt es eine hohe Freiheitsstrafe, vielleicht sogar lebenslänglich. Die Verweisung von der Schule ist dabei nebensächlich. Die Schulausbildung können sie im Knast sowieso knicken. Viel schlimmer ist aber das Ende aller Zukunftspläne. Sie sind ewig und drei Tage als rechtsextremistischer Gewalttäter stigmatisiert. Dieses Kainsmal werden sie nie wieder los. Ihre Zukunft ist zu Ende, noch bevor sie richtig begonnen hat. Das alles sollten sie von nun an berücksichtigen."

Sepp merkte, wie sich ein Kloß in seinem Hals bildete. Seine Knie begannen zu zittern. Er zwang sich zur Ruhe.

„Das müssen sie mir erst einmal beweisen", versuchte er es trotzig.

„Ach was. Das wollen wir gar nicht. Wir sind nicht die Polizei. Wir haben andere Möglichkeiten, mit einer solchen Sache umzugehen. Deshalb sitzen wir hier. Wir rennen nicht gleich zur Staatsanwaltschaft", ergriff der Ältere wieder das Wort, „seien sie froh, daß wir hier sitzen und nicht die Polizei. Wir können ihnen helfen. Aber nur, wenn sie uns helfen."

Danach beschrieb er die Möglichkeiten, die seine Dienststelle hatte, sowie die Chancen, die er für Sepp dabei erkannte.

„Wenn wir nun unterstellen, sie waren nicht dabei, dann kann ich mir gut vorstellen, daß sie selbst erkennen, wie unsinnig diese Taten sind. Menschenleben gegen Ideologien. Das kann es doch nicht sein. Sie sind viel zu intelligent, derartige Untaten mitzutragen. Wie schon gesagt, wir wollen ihnen helfen. In diesem Zusammenhang gibt es für sie nur drei Möglichkeiten.

Erstens: Sie arbeiten mit uns zusammen und informieren uns frühzeitig über die Pläne der Kameradschaft. Dabei helfen wir ihnen nicht aufzufallen. Gleichzeitig sichern wir sie gegenüber Polizei und Staatsanwaltschaft ab.

Zweitens: Sie steigen aus. Auch dabei sind wir ihnen gerne behilflich. Allerdings werden sie dann hier in der Stadt nicht weiter leben können. Welche Möglichkeit wählen sie?"

„Sie haben mir die dritte noch nicht gesagt."
Der Beamte lehnte sich zurück, drückte die Fingerspitzen gegeneinander und spitzte den Mund, bevor er süffisant erklärte:
„Die dritte Möglichkeit ist die Information an die Staatsanwaltschaft. Es wird dann zu einem Prozeß kommen. Natürlich kann niemand in diesem Fall versprechen, daß ihr Name nicht öffentlich wird. Welche Konsequenzen das für sie und ihre Familie hat, können sie sich selbst ausmalen. Sie haben die Wahl."
Sepp rutschte unruhig im Sessel hin und her.
„Bis wann muß ich mich entscheiden?"
„Sofort", erklärte der ältere Beamte. Er griff in die Jackentasche, aus der er einen gefalteten Bogen herauszog.
„Ich empfehle die Unterschrift unter dieses Dokument."
Sepp beugte sich über das Papier. Die Buchstaben verschwammen vor seinen Augen. Es war eine Verpflichtung zur Mitarbeit und Verschwiegenheit.
Der ältere Beamte legte einen Kugelschreiber daneben; der Jüngere war aufgestanden und schaute angeblich teilnahmslos aus dem Fenster.
Sepp ließ sich die aufgezeigten Möglichkeiten noch einmal durch den Kopf gehen. Nach einigen quälend langen Minuten hatte er sich zu einem Ergebnis durchgerungen. Er atmete tief durch, ergriff den Kugelschreiber, schrieb oben in das Papier seinen Namen und setzte unter den vorgedruckten Text seine Unterschrift mit Datum. Sichtlich zufrieden steckte der ältere Beamte den Kugelschreiber wieder ein. Das Papier verschwand sorgfältig zusammengefaltet in seiner Jackentasche.
„Ich bin der festen Überzeugung, das war eine kluge Entscheidung. Jetzt sollten wir über die aktuellen Pläne der Kameradschaft sprechen."
Sepp war überrascht.
„Wollen sie nichts über den Überfall auf den Obdachlosen wissen?"
„Ach, wo denken sie hin? Da arbeitet die Polizei schon dran. Da halten wir uns heraus. Uns interessiert das, was geplant ist."
Zuerst stockend, dann immer flüssiger begann Sepp zu reden. Er berichtete vom Konzert mit der Gruppe „JU 88", dem Überfall auf

die Vietnamesen am See und von den Plänen bei der letzten Zusammenkunft im „Adlerhorst". Nur über die Russenmafia erzählte er nichts. Das erschien ihm noch nicht spruchreif. Allerdings wollte er eine Sache noch loswerden, die ihm unter den Nägeln brannte.
„Also ich habe dem Wolf, das ist ein fast krankhafter Profilneurotiker, geraten, als Rache für die Schläge, die er von den Fidschis bekommen hat, den Asia-Imbiss anzustecken. Da die Idee von mir kam, werde ich mich wohl beteiligen müssen. Drücken kann ich mich nicht. Das fällt auf. Dafür ist Dolph zu mißtrauisch. Halten sie mir dabei auch den Rücken frei?"
Der ältere Beamte dachte einen Moment nach.
„Na, das wird ja nicht gleich heute oder morgen sein. Wir haben jedenfalls von der Sache nichts gehört. Oder hast du davon gehört, daß ein Asia-Imbiss angesteckt werden soll?" wandte er sich an seinen am Fenster stehenden Kollegen.
„Entschuldigung. Ich war einen Moment unaufmerksam. Ich habe nicht zugehört, sondern die Eltern von Sepp beobachtet, die gerade wieder zurückkommen."
Die beiden Beamten verabschiedeten sich.
„Wir melden uns wieder. Wie wir sie erreichen, wissen wir. Hier haben sie eine Telefonnummer, unter der sie einen von uns im Notfall erreichen können. Wir halten Kontakt."
Dann verschwanden sie durch die Tür. Auf dem Bürgersteig sprachen sie noch kurz mit den Eltern, bevor sie um die Ecke verschwanden.
Sepp wartete die Ankunft seiner Eltern nicht ab, sondern ging in sein Zimmer. Er verschloß die Tür von Innen, um nicht gestört zu werden. Er warf sich auf sein Bett. Dann heulte er in die Kissen. Er fühlte sich einfach beschissen. Was war passiert?
Natürlich fand er vieles Scheiße, was in der Kameradschaft ausgeheckt wurde. Natürlich waren die meisten so dumm wie Bohnenstroh. Andererseits hatten sie ihn, den Wessi aus Bayern, aufgenommen und in ihre Gruppe integriert. Hatten ihm sogar eine Führungsrolle zugewiesen, was nicht selbstverständlich war. Er hatte das vollste Vertrauen des Kameradschaftsführers, der von seiner Loyalität überzeugt war. Die Kameraden vom „Adlerhorst" waren seine

Freunde. Und jetzt hatte er seine Unterschrift unter ein Papier gesetzt, das den Verrat an ihnen besiegelte. Was würden sie mit ihm machen, wenn sie erfuhren, daß er sie verriet?

In dieser Nacht schlief er kaum. Immer wieder wachte er schweißgebadet auf. Am Morgen blieb er liegen. Er wollte nicht in die Schule. Seine Mutter kam zu ihm ans Bett, setzte sich auf die Bettkante, streichelte über sein Haar, wie sie es früher, als er noch klein war, immer gemacht hatte. Sie sagte nichts; blieb einfach nur sitzen und streichelte, während ihm wieder die Tränen übers Gesicht liefen. Nach einer ganzen Weile, in der sie stumm neben ihm gesessen hatte, sagte sie leise:
„Ich kann mir vorstellen, wie du dich fühlst. Als deine Mutter fühle ich mit dir. Aber ich denke auch an die Mutter des Obdachlosen. Wie muß sie sich fühlen, wo doch ihr Kind im Koma liegt, weil deine Freunde ihn halb totgeschlagen haben."

Wermel und Henning waren nach dem Gespräch mit Sepp zurück nach Schwerin gefahren und trugen den Sachverhalt ihrem Vorgesetzten Nestler vor, der nach dem Vortrag umständlich eine Zigarette anzündete, sich lässig zurücklehnte, einen Daumen hinter seinem Hosenträger einhakte und erklärte:
"Wenn ich richtig verstanden habe, können wir uns bei dem Spezi nicht ganz sicher sein. Er ist als Chefplaner bei den Nazis an allen Aktionen maßgeblich beteiligt. Aber ich denke, er ist einen Versuch wert. Und wenn etwas in die Hose geht, schieben wir es auf ein Informationsdefizit zwischen der Polizei und uns. Wir sind dann aus dem Schneider und die Polizei hat den 'Schwarzen Peter'".
"Das wird einer vertrauensvollen Zusammenarbeit nicht förderlich sein", wagte Wermelt einen Einwand. Nestler lachte süffisant.
"Das kann uns doch egal sein. Zur Sicherheit rege ich über unseren Chef eine Besprechung im Ministerium an, in dem das miserable Informationsverhalten der Polizei angeprangert wird. Da findet sich bestimmt etwas, das sich als negatives Beispiel lohnt. Wenn es dann in dieser Sache knallt, glaubt alle Welt, es liegt an der Polizei."
Wermelt kratzte sich am Hinterkopf. Es war sich nicht sicher, ob die

Überlegungen seines Vorgesetzten im konkreten Fall wirklich zutreffen würden. Gleichwohl erklärte er:
"Ich weiß nicht, ob sich der Chef so einfach vor den Karren spannen läßt. Aber mir soll es egal sein. Machen sie, was sie für richtig halten."
Nestler erklärte die Sitzung für beendet. Dann verschwand er auf dem Flur in Richtung des Chefbüros. Wermelt schaute ihm hinterher. Außer Hörweite brummte er zu Henning:
"Sehr lange ist er noch nicht bei unserem Verein. Aber in dieser kurzen Zeit hat er es geschafft, die eigentlich gute Zusammenarbeit mit der Polizei deutlich zu verschlechtern. Das kann auf die Dauer nicht gut gehen."
"Du mußt aber zugeben, er ist geschickt und nicht zu packen. Wie ein Pudding, den man an die Wand nageln will", antwortete Henning.
"Na, na, wie sprichst du denn von deinem Vorgesetzten?"
"Hat er nicht gehört. Wir sind doch unter uns. Wahrscheinlich hat er sogar noch Erfolg mit seiner Methode."
"Ja, wahrscheinlich. Aber was machen wir uns seine Gedanken? Wir haben das nicht zu vertreten. Wir machen unsere Arbeit, er seine. Der Rest geht uns nichts an."
"Dass du dich da mal nicht vertust. Wir müssen hinterher die Verstimmungen mit der Polizei ausbaden."
"Papperlapapp. Wir sind nun einmal getrennte Behörden. Vom Gesetz her muß die Polizei uns Informationen geben, während wir uns das mit dem Hinweis auf laufende operative Maßnahmen verkneifen können."
"Ja, schon. Aber nicht bei schwerwiegenden Straftaten."
"Darüber zu befinden ist Sache von Nestler."

Die Beiden trollten sich in ihr Büro, um die notwendigen Berichte zu schreiben.

Es war tatsächlich so, wie Reini es gesagt hatte. Gegen Mittag kamen die vier, die von der Polizei festgenommen worden waren, in die WG zurück. Reini hatte sie abgeholt. Zusammen gingen sie zu Timo aufs Zimmer und schlossen die Türe hinter sich zu. Selbst Boomer, der sich prinzipiell nicht an Regeln hielt, traute sich nicht zu stören, obwohl er vor Neugierde regelrecht brannte. Er schlich über den Flur, lauschte an der Tür, um vielleicht so das eine oder andere Wort aufzugreifen.
Das Gemurmel war deutlich zu hören; etwas Sinnvolles aber nicht zu verstehen. Als sich auch nach einer ganzen Weile nichts tat, niemand aufs Klo ging und auch auf sein lautes Husten nicht reagiert wurde, entschloß sich Boomer, einkaufen zu gehen. Er mußte dringend wieder in den Baumarkt. Seine Vorräte an Spraydosen waren zu erneuern. Außerdem hatte er Hunger. Er lief die Treppe hinunter, sicherte vorsichtig nach links und rechts, als er aus der Haustür trat, stellte nichts Beunruhigendes fest und trabte Richtung Bushaltestelle.

In Timos Zimmer herrschte eine gedrückte Stimmung. Reini lehnte am Fenster, das er wegen des üblen Gestanks weit aufgerissen hatte. Annika, die einen Stirnverband trug, drückte sich, ebenso wie Laszlo, in die Ecke neben Reini. Bloß weg von der Blutlache neben der Tür. Beide saßen auf dem Boden, die Arme um ihre Knie gelegt. Jenny half Timo, die angetrocknete Blutlache neben der Tür mit alten Zeitungen abzudecken. Danach erschlug sie mit einer zusammengefalteten Zeitung einige der dicken blaugrün schillernden Fliegen, hockte sich neben Timo auf die Matratze und legte den Arm um seinen Rücken, um ihn zu trösten. Timo ließ es geschehen, ohne sich wie sonst gegen Zärtlichkeit zu wehren. Sie selbst war eigentlich bisher auch immer auf Abstand gegangen. Jetzt hatte sie aber das Gefühl, ihn in den Arm nehmen zu müssen. Nicht wegen der Aktion oder der Vernehmung bei der Polizei. Nein, es ging um den Verlust von Bruno. Sie hatte den Hund zwar auch nicht sonderlich gemocht,

aber jetzt, wo er nicht mehr da war, vermißte sie ihn doch. Er war eben ein Teil von Timo gewesen. Timo ohne Bruno war kaum vorstellbar. Schließlich brach Reini das Schweigen.
„Nun laßt die Köpfe mal nicht hängen. Ich habe euch doch gesagt, die Jakobi holt euch raus."
„Ja, schon. Aber gegen Auflagen. Wir müssen uns jetzt einmal wöchentlich bei den Bullen melden. Außerdem hat Laszlo ein Riesenproblem. Lange glauben die Bullen nicht, daß er nur im Urlaub hier ist. Ich könnte mich vor Wut in den Hintern beißen, daß wir auf dich gehört haben", giftete Annika.
„Verlaßt euch ganz auf die Jakobi", antwortete Reini, „die hat für jedes Problem eine Lösung."
„Na, das ist ja tröstlich, daß deine liebe Jakobi für jedes Problem eine Lösung hat, " ereiferte sich Timo, „wie komme ich wieder an meinen Hund? Hat sie dafür auch eine Lösung? Mann, du machst es dir einfach. Wir haben jetzt die Scheiße am Hals und du klopfst schlaue Sprüche. Ich hätte nicht übel Lust, dir eins in die Fresse zu hauen."
„Es hilft uns nicht einen Meter weiter, wenn wir uns jetzt gegenseitig zerfleischen", versuchte Reini die Situation zu entschärfen.
„Reini hat Recht", reagierte Jenny, wobei sie sanft Timo an sich zog, „ich kann deine Trauer um Bruno gut verstehen Timo, aber das bringt dir den Hund auch nicht wieder zurück. Wo ist der Kadaver überhaupt?"
„Um Leichen kümmern sich doch immer die Satanisten", versuchte Reini einen Scherz, schwieg aber sofort wieder, als Timo ihm einen bösen Blick zuwarf, „aber wir können sie ja nachher einmal fragen, wo sie ihn gelassen haben. Vielleicht kannst du den Hund ja im Hof beerdigen."
„Deinen ironischen Scheiß muß ich mir nicht anhören", kreischte Timo wieder los. Nur mit Mühe gelang es Jenny, ihn wieder auf die Matratze zurückzudrücken.
„Das war nicht ironisch. Er geht nur nicht so emotional damit um, wie du. Auch wenn es schwer fällt, du mußt einfach akzeptieren, daß Bruno tot ist. Aber andere müssen deswegen nicht mit dir in Trauer verfallen. Mach bitte deine Trauerarbeit allein. Wo ich helfen kann, da tue ich das. Aber jetzt laß Reini weiterreden."

„Jenny hat Recht“, meldete sich Annika, „um den Hund kümmern wir uns später. Jetzt müssen wir gemeinsam darüber nachdenken, wie es weiter geht.“
Timo beruhigte sich nur langsam.
“Wir können holen neu Hund aus Heim“, meldete sich Laszlo.
Reini winkte ab.
„Das ist heutzutage nicht mehr ganz so einfach. Aber ich finde schon eine Lösung, wenn Timo es will.“
„Ich will keinen neuen Hund“, maulte Timo.
„Na, dann ist ja gut“, erklärte Reini, „können wir jetzt wieder zielgerichtet diskutieren?“
Die Anwesenden nickten. Vom Flur hörten sie lautes Husten.
„Boomer lauert auf Flur, vielleicht er weiß mehr“, meldete sich Laszlo.
„Ich bin der Meinung, wir sollten erst einmal in unserem Kreis über die Probleme sprechen. Was meint ihr?“ Reini blickte von einem zum anderen. Es gab keine Gegenstimme.
Lautes Poltern auf der Treppe verriet, daß Boomer das Haus verließ.
Reini nickte.
„Damit hat sich das auch erledigt. Also, ich gehe einmal davon aus, ihr habt bei der Polizei keine Aussagen gemacht. Sie haben lediglich eure Personalien, die Fingerabdrücke sowie Fotos. “
Alle nickten.
„Was haben sie zu deiner Verletzung gesagt?“ wandte sich Reini an Annika.
„Sie wollten wissen, woher ich sie habe. Ich habe ihnen gesagt, daß ich sie mir im dunklen Flur zugezogen habe. Danach hat mich ein Arzt untersucht. Den Verband hat mir eine Sanitäterin angelegt.“
Reini nickte wieder.
„O.K., das ist normal. Ich gehe auch einmal davon aus, sie haben nicht gesagt, woher sie Informationen bekommen haben, die auf euch hinweisen.“
„Doch“, antwortete Timo. Reini blickte überrascht hoch und sah Timo irritiert an.
„Sie haben von den Überwachungskameras an der Tankstelle einige Bilder. Die waren zwar sehr undeutlich, aber mit etwas Phantasie

sind wir durchaus zu erkennen. Außerdem haben sie vor unserem Haus einen Lappen gefunden, den ich leichtsinnigerweise weggeworfen habe. Das alles haben sie mir vorgehalten. Ich habe aber nichts dazu gesagt."
Reini nickte.
„Das mit dem Lappen war in der Tat nicht besonders pfiffig. Aber den kann theoretisch jeder dorthin geworfen haben. Bei den Bildern solltet ihr nicht sonderlich besorgt sein. Phantasie reicht vor Gericht als Beweis nicht aus. Das schmettert die Jakobi locker ab. Alles in allem dürften die Bullen so ihre Schwierigkeiten haben, euch die Taten zu beweisen. Allerdings ist meine Frage noch nicht beantwortet, warum man so schnell auf euch gekommen ist. Haben wir jemanden in unseren Reihen, der den Bullen etwas gesteckt haben könnte?"
Betroffen schauten sich die vier an. Daran hatten sie bisher keinen Gedanken verschwendet.
„Daß es jemand von uns gewesen sein könnte, schließe ich aus. Es kämen ja nur Boomer oder Tiffi in Frage. Boomer war hier. Er hat Wache geschoben. Wo Tiffi war, weiß ich nicht. Als die Bullen hier einfielen, war sie jedenfalls in ihrem Zimmer. Aber wir können sie ja fragen", sagte Timo. Er machte Anstalten aufzustehen, wurde aber durch Jenny daran gehindert.
„Langsam. Wir sollten erst andere Möglichkeiten diskutieren", warf sie ein. Timo setzte sich wieder.
„Du hast Recht. Mit Boomer habe ich noch die Toreinfahrt ein paar Häuser weiter kontrolliert. Ihm war da jemand aufgefallen. Dort lagen einige Zigarettenkippen. Gesehen haben wir aber niemanden. Es könnten die Bullen, aber auch die Sicherheitsnadeln oder die Nazis gewesen sein."
„Die Bullen und die Sicherheitsnadeln hatten zu dem Zeitpunkt keinen Grund, die WG zu beobachten. Außerdem hätten sie das bei den Verhören schon herausgeblasen", erklärte Reini, „die Nazis könnten es schon eher gewesen sein. Es könnte aber auch einfach nur ein Anwohner eine letzte Nachtzigarette geraucht haben."
„Nein, dafür waren es zu viele Kippen", widersprach Timo, „ich denke, es waren die Nazis. Denen ist die WG schon seit langem ein Dorn im Auge. Ich wundere mich direkt, daß sie uns bisher noch kei-

nen Streß gemacht haben. Außerdem traue ich denen zu, daß sie den Bullen einen Tipp geben, um uns so aus dem Verkehr ziehen zu lassen. Dann brauchen sie sich nicht die Finger schmutzig zu machen."

„Womit wir beim Thema wären", ergänzte Reini, „aber laßt mich zunächst noch Folgendes sagen: Auf Vorladungen reagiert ihr nicht. Die gebt ihr der Jakobi. Den Meldeauflagen kommt ihr auch pünktlich nach. Am besten gemeinsam. Wenn nämlich einer von euch das vergißt, wird er garantiert sofort eingefangen. Außerdem nehmen die Bullen das zum Anlaß, sofort in der WG einzufallen, um ihn zu suchen. Um die Bezahlung der Rechtsanwältin macht euch keine Sorgen. Das wird schon geregelt. Außerdem seid in der nächsten Zeit etwas vorsichtiger. Ich bin sicher, ihr werdet von den Bullen beobachtet. Die haben euch jetzt auf der Rolle."

„Sind wir in der WG denn noch sicher?" wollte Annika wissen.

„Sicherer denn je. Ich bin sicher, die Bullen stehen hier irgendwo Tag und Nacht. Ihr habt also eine Wache. Welche WG kann das schon von sich behaupten?"

„Das glaube ich nicht. Die sind doch froh, wenn die Nazis hier herumprügeln und ihnen die Drecksarbeit abnehmen", blieb Timo skeptisch.

„Wenn es euch beruhigt, schicke ich euch morgen ein paar Freunde, die das Haus zur Festung umbauen. Dann wird es für jeden Angreifer schwer hineinzukommen."

„Aber nicht, daß die WG zur Mausefalle wird und wir nicht mehr heraus können", wandte Jenny ein.

Beleidigt schaute Reini sie an.

„Darauf kannst du dich verlassen. Die Freunde haben ihre Erfahrungen in Hamburg in der Hafenstraße und der roten Flora gesammelt. Jetzt sollten wir aber darüber sprechen, was wir gegen die Nazis tun können."

Nach einer Stunde hatten sie alles miteinander besprochen. Schon in der kommenden Nacht sollte es die ersten Aktionen gegen die Glatzköpfe geben. Am Wochenende wollten sie gemeinsam gegen eine Demo der Rechten demonstrieren und ihnen mit Pflastersteinen richtig einheizen. Sie sollten nicht mehr zur Ruhe kommen.

Reini verabschiedete sich, während Annika und Jenny halfen, Timos

Zimmer zu säubern. Laszlo ging zu den Satanisten, die aber nicht bereit waren, bei den Aktionen mitzumachen. Lediglich am Ausbau der WG wollten sie sich beteiligen. Boomer war noch nicht zurückgekommen und Tiffi war ebenfalls nicht in ihrem Zimmer.

In der Zwischenzeit war es dunkel geworden. Es hatte zu regnen begonnen, was die Dämmerung verstärkte. Annika, Jenny und Timo waren gerade mit den Aufräumarbeiten fertig geworden, als es heftig knallte. Glas splitterte und ein Gegenstand schlug dumpf auf dem Boden auf. Der faustgroße Stein verfehlte um Haaresbreite den Kopf von Jenny, die geistesgegenwärtig sofort zum Lichtschalter sprang. Mit einem Schlag war es dunkel. Annika und Timo hatten sich auf den Boden geworfen. Sie rührten sich nicht. Ein zweiter Knall und splitterndes Glas ließen erkennen, daß auch in Jennys Zimmer die Scheiben eingeworfen worden waren.
Vorsichtig schob Jenny sich an der Wand entlang zum Fenster und lugte vorsichtig um die Ecke in den Hof.

Im diffusen Licht erkannte sie drei Glatzköpfe, die im Regen standen. Sie zündeten gerade einen Lappen an, der in einer Flasche steckt. Vor ihren Füßen standen noch weitere Flaschen.
„Ihr dreckigen Nazischweine, verpißt euch", kreischte Jenny aus Leibeskräften. Timo sprang auf und stürzte zum Fenster, während Annika schnell über den Flur zum Treppenhaus lief.
„Laszlo, Jens, Pia, Nene, kommt schnell. Die Nazis greifen uns an", schrie sie nach oben. Von dort waren schon polternde Schritte zu hören.
In diesem Moment kam die erste brennende Flasche geflogen. Sie kam nicht ganz bis zum Fenster, schlug gegen die Hauswand und zerplatzte. An den nassen Ziegelsteinen entzündete sich die Flüssigkeit nicht, sondern lief träge nach unten. Der brennende Lappen fiel neben der Kellertür ins Gras und erlosch.
„Hier sind die Kammerjäger. Die Zecken werden ausgemerzt. Sie sollen brennen", brüllte der größte der Glatzköpfe, zündete einen zweiten Molotowcocktail an und schleuderte ihn Richtung Fenster.
Timo konnte sich gerade noch rechtzeitig bücken. Die Flasche prall-

te auf den Holzfußboden, zerbrach aber nicht. Jenny warf geistesgegenwärtig eine Decke über die brennende Lunte. Eine dritte Flasche flog in Richtung Jennys Zimmer.
„Annika, schnell in mein Zimmer. Wirf eine Decke über das Feuer", schrie sie entsetzt auf.
Annika hatte bereits im Bad einen Eimer Wasser gefüllt. Sie stürzte über den Flur ins Jennys Zimmer. Die Flasche war auf dem Bett von Jenny gelandet, war zwar nicht zerplatzt, aber die Flüssigkeit war ausgelaufen und hatte sich entzündet. Mit einem Schwung leerte Annika den Eimer über den Flammen, raffte das glimmende Oberbett zusammen und warf es auf dem Fenster.
Laszlo, Timo und Jens waren zwischenzeitlich zur Kellertür gerannt. Sie hatten sich mit einem Baseballschläger sowie zwei Eisenstangen bewaffnet, die extra zu Verteidigungszwecken neben der Tür deponiert waren.
Bei der Durchsuchung der WG waren sie aus welchen Gründen auch immer nicht sichergestellt worden. Mit wenigen Handgriffen war die Tür offen und die drei stürzten sich auf die überraschten Skins. Die hatten gerade die vierte Flasche angezündet. Der Kleinste und Jüngste der Gruppe hatte werfen sollen. Er hielt die Flasche noch in der Hand, als ihn die von Laszlo geworfene Eisenstange an der Brust traf. Er ließ die schon brennende Flasche fallen, die auf einem Stein zerbarst. Sofort sprangen die Flammen an seiner Hose hoch. Schreiend sprang er zur Seite, ließ sich fallen und versuchte, sich im nassen Gras wälzend, die Flammen an Hose und Jacke zu ersticken. Laszlo kümmerte sich nicht um ihn, hob die Eisenstange wieder auf und drang wie ein Berserker auf die anderen beiden Skins ein. Die wehrten sich mit Steinwürfen. Der Jüngste hatte die Flammen inzwischen gelöscht. Er stand auf und humpelte durch das Hoftor auf die Straße.
Den beiden Größeren gelang es nicht mehr sich rechtzeitig zurückzuziehen. Die konnten dem Kampf gegen die drei Autonomen nicht mehr ausweichen. Timo, Jens und Laszlo ließen den flüchtenden Skin entkommen. Sie stürzten sich auf die zwei Verbliebenen, denen der Steinvorrat ausgegangen war. Der Kampf war kurz und heftig. Mit Fäusten versuchten sich die Skins zu wehren, sie hatten aber

gegen die Drei aus der WG keine Chance. Der größere Skin hatte noch versucht, ein Messer zu ziehen. Das wurde ihm aber durch einen Schlag mit der Eisenstange auf den Arm aus der Hand geprellt. Sein Arm hing danach wie leblos an ihm herunter. Mit dem anderen Arm schütze er seinen Kopf, drehte sich um und rannte hinter dem Jüngsten her, gefolgt von Timo.
Nur mit Mühe gelang es Jens, Laszlo davon abzuhalten, dem letzten der Skins die Eisenstange über den Schädel zu ziehen. Diesen Augenblick nutzte der, um ebenfalls wegzurennen.
Er rannte an Timo vorbei zu einem mit laufendem Motor wartenden VW-Bus, der sofort mit quietschenden Reifen und ausgeschaltetem Licht davonfuhr.
„Scheißkerle", fluchte Jens.
„Das haben die nicht umsonst getan", ergänzte Timo, während Laszlo nur grimmig vor sich hin starrte.
Nach einigen Sekunden drückte er Jens seine Eisenstange in die Hand. Auf dessen verwunderten Blick erklärte er kurz, etwas erledigen zu müssen. Dann verschwand er hinter der Mauer. Timo zuckte die Schultern und ging mit Jens ins Haus zurück, nicht ohne die Kellertür gesichert zu haben.
Oben besahen sie sich die Schäden. Jenny saß in der Küche und schluchzte heftig. Annika versuchte, sie zu trösten. Auch Timo nahm sie in den Arm. Er drückte sie an sich.
„Du kannst bei mir schlafen", bot er ihr an. Dankbar nickte sie ihm zu.
Vor die zerstörten Fenster hängten sie zwei alte Decken, die Jens von oben geholt hatte. Nachdem sie zusammen die Scherben beseitigt hatten, blickte sich Annika suchend um.
„Wo ist Laszlo?"
„Der wollte kurz was erledigen, hat er gesagt. Dann ist er verschwunden. Mehr weiß ich auch nicht", murmelte Timo verlegen.
„Seid ihr bescheuert? Warum habt ihr ihn alleine gehen lassen? Der ist imstande und bringt einen von diesen Scheißnazis um", kreischte Annika los und fing an zu heulen.
"Na na, so schlimm wird's schon nicht werden", versuchte Timo zu trösten. Er hatte ein schlechtes Gewissen, weil er Laszlo nicht sofort gefolgt war.

„Doch es ist schlimm. Ich kenne ihn genau. Ich habe wirklich Angst, daß er sich nicht mehr unter Kontrolle hat."
„Jetzt können wir sowieso nichts mehr tun außer abzuwarten, bis er wiederkommt", sagte Jens. Dann verschwand er nach oben. Annika verabschiedete sich ebenfalls. Sie wollte an der Haustür auf Laszlo warten. Jenny kroch zu Timo auf die Matratze und kuschelte sich an ihn.

Boomer stand schon geraume Zeit in dem Wartehäuschen der Straßenbahnhaltestelle. Er hatte nach seinem erfolgreichen Einkauf im Baumarkt zunächst zusammen mit einem Bekannten eifrig einige Fassaden mit Graffiti verziert und sich dann das Wartehäuschen vorgenommen, das seiner Meinung nach viel zu trist war. Dann hatte es zu regnen begonnen. Der Bekannte hatte deshalb keine Lust mehr am Sprühen. Er war mit einer Bahn nach Hause gefahren. Seit dieser Zeit saß Boomer auf der Holzbank im Trockenen und wartete. Seine Graffiti konnte er nicht mehr anbringen, da zu viele Fahrgäste aus- und einstiegen oder sich ganz einfach nur vor dem Regen schützen wollten. Gelangweilt beobachtete er die Leute um sich herum. Ihn nahm keiner zur Kenntnis.
Auch nicht der dicke Skinhead, der vor wenigen Augenblicken um die Ecke gehumpelt kam und jetzt mit seinem Gipsbein nahe den Gleisen im Regen stand. Was für ein Idiot, dachte Boomer. Der Nazi steht da und läßt sich naßregnen anstatt sich unterzustellen. Der will wohl deutlich machen, daß einem echten Deutschen der Regen nichts ausmacht. Unbeweglich stand der Skin, schaute weder nach links noch nach rechts. Auch vom Getuschel der Leute hinter ihm ließ er sich nicht beeindrucken oder gar aus der Ruhe bringen. Während Boomer noch überlegte, ob er dem Skin auf die Schnelle das Gipsbein mit einem Tac verzieren sollte, tauchte plötzlich Laszlo hinter dem Skin auf. Er sah sich um und bemerkte Boomer auf der Bank. Dieser wollte sich gerade erheben, um Laszlo zu begrüßen, als er das Kopfschütteln bemerkte. Laszlo will nicht angesprochen werden. Er wird seine Gründe haben, dachte Boomer.
In diesem Moment fuhr die Straßenbahn in die Haltestelle hinein. Direkt vor dem ersten Wagen stolperte plötzlich der Skin, nachdem

er einen Stoß in den Rücken erhalten hatte. Er versuchte noch, sich mit dem Gipsbein abzustützen, knickte aber zur Seite und fiel der Länge nach auf die Gleise. Mehrere Frauen schrien auf. Die Bremsen der Straßenbahn kreischten ohrenbetäubend auf dem Metall, dann gab es einen dumpfen Aufprall. Während sich zwei der wartenden Männer sofort um den halb unter dem Straßenbahnwagen liegenden Skin kümmerten, rannte Laszlo los.

Einer der Wartenden wollte ihm folgen, fiel aber über das gestreckte Bein von Boomer zu Boden. Laszlo nutzte seinen Vorsprung und verschwand zwischen den Büschen einer Gartenanlage. Boomer half dem gestürzten Mann wieder auf die Beine und entschuldigte sich. Der aber brüllte wie von Sinnen:

„Du Idiot. Steh hier nicht so herum, laufe lieber dem Ausländer hinterher, der den Mann vor die Straßenbahn gestoßen hat. Der Mörder darf nicht entkommen."

Boomer drehte sich suchend um.

„Wo läuft einer? Ich sehe niemanden."

„Mann bist du blind. Du mußt doch gesehen haben, wie der den armen Kerl vor die Bahn gestoßen hat."

„Ich habe nichts gesehen", brummte Boomer und setzte sich wieder.

„Na ja, die Polizei wird ja gleich kommen. Dann werden wir weitersehen", erklärte der verhinderte Verfolger, rieb sich sein schmerzendes Knie und fluchte über die zerrissene Hose. In der Zwischenzeit war der Fahrer aus der Bahn ausgestiegen. Er kümmerte sich zusammen mit einem Arzt, der als Fahrgast in der Bahn gesessen hatte, sowie den zwei anderen Helfern um den Skin, der offensichtlich noch lebte. Einige Fahrgäste waren ausgestiegen, hatten sich unter die Wartenden gemischt und gafften auf die Szene.

Die schnell eintreffenden Rettungssanitäter hatten Schwierigkeiten, durch die Gaffer zum Verletzten vorzudringen. Erst als die Polizei kam, verschwanden nach und nach die Schaulustigen in alle Richtungen. Auch Boomer nutzte die Gelegenheit, um unbemerkt zu verschwinden. Bevor er um die Straßenecke verschwand, konnte er noch erkennen, wie der verhinderte Verfolger auf die Polizeibeamten einredete und die Richtung beschrieb, in die Laszlo gelaufen war.

Gegen Mitternacht traf Boomer an der WG ein. Er brauchte so lange, weil er TOD DEN NAZIS an etliche Fassaden gesprüht hatte. Nur mit Mühe war er dabei einer Zivilstreife der Polizei entkommen.
An der Tür wartete Annika. Vor ihr erfuhr er, was in der Zwischenzeit passiert war. Gerade wollte er ihr erzählen, was sich an der Straßenbahnhaltestelle abgespielt hatte, als Laszlo kam. Annika fiel ihm um den Hals und verschwand mit ihm im Treppenhaus. Boomer sicherte die Tür, bevor auch er nach oben ging. Er warf sich auf seine Koje und es dauerte eine ganze Zeit, bis er einschlafen konnte.

In der Zeitung gab es einen kleinen Artikel mit der Überschrift:
UNBEKANNTER STIESS JUGENDLICHEN VOR STRASSENBAHN.
In wenigen Sätzen wurde dem interessierten Leser mitgeteilt, daß ein Siebzehnjähriger von einem Unbekannten vor eine einfahrende Straßenbahn gestoßen worden sei. Wegen der geringen Geschwindigkeit sei die Bahn sofort zum Stehen gekommen. Das schwer verletzte Opfer wurde mit einem Rettungswagen in die Klinik gebracht.
Reini brachte die Zeitung mit in die WG. Er wartete in der Küche, während seine Freunde sich im Haus umsahen, um festzustellen, was für eine Befestigung alles benötigt oder umgebaut werden mußte. Boomer, der ihn ins Haus gelassen hatte, saß bei ihm. Von ihm hatte Reini erfahren, was sich gestern Abend alles ereignet hatte. Es stimmte ihn nicht heiter. Als Laszlo in die Küche kam, schob Reini ihm wortlos die Zeitung zu. Nachdem Laszlo gelesen hatte, zuckte er die Schultern und fragte:
„Ist err tott?"
„Offensichtlich noch nicht, sonst stände es schon in der Zeitung."
„Dann nicht schlimm", erklärte Laszlo bestimmt.
„Das würde ich so nicht sagen", erklärte Reini.
„Die Bullen werden wegen Mordversuchs ermitteln. Du kannst dich bei Boomer bedanken, der deinem Verfolger ein Bein gestellt hat. Die Personenbeschreibung ist zu allgemein, da können die nicht auf dich kommen. Aber halte dich zurück. Übrigens hatte Timo Recht. Die WG wurde von den Bullen nicht beobachtet, sonst hätten die Nazis nicht angegriffen. Das überrascht mich.

Offensichtlich hat auch keiner von den Nachbarn bei der Polizei angerufen, sonst ständen die schon hier. Wenn sie es wüßten, dann müßten sie nur eins und eins zusammenzählen, um einen Zusammenhang zu konstruieren. Dann fallen sie hier wieder ein, greifen euch, machen eine Gegenüberstellung, und dann ist es nur noch eine Frage der Zeit, wann sie dich haben. Du solltest verschwinden Laszlo. Ich kann dich in einer anderen WG, am besten weit weg von hier, in einer Stadt in einem anderen Bundesland, unterbringen."
Laszlo grübelte.
„Aber nicht ohne Annika."
„Natürlich nicht ohne Annika", erklärte Reini. Er rieb sich gedankenverloren erst das Kinn, dann fummelte er an seinen Piercingringen an den Augenbrauen herum.
„Das Beste wäre, wir würden die WG hier ganz aufgeben."
„Da bekommst du aber Streß mit allen anderen", wandte Boomer ein, „ich jedenfalls bin schon jetzt dagegen."
„Natürlich ist das nicht allein meine Entscheidung. Wir werden das Für und Wider diskutieren. Aber soweit ist es noch nicht. Laszlo sollte aber unbedingt mit der Jakobi reden, wegen der Meldeauflagen."
Er grübelte wieder eine Weile.
„Das ist vielleicht eine Scheiße, die du da fabriziert hast", schimpfte Reini in Richtung Laszlo, den das aber unbeeindruckt ließ.
In der Zwischenzeit fanden sich nach und nach alle WG-Bewohner in der Küche ein. Sogar Tiffi war gekommen. Sie heulte, als sie hörte, was passiert war.
„Hör auf zu flennen", herrschte Reini sie an. Seine Hamburger Freunde grinsten. Der älteste von ihnen, er war bestimmt schon Vierzig, zog einen Vergleich.
„Das ist ja hier fast so wie in den glorreichen Hafenstraßenzeiten."
„Das will hier keiner hören. Wir sind hier nicht in Hamburg. Wir sind in Meck-Pomm und da kommt alles etwas später", brachte Reini ihn zum Schweigen.
„Außerdem sind weniger die Bullen, als mehr die Nazis unsere Hauptgegner."
Danach erläuterte Reini seine Pläne, bei denen er für Unterstützung durch die WG warb. Als Gegenleistung würden seine Freunde die

WG richtig sichern. Am Ende gab es allgemeine Zustimmung. Sogar Boomer und die Satanisten machten diesmal keine Ausnahme.

Zu der Demo der Rechten hatten sich etwa 150 Skins eingefunden. Das Ordnungsamt der Stadt hatte zwar zunächst den Aufzug verboten, vom Verwaltungsgericht war er aber nach entsprechender Beschwerde zugelassen worden. Lediglich einige Auflagen waren zu beachten. Es durfte nicht marschiert werden, uniformähnliche Kleidung war ebenso verboten wie Trommeln. Auch war die Zahl der Fahnen begrenzt sowie die Marschroute verändert worden. Es ging jetzt nicht mehr wie geplant durch die Innenstadt, sondern durch die Plattenbausiedlung, am Baumarkt und der alten Kaserne vorbei, rund um eine Kleingartenanlage und dahinter wieder zurück zum Ausgangspunkt. Dort war die Abschlußkundgebung. An diese Auflagen wollten sich die Rechten ganz penibel halten. Das hatten sie dem Ordnungsamt und der Polizei zugesagt.
Der Bürgermeister, einige Parteien und eine Bürgerinitiative hatten zu einer Gegendemonstration aufgerufen. Friedlich, aber machtvoll, wolle man den Protest gegen die Neonazis in die Öffentlichkeit tragen, so die Aussagen der Stadtoberen.
Die Polizei blieb skeptisch. Vom Landeskriminalamt waren Hinweise auf militante gewaltbereite Störer eingegangen, die aus Hamburg und Berlin anreisen wollten. Es wurden gewalttätige Ausschreitungen erwartet. Deshalb war ein Großaufgebot der Polizei bestrebt, jede Gewalttätigkeit im Keim zu ersticken. Sogar Wasserwerfer wurden in Bereitschaft gehalten

An der Wegstrecke standen nur wenige Leute. Viele lagen in den Fenstern der anliegenden Häuser, um sich das Spektakel nicht entgehen zu lassen. Vor, hinter und neben den Rechten war Polizei aufgezogen. Für einen unbefangenen Betrachter sah es so aus, als marschiere die Polizei gemeinsam mit den Rechten.
Zur Gegendemo hatten sich zum Bedauern der Organisatoren lediglich wenig mehr als 200 Leute aufraffen können. Mit lautem NAZIS RAUS hatte man zunächst versucht, die von den Rechten gebrüllten Parolen HIER MARSCHIERT DER NATIONALE WIDERSTAND

und DEUTSCHLAND DEN DEUTSCHEN zu übertönen. Es war nicht gelungen. Das Parolenwettschreien gewannen eindeutig die Neonazis.
Dann hatte man sich zu einem eigenen Aufzug formiert, der hinter dem Demonstrationszug der Rechten her drängte. Es waren Trillerpfeifen ausgegeben worden, um so die Parolen zu übertönen. Das gelang schon besser. Diese Runde ging an die Gegendemonstranten. Als sich daraufhin die Neonazis bei der Polizei beschwerten, ihre vom Gericht genehmigte Demonstration werde unrechtmäßig gestört, drängte die Polizei die Gegendemo zurück. Dadurch schlug die Stimmung um. Plötzlich waren nicht mehr die Neonazis die Gegner, sondern die Polizei. Erste Rufe DEUTSCHE POLIZISTEN SCHÜTZEN DIE FASCHISTEN waren zu hören. Die Polizeisperre blieb stehen. Der Unmut wurde größer. Erste Bierdosen wurden aus der Mitte der Demonstranten auf die Polizei geworfen, zuerst leere, dann auch volle. Einige beherzte Bürger versuchten, die aufgebrachten Gemüter wieder zu beruhigen. Reinis Hamburger Freunde und die WG-Bewohner drängten sich nach vorn in Richtung der Polizisten.
Timo riß eine seiner Bierdosen auf, nahm noch einen großen Schluck, dann holte er aus und warf die Dose gegen die Polizeikette. Sie flog haarscharf am behelmten Kopf einer Beamtin vorbei und klatschte auf das Straßenpflaster. Eine Gruppe der Beamten versuchte sich zu Timo durchzukämpfen, um ihn festzunehmen, was am geschlossenen Widerstand der Hamburger, die schützend einen festen Kreis um ihn gebildet hatten, scheiterte. Da andere Demonstranten von hinten nachdrängten, zogen sich die Beamten wieder zurück.

Die Aktion war bei den Neonazis nicht unbemerkt geblieben. ZICK ZACK LINKES PACK dröhnte es aus ihrem Aufzug. Drohend wurden Fäuste in Richtung der Gegendemonstranten geschüttelt. Um eine direkte Konfrontation beider Gruppen zu vermeiden, wollte die Polizei den Abstand deutlich vergrößern. Deshalb wurden die Gegendemonstranten aufgehalten, während die Neonazis weiterzogen. Erst als die Entfernung so groß war, daß Wurfgeschosse sie nicht mehr erreichen konnten, ging es langsam weiter.

Als der Aufzug an der Kleingartenanlage vorbeiführte, drängelte sich auf ein Zeichen von Reini eine Anzahl von Gegendemonstranten aus der Menge heraus. Dazu gehörten die Hamburger ebenso wie Timo, Boomer, Jenny und die anderen. Sie verschwanden in der Gartenanlage.
Es dauerte einige Zeit, bis auf der anderen Seite der Gärten die Nazidemo wieder zurück in Richtung Innenstadt zog, noch immer schön in der Mitte der Straße mit Sicherheitsabstand zu den Häusern. Noch immer eskortiert von den Polizisten, die jetzt, als es wieder am Kleingartengelände vorbeiging, etwas aufmerksamer wurden. Hatten sie doch von den Kollegen der Nachhut gehört, daß etliche Gegendemonstranten auf der anderen Seite in die Gärten gelaufen waren. Zwischen den Gärten und der Straße mit dem Bürgersteig befand sich noch ein etwa zehn Meter breiter Grasstreifen. In die Gärten konnte man nicht hineinsehen. Sie waren von hohen Hecken umgeben.
Nach einem Pfiff mit einer Trillerpfeife flogen plötzlich aus den Gärten über die Hecken Steine, Äste, Dosen und unreifes Obst auf die Demonstranten. Direkt nach dem Geschoßhagel kamen mit lautem Geschrei die Gegendemonstranten aus den Gartenwegen auf die Straße gelaufen, mit dabei die Hamburger und alle aus der WG.

Die Polizisten stellten sich schützend vor die Skins. Die wiederum gingen nicht zum Gegenangriff über, sondern rückten enger zusammen und brüllen KEINE GEWALT, KEINE GEWALT. Es war nicht zu erkennen, ob es Kalkül oder Angst war.
Heftig prasselten neue Wurfgeschosse auf Polizei und Neonazis. Ein Wasserwerfer kam aus einer Seitenstraße und trieb mit gezieltem Strahl die Angreifer in die Gartenanlage zurück. Eine weitere Polizeieinheit, die in Reserve gelegen hatte, kam im Laufschritt hinter dem Wasserwerfer hervor. Tiffi, das Leichtgewicht aus der WG, wurde durch den harten Wasserstrahl umgeworfen. Sie war bis auf die Haut durchnäßt. Als sie sich aufrappeln wollte, rutschte sie zu allem Unglück auf dem nassen Rasen aus. Ein Hilfeversuch von Boomer scheiterte am nächsten Wasserstrahl, der ihn in die Hecke warf. Dann hatten die Polizisten Tiffi erreicht. Sie wurde von zwei Beamten hochgerissen, die ihr die Arme auf den Rücken drehten und sie

abführten. Nur mit Mühe gelang es Boomer, den bedrohlich nahe gekommenen Beamten zu entwischen.
Ein weiterer Vorstoß der Hamburger, um Tiffi zu befreien, endete wie der erste in den harten Wasserstrahlen des Wasserwerfers. Es gelang der Polizei, drei von den Hamburgern festzunehmen. Sie wurden unter dem Beifall der Skins ebenfalls abgeführt.
Wie Hohn klangen dazu noch immer ihre Rufe: KEINE GEWALT, KEINE GEWALT.

In die Gartenanlage drangen keine Polizeikräfte ein. Sie war wohl zu unübersichtlich. Man beschränkte sich darauf, die Ein- und Ausgänge zu überwachen. Deshalb konnten Boomer und seine Freunde ungestört einige Zeit verstreichen lassen, über die Zäune klettern und verschwinden.

Im Parkgelände am Friedhof sammelte sich die übriggebliebene Schar. Kaum einer, der nicht naß war bis auf die Haut. Sie saßen in kleinen Grüppchen zusammen und diskutierten heftig.
Boomer hatte sich zu den Satanisten gesellt, da er weder Timo, noch Jenny, Annika oder Laszlo sehen konnte. Er war als Einziger wieder in trockenen Sachen, sah allerdings merkwürdig aus. Aus einer Gartenlaube hatte er sich Arbeitssachen besorgt. Ein kariertes Hemd, eine viel zu große Jacke und eine Arbeitshose, die vor einigen Jahren möglicherweise zu einem Anzug gehört hatte. Lediglich seine Schuhe hatte er anbehalten. Seine nassen Klamotten waren zu einem Bündel zusammengeschnürt und lagen neben ihm.
Nene bekam einen Schluckauf.
„Wie siehst du denn aus?“ lachte sie. Boomer grinste.
„Bevor ich mir eine Erkältung hole, habe ich mich lieber umgezogen. Wenn meine Klamotten wieder trocken sind, werfe ich diese hier auf den Müll. Wo sind übrigens die anderen?“
„Tiffi haben die Bullen. Timo und die anderen wollen noch etwas erledigen, haben aber nicht gesagt, was“, wußte Jens.
„Ich habe so ein Gefühl, das wir das morgen wieder aus der Zeitung erfahren“, meldete sich Pia. Boomer grinste.
„Wir sorgen für Schlagzeilen. Ich bin gespannt, was sie morgen über

unsere heutige Aktion schreiben. So, ich habe die Schnauze voll und gehe nach Hause. Kommt ihr mit?“
Jens winkte ab.
„Wir gehen noch rüber“, erklärte er, wobei er mit dem Kopf in Richtung Friedhof nickte.
Boomer schlenderte durch die Stadt in Richtung WG. Mißmutig stellte er fest, daß einige seiner schönsten Graffiti inzwischen wieder übermalt oder entfernt worden waren.
„Da habe ich ja wieder was zu tun“, murmelte er, bevor er in der WG verschwand, nicht ohne vorher intensiv auf etwaige Verfolger geachtet zu haben. Er konnte aber nichts Beunruhigendes feststellen.

Während Boomer durch die Altstadt schlenderte und über neue Graffiti nachdachte, waren Timo, Jenny, Annika, Laszlo, Reini mit den restlichen Hamburgern in deren LKW auf einigen Umwegen zum alten Fabrikgelände gefahren. Sie hatten ein ausrangiertes Fahrzeug von der Bundeswehr, wo es früher olivgrün als Befehls- oder Funkwagen gedient hatte, mit poppigen Farben überpinselt und Innen wie ein Campingbus eingerichtet. Zur Not konnte man mit mehreren Leuten einige Tage in dem Wagen verbringen. Während der Fahrt konnten sich alle im Wagen abtrocknen. Sie bekamen sogar einige trockene Sachen ausgeliehen, um nicht wieder in ihre nassen Klamotten steigen zu müssen. Sie gehörten den Festgenommenen.
„Bis morgen werden die ganz sicher nicht gebraucht“, lachte einer der Hamburger, um auf den verwunderten Blick von Timo zu ergänzen: „Das sind wir aus Hamburg gewohnt. Die Genossen kommen vor morgen früh sowieso nicht aus dem Knast. Um die müssen wir uns keine Sorgen machen. Die wissen, was sie zu tun und zu lassen haben.“
„Um Tiffi und unsere Freunde wird sich wohl die Jakobi kümmern müssen“, sagte Reini und griff zum Handy. In dem Gespräch, was auf eine enge Vertrautheit zwischen ihm und der Anwältin schließen ließ, erklärte er kurz den Sachverhalt vergaß auch das Problem mit Laszlo nicht, verschob Einzelheiten dazu aber auf einen persönlichen Besuch.
Er verstaute das Handy wieder in seiner Jacke und erklärte:

„Jetzt werden wir dem 'Adlerhorst' mal einen Besuch abstatten. Die glatzköpfigen Drecksäcke sind heute alle bei der Demo. Wir dürften uns ungestört umsehen können."
„Meinst du nicht, daß die eine Wache aufgestellt haben?" fragte Jenny besorgt.
„Dann tut es mir jetzt schon Leid um den armen Kerl, der wird sich wünschen, heute lieber bei der Demo gewesen zu sein. Vielleicht ist das ja einer der Sackgesichter, die heute Nacht bei euch gezündelt haben. Dann bekommt er jetzt noch eine Tracht Prügel", lachte einer der Hamburger.
Reini wies dem Fahrer den Weg. Durch Schlaglöcher und Pfützen rumpelte der Wagen hinter der Fabrik in Richtung Baracke.
„Vor dem Schornstein am alten Heizhaus bleiben wir stehen. Direkt hinter der Ecke befindet sich die Baracke", wies Reini an.
„Die Mädels bleiben am besten am Wagen. Wir schauen mal kurz bei den Rechten nach dem Rechten. Wenn Gefahr droht, habt ihr die Trillerpfeifen. Die können wir nicht überhören."

Die Männer kletterten aus dem Wagen. Einer der Hamburger nahm einen Kanister mit. Vorsichtig sichernd lugten sie um die Hausecke. Die Baracke lag einsam und verlassen. Von einer Wache war nichts zu sehen. Vorsichtig schlichen sie an der Außenwand entlang. Die Fenster waren mit Blechplatten gesichert und verschlossen genauso wie die dicke Eingangstür aus Stahlblech.
„Die verstehen ihr Geschäft", murmelte anerkennend einer der Hamburger.
„Wir aber auch", ergänzte der mit dem Kanister.
„Wozu haben wir unseren Panzer" brummte der Dritte, der den LKW gefahren hatte, drehte sich um und rannte zurück.
Wenige Sekunden später rumpelte der Wagen um die Ecke, steuerte direkt auf die Stahltür zu und rammte sie mit der breiten Stoßstange. Sie verzog sich oben und unten, ohne jedoch aus dem Rahmen herauszufallen. Der Fahrer setzte zurück. Reini rannte nach vorn an die Winde, die über der Stoßstange angebracht war. Er zog das Stahlseil heraus. In einer großen Schleife wurde es um die verzogene Eingangstür geschlungen und mit dem Karabinerhaken befestigt. Nach

einem Handzeichen ruckte der LKW an. Mit einem Knall flog die Tür aus dem Rahmen.
Reini, Timo und die anderen stürmten in das Gebäude. Selbst die Mädchen, die zwischenzeitlich ausgestiegen waren, ließen sich nicht aufhalten.
„Da sind ja doch Wachen. Die hatten sich eingeschlossen anstatt draußen aufzupassen", brüllte Timo."
Hinten im Raum standen zwei von den Babyskins. Sie zitterten am ganzen Leib und sahen überhaupt nicht bedrohlich aus. Einer versuchte verzweifelt über sein Handy Kontakt mit wem auch immer zu bekommen. Es gelang nicht. Jenny stürzte sich wie eine Furie auf den, der ihr am nächsten stand. Ihre Fingernägel fuhren ihm durch das Gesicht. Sie trat ihm gegen die Schienbeine, bis er zusammenknickte. Laszlo hatte den anderen erreicht. Mit einem Faustschlag zertrümmerte er ihm das Nasenbein. Ein zweiter Schlag traf ihn in die Magengrube. Dann zerrte er ihn nach draußen. Auch der mit dem zerkratzten Gesicht wurde auf den Hof geschleift, wo Annika die beiden bewachte, mit einem Schraubenschlüssel in der Hand.
In der Zwischenzeit hatte einer der Hamburger den Kanister ausgeleert, während Reini die Schränke durchsuchte, aber nichts fand, was es sich lohnte mitzunehmen. Eine Mitgliederliste, die er gehofft hatte zu finden, war nicht vorhanden. Dann rannten sie heraus. Der letzte zündete eine Nationalzeitung an, die auf einem der Tische gelegen hatte und warf sie in die Benzinlache, die sich mit einem dumpfen Knall entzündete. Das Feuer breitete sich rasend schnell aus.
Sie sprangen in den LKW, nicht ohne den beiden zusammengekrümmt im Hof liegenden Skins noch einen derben Tritt in die Seite verpasst zu haben. Ohne sich umzudrehen, verließen sie das Fabrikgelände.
Sie fuhren nicht in die Stadt zurück, sondern steuerten noch ein weiteres Ziel an. In einem nahegelegenen Dorf wollten sie noch die Nerzfarm besuchen. Jenny, die allen als engagierte, ja sogar militante Tierschützerin bekannt war und sich deshalb auch wegen Bruno so mitfühlend zeigte, hatte darauf bestanden. Die armen, in kleinen Käfigen gehaltenen Tiere sollten in Freiheit kommen. Das war ihr Plan. Reini paßte dieser Plan durchaus in sein Konzept, deshalb hat-

te er auch nichts dagegen einzuwenden gehabt.
Den Hamburgern war es egal. Ihnen ging es ohnehin nicht um eine politische Aussage. Hauptsache, es gab Aktion und Krawall. Das machte Spaß.
Aus dem Rückfenster beobachtete Timo die dunkle Rauchwolke, die über dem Fabrikgelände in den Himmel stieg.
„Damit dürfte der Adlerhorst Rauch und Asche sein", freute er sich.
Jenny zeigte dem Fahrer den Weg. Die Nerzfarm befand sich auf einem abgelegenen Gehöft, das früher einmal zu einer LPG gehört hatte. Ein Wessi hatte das Gelände für einen Spottpreis aufgekauft. Mit einigen ehemaligen Landarbeitern war von ihm danach die Farm eingerichtet worden. Ein Sandweg führte durch Felder zu den geduckt in einer Senke liegenden alten Stallgebäuden.
Das Gelände war umzäunt, das zweiflügelige Tor aus Maschendraht im Aluminiumrahmen mit einer Kette gesichert. Außer einigen Gänsen, die auf dem Gelände zwischen den Käfigen frei herumliefen, war niemand zu sehen.
"Das sind die besten Wachhunde, aber für uns sind sie keine Gegner. Wenn die Nerze frei sind, haben sie auch gleich ihre Marschverpflegung", stellte Reini sachlich fest.
„Festhalten! Banzai!" brüllte in diesem Moment der Fahrer. Ohne anzuhalten fuhr er durch das Tor. Die Kette riß, die Tore flogen zur Seite. Sofort begannen die Gänse mit einem Heidenspektakel. Aus einem Bungalow kam ein älterer Mann heraus, der sofort zu einer Mistforke griff.
Laszlo sprang ab. Er schlug dem Mann die Forke aus der Hand, drängte ihn zurück in den Bungalow, wo er die Telefonleitung aus der Wand riß. Mit dem Telefonkabel fesselte er ihn an den Stuhl.
Danach folgte er den anderen, die bereits zu den Käfigen gelaufen waren. Es war nicht schwer, die Türen zu öffnen. Sie waren nicht besonders gesichert. Nach zehn Minuten hatten sie es geschafft. Alle Käfige waren offen. Ohne sich aufzuhalten oder sich um den alten Mann zu kümmern, saßen sie wieder auf und verschwanden so schnell, wie sie gekommen waren.
„Hast du keine Bedenken, daß der alte Mann zumindest unser nicht ganz unauffälliges Auto beschreiben kann?" wollte Jenny von dem

Fahrer wissen. Der winkte ab.
„Wir haben insgesamt vier bemalte Fahrzeuge. Selbst die Kennzeichen unterscheiden sich nur durch eine Ziffer. Dann soll die Polizei mal beweisen, welcher Wagen hier gewesen ist. Mit drei Fahrzeugen sind wir in der Gegend. Ich mache mir deswegen keine Sorgen."

In der Nähe vom Bahnhof löste sich nach den abschließenden Reden die Demonstration der Rechten langsam auf. Starke Polizeikräfte beobachteten, wie die Skins im Bahnhof oder in ihren Fahrzeugen verschwanden. Dolph stand neben dem VW-Bus. Er sammelte seine Kameraden um sich.
„Ich denke, das war ein großer Erfolg und ein denkwürdiger Tag. Die Zecken haben richtig eins auf die Glocke bekommen. Sie wurden endlich einmal richtig gesäubert. Wir sollten diesen Tag gebührend ausklingen lassen. Deshalb treffen wir uns im Adlerhorst."
Seine Rede wurde durch lautes Sirenengeheul unterbrochen. Mehrere Einsatzfahrzeuge der Feuerwehr rasten an ihnen vorbei. Jetzt bemerkten auch die Skins die Rauchwolke.
„Das brennt hinten an der Fabrik", stellte Sepp fest. Dolph schwante sofort Böses.
„Sepp, Benno, Axel, Wolf - sofort in den Wagen. Wir müssen zum Horst. Die anderen kommen unverzüglich nach."
Die Genannten sprangen in den Bus, der mit quietschenden Reifen hinter den Feuerwehrfahrzeugen herfuhr. Die Stimmung wurde gedrückter. Hatten sie zuerst noch geglaubt, daß es irgendwo in der Nähe der Fabrik brannte, so wurde ihnen von Meter zu Meter klarer, daß die Rauchwolke tatsächlich vom Fabrikgelände kam. Vor der Einfahrt auf das Gelände wurden sie angehalten.
„Hier können sie nicht weiter. Feuerwehreinsatz", erklärte unmißverständlich ein Polizeibeamter, der sein grün-weißes Motorrad mitten in die Einfahrt gestellt hatte.
„Wir haben hier unser Vereinsheim", versuchte es Dolph im Guten.
„Wenn das die Baracke ist, dann hatten sie ein Vereinsheim", war die lakonische Antwort.
In diesem Moment kam der Rettungswagen vom Gelände. Der Polizist ließ ihn durch.
„Hier können wir nichts mehr tun befürchte ich. Wir kommen später zurück. Jetzt fahren wir hinter dem Sani her. Ich will wissen, wer verletzt ist. Vor allem, wie schwer", entschied Dolph.

„Sehr schwer scheint es nicht zu sein, sonst würden die mit Blaulicht fahren", meinte Sepp. Dolph nickte.

Vor dem Krankenhaus hielten sie an. Während Dolph, Sepp und Benno im Bus blieben, gingen Wolf und Axel in die Notaufnahme. Dort saßen ihre beiden Kameraden. Sie sahen übel aus. Ingo, der Jüngste, er war gerade 14 Jahre alt, hatte sechs oder sieben tiefe Schrammen, die ihn vom Schädel über die Stirn, die Augen bis auf die Wangen schwer verunstalteten. Er hatte noch keine Zeit gefunden, das Blut abzuwischen, so daß er fürchterlich anzusehen war. Dietmar, der zweite Verletzte, war mit seinen 15 Jahren unwesentlich älter. Auch er war erst seit kurzer Zeit bei der Kameradschaft. Er konnte aus seinem zugeschwollenen Gesicht nichts mehr sehen. Die Nase sah aus, als ob sie jemand gefaltet hätte. Reden konnte er auch nicht, da ihm auch zwei Schneidezähne abgebrochen waren. Bevor sich der Arzt um die Beiden kümmerte, konnte Wolf mit Mühe von Ingo erfahren, daß die Zecken den Adlerhorst überfallen hatten.

Dolph nahm den Bericht von Wolf scheinbar gelassen zur Kenntnis.
„Wir fahren zurück zur Fabrik. Da warten die anderen. Wir werden sie zum Notquartier umdirigieren."
„Wo haben wir ein Notquartier?" wollte Benno verwundert wissen
„Nun, deine Mutter hat doch einen Schrebergarten, oder etwa nicht?"
Benno zuckte zusammen.
„Äh, ja. Sicher. Aber warum?"
„Nun, ich kann mir vorstellen, daß sie ihn uns für einige Zeit zur Verfügung stellt. Das hat den Vorteil, daß wir auf Privatgelände sind und die Bullen uns nicht so leicht auf den Wecker gehen. Als Gegenleistung halten wir den Garten in Schuß. Sie braucht im Herbst nur noch zum Ernten zu kommen. Ich denke, das kannst du ihr schon klar machen. O.K.?"
Benno hüstelte verlegen.
„Ja, ich will es versuchen", antwortete er wenig überzeugend.
„Allerdings heute können wir uns mit Sicherheit dort ungestört treffen. Meine Mutter muß heute wegen der Demo länger arbeiten. Danach geht sie nicht mehr in den Garten."

Es ging zurück zu der Kleingartenanlage, aus dem die Autonomen ihren Angriff gegen die Demonstration der Neonazis gestartet hatten. Nur wenige Gartenfreunde werkelten auf ihren Beeten. Für ein Wochenende eigentlich ungewöhnlich, aber viele waren wohl wegen der Demo nicht herausgefahren. So gelangten die Skins fast unbeobachtet zum Grundstück der Familie Jestremski. Sie fanden die Tür der Laube aufgebrochen. Benno ging allein hinein, um zu kontrollieren, ob etwas fehlte. Bis auf ein paar Kleidungsstücke war alles noch da.

Als er wieder aus der Hütte, kam sah Dolph ihn fragend an.

„Na, fehlt was?"

„Irgendjemand hat meine Arbeitsklamotten geklaut. Hemd, Hose und Jacke. Sonst nichts."

Dolph wollte es nicht glauben, dann lachte er lauthals los.

„Na, dann prüf mal, wer in einem der anderen Gärten in deinen Sachen die Kartoffeln ausgräbt. Wenn du ihn gefunden hast, ziehst du ihm die Hosen aus und läßt ihn nackt weiterarbeiten."

Benno verzog keine Miene, obwohl alle anderen, die um sie herumstanden, unverschämt grinsten. Sie blieben auf der Rasenfläche im Garten stehen. Für alle war die Laube nicht groß genug. Deshalb stellte sich Dolph auf einen Hocker.

„Kamerrraden. Die Demo war ein Erfolg."

Verwunderte Mienen blickten ihn an.

„Doch, es war ein Erfolg. Wir haben allen in der Stadt gezeigt, wie wir gewaltfrei demonstrieren. Gewalt geht nur von unseren Gegnern aus. Das hat uns viele Sympathien eingebracht. Da bin ich mir ganz sicher. Auch die Bullen werden uns erst einmal in Ruhe lassen. Die Zecken aus der Altstadt werden einen Teufel tun und eine Anzeige wegen der Mollys erstatten. Dafür haben sie ihrerseits vermutlich Probleme wegen des Mordversuchs an Peter, den sie mit Sicherheit begangen haben. Vor allem aber wegen der Brandstiftung am Adlerhorst. Da können die Bullen nicht einfach zur Tagesordnung übergehen. Die sind also beschäftigt. Das gibt uns freie Hand. Wir werden das nutzen.

Innerhalb von einer Woche will ich Berichte über Aktionen der Kampfgruppen haben. Positive Berichte, versteht sich. Im Übrigen

darf ich euch mitteilen, daß unsere Jüngsten, die als Wache im Adlerhorst gewesen sind, nur leicht verletzt wurden. Sie werden im Krankenhaus behandelt. So wie mir Axel und Wolf berichtet haben, werden sie heute noch nach Hause gehen können. Egon Koors wird sich um sie kümmern, dann werden sie auf dem Heimweg ganz bestimmt in Ruhe gelassen.
Am kommenden Wochenende treffen wir uns dann wieder im Landgasthof. Der Saal ist bereits gemietet. Es spielt für uns JU 88. Wie ihr hinkommt, ist bekannt. Die Organisation hat diesmal die Kameradschaft aus der Nachbarstadt übernommen. Also bis dahin, Sieg Heil."
Die Kameraden standen stramm und brüllten im Chor „Sieg Heil".
Einige verabschiedeten sich mit dem „deutschen Gruß", der von Dolph mit Freude registriert und beantwortet wurde.

Benno sammelte seine Kampfgruppenmitglieder. Er teilte sie für bestimmte Aufgaben ein, weil er noch am gleichen Abend einen der Sprayer erwischen wollte.
„Ich vermute, daß mindestens einer aus der WG kommt. Deshalb werden wir die Straßen in der Nachbarschaft jeweils zu zweit unter Kontrolle halten. Jede Zecke, die aus dem Loch krabbelt, wird beobachtet. Wer etwas feststellt, meldet es sofort über Handy an mich. Ich rufe dann alle anderen zusammen und entscheide, was gemacht wird. Noch Fragen?"
Es gab keine Fragen. Deshalb teilte Benno seine Leute ein.

Gemeinsam mit Sepp hatte sich Wolf auf den Heimweg gemacht. Er druckste eine Weile herum, bis er erklärte:
„Wir sollten uns keine Zeit lassen mit dem Asia-Imbiss. Der muß brennen."
„Im Moment brennt es hier reichlich viel", murmelte Sepp.
„Was hast du plötzlich gegen Brennen? Schließlich war das doch deine Idee. Hast du die Hosen voll? Bist du zu feige mitzumachen?" stichelte Wolf.
„Du spinnst wohl. Natürlich mache ich mit. Nur heute geht es nicht. Wie wäre es mit morgen?"

„Ist mir egal. Heute, morgen oder übermorgen. Ist mir ganz egal. Nur noch in dieser Woche. Du hast gehört, was Dolph erwartet."
„Also morgen. Wir könnten uns an der alten Brauerei treffen. Um 24.00 Uhr."
„Abgemacht. Ich informiere die anderen", antwortete Wolf. Dann trennten sich ihre Wege. Sepp ging grübelnd nach Hause.

Egon Koors war nach der Verabschiedung im Garten direkt zum Krankenhaus gelaufen. In der Notaufnahme erkundigte er sich nach den jungen Kameraden. Von einer Krankenschwester wurde ihm mitgeteilt, daß sie noch im Behandlungszimmer versorgt werden aber in wenigen Minuten fertig wären. Egon setzte sich auf einen freien Stuhl in der Wartenische. So, daß er die Tür vom Behandlungszimmer im Auge behalten konnte. Die anderen Wartenden taten so, als ob sie ihn nicht bemerkten und vertieften sich in die ausliegenden Zeitungen. Egon störte sich nicht daran. Er machte es sich bequem und streckte die Beine weit von sich. Er dachte auch nicht daran, sie einzuziehen, als eine ältere Patientin, die in eines der freien Behandlungszimmer gerufen wurde, Schwierigkeiten hatte, darüber hinwegzusteigen. Einen kurzen Moment hatte er sich überlegt, ihr ein Bein zu stellen. Viel passieren hätte nicht können, sie war ja schon im Krankenhaus. Aber dann ließ er es doch bleiben. Sein Verhalten wurde von den anderen Wartenden durchaus registriert. Aber niemand wagte es, ihn zurechtzuweisen.

Nach einer Viertelstunde waren Ingo und Dietmar verarztet und kamen gemeinsam aus dem Behandlungszimmer. Sie schlichen Richtung Ausgang. Als sie Egon erkannten, daß heißt Ingo erkannte ihn, Dietmar hatte noch so seine Schwierigkeiten mit dem Erkennen von Personen, waren sie froh, daß er sie abholte. Auf dem Weg nach draußen erzählten sie ihm von dem Überfall. Egons Miene verfinsterte sich zusehends. Er schwor fürchterliche Rache.

Inzwischen war es dunkel geworden. Boomer hatte sich nachmittags ein wenig aufs Ohr gelegt. Die anderen waren noch nicht wiedergekommen. Es wurde ihm zu langweilig. Er kramte zwei Spraydosen aus seinem Bestand, die er in eine Plastiktüte stopfte. Dann überlegte er, ob er seine neue Arbeitskleidung wieder gegen die herkömmliche tauschen sollte. Aber seine Klamotten waren noch nicht trocken. Er hatte sie auf eine Leine gehängt, die er vor die offene Dachluke gespannt hatte. Er fand, daß er bescheuert aussah, überlegte sich aber, daß dies eine tolle Gelegenheit war, eine neue Wischtechnik auszuprobieren, mit der er seine eigenen Sachen ruiniert hätte.

Er verließ die WG durch den Keller über den Hof. Zwischen den Steinen fand er ein Springmesser und steckte es ein. Vorsichtig nach allen Seiten sichernd, ging er auf die Straße. Ziellos lief er durch die Altstadtstraßen. Es begegneten ihm kaum Menschen. Den Schatten, der hinter ihm her huschte, bemerkte er nicht.

„Tote Hose, selbst am Samstagabend. Gut für mich, schlecht für Hausbesitzer“, murmelte er vor sich hin.

Am Supermarkt, dessen weiße Mauer er vor gar nicht langer Zeit mit einem schönen Spruch, wie er fand, verziert hatte, war alles neu getüncht worden. Boomer blickte sich um. Niemand war zu sehen. Er zog eine Dose mit schwarzer Farbe aus der Tüte, schüttelte sie kurz und begann sein Werk. Zunächst zeichnete er die Buchstaben, die er danach mit roter Farbe füllen wollte. Nach jedem Buchstaben kontrollierte er die Umgebung, um nicht überrascht zu werden. Es blieb aber ruhig. Niemand war zu entdecken.

SCHEISSE WAR SCHON IMMER BRAUN hatte er hier schon einmal geschrieben. Das wollte er wiederholen. Nur größer und farbenprächtiger. Das mit der Wischtechnik wollte nicht so gelingen, wie er sich das vorgestellt hatte. Zum einen dauerte es zu lange, zum anderen ließ sich die Farbe nicht so gut verreiben.

Er war fast fertig. Nur noch das Wort BRAUN mußte gefüllt werden, als ihn der laute Ruf: „Auf ihn“ herumfahren ließ. Fünf Skinheads kamen auf ihn zugelaufen.

Boomer ließ die Dose fallen und rannte los. Aber es war zu spät. Einen kurzen Moment war er unaufmerksam gewesen, hatte sich zu sehr in seine Arbeit vertieft. Er hätte sich selbst ohrfeigen können.

Das übernahmen aber jetzt andere. An der Einfahrt zum Supermarkt hatten sie ihn erwischt. Mit Fäusten schlugen sie auf ihn ein. Boomer nahm die Hände vor seinen Kopf, um Gesicht und Augen zu schüt-

zen. Ihm wurden die Beine weggetreten und er stürzte auf den Asphalt.
„Aufhören und festhalten", ertönte ein knapper Befehl. Mindestens sechs Arme hielten ihn auf den Boden gepreßt. Er lag mit dem Gesicht nach unten.
„Sieh an, sieh an. Wen haben wir denn da?" hörte er den reden, der offensichtlich das Kommando hatte.
„Da trägt doch einer meinen schönen Sonntagsgartenanzug spazieren. Das ist ja ein toller Fang, der uns da gelungen ist. Nicht nur ein Graffitischmierer, sondern auch ein Gartenlaubeneinbrecher. Wollen wir mal sehen, was er sonst noch in den Taschen hat."
Die sechs Arme hielten ihn weiter an den Boden gepreßt, während er abgetastet wurde. Man fand das Messer.
„Das ist ja ein Ding. Schaut mal, das Messer von Axel, das ihm die Zecken geklaut haben. Er wird sich freuen, wenn wir es ihm zurückgeben. Natürlich nur gegen eine Schale Bier. So, jetzt hievt den kleinen Scheißer mal hoch. Wenn er schreit, schlagt ihm die Zähne ein."
Die sechs Arme rissen Boomer vom Boden hoch. Er wurde hinter die Mauer des Parkplatzes geführt. Von der Straße konnte jetzt niemand mehr zusehen. Nachdem ihm Jacke und Hemd ausgezogen worden waren, mußte er sich, Gesicht zur Wand, mit gespreizten Beinen hinstellen, die Arme gegen die Mauer gestützt.
Dann wurde ihm die Hose heruntergerissen. Als sie ihm auf den Knien hing, trat jemand mit den Springerstiefeln in seine Kniekehlen. Er sackte zusammen und rutschte langsam an der Mauer herunter. Seine Hände rissen auf. Boomer biss die Zähne aufeinander, um nicht zu schreien.
Jetzt lag er wieder auf dem Boden, nur noch mit einer Unterhose, den Socken und Schuhen bekleidet.
„Verbindet seine Augen", kam ein trockener Befehl. Sein T-Shirt, das Boomer unter dem Hemd getragen hatte, wurde in Fetzen gerissen. Dann sah er nichts mehr. Er bekam Angst. Was hatten sie mit ihm vor?
„Gebt mir die Dose", hörte er den Anführer sagen. Dann klackerte die Kugel, die in der Spraydose die Farbe flüssig hielt und ein Zischen verriet, daß gesprüht wurde. Er spürte, wie auf seinem Körper der nasse Strahl der Farbe auftraf. Er wußte nicht, wie lange es ge-

dauert hatte. Jedes Zeitgefühl war ihm verloren gegangen. Sie hatten ihn von oben bis unten eingefärbt. Ihm die Unterhose heruntergezogen und den Schniedel ganz besonders behandelt. Danach drehten sie ihn auf den Bauch, um Rücken und Hintern nicht zu vergessen. Erst als die Dose leer war, hörten sie auf.

„So Freundchen, jetzt darfst du wieder nach Hause gehen. Wenn wir dich noch einmal erwischen, wirst du nicht so glimpflich davon kommen. Wir verschwinden jetzt. Laßt ihn da liegen", hörte er noch den Anführer sagen.

Das harte Klacken der Eisenkappen an den Schuhen auf dem Straßenpflaster verriet, dass sich die Peiniger hastig entfernten.

Boomer traute sich ernst nach einigen Minuten die Augenbinde abzustreifen. Er sah an sich herunter. Er sah nur rot. Verzweifelt lehnte er sich an die Mauer. Die Sachen, die sie ihm ausgezogen hatten, waren verschwunden. Er saß nackt, von oben bis unten mit roter Farbe besprüht, vor dem Supermarkt.

Es dauerte eine Weile, bis er wieder klar denken konnte. Er suchte sich aus dem Papiercontainer mehrere Kartons, auf die er sich setzen konnte. Mit Zeitungen, die dort entsorgt worden waren, bedeckte er sich. So hatte er es vor Jahren bei den Obdachlosen gesehen, die unter den Brücken schliefen. Zeitungen halten warm, hatten sie ihm gesagt, als er sie damals gefragt hatte.

Mitternacht war schon lange vorbei, als er sich traute, den Heimweg anzutreten. Bis zur nächsten Straßenecke kam er, dann hielt ein Streifenwagen der Polizei neben ihm. Zu jeder anderen Zeit hätte er sofort Fersengeld gegeben, heute war es ihm egal. Die Decke, die sie um ihn hängten, bevor sie ihn ins Krankenhaus fuhren, nahm er dankbar an. Noch nie war er so froh gewesen, den Bullen in die Hände gefallen zu sein.

Aus einer Toreinfahrt beobachte Egon Koors, wie die Streifenwagenbesatzung Boomer einsammelte. Hinter ihm standen Ingo und Dietmar. Sie hatten sich nicht nach Hause getraut, um unangenehmen Fragen ihrer Eltern aus dem Wege zu gehen. Sie würden bei Freunden übernachten, hatten sie am Telefon erklärt. Die Eltern waren beruhigt.

Dietmar hatte seine Schwellungen eifrig mit kaltem Wasser gekühlt. Tatsächlich waren sie etwas zurückgegangen. Er konnte zumindest wieder etwas sehen. Ingo wurde durch die Kratzspuren in seinem Gesicht nicht behindert. Er sah nur grauenhaft aus. Es würde noch eine Zeit dauern, bis sie verschwunden sind. Egon hatte sie betreut und geholfen, wo er konnte. Vor allem hatte er sie nicht alleine gelassen. Sie waren ihm richtig dankbar. Von ihm konnten sie was lernen. Vor allem, was es hieß, sich kameradschaftlich zu verhalten.
„Schade“, murmelte Egon. Er hatte dabei einen Blick wie eine Katze, der die Maus vor der Nase ins Loch entkommen war.
„Ich hätte euch so gerne gezeigt, wie man mit einer bunten Zecke umgeht, die nachts alleine durch die Straßen läuft und dann auch noch nackt. Daran könnt ihr sehen, wie schamlos die sind. Unter meiner Aufsicht hättet ihr euch so richtig revanchieren können. Wirklich schade. Jetzt müssen wir uns ein neues Ziel suchen.“
Daß Egon, der in der Kameradschaft ja wirklich eine „große Nummer“ war, sich so intensiv mit ihnen beschäftigte, machte sie stolz. Endlich wurden sie ernst genommen. Konnten Aktion erleben, durften selbst mitmachen, brauchten nicht nur Wache zu schieben.
Nachdem der Streifenwagen verschwunden war, kamen die drei Skins aus der Toreinfahrt hervor.
„Jetzt zeige ich euch einmal, wo die Penner ihre Nachtquartiere haben. Einige haben ihr Schutzgeld noch nicht bezahlt. Denen werden wir jetzt mal auf den Zahn fühlen“, erklärte Egon seinen Mitstreitern.
„Es kann ein bißchen derb zugehen. Wollt ihr mitmachen oder soll ich das alleine durchziehen?“
„Nein, nein, natürlich machen wir mit“, beeilte sich Ingo zu versichern.
„Klar machen mir mip“, nuschelte Dietmar, der immer noch Schwierigkeiten mit dem Sprechen hatte.
Ohne Eile führte Egon sie in Richtung Stadtkirche, auf deren Treppenstufen am Hauptportal Timo seine Auseinandersetzung gehabt hatte.
Nicht nur Pastor Gode war stolz auf seine Kirche. Auch die Stadt warb in ihren Touristeninformationen mit dem Bauwerk, das in der

für Norddeutschland typischen Backsteingotik errichtet war. Schon kurz nach der Wende war die Kirche mit Spendenmitteln restauriert worden. Es gab kaum eine Ansichtskarte von der Stadt, auf der die Kirche nicht zu sehen war.
Egon und seinen Mannen war die Backsteingotik egal. Damit konnten sie nichts anfangen. Sie interessierten sich auch nicht für das Hauptportal, sondern eher für das rückwärtige Kirchenschiff. Hier gab es neben der alten Sakristei einige Nischen. Alte Grabsteine wiesen darauf hin, daß hier im 17. und 18. Jahrhundert die ehemaligen Stadtpfarrer beerdigt worden waren. Direkt neben der Sakristei befand sich eine tiefe Nische, in der das Fallrohr der Regenrinne vom Kirchendach herabführte. Dort wo das Rohr in der Erde verschwand, war vor vielen Jahren ein Jasmin gepflanzt worden, der sich dort offensichtlich wohl fühlte. Er hatte sich prächtig entwickelt und versperrte die Sicht in die Nische. Dieses ruhige Plätzchen erkoren sich hin und wieder Landstreicher als Nachtquartier. Pastor Gode kümmerte sich zuweilen um diese, wie er meinte, verlorenen Schäfchen, besorgte Unterkunft im Heim oder versuchte den Entwurzelten andere Hilfe zukommen zu lassen. Regelmäßig kontrollierte er die Sakristeinische, ob nicht irgendwer wieder seiner Hilfe bedurfte.
So war es auch an diesem Abend gewesen. Am Nachmittag hatte er, weil er es für seine Bürgerpflicht hielt, an der Demonstration gegen die Neonazis teilgenommen, wo er leider ohne großen Erfolg versucht hatte, durch gutes Zureden eine Gewalteskalation zu verhindern. Danach hatte er sich noch mit dem Bürgermeister getroffen, um auf die unverzügliche Einberufung des Präventionsrates zu dringen. Der Verlauf der Demonstration habe deutlich gezeigt, daß nun endlich gehandelt werden müsse.
Nachdem er von der Besprechung zurückgekommen war, hatte er sich noch zum Gebet in seine Kirche begeben und dabei wie üblich einen Blick in die Nische geworfen. So lernte er Anton Elmenhorst kennen, einen Landstreicher, der aus Westfalen stammte. Anton war schon über 50 Jahre alt und seit drei Jahren, nachdem er seine Arbeit verloren hatte, auf der Wanderschaft. Eine neue Arbeit hatte er nicht gefunden, was ihn an den Alkohol brachte. Daraufhin trennte sich

seine Frau von ihm. Die Kinder gingen ohnehin bereits ihre eigenen Wege. Als sie erfuhren, was aus ihm geworden war, wollten sie mit ihrem Vater, einem arbeitslosen Penner, nichts mehr zu tun haben.
Pastor Gode hörte Anton Elmenhorst geduldig zu, versuchte ihm Trost zuzusprechen und bot ihm an, ein besseres Nachtquartier zu besorgen, als diese Nische.
„Ach lot man god sin Paster. Ick bün hier met mienem Korn un eenem Dageblättken god tofreden. Lot mi man hier slopen", hatte Anton Elmenhorst ihn in Plattdeutsch abgewimmelt.
Auch einige weitere Hinweise, welche Gefahren hier auf ihn lauern könnten, bewirkten keine Meinungsänderung. So hatte Pastor Gode ihn schweren Herzens allein gelassen.

Zielgerichtet steuerte Egon, Ingo und Dietmar im Schlepp, die Nische hinter der Sakristei an.
„Hier findet man immer einen, der noch nicht gezahlt hat. Hier hinten liegen immer die Penner, die auf der Durchreise sind. Ich bin fast sicher, daß wir auch heute einen aufstöbern. Dann kassieren wir unsere Gebühren. Danach darf er seine Siebensachen packen und verschwinden, falls er das noch kann."
Inzwischen waren sie an der Sakristei angekommen. Benno setzte sich auf die Stufen, klaubte sich umständlich eine Zigarette aus der Bomberjacke, zündete sie mit seinem Sturmfeuerzeug an, zog den Rauch genüßlich ein, musterte seine Eleven und erklärte:
„Na, dann sucht mal schön. Ich will jetzt sehen, was ihr gelernt habt."
Die Beiden sausten los. Es dauerte einige Minuten, bis sie wieder erschienen. Sie hatten die Kirche umrundet. Mit langen Gesichtern bauten sie sich vor Benno auf.
„Niemand da", erklärte Ingo, während Dietmar bestätigend nickte.
Benno drückte seine Zigarettenkippe auf der Treppe aus.
Überlegen grinsend stand er auf. Nachdem er seine Hose über dem stattlichen Bauch zurecht gezogen hatte, schloß er die Bomberjacke.
„Na, dann wollen wir mal sehen."
Er stapfte gemessenen Schrittes die Treppenstufen hinunter, ging bis zum Jasminbusch, drückte ihn zur Seite und brüllte:

„Komm hoch, du Penner! Wir haben ein Wörtchen mit dir zu reden."
Anton Elmenhorst grunzte etwas Unverständliches, drehte sich auf die andere Seite, wobei er Benno seinen Rücken entgegenstreckte.
Der ging einen Schritt vor, holte mit dem Fuß aus und trat Anton Elmenhorst mit voller Wucht den Springerstiefel ins Gesäß.
„Du sollst hochkommen, habe ich gesagt! Ich habe mit dir zu reden!"
Mühsam kam der Landstreicher auf die Beine. Die leere Kornflasche rollte gegen die Mauer.
„Aufheben!" brüllte Egon. Schwankend versuchte Anton die Flasche von Boden aufzuheben. Er verlor das Gleichgewicht und fiel wieder auf seine Zeitung. Kaum lag er am Boden, traf ihn ein zweiter derber Tritt.
Dann drehte sich Egon um.
"Kommt her, ihr Beiden, und guckt euch dieses versoffene und verkommene Subjekt an. Wollt ihr, daß ein echter Deutscher so aussieht?"
Die Nachwuchsskins schüttelten unisono den Kopf.
„Greift ihn und zerrt ihn aus dem Gebüsch", befahl Egon.
Ingo und Dietmar drängten sich an Egon vorbei. Sie ergriffen Anton Elmenhorst an den Beinen und schleiften ihn einige Meter über den Boden. Egon hob die Flasche auf. Er überlegte einen kurzen Moment, dann zerschlug er sie an der Kirchenmauer. Mit dem abgebrochenen Flaschenhals in der Faust kam er wieder zurück. Er beugte sich über sein Opfer, hielt ihm die scharfen Glaskanten vor die Augen und erklärte ohne Mitleid in der Stimme:
„Wenn dir deine Gesundheit lieb ist, dann gibst du uns jetzt sofort deine Knete. Danach verschwindest du dahin, wo du hergekommen bist. Hier in der Stadt wollen wir Gesindel wie dich nicht haben."
„Ich häv kien Geld", stöhnte Elmenhorst. Er starrte voller Angst auf den zerbrochenen Flaschenhals, mit dem Egon vor seinen Augen hin und her fuchtelte. Egon richtete sich auf.
„Ihr Beiden prügelt es jetzt aus ihm heraus", befahl er Ingo und Dietmar, die sich das nicht zweimal sagen ließen. Zunächst etwas zaghaft, dann sich fast in einen Rausch steigernd, traten und schlugen sie auf den wehrlos am Boden liegenden Mann ein.
„Halt, jetzt reicht es." Egon zog seine Schüler von ihrem Opfer weg.

„Ihr habt gut gelernt“, lobte er sie.
„Den Rest erledige ich selbst.“
„Also, wo hast du dein Geld?“ wollte er wieder von dem Landstreicher wissen.
„Ick....kien ...Geld“, stammelte er mühsam. Er versuchte sich aufzurichten, was ihm aber nicht gelang. Seine Beine versagten.
„Das habe ich noch nie erlebt. Aber dir scheint deine Gesundheit nicht wichtig genug zu sein. Ich verpasse dir am besten noch eine Gedächtnisstütze. Bis morgen hast du Gelegenheit zu bezahlen oder du bist für immer verschwunden.“
Egon stellte sich breitbeinig über sein auf dem Rücken liegendes Opfer. Er zog sein rechts Bein an und trat mit voller Wucht auf den Brustkorb.
Anton Elmenhorst stöhnte kurz auf, dann verlor er das Bewußtsein. Ohne sich um ihn zu kümmern, verließen die drei Skinheads den Kirchhof. Lediglich Ingo warf verstohlen einen Blick zurück.

Pastor Gode, der am Sonntagmorgen den Gottesdienst vorbereiten wollte, fand Anton Elmenhorst dort, wo ihn seine Peiniger liegen gelassen hatten. Er erkannte sofort, daß ihm nicht mehr zu helfen war. Nachdem er ein kurzes Gebet gesprochen hatte, eilte er in die Sakristei. Über das Telefon wurde die Polizei benachrichtigt, dann der Bürgermeister. Pastor Gode ging wieder zu Anton Elmenhorst, um bis zum Eintreffen der Polizei die Totenwache zu halten. Tränen liefen ihm über sein Gesicht. Er schämte sich für das, was hier auf seinem Kirchhof, in seiner Gemeinde, in seiner Stadt geschehen war.

Die biblische Geschichte von Kain und Abel machte er zum Thema seiner Predigt, übertrug sie auf die Ereignisse der letzten Nacht auf dem Kirchhof und rührte an das Gewissen seiner Gemeindemitglieder in der Kirche.
„Was geht nur in den Köpfen der Täter vor? Was geht in den Köpfen der Eltern vor, wenn sie feststellen, was ihre Kinder angerichtet haben? So etwas kommt doch nicht plötzlich! Haben wir alle bisher die Augen verschlossen? Haben wir genug getan, jeder für sich, derartigem Treiben Einhalt zu gebieten?“

Abschließend rief er zum gewaltlosen Widerstand gegen die auf, die sich Gewalt auf ihre Fahnen geschrieben hatten.
„Die Würde des Menschen ist unantastbar“, rief er den in seiner Kirche versammelten Gläubigen zu, „sie zu ehren und zu beschützen ist nicht nur staatliche Aufgabe, sondern Verpflichtung für jeden. Niemand hat das Recht, einen anderen wegen seiner Hautfarbe, religiösen Überzeugung, sozialen Stellung, politischen Ausrichtung oder geschlechtlichen Veranlagung zu diskriminieren oder gar tot zu schlagen. Wehrt Euch. Geht auf die Straße. Zeigt allen, daß ihr das nicht wollt. Versteckt euch nicht hinter Kleinmütigkeit. Solidarität mit allen Diskriminierten ist gefordert.“
Er lud alle Anwesenden zu einem ökumenischen Gedenkgottesdienst am Abend in der Stadtkirche ein.

Sepps Eltern waren nach langer Zeit wieder einmal in der Kirche gewesen. Sie hatten mit Entsetzen gehört, was sich in der letzten Nacht ereignet hatte. Nach dem Gottesdienst hatten sie einige Minuten am Tatort verweilt. Frau Huber weinte.
„Ich hoffe nur, daß unser Sohn nicht bei diesen Mördern gewesen ist“, schluchzte sie, während sie den Arm ihres Mannes fest umklammerte.
„Nein“, antwortete der, „Dietrich war zu Hause. Aber ich bin sicher, er kennt die Täter. Und das ist schlimm genug.“

Zu Hause angekommen, stürzte Vater Huber ohne anzuklopfen in das Zimmer seines Sohnes. Der lag noch im Bett, hörte Musik. Skinmusik.
Ohne ein Wort zu sagen, ging er an den Recorder, nahm die CD heraus, die er vor den Augen seines Sohnes zerbrach.
„He, he, was soll das?“ beschwerte sich Sepp, während er sich den Kopfhörer von den Ohren riß, „du kommst hier hereingestürzt und vergreifst dich an meinen Sachen!“
„Wenn du nicht gleich deinen Mund hältst, vergreife mich auch an dir.“
Sepp sprang aus dem Bett. Die Konfrontation drohte zu eskalieren, als die Mutter mit verweinten Augen ins Zimmer kam.

„Junge, bitte", flehte sie, „sag mir, daß du damit nichts zu tun hast!"
„Womit soll ich nichts zu tun haben?"
Sepps Mutter erklärte, was sie heute in der Kirche erfahren hatten, während der Vater mit versteinertem Gesicht aus dem Fenster starrte.
Sepp schluckte.
„Damit habe ich wirklich nichts zu tun", preßte er mühsam heraus, nachdem seine Mutter geendet hatte.
„Ich war heute Nacht zu Hause. Das wißt ihr doch."
„Aber ich bin sicher, du weißt, wer dafür verantwortlich war", behauptete sein Vater scharf.
„Ich erwarte von dir, und das ist nicht zuviel verlangt, daß du dein Wissen an der richtigen Stelle preisgibst. Und das sofort. Ohne Verzögerung. Ich dulde es nicht, daß du mit Mördern gemeinsame Sache machst."
Sepp zögerte mit einer Antwort, was von seinem Vater falsch interpretiert wurde, der sofort los brüllte:
„Erzähl mir bloß nicht, daß du keine Ahnung hast! Ich kann nur für uns alle hoffen, daß du an den Planungen nicht beteiligt warst! Beihilfe zum Mord ist das! Mein Sohn in einer Mördergang! Sollte sich das herausstellen, mein Sohn, liefere ich dich höchstpersönlich beim Knast ab! Dann will ich nichts mehr mit dir zu tun haben! Dann bist du nicht mehr mein Sohn!"
Die Mutter weinte wieder. Sie versuchte, ihren Mann zu beruhigen, der wütend aus dem Zimmer stapfte.
Sepps Mutter setzte sich auf das Bett. Sie zog ihren Sohn zu sich heran, legte den Arm uns seine Schulter und drückte ihn.
„Bitte Didi", so hatte sie ihn schon jahrelang nicht mehr genannt, „Papa meint es nicht so. Er liebt dich doch auch. Ich glaube ja, daß du damit nichts zu tun hast. Wenn du aber etwas weißt, dann mußt du es sagen. Darfst es nicht verschweigen."
„Mama, du mußt mir glauben. Ich habe damit nichts, aber auch gar nichts zu tun. Aber ich kann mir denken, wer es war."
„Didi, mein Junge", flüsterte ihm die Mutter ins Ohr, während sie ihm mit der Hand über die kurzen Stoppelhaare strich, „geh zur Polizei. Belaste dein Gewissen nicht mit einem Mord."

Sepp nickte. Dann griff er zu seinem Handy, während die Mutter leise aus dem Zimmer ging und die Tür hinter sich schloß.

Eine Stunde später bat Sepp seine Mutter, ihn in die Nachbarstadt zu fahren. Er ließ sich am Marktplatz absetzen. In zwei Stunden sollte sie ihn wieder an gleicher Stelle abholen.
Sepp lief scheinbar ziellos durch Straßen und Gassen. Erst als er sicher war, daß ihm niemand folgte, ging er auf ein Wohnhaus in einer Plattenbausiedlung zu. Er suchte auf dem umfangreichen Klingelbrett nach einem bestimmten Namen und klingelte dreimal kurz und zweimal lang.
Nach wenigen Sekunden wurde der Türöffner betätigt. Mit dem Aufzug fuhr er in den sechsten Stock. Über die Treppe ging er zwei Stockwerke wieder hinunter. An einer Tür wurde er von dem jüngeren der Männer erwartet, die ihn vor kurzem in der Wohnung aufgesucht hatten. Der Name war ihm nicht mehr in Erinnerung. Mit ernstem Gesicht bat er Sepp einzutreten.
Im Wohnzimmer der einfach eingerichteten Wohnung saß Wermelt, der Ältere der Beamten. Ihn hatte Sepp angerufen, nachdem seine Mutter das Zimmer verlassen hatte.
Eine Stunde lang unterhielten sie sich, wobei Sepp versicherte, weder in die Planungen zu der Mordtat eingebunden oder gar dabei gewesen zu sein, noch überhaupt davon gewußt zu haben. Er schilderte die Aufgabenverteilung in der Kameradschaft. Danach könne seiner Meinung nur Egon Koors als Täter in Frage kommen.
Der sei brutal genug. Theoretisch könnten alle aus seiner Kampfgruppe beteiligt gewesen sein. Praktisch sei es aber wahrscheinlicher, daß es die beiden jungen Kameraden waren, die von den Brandstiftern des Adlerhorstes zusammengeschlagen worden waren und die Egon aus dem Krankenhaus abgeholt habe. Die Namen seien ihm nicht bekannt, dürften aber im Krankenhaus zu erfahren sein.
Wermelt hatte noch einige Fragen, die Sepp nach bestem Wissen beantwortete. Zum Schluß teilte er noch mit, daß es in der kommenden Woche noch einen Brandanschlag auf einen Asia-Imbiß geben würde. Hier müsse er sich beteiligen, da das sein Plan gewesen sei.

Wermelt wiegte bedenklich den Kopf.
„Besser wäre es, wenn du nicht dabei bist", erklärte er. Sepp schüttelte den Kopf.
„Wenn ich mich dabei drücke, kriege ich in der Kameradschaft keinen Stich mehr. Dann kann ich gleich zu Hause bleiben. Niemand wird mir mehr etwas sagen. Von Planungen erfahre ich auch nichts mehr. Dann könnt ihr mich nicht mehr gebrauchen."
„Sind Menschenleben in Gefahr?" wollte Hennig wissen.
„Nein. Es soll der leere Imbiss abgefackelt werden. Wir wollen das so machen, daß es wie ein Versicherungsbetrug aussieht. Nun wissen sie es. Können sie mich aus der Sache heraushalten?"
Wermelt kaute nachdenklich auf seiner Unterlippe. Schließlich wandte er sich an Hennig:
„Hast du was gehört von einem geplanten Brandanschlag?"
„Entschuldigung. Ich war in der Küche. Habe einen Moment nicht zugehört. Was soll ich gehört haben?"
„Schon gut", war die lakonische Reaktion von Wermelt, der fortfuhr, „aber es gibt natürlich noch was. Wir sind brennend daran interessiert, wann und wo eure Konzerte stattfinden. Die Termine brauchen wir ebenso frühzeitig, wie die Örtlichkeit."
„Natürlich um sie den Bullen mitzuteilen, die uns dann aufmischen", bemerkte Sepp mit leicht ironischem Unterton.
„Quatsch! Wie oft sollen wir es dir noch erklären. Wir sind nicht die Bullen. Unsere Überlegungen gehen in eine andere Richtung. Wir wollen eine genaue Übersicht über die Größe der Kameradschaften, über deren Zusammensetzung, das Mobilisierungspotenzial. Vor allem aber über die Führer. Dazu ist es wichtig, daß die Konzerte stattfinden und nicht sofort aufgelöst oder verhindert werden. O.k.?"
Sepp nickte, während er nachdachte. Aufmerksam beobachteten ihn seine Gesprächspartner. Nach einer Weile meldete sich Sepp wieder und rieb sich noch in Gedanken sein Kinn.
„Wenn das so ist, wäre es für meine organisatorischen Vorarbeiten wichtig zu wissen, wie ich eine frühzeitige Auflösung durch die Bullen vermeiden kann."
„Worauf willst du hinaus?"
„Mmm. Sie kennen doch die Taktik der Polizei. Gegen sie mir Hil-

festellung, wie ich sie aushebeln kann."
Wermelt lachte laut auf.
„Da schau her, der Schlaumeier", wandte er sich an seinen Kollegen, der ebenfalls grinsend den Dialog verfolgt hatte, „jetzt versucht er uns aufs Glatteis zu führen."
„Wo ist das Problem", bohrte Sepp weiter, „wenn ich richtig verstanden habe, wollen wir beide das Gleiche. Nämlich ein ungestörtes Konzert. Also, was ist? Ziehen wir nun am gleichen Strang oder nicht?"
Flüsternd berieten sich die beiden Beamten.
„Wir sind zu zweit. Jeder von uns würde heftig bestreiten, das gesagt zu haben, was gleich gesagt wird, solltest du auf den Gedanken kommen, uns austricksen zu wollen."
Sepp tat beleidigt.
„Warum sollte ich das tun? Mir ist klar, sie sitzen am längeren Hebel."
Die Drei setzten sich an den Tisch und steckten die Köpfe zusammen.
„Der Unsicherheitsfaktor bei unseren Überlegungen besteht darin, bei einer großen Teilnehmerzahl nicht einschätzen zu können, wer möglicherweise seine Kontakte zur MAEX nutzt, um von sich aus die Polizei auf ein derartiges Konzert aufmerksam zu machen. Deshalb sollten wir jetzt keinen Gedanken daran verschwenden, wie Ort und Zeitpunkt geheim gehalten werden können. Von uns aus können eure bisherigen Spielchen mit Telefonketten, Trefforten und Gesichtskontrollen bestehen bleiben. Damit werden die Kameraden bei Laune gehalten. Das macht die Sache spannend, interessiert aber erst einmal nicht. Wichtig für uns ist es, den Ablauf so zu gestalten, daß die Polizei ins Leere läuft. Denkt aber daran, die Polizei nicht zu provozieren. Darauf wartet die nur. Keine verbotenen Abzeichen oder Parolen. Bei der An- und Abreise möglichst unauffällige Kleidung....."
Sepp unterbrach Wermelt unwirsch.
„Das ist doch alles kalter Kaffee. Ist bekannt. Wird bereits berücksichtigt. Alles läuft als geschlossene Veranstaltung. Private Geburtstagsfeier. Geschlossener Raum. Keine Öffentlichkeit. Nein, das meine

ich nicht. Ich brauche was wirklich Neues."
Wermelt räusperte sich.
„Ja, ist mir klar. War auch nur der Form halber. Wichtig ist folgendes: Die Polizei will sofort bei Beginn das Konzert auflösen. Deshalb solltet ihr zunächst eine unverfängliche Band einladen, die nicht zur Szene gehört und normale Partymusik spielt. Dagegen können die Kontrollettis von der Polizei nichts haben. Spätestens nach einer Stunde rücken sie mit langen Gesichtern ab und haken die Veranstaltung tatsächlich als Geburtstagsfeier ab. Wenn sie dann weg sind, kann die Partyband ihre Instrumente abbauen und verschwinden. Die Szeneband kann aufbauen. Die Pause ist eure Sicherheitszone. Ihr könnt eure T-Shirts anziehen, die Jungs von der 'JU 88' hauen richtig auf die Paukte. Ihr könnt pogen, brüllen und mitsingen, was das Herz begehrt. So einfach ist das."
„Genial", staunte Sepp, „ so machen wir das."
Sie tranken noch einen Kaffee, den Hennig aus der Küche gebracht hatte, dann verabschiedete sich Sepp.
Am Marktplatz wartete schon seine Mutter.
"Ich habe es hinter mich gebracht", erklärte Sepp.
„Ich bin stolz auf dich", war ihre Antwort.
„Papa auch?" wollte Sepp wissen.
„Ich glaube nicht. Der wird erst stolz auf dich sein, wenn du nicht mehr bei den Nazis mitmachst."
Auf der Rückfahrt wurde geschwiegen. Jeder hing seinen eigenen Gedanken nach.

Wermelt und Hennig waren nach der Unterredung mit Sepp direkt zu Kriminalpolizei gefahren. Dort trafen sie im Büro des Leiters nicht nur „Kugelblitz", sondern auch Staatsanwalt Bertling, den Wermelt um ein Vieraugengespräch bat. In wenigen Worten wurde über das den Mord betreffende Gespräch mit dem V-Mann berichtet, ohne diesen beim Namen zu nennen. Danach verabschiedeten sie sich wieder.
Bertling informierte sofort „Kugelblitz", der unverzüglich seine Sonderkommission ausschwärmen ließ. Eine Stunde später waren die Tatverdächtigen festgenommen. Während Egon Koors bei den Ver-

nehmungen beharrlich schwieg, konnten die beiden Babyskins dem Druck nicht standhalten. Erst stockend, dann immer flüssiger erzählten sie die Ereignisse der letzten Nacht.
Staatsanwalt Bertling beantragte beim Ermittlungsrichter Haftbefehle, die er auch ohne Probleme bekam. Nach einer Anhörung durch den Richter wurden Ingo und Dietmar nach Hause entlassen, während Egon Koors in die Justizvollzugsanstalt gebracht wurde. Aus den Abendnachrichten erfuhr die Bevölkerung von der schnellen Festnahme der Tatverdächtigen.

An der Gartenhütte, dem Ausweichquartier der Kameradschaft Adlerhorst, wartete Dolph auf seine Männer. Benno, Wolf, Axel und Sepp waren gekommen. Sie berieten über die Ereignisse, die sie alle nicht unberührt gelassen hatten. Auch Dolph nicht, obwohl er sich gegenüber den anderen äußerlich unbeeindruckt zeigte.
„Die Tat eines Einzelnen", versuchte er abzuwiegeln, „die Bullen werden uns schlechterdings nicht dafür verantwortlich machen können. Von uns ist keiner dabei gewesen. Ich hatte Egon gewarnt. Er sollte es nicht übertreiben. Nun muß er die Suppe, die er sich selbst eingebrockt hat, auch selbst auslöffeln."
„Jetzt werden wir unsere Pläne ändern müssen. Man wird uns besonders beobachten", warf Sepp ein. Dolph zog verwundert die Augenbrauen hoch.
„Du hast wohl die Hosen gestrichen voll? Niemand wird uns besonders beobachten. Die Bullen haben die Hände voll zu tun mit ihren Ermittlungen. Wir sind nicht betroffen, also können sie uns auch nichts. Wir ziehen unsere Planungen voll durch. Wie weit bist du, Wolf?"
„Meine Gruppe wird noch heute Nacht den Imbiss abfackeln. Wir verlieren keine Zeit. Allerdings machen wir das erst nach zwei Uhr. Dann ist niemand mehr da. Sepp hatte die Idee, alles wie einen Versicherungsbetrug aussehen zu lassen. Finde ich nicht schlecht."
„Ich auch nicht", antwortete Dolph, „dann kommen die Bullen nicht auf uns. Außerdem sieht es so aus, als wenn sich die Fitschis die Situation zu Nutze machen, um einen Versicherungsbetrug uns in die Schuhe zu schieben. Die Aktion ist damit genehmigt. Aber keine

Verletzten. Verstanden?“
„Jawohl, keine Verletzten“, echote Wolf.
Benno erzählte kurz, wie sie den Sprayer gefangen und angemalt hatten. Nackt sei der miese Sprayer deshalb gewesen, weil er die geklauten Arbeitsklamotten zurückgeben mußte. So ergehe es ab sofort allen, die mit einer Spraydose in der Hand nachts in der Stadt angetroffen würden, prognostizierte er. Dann werde man sehen, wie schnell sich dieses Problem erledige. Bürgerinitiativen, die nur über Probleme reden, anstatt sie konsequent anzufassen, seien der falsche Weg. Die Anwesenden beglückwünschten Benno zu seiner Bodypainting-Aktion.

Im Anschluß berichtete Axel von seinen Feststellungen zu dem Geschäftsmann, der mit den verseuchten Futtermitteln gehandelt hat.
„Der Drahtzieher ist eine dubiose Figur, die hier den seriösen Geschäftsmann mimt.“
Benno unterbrach ihn.
„Ich werde verrückt. Das muß der Typ sein, der beste Beziehungen zum Bürgermeister und in die Stadtverwaltung unterhält. Meine Mutter ist ganz begeistert von dem. Der Typ wird als Investor richtig hofiert.“
Axel nickte.
„Genau. Das habe ich auch festgestellt. Dabei hat der Sauhund seine Finger nicht nur im Futtermittelgeschäft, sondern auch im Rotlichtmilieu. Ihm gehört nicht nur der Puff hier in der Stadt. Im Westen soll er noch mehrere Swingerclubs betreiben. Die Mädchen in den Läden stammen alle aus Rußland. Weiterhin gehört ihm der Supermarkt, an den die linken Schmierer schon mehrfach ‘Scheiße war schon immer braun’ gesprüht haben. Außerdem betreibt er eine Nerzfarm im Nachbardorf.
Er bewohnt die tolle alte rote Villa mit Park und altem Baumbestand in der Gartenvorstadt. Hat Knete ohne Ende. Ich habe mir das Grundstück näher angesehen. Bis auf das Haus scheint es nicht besonders gesichert zu sein. Der Zaun ist kein Hindernis. Allerdings läuft zeitweise ein Kampfhund frei herum. Er gehorcht seinem Herrn aufs Wort. Ich glaube, es ist ein Mastif.

Im Haus halten sich immer wieder unterschiedliche Mädchen auf. Verdammt hübsche Weiber."
„Ornithologinnen", wandte Sepp ein.
„Ornito..., was?" fragte Axel irritiert.
„Ornithologinnen. Gut zu Vögeln", erklärte Sepp grinsend.
Dolph schlug sich vor Lachen auf die Schenkel und forderte Axel auf, weiterzumachen.
„Das verstehst du nicht. Dafür bist du noch zu jung. Unser Gymnasiast hat einen kleinen Scherz gemacht."
Axel brummelte etwas beleidigt, während er in seinen Notizen blätterte.
„Viel mehr habe ich nicht. Nur noch seine Autos. Unser Gegner fährt privat, wie kann es anders sein, einen silbernen Daimler. In seinen Firmen setzt er Mercedes-Lieferwagen, Typ Sprinter, ein.
Alle dunkelgrün. Ohne irgendeinen Werbeaufdruck. Das war´s."
Axel blätterte noch einmal seine Zettel durch, schaute, ob er auch wirklich nichts vergessen hatte. Er hatte.
„Ach so, fast hätte ich es vergessen. Zwei von den Nutten benutzen die dunkelgrünen Sprinter als fahrende Bordelle. Stehen damit an einigen Bundesstraßen, die von Fernfahrern viel genutzt werden, wenn sie zu den Fähren wollen."
„Na, das war doch eine ganze Menge. So wünsche ich mir das", lobte Dolph den Vortrag.
„Axel und Benno. Ihr werdet euch um die Nutten in ihren Autos kümmern. Ich statte dem seriösen Geschäftsmann mal einen Privatbesuch ab. Danach entscheidet sich, ob wir ihm seine Puffs aufmischen."
Wie konnte es anders sein, Sepp äußerte Bedenken.
„Du glaubst doch nicht, daß der mit dir spricht. Außerdem machst du ihn nur auf dich aufmerksam. Wenn der Verbindungen zur russischen Mafia hat, wofür ja Einiges spricht, ist der Ärger, den wir mit den Bullen kriegen können, ein Kinderspiel im Vergleich zu dem, den wir dann mit den Russen haben werden."
Dolph verzog das Gesicht.
„Schon wieder die Hosen voll, was? Laß das mal meine Sorge sein. Das Baby kriegen wir schon geschaukelt."

Nach einigen Dosen Bier aus Dolphs Bestand war die Vorstandssitzung beendet.

Am nächsten Abend fanden sich die Kameraden aus Wolfs Kampfgruppe zusammen mit Sepp am Gartenhäuschen ein. Einer aus der Gruppe, der gerade eine Lehre als Schlosser absolvierte, hatte Werkzeug mitgebracht, mit dem der Imbiss geöffnet werden konnte. Wolf verteilte die Aufgaben. Vier Mann standen Schmiere, der Schlosser sollte die Tür öffnen, Sepp und er selbst das Feuer so legen, daß es nicht nach einem Anschlag aussah.
„X-Zeit ist 02.15 Uhr. Der Ort ist bekannt. Auf geht's. Getrennt marschieren, vereint zuschlagen", gab Wolf als Parole aus.

Friedlich stand der Imbißwagen auf dem Parkplatz in der Nähe des großen Baumarktes. Huong hatte pünktlich um 20.00 Uhr seinen Wagen sorgfältig abgeschlossen, nachdem vorher alles gereinigt worden war. Die Kasse hatte er mitgenommen. Sie war gut gefüllt. Die Tageseinnahme war mehr als zufriedenstellend. Es war ein guter Standplatz auf dem Baumarktparkplatz.
Bevor er in seinen Wagen stieg, sprach er noch einige freundliche Worte mit dem Wachmann eines Sicherheitsunternehmens, der in regelmäßigen Abständen den Baumarkt kontrollierte. Ab und zu bekamen die Wachleute tagsüber bei ihm eine kostenlose Mahlzeit. Dafür kontrollieren sie den Imbisswagen mit, wenn sie sich nachts auf dem Gelände aufhielten. Huong hielt das für eine pragmatische Lösung, deshalb fuhr er auch ohne Sorgen nach Hause.

Gegen 02.00 Uhr fanden sich die Skinheads in der Nähe des Baumarktes ein. Sie hielten sich im Gebüsch des verwilderten Kasernengeländes verborgen. Sie warteten, bis der Wachmann seine Runde beendet hatte und wieder fortgefahren war.
Wolf gab das Zeichen. Gebückt schlichen sie zum Parkplatz. Die Wachen stellten sich so, daß sie die Zufahrtsstraße weit einsehen konnten. Mit einer Taschenlampe sollte bei Gefahr ein Lichtsignal gegeben werden. Wolf, der Schlosser, und Sepp warteten, bis die Positionen eingenommen worden waren, dann huschten sie im Schatten

der Außenmauer des Marktes bis zum Imbiß. Es kostete den Schlosser keine große Mühe, die Tür zu öffnen. Danach ging er zurück, um von der Wand aus auf mögliche Signale der Wachen zu achten.
Wolf und Sepp stiegen in den Wagen. Sie suchten nach dem Frittieröl, fanden es aber nicht, da Huong es bereits entsorgt hatte. Fluchend rüttelte Wolf an einem Schrank. Die Tür sprang auf. Es befanden sich Servierten, Papierhandtücher und Pappbecher darin. Wolf riß alles heraus, um es auf dem Fußboden aufzutürmen. Sepp zündete mit seinem Feuerzeug einige Servierten an, die er vorher zusammengeknüllt hatte. Dann warf er die brennende Lunte auf den aufgeschichteten Haufen, der sofort entflammte.
Wolf und Sepp sprangen aus dem Wagen, rannten mit dem Schlosser zurück zu den Wachen und gemeinsam weiter am Zaun bis zum Ruinengelände. Von dort beobachteten sie, wie die Flammen aus dem Wagen schlugen. Das Prasseln der Flammen war bis zu ihnen zu hören. Nach einer dumpfen Explosion schlugen die Flammen hoch aus der offenen Wagentür. Nur wenige Sekunden später jaulte eine Alarmsirene auf dem Dach des Baumarktes los. Offensichtlich hatte ein Feuermelder reagiert. Die Skins zogen sich weiter in die Dunkelheit des unübersichtlichen Geländes zurück, das auch Boomer immer wieder als Deckung diente, wenn er einkaufen gegangen war. Es dauerte nicht lange, bis die Feuerwehr am Brandort eintraf. Auch die Polizei sowie das Wachunternehmen ließen nicht lange auf sich warten.
Die Skins beobachteten aus sicherer Entfernung, ohne Angst vor Entdeckung haben zu müssen, wie durch die Löscharbeiten der Rest von dem vernichtet wurde, was das Feuer von dem Asia-Imbiß übrig gelassen hatte.
„Ein voller Erfolg", strahlte Wolf und bedankte sich bei seinen Mitstreitern mit einem derben Schlag auf die Schultern. Seine Genugtuung war ihm anzumerken. Endlich war die Schmach der Niederlage vom See getilgt.
Sepp verabschiedete sich. Mit einem schlechten Gewissen machte er sich auf den Weg nach Hause.
Die Rechnung von Dolph, Sepp und Wolf ging zunächst auf. Die Er-

mittlungen der Polizei schlossen zwar Brandstiftung durch Fremde nicht aus, konzentrierten sich aber erst einmal auf Selbstentzündung oder Eigenverschulden des Besitzers.

Auf einen fremdenfeindlich motivierten Anschlag durch Skinheads wies nichts hin. Kein Hakenkreuz, keine Schmiererei, kein Hinweis.

In den örtlichen Medien wurde nur mit wenigen Zeilen darüber berichtet, daß der Imbiß am Baumarkt gebrannt hatte. Die Feuerwehr habe nur mit Mühe ein Übergreifen der Flammen auf den Baumarkt verhindern können. Deshalb sei der Schaden in Grenzen geblieben.

Für Huong brach jedoch eine Welt zusammen. Er hatte mit seinem Imbiß eine gute Einnahmequelle verloren. Der Baumarkt kündigte seinen Standplatz. Die Versicherung wollte erst nach Beendigung der polizeilichen Ermittlungen zahlen. Was ihn besonders enttäuschte, war die Polizei, die ihm unterstellte, den Brand selbst gelegt zu haben. Das jedenfalls hatte er aus der ersten Vernehmung schließen müssen. Alle Welt schien sich gegen ihn, der nur friedlich in der Stadt leben und seinen Geschäften nachgehen wollte, verschworen zu haben. Hier wollte er nicht länger leben. Deshalb beschloß er, im Familienrat dafür zu plädieren, fortzuziehen.

DOLPH´S PLAN

Dolph war mächtig stolz. Seine Truppe arbeitete hervorragend. Nur mit sich selbst war er nicht zufrieden. Bis jetzt hatte er nur die Sprüche losgelassen, denen seine Leute Taten folgen ließen. Aber er würde den großen Coup landen, dessen war er sich sicher. Seine Aktion würde Geld in die Kassen der Kameradschaft spülen. Ihn so zum ungekrönten König, nein, zum Führer der Freien Nationalen machen. Nicht nur in der Stadt, sondern im ganzen Land. Vielleicht sogar noch darüber hinaus.
Diesem geldgierigen Russenknecht würde er zeigen, wer hier der Herr im Haus ist. Mit seiner Truppe im Rücken, die ihm treu ergeben folgte, mußte er niemanden fürchten, konnte es mit jedem aufnehmen. Dessen war er sich sicher. Einschüchtern ließ er sich nicht. Das Geschäft war ihm nicht fremd, auch wenn Egon, den er eigentlich für besondere Spezialaufgaben gerne in der Hinterhand gehabt hätte, jetzt nicht mehr zur Verfügung stand. Aber vielleicht konnte Wolf beizeiten diese Rolle übernehmen. Der hatte bewiesen, daß er vor Gewalt nicht zurückschreckt.

Dolph fuhr in der Gartenstadt mehrfach an der Villa des Geschäftsmannes vorbei. Nichts war zu erkennen. Hinter dem doch recht hohen schmiedeeisernen Zaun standen Büsche, die die Sicht behinderten. Deshalb stellte er seinen VW-Bus in einer Seitenstraße ab. Ohne Skrupel betrat er die Nachbargrundstücke, um sich von dort aus einen Eindruck zu verschaffen. Um nicht aufzufallen, hatte er einige Handzettel mitgenommen, die er in die Briefkästen der Anwohner stopfte. Einen älteren Herrn, der mit seinem Dackel vor der Haustür stand und ihn mißtrauisch beobachtete, verwickelte er höflich in ein Gespräch über die zunehmende Anzahl von Asylbewerbern, die den Staat finanziell in den Ruin trieben, wobei das Geld doch besser für Arbeitsplätze für Deutsche investiert werden könne.
Vermutlich um ihn wieder loszuwerden, stimmte ihm der ältere Herr zu. Das sei auch seine Meinung, nur auf ihn höre ja niemand.
Als Dolph fragte, ob das auch die Meinung des Nachbarn mit dem

großen Grundstück und der schönen Villa sei, lachte der ältere Herr und nahm das aufgezwungene Gespräch an.
„Nein. Das glaube ich nicht. Dafür hat der zu oft Besuch von Ausländern. Der macht mit denen Geschäfte. Eigentlich ist mir das egal. Aber die feiern ihre Geschäftsabschlüsse immer mit einer lauten Party im Garten. Dabei saufen sie bis zum Umfallen. Außerdem amüsieren sie sich schamlos mit halbnackten Mädchen. Das stört mich schon, weil die dabei auf die Anwohner keine Rücksicht nehmen."
„Kann man denn von ihrer Wohnung das alles beobachten?" wollte Dolph neugierig wissen.
„Ich habe ein gutes Fernglas. Noch aus meiner aktiven Zeit bei der Volksmarine. Damit kann ich fast den ganzen Garten einsehen. Nur die Terrasse nicht", antwortete stolz der ältere Herr.
„Sind die Störungen denn häufig?"
„Na ja, ein- bis zweimal im Monat geht es da schon hoch her. Oft bis mitten in die Nacht."
„Das ist ja wirklich unerträglich. Haben sie denn noch nicht daran gedacht, die Polizei zu rufen?" spielte Dolph den Empörten.
„Ach, gehen sie weg mit der Polizei", winkte der Anwohner ab, „das ist doch nicht mehr die Polizei, die ich kenne. Die tun doch heute nichts mehr für den Bürger. Das war früher ganz anders. Da hätte es so etwas nicht gegeben."
Dolph stimmte ihm zu.
„Sie haben Recht. Früher hat es das nicht gegeben. Aber genau da müssen wir wieder hinkommen. Was halten sie denn davon, wenn ich mich mal mit dem Mann unterhalte?"
Verwundert blickte ihn der ältere Mann an.
„Warum sollten sie das tun? Sie wohnen hier doch nicht. Eigentlich kann ihnen das doch egal sein."
„Genau das ist es mir nicht. Ich stehe für echte deutsche Werte ein. Dazu gehören auch die Achtung vor dem Alter, die Rücksichtnahme auf den Mitmenschen, die Wahrung der Sitten und der Mut, gegen derartige Verstöße vorzugehen. Nur reden bringt nichts. Man muß auch handeln. Wir müssen uns wieder auf deutsche Traditionen besinnen."
„Na ja, wenn sie meinen", antwortete der ältere Herr, wobei er er-

kennen ließ, daß Dolph ihn nicht unbedingt überzeugt hatte. Dem war das aber egal.
„Eine letzte Frage habe ich noch. Was sind denn das für Ausländer, mit denen er Geschäfte macht?"
„Russen. Das sind Russen, die übrigens hervorragend deutsch sprechen. Ich habe mich einmal mit ihnen kurz unterhalten, als ich meinen Hund ausgeführt habe. Da standen sie vor dem Haus. Einer kam aus Leningrad, nein, St. Petersburg heißt das ja jetzt, und der andere kam aus der Nähe von Wolgograd. Sie waren sehr höflich."
Dolph drückte dem Alten noch einen Prospekt in die Hand, dann verabschiedete er sich, um zu seinem Auto zurückzugehen.

In dem Moment, wo er an der Villa vorbeiging, kam der Besitzer vorgefahren. Er war allein. Spontan entschloß sich Dolph zu einem „Frontalangriff" unter dem Motto: Unverhofft kommt oft.
Er steuerte auf sein Opfer zu, das gerade die Haustür aufschloß.
„Auf ein Wort", sprach Dolph den Mann an, der sich verwundert umdrehte.
„Ja bitte? Kennen wir uns? Was kann ich für sie tun?"
„Mein Name tut nichts zur Sache", rüpelte der Skinheadführer, „ich kenne sie und mich werden sie gleich kennenlernen."
Der Geschäftsmann lachte amüsiert, während er Dolph von oben bis unten musterte.
„Was gibt ihnen denn diese Gewißheit? Ich kann mir beim besten Willen nicht vorstellen, daß wir etwas zu bereden hätten."
Er trat ins Haus und wollte die Tür gerade schließen, als ihn der nächste Satz von Dolph davon zurückhielt. Es war ein Schuß ins „Blaue", der aber Wirkung zeigte, was der Skinhead sofort registrierte.
„Wir sollten uns über das verseuchte Getreide unterhalten."
„Was bitte schön, soll ich damit zu tun haben", fragte lauernd der Geschäftsmann.
„Oh, sie haben es eingeführt und hier in den Handel gebracht. Bisher hat es außer uns nur noch niemand gemerkt."
„Wer ist uns?"
„Meine Organisation", erklärte Dolph dreist.

„So so, ihre Organisation. Sie sehen genauso aus, wie ich mir den Vertreter einer Organisation vorstelle“, kam die sarkastische Antwort, „seit wann beschäftigen sich Skinheads mit Umweltfragen oder landwirtschaftlichen Verbrauchsgütern?“
„Immer dann, wenn es der Volksgesundheit schadet“, trumpfte Dolph auf, „und sie haben, das wissen wir in allen Einzelheiten, verseuchtes Getreide eingeführt und in den Handel gebracht. Was glauben sie passiert, wenn das bekannt wird?“
Der Geschäftsmann stand noch immer in der Tür. Schaute nachdenklich auf sein Gegenüber. Nach einigen Sekunden entschloß er sich, Dolph hereinzubitten.
„Kommen sie. Sie haben Recht. Wir sollten uns bei einem guten Schluck darüber unterhalten.“
Dolph triumphierte. Sein Opfer hatte angebissen. Er ging mit ihm ins Haus.

Der großzügige Flur, mit einer geschnitzten Garderobe, der sich hinter einem mit einer Doppeltür abgeteilten Windfang öffnete, war in warmen Pastelltönen gestrichen. Eine breite dunkle Holztreppe führte in die oberen Stockwerke. Von der Decke hing ein schwerer Kristallüster.
Dolph wurde in das großzügige Wohnzimmer geführt, das von einer riesigen Couchgarnitur aus hellem Chromleder dominiert wurde. Ein großes Fenster an der Frontseite eröffnete über die Terrasse einen Blick in den gepflegten Garten. In der hinteren Ecke befand sich ein großer Kamin, vor dem ein weißes Fell lag. An der Seite stand neben einer gut bestückten Hausbar ein Breitwandfernseher mit Videoschrank und einer respektablen Musikanlage.
Dolph war beeindruckt. Der Mann hat einen erlesenen Geschmack, der nicht billig war, stellte er insgeheim fest. Mit üblen Geschäften war offensichtlich eine Menge Geld zu verdienen, was seinen Vorstellungen entgegenkam.
Mit einer Handbewegung wurde Dolph ein Platz auf der Couch zugewiesen. Danach ging der Mann zur Hausbar, schenkte Cognac in zwei Schwenker ein und stellte die Gläser auf den Glastisch.
„Na junger Mann, der mir seinen Namen nicht nennen will, dann

lassen sie mal hören, was sie so auf der Pfanne haben", eröffnete er das Gespräch, hob das Glas und nippte am Cognac.
„Nennen sie mich Heidrich", antwortete Dolph, während er ebenfalls einen kleinen Schluck nahm. Sein Gesprächspartner rang sich ein amüsiertes Lächeln ab.
„Also, Herr Heidrich, nun mal Butter bei die Fische. Ich habe nicht sehr viel Zeit."
„Und ich habe gesicherte Erkenntnisse, daß sie aus Rußland Getreide einführen, das mit Pflanzenschutzmitteln verseucht ist. In ihrem Futtermittelwerk wird das Getreide weiterverarbeitet und an Bauern im ganzen Land verkauft. Die Tiere fressen das Giftzeug, werden geschlachtet und dann kommt das verseuchte Fleisch in den Handel. Wenn das bekannt wird, sind sie ihren Ruf als seriöser Geschäftsmann los, haben die Bauern und die Bevölkerung sowie die Umweltleute am Hals, von der Staatsanwaltschaft einmal ganz zu schweigen. Ihre Firmen können sie dicht machen. Das kostet Arbeitsplätze. Damit haben sie auch die Arbeitnehmer auf dem Hals. Diese tolle Villa dürfen sie verkaufen. Selbst wenn sie nicht in den Knast kommen, bin ich sicher, würden sie hier nicht wohnen bleiben wollen. Nur meine Organisation weiß bisher davon. Wir bieten ihnen die Möglichkeit, diese Sauerei ohne Aufsehen zu beenden. Sie stellen die Einfuhren einfach ein und verarbeiten ab sofort deutsches Getreide. Dafür sponsern sie unsere Organisation."
Dolph machte eine Kunstpause, in der er am Cognac nippte, um die Wirkung seiner Worte zu beobachten. Zu seiner Enttäuschung zeigte sein Gegenüber keinerlei Reaktion. Er saß ihm immer noch lässig zurückgelehnt gegenüber. Der Cognac kreiste ruhig im Schwenker. Dolph entschloß sich, noch einen draufzulegen.
„Außerdem ist meiner Organisation nicht entgangen, daß sie in ihren Etablissements Frauen aus Rußland beschäftigen, die sich illegal hier im Land aufhalten. Auch in diesem Fall wäre es in beiderseitigem Interesse, wenn wir zu einer vernünftigen Einigung kämen. Nicht, dass wir etwas gegen die Tätigkeit der Damen hätten, ganz im Gegenteil, aber so wie sie zu dieser Tätigkeit kommen, ist es nun einmal gesetzwidrig, was ihrem Ansehen schaden dürfte, wenn es bekannt wird. Was würden denn ihre Spezis in der Stadtverwaltung

oder der Bürgermeister sagen?
Außerdem wäre es ein Jammer, wenn die Kundschaft in den Etablissements dadurch abgeschreckt würde, wenn die Läden immer wieder einmal aufgemischt würden. So viele Türsteher können sie gar nicht beschäftigen, um meine Leute davon abzuhalten."
Jetzt zeigten Dolphs Worte erstmals Wirkung. Sichtlich erbost stellte der Geschäftsmann mit einer harten Bewegung seinen Cognacschwenker auf dem Tisch ab.
„Das ist schon harter Tobak, den sie mir hier um die Ohren hauen. Und von einer Dreistigkeit ohnegleichen. Woher nehmen sie die Gewißheit, daß ich sie hier nicht von einer Sekunde auf die andere herauswerfe?"
„Ganz einfach. Weil es stimmt. Weil sie die Folgen nicht riskieren können. Weil sie genau wissen, dafür sind sie Geschäftsmann genug, daß ein Sponsoring meiner Organisation unter dem Strich preisgünstiger ist."
„Herr Heidrich, oder wie immer sie auch heißen mögen, ich denke, sie erwarten nicht, daß ich ihnen jetzt darauf eine abschließende Antwort gebe. Dazu bedarf es noch weiterer Verhandlungen. Wir sollten uns in ein paar Tagen noch einmal treffen. Zumal ich eine Geschäftsreise geplant habe und erst in einigen Tagen wieder hier sein werde. Wie kann ich sie erreichen?"
„Ich werde sie erreichen", blockte Dolph ab, „dann werde ich auch die Forderungen meiner Organisation, über deren Höhe durchaus verhandelt werden kann, bekanntgeben."
Im Aufstehen trank Dolph den Rest Cognac. Der Hausherr begleitete ihn zur Tür. Am Auto angekommen, brüllte Dolph ein lautes „Sieg Heil" in die Abendstille. Wütendes Kläffen mehrerer Hunde war die Reaktion.

An der Gartenhütte traf er Benno, Wolf und Sepp, denen er ausführlich über das soeben geführte Gespräch berichtete. Die Euphorie ihres Führers übertrug sich auf Benno und Wolf. Sepp blieb skeptisch.
„Du glaubst doch nicht ernsthaft, daß ein derartiger Gangster das unwidersprochen hinnimmt?"

„Mein lieber Sepp“, gab Dolph sich jovial, „was sollte er denn schon dagegen machen? Ihm bleibt nichts anderes übrig, als zu zahlen. Die Höhe sollten wir hier und heute festlegen. Sie darf natürlich nicht überzogen sein. Wir sollten schon realistische Forderungen erheben.“

Sie diskutierten eine zeitlang, dann einigten sie sich darauf, bei den Verhandlungen mit 10.000 DM zu beginnen und nicht weniger als 5.000 DM monatlich zu akzeptieren.
„Wir könnten zur Untermauerung unserer Forderungen einen der Puffs aufmischen. Wenn der Typ von seiner Geschäftsreise zurückkommt, weiß er gleich, was die Stunde geschlagen hat. Merkt, daß wir nicht nur drohen, sondern es auch ernst meinen. Ich könnte das mit meiner Kampfgruppe übernehmen“, schlug Wolf vor.
„Das ist keine schlechte Idee“, antwortete Dolph, „aber nicht abfackeln. Wir dürfen uns nicht unsere eigene Gelddruckmaschine zerstören. Es darf nur ein zarter Wink mit dem Baseballschläger sein. Verstanden? Ich gebe dir drei Tage Zeit.“
„Jawohl. Verstanden. Drei Tage Zeit“, echote Wolf.

Bereits am nächsten Tag überfielen in den Nachtstunden die Skinheads einen der Clubs. Der Wirtschafter, der sich ihnen in den Weg stellte, wurde brutal mit Baseballschlägern zusammengeschlagen, Gläser, Flaschen und Spiegel zertrümmert. Die anwesenden Frauen wurden verschont, die Gäste nach Hause geschickt. Einige Flaschen Champagner nahm Wolf mit. Er leerte sie mit den Schlägern seiner Kampfgruppe in der Gartenlaube, wo sie den Sieg feierten.

Der Geschäftsmann hatte nach dem Gespräch mit Dolph, alias Heidrich, sofort zum Telefonhörer gegriffen. Am nächsten Morgen flog er nach St. Petersburg. Am Flughafen wurde er von einer schwarzen Limousine mit Fahrer abgeholt. Man brachte ihn zu einer luxuriösen weißen Yacht, die direkt nach seiner Ankunft ablegte und die Newa herauffuhr. Im Salon des Schiffes wurde er von seinen russischen Geschäftspartnern herzlich begrüßt. Nach einem üppigen Mittagessen, bei dem auch Kaviar, sowie erlesene Getränke nicht fehlten, berich-

tete er von dem Erpressungsversuch. Man kam überein, den Erpressungsversuch zu ignorieren. Die Einzelaktion eines rechtsextremistischen Spinners sei nicht wirklich ernst zu nehmen. Keinesfalls sei daran zu denken, ein "Sponsoring", wie er es genannt hatte, zu übernehmen. Dann verhandelten sie über neue Geschäfte und die Möglichkeit, sie in die Tat umzusetzen.
Bis Nowgorod ging die Fahrt, dann wurde gewendet, um die „weißen Nächte" in St. Petersburg nicht zu verpassen. Er wurde eingeladen, die Nacht auf der Yacht zu verbringen. Eine komfortable Gästekabine, in der ein Mädchen schon auf ihn wartete, wurde ihm zugewiesen.

Während des Frühstücks am nächsten Morgen erhielten sie die Nachricht vom Überfall der Skinheads auf einen Club. Das änderte alle Pläne. Die russischen Geschäftspartner reagierten ungehalten. Wenn uns jemand den Krieg erklärt, nehmen wir ihn an, war ihre Meinung. Verschiedene Möglichkeiten einer Reaktion wurden diskutiert, bis hin zu einer Exekution des ominösen Heidrich. Es wurde alles wieder verworfen, da nicht ausgeschlossen werden konnte, daß die sich an eine solche Brachialmethode anschließenden intensiven polizeilichen Ermittlungen Rückschlüsse auf Person und Geschäfte zuließen.
Es mußte eine Möglichkeit gefunden werden, die geräuschlos, ohne Aufsehen und ohne Außenwirkung funktionierte. Die neuen Gegner mußten verschwinden. Einfach von der Bildfläche verschwinden. Nur wohin?
Der Kalmücke aus der illustren Runde, der aus der Nähe von Wolgograd kam, hatte eine Idee.
Er sei mit russischen offiziellen Stellen in Moskau in Verhandlungen, den atomaren Restmüll von Atomraketen zu entsorgen, deren Verschrottung den westlichen Industrienationen zugesagt worden sei. In seinem Einflußbereich zwischen Don und Wolga, in der Nähe der ukrainischen Grenze, kontrolliere er alte Kalibergwerke, in denen sich eine weitere Salzförderung nicht mehr rentiere. Diese habe er als Endlager den russischen Ministerien angeboten. Er sei sicher, den Zuschlag zu erhalten. Um die Kosten in Grenzen zu halten, müsse er

natürlich den technischen, aber auch den personellen Aufwand überschaubar halten. Normale Arbeitskräfte für die gefährliche Tätigkeit zu bekommen, sei selbst in Rußland fast unmöglich. Seit Tschernobyl seien die gesundheitlichen Folgen einer derartigen Arbeit bekannt. Deshalb habe er mit dem Kommandanten eines Straflagers bereits Einigung darüber erzielt, Gefangene zu bekommen, die unter Tage den strahlenden Müll in die Kavernen schaffen. Hier könnten auch die Möchtegernerpresser eine sinnvolle Arbeit leisten und den Schaden, den sie angerichtet haben, abarbeiten. Wenn sie überlebten, seien sie sicher nicht mehr in der Lage, ihre derzeitigen Pläne in die Tat umzusetzen.
Nachdem die Dolmetscherin übersetzt hatte, schauderte es den Deutschen. Aber er meldete keine grundsätzlichen Bedenken an.
„Das Problem wird sein, die Kerle einzufangen und nach Kalmückien zu transportieren. Wenn ich nicht auffallen soll, darf ich mich daran nicht beteiligen."
Der Pate aus St. Petersburg, auf dessen Yacht sie sich befanden, hatte aufmerksam zugehört.
„Es ist für mich immer wieder erstaunlich zu hören, welche innovativen Ideen aus der Tiefe von Mütterchen Rußland kommen. Welches unerschöpfliche Potential hat doch unser schönes Land. Unser Freund macht nicht nur mit Kaviar seine Geschäfte, sondern hat seine Finger auch im Entsorgungsgeschäft. Sieh an, sieh an", erklärte er in fast akzentfreiem deutsch.
Die Dolmetscherin übersetzte für den Kalmücken, der über das ganze breite Gesicht strahlte.
„Liefern wir ihm doch die Leute, die er braucht. Warum soll der Arbeitskräfteaustausch nur als Einbahnstraße funktionieren? Frauen nach Westen, Männer nach Osten. Das ist ein faszinierender Aspekt."
„Und wie stellen sie sich das in der Praxis vor?" Etwas naiv wirkte die Frage des Deutschen. Der Pate zog verwundert die Augenbrauen hoch.
„Laß mich ein wenig darüber nachdenken. In einer Stunde sage ich dir, wie wir das organisieren. Allerdings ganz ohne deine Hilfe wird es nicht gehen."
Damit hob der Pate die Frühstückstafel auf, während der Deutsche

an Oberdeck ging. Er genoss die wunderschöne Silhouette der Stadt, an der die Yacht in langsamer Fahrt auf der Newa vorbeizog.
Nach einer Stunde wurde er aus seinen Gedanken gerissen und wieder in den Salon gebeten.
„Ich habe Folgendes beschlossen“, empfing ihn der Pate.
„Ich schicke dir drei meiner Mitarbeiter. Sie werden alle Erpresser einfangen, die du ihnen benennst. Haben wir sie, dann werden sie auf dem umgekehrten Weg nach Rußland transportiert, auf dem du die Mädchen bekommst. Ich übernehme den Weitertransport nach Kalmückien. Das Geschäft läuft zwischen meinem russischen Geschäftspartner und mir. Das geht dich nichts an. Du mußt froh sein, die Erpresser loszuwerden. Dafür entstehen dir nur die Kosten für meine Leute und die zeitweilige Unterbringung der Erpresser an einem sicheren Ort in Deutschland. Den mußt du dir selbst suchen. Außerdem stellst du meinen Leuten einen deiner Transporter zur Verfügung.“

Der Deutsche konnte nur akzeptieren. Er hatte keine andere Wahl, wollte aber auch nicht wählen.
„Können wir bei dieser Gelegenheit auch die Leute entsorgen, die unsere Minks befreit haben? Diese Aktion hat uns ganz schön Geld gekostet.“
„Dich hat sie Geld gekostet. Ich gehe noch immer davon aus, daß wir unseren Anteil erhalten“, antwortete der Pate, „im Übrigen ist es mir egal, wen du einfangen läßt. Meine Leute greifen jeden, den du ihnen benennst.“
„Können da auch Frauen mit dabei sein?“
„Wenn ich sage jeden, dann meine ich jeden. Auch für Frauen finden wir hier eine Verwendung“, war die lakonische Antwort.
„Meine Leute reisen in ein paar Tagen von hier ab. Sie bringen dir neue Mädchen und können sofort anfangen. Du holst sie an der abgesprochenen Stelle ab. So wie immer. Iwan, den du von etlichen Besuchen kennst, wird mit dabei sein. Seine Deutschkenntnisse reichen aus, um sich mit dir abstimmen zu können. Wir nennen die Aktion Straßenkehrer, wenn wir uns am Telefon darüber unterhalten müssen. Das ist unverfänglich.“

Abschließend wurden noch einige finanzielle Fragen erörtert. Danach ließ der Pate seinen deutschen Geschäftspartner wieder zum Flughafen bringen.

Wieder zu Hause angekommen, griff er sofort zum Telefon und bestellte die Geschäftsführer seiner Clubs sowie den Verwalter seiner Nerzfarm zu sich.
Dem Wirtschafter des überfallenen Clubs waren die Blessuren noch deutlich anzusehen. Das Sprechen bereitete ihm einige Mühe. Trotzdem erstattete er seinen Bericht, der kommentarlos zur Kenntnis genommen wurde. Die aufkommende Diskussion seiner Geschäftsführer unterband der Chef mit einer herrischen Handbewegung.
„Tun wir doch nicht so, als wenn wir nie damit gerechnet hätten. Wir müssen jederzeit damit rechnen, daß unsere Clubs von Kontrahenten im Geschäft aufgesucht werden. Wenn hier ein Schaden entstanden ist, dann liegt das meiner Meinung nur daran, weil zu sorglos mit der Sicherheit umgegangen wurde. Es ist einfach zu lange ruhig geblieben. Für diejenigen von euch, die nicht betroffen sind, soll das eine deutlich Warnung sein. Neu ist allerdings, daß sich die Skinheads plötzlich in das Geschäft einmischen. Das werden wir nicht dulden.
Mir stinkt das schon gewaltig, wenn unsere Hauswände mit Graffiti beschmiert werden und keiner von euch ist in der Lage, die Schmierer zu greifen. Ich darf daran erinnern: ihr seid nicht dazu da, die Mädchen zu unterhalten, sondern für die Sicherheit zu sorgen. Insofern erwarte ich einfach mehr Aufmerksamkeit von euch.
Verdammt noch mal, ich muß mich doch nicht um jede Einzelheit selbst kümmern!
Wofür habe ich euch eigentlich? Ihr seid doch sonst keine Kinder von Traurigkeit und laßt euch dann von Halbgaren die Hosen herunterziehen? Ihr werdet verdammt gut bezahlt für den Job. Und der Job heißt Sicherheit für die Clubs, Sicherheit für die Mädels, Sicherheit für die Gäste. Das ist nämlich unser Kapital!"
Die Geschäftsführer schauten betreten zu Boden
„Ihr könnt euch vorstellen, daß unsere Geschäftspartner in Rußland nicht sonderlich erfreut waren, als sie von dem Überfall hörten. So

ein Vorfall ruft immer die Staatsmacht auf die Bühne. Schnüffelnde Bullen in den Clubs ist aber das Letzte, was wir gebrauchen können. Das spricht sich in Windeseile herum. Die Kundschaft bleibt aus; damit auch unser Geld. Bei uns müssen sich die Gäste sicher fühlen. Ist das klar?"
Die Geschäftsführer nickten.
„Wir werden in einigen Tagen Unterstützung aus Rußland erhalten. Drei Mitarbeiter unserer Geschäftspartner sind avisiert. Sie erhalten Vollpension in deinem Haus", erklärte der Chef weiter, wobei er auf den Geschäftsführer des Clubs wies, der überfallen wurde.
„Eines der Mädchen räumt ihr Zimmer und geht in die Nachbarstadt. Dafür gibt dort Irina den dunkelgrünen Mercedes-Sprinter ab. Der wird unseren Freunden zur Verfügung gestellt. Irina führt in der Zwischenzeit bei mir den Haushalt."
„Muß es ausgerechnet Irina sein?" versuchte einer der betroffenen Geschäftsführer einen Einwand, „sie ist mein bestes Pferdchen."
„Eben drum", bekam er lakonisch zur Antwort.
Dann wandte er sich an den Verwalter der Farm.
„Sind die Schäden an den Käfigen behoben und konnten Tiere wieder eingefangen werden?"
„Die Schäden sind wieder beseitigt. Das Tor wurde repariert, Verstärkungen eingebaut. Etwas mehr als die Hälfte der Minks konnten wieder eingefangen werden. Die anderen sind weg. Über eine Ersatzbeschaffung mache ich mir gerade Gedanken. Ein finanzieller Verlust ist aber nicht zu vermeiden. Zu Höhe der Kosten, beziehungsweise des Verlustes insgesamt, habe ich eine Kostenrechnung erstellt. Sie muß in der Post sein", erklärte der Verwalter kurz.
„Ist der Kellerraum im alten Düngemittellager noch frei?"
„Ja, der wird seit Jahren nicht mehr genutzt. Es steht einiges Gerümpel drin, weil er nur ein schmales Oberlicht hat."
„O.K., das ist gut so. Der Raum wird leergeräumt, bis auf zwei Blecheimer. Außerdem wird sofort eine nur von außen mit Riegel zu sichernde Stahltüre mit Guckfenster eingesetzt. Innen darf keine Klinke sein.
Die elektrischen Leitungen sowie die Lampen werden entfernt. Vor das Oberlicht wird von Außen ein Gitter angebracht. Alles verstanden?"

„Und was soll das Ganze? Das sieht mir aus, als wenn ein Knast eingerichtet werden soll“, bemerkte verwundert der Verwalter.
„Wer viel fragt, bekommt viele Antworten. Und was du nicht weißt, macht dich nicht heiß. Wenn die Arbeiten fertig sind, sage mir sofort Bescheid. Der Supermarkt wir dir dann einige Kästen Mineralwasser und Lebensmittel, bei denen das Verfallsdatum abgelaufen ist, anliefern. Das Zeug wird im Vorraum deponiert. Um mehr hast du dich nicht zu kümmern. Den Rest erledigen unsere russischen Freunde. Wenn die auf den Hof kommen, zeigst du ihnen, wo sie hingehen müssen, danach ist für dich der Keller tabu. Noch Fragen?“
Der Verwalter bestätigte die Anweisungen. Weder er, noch die anderen hatten weitere Fragen.

Am Abend crschien Dolph. Selbstbewußt klingelte er am Portal. Eine gertenschlanke Frau mit schulterlangen strohblonden Haaren, einem knappen erdbeerfarbenen Top, unter dem sich ihre strammen Brüste deutlich abzeichneten, öffnete die Tür, strahlte ihn wie einen alten Bekannten an, bat ihn höflich einzutreten und führte ihn in das Wohnzimmer. Dolph stolzierte hinter ihr her durch den Flur, wobei er genüßlich ihren knackigen Hintern, der in einem hautengen silbernen Höschen steckte, fixierte.
Der Geschäftsmann empfing ihn im weißen Bademantel, relaxt vor einem Glas Whisky auf der Couch sitzend. Er beobachtete amüsiert die gierigen Blicke, die Dolph auf die junge Frau warf.
„Na Herr Heidrich, gefällt ihnen Irina?“, fragte er listig, während er an seinem Whisky nippte.
„Ach, sie halten sich eine russische Sexsklavin?“ konterte Dolph.
„Irina führt mir hier den Haushalt. Sonst nichts.“
„Eine ausländische Nutte aus ihrem Bordell“, stellte Dolph noch einmal aggressiv fest.
„Meine Haushälterin. Sie haben wohl keine Haushälterin?“ stichelte der Hausherr, ohne weiter auf die Provokation einzugehen.
Dolph lachte gehässig. Er hatte erwartet, daß er einen Platz angeboten bekam und einen Whisky. Er bekam aber weder das eine, noch das andere. Deshalb warf er sich ohne zu fragen in einen der Sessel am Tisch. Er wartete, bis Irina den Raum wieder verlassen hatte.

„Ich bin gekommen, um die Forderungen meiner Organisation zu überbringen", kam er sofort auf den Punkt.
„Wir stellen uns vor, daß eine monatliche Zahlung von 10.000 DM ihnen die Sicherheit ihrer Clubs garantiert."
Sein Gegenüber lachte laut auf.
„Mann Heidrich, ihnen ist wohl nicht klar, was sie da verlangen. Über tausend Mark können wir uns unterhalten. Ihre Vorstellungen davon, was mit den Clubs zu verdienen ist, haben sie wohl aus dem Fernsehen?"
„Wenn ich mich hier so umschaue, dann ist mir sehr wohl klar, was mit den Clubs zu verdienen ist. Außerdem vergessen sie die anderen Sachen, wie zum Beispiel den vergifteten Futterweizen."
„Tausend Mark", beharrte der Geschäftsmann auf seinem Angebot, „nicht einen Pfennig mehr."
Die Verhandlungen wogten eine Zeitlang hin und her. Endlich einigten sie sich auf 5.000 DM.
„Soll ich den Betrag auf ein Konto ihrer Organisation überweisen? Ich brauche die Belege für meine Buchhaltung."
Dolph lachte wieder laut auf.
„Wie sie das verbuchen, ist meiner Organisation völlig egal. Das ist ihr Problem. Sie zahlen bar an mich. Ich melde mich telefonisch. Dann sage ich, wo das Geld abgelegt werden soll. Wir werden es schon finden."
„Sie haben wohl zuviel Forsyth gelesen?" kam eine ironische Bemerkung.
Dolph merkte die Ironie nicht.
„Forsyth? Kenne ich nicht."
„Hätte ich mir denken können. Wäre auch zuviel verlangt gewesen."
„Kann ich die erste Summe schon mitnehmen?" fragte Dolph.
Der Geschäftsmann zog die Augenbrauen hoch.
„Sie glauben doch nicht ernsthaft, daß ich eine derartige Summe hier im Haus habe? Nein, sie rufen mich an und wir machen das so, wie sie selbst es vorgeschlagen haben. Ich denke, jetzt ist alles besprochen."
Der Hausherr erhob sich und komplimentierte Dolph, alias Heidrich, aus dem Haus.

DIE SITZUNG

Raschke wühlte sich durch die Papiere, die sich auf seinem Schreibtisch türmten.
„Ich bewundere immer die Kollegen in einem Fernsehkrimi. Die haben immer nur Action. Die müssen keine Berichte, keine Vernehmungen schreiben und keine Formulare ausfüllen, oder so unverständliche Gutachten lesen, wie dieses hier."
Mit säuerlichem Gesichtsausdruck studierte er eine Analyse über die chemische Zusammensetzung eines sichergestellten Molotowcocktails.
„Wenn der scheiß Papierkram nicht wäre, könnte die Arbeit wirklich Spaß machen."
Schrader blätterte in einem dicken Aktenordner.
„Maul nicht herum, sondern sieh zu, daß du fertig wirst. Heute Abend ist noch Sitzung des Präventionsrates. Der Bürgermeister will von uns Lageberichte zu dem Mord an Elmenhorst, dem Mordversuch an dem dicken Nazi und zum Stand der Ermittlungen beim Brand des Asia-Imbisses. Unser Vorturner wird zu den Graffitischmierern was erzählen.
Übrigens haben die Kollegen einen von denen in der Stadt aufgelesen, völlig rot angemalt."
„Wie, völlig rot angemalt?"
„Einer von den Hanseln aus der Wohngemeinschaft in der Altstadt. Der ist wohl von irgendeinem beim Skratching erwischt worden. Wurde erst zusammengedroschen, dann mit seiner eigenen Sprühdose von oben bis unten rot eingefärbt. Sogar seinen Schniedel haben sie nicht vergessen. Danach haben sie ihn nackt liegenlassen."
„Ja und?"
„Im Krankenhaus mußten sie ihn mühsam entfärben."
„Ja logisch. Und wer war´s? Hat er dazu was gesagt? Laß dir doch nicht jedes Wort aus der Nase ziehen!"
„Es sollen die Skinheads gewesen sein."
„Mmh. Auszuschließen ist das nicht. Wir sollten uns bei Gelegenheit einmal umhören. Ich bin mir übrigens auch sicher, daß sie den Imbiss angesteckt haben."

„Was zu beweisen wäre. Bisher gibt es keinerlei Anhaltspunkte."
„Hast du schon Wermelt gefragt? Vielleicht kann der was dazu sagen."
„Habe ich. Der kann nichts dazu sagen."
„Und, glaubst du ihm?"
„Nein. Aber was soll ich machen? Sollten wir später feststellen, daß er es doch gewußt und nichts gesagt hat, wird Bertling ihm schon den Hintern bis zum Genick aufreißen. Soweit geht das Opportunitätsprinzip nicht. Dann provozieren sie nämlich ein Problem mit, das sie eigentlich bekämpfen sollen."

Raschke hatte in Stichpunkten auf einem Blatt zusammengetragen, was er auf der abendlichen Sitzung vortragen wollte. Als er fertig war, erhob er sich stöhnend von seinem Stuhl.
„Komm mit", sagte er zu Schrader, „ich muß mich ein wenig bewegen. Wir laufen noch durch die Stadt. Vielleicht treffen wir ja ein Vögelchen, was uns noch etwas zwitschert."

Sie trafen kein Vögelchen. Mißmutig gingen sie zum Rathaus, wo der Präventionsrat tagte. Auf dem Parkplatz neben dem wunderschön restaurierten Gebäude stand eine dunkle Limousine mit einem Kennzeichen der Landeshauptstadt.
„Sie an, unser Herr Innenminister gibt sich die Ehre", brummelte Raschke, „und ich habe keine Krawatte um."
Schrader enthielt sich ganz gegen seine Gewohnheit eines Kommentars.

Im Konferenzzimmer waren fast alle Mitglieder des Präventionsrates versammelt. Nur der Bürgermeister fehlte noch.
Frau Jestremski bat noch um etwas Geduld. Es könne nicht mehr lange dauern. Man möge sich doch schon bei den Brötchen bedienen. Raschke ließ sich das nicht zweimal sagen. Er hatte Hunger. Auf dem Gang durch die Stadt hatte er bewußt darauf verzichtet, sich eine Currywurst zu genehmigen, weil er mit den Brötchen gerechnet hatte.

Kaum saß er mit dicken Backen kauend am Tisch, als der Bürgermeister gemeinsam mit dem Innenminister den Raum betrat.
Raschke traten die Augen fast aus dem Kopf, so eifrig kaute er, um den Mund frei zu bekommen, während Schrader sich nur mit Mühe ein lautes Lachen verkneifen konnte.
„Wie schön, die Herren von der Polizei haben gleich erkannt, welchen Zweck die Brötchen haben", bemerkte sarkastisch der Bürgermeister. Dann begrüßte er die Anwesenden und stellte sie dem Innenminister vor, der die Bemerkung seines Gastgebers ignoriert hatte.
„Meine Damen, meine Herren. Unser Herr Innenminister hat gebeten, heute an unserer Sitzung teilnehmen zu dürfen, was ich als Ehre betrachte. Bevor wir in die Einzelheiten gehen, möchte ich ihnen, verehrter Herr Minister, das Wort erteilen, um das sie gebeten hatten."
„Danke schön, Herr Bürgermeister. Meine Damen, meine Herren, ich halte es für meine Pflicht, heute bei ihnen zu erscheinen, um mit ihnen über Maßnahmen zu beraten, mit denen die Probleme bewältigt werden können, die diese schöne Stadt in den letzten Tagen und Wochen so in die Schlagzeilen gebracht haben. Ich bedauere die Ausschreitungen außerordentlich. Gewalt ist kein Mittel zur Durchsetzung politischer Ziele. Auch bin ich höchst unzufrieden, wenn ich feststellen muß, daß bei Demonstrationen gegen Rechtsextremisten die Gewalt von den Gegendemonstranten ausgeht. Vor allem, weil die Polizei in solchen Fällen die Rechtsextremen auch noch schützen muß.
Mit ist es bedeutend lieber, wenn durch eine gute Präventionsarbeit der Gewalt, von wem auch immer ausgeübt, vorbeugend begegnet werden kann. Nicht zuletzt deshalb schätze und unterstützte ich, wie sie wissen, die Arbeit der Präventionsräte. Nicht weil sie eine fixe politische Idee von mir sind, sondern weil ich der festen Überzeugung bin, daß nur mit der engagierten Unterstützung aus der Mitte einer Kommune heraus eine sinnvolle Vorbeugungsarbeit geleistet werden kann.
Eine schnelle, effektive Strafverfolgung ist das Eine. Sie hat auch sicherlich eine abschreckende Wirkung. Dafür sind Polizei und Justiz

zuständig. Viel wichtiger erscheint es mir aber, Straftaten erst gar nicht geschehen zu lassen. Die Prävention ist aber eine gesamtgesellschaftliche Aufgabe, die nicht allein durch Polizei und Justiz bewältigt werden kann, sondern nur mit ihrer Hilfe möglich ist.
Ich möchte mir heute in ihrer Runde anhören, was die Landesregierung tun kann, um sie in ihrem Bemühen zu unterstützen. Uns ist daran gelegen, daß sich die Bürger in unserem Land wohl fühlen, gerne in ihrer Stadt leben und uns nicht den Rücken kehren.
Außerdem, und das sollte an dieser Stelle auch deutlich gesagt werden, schädigen die Untaten der letzten Zeit den Ruf unseres Landes über die Grenzen der Republik hinaus. Seit den Rostocker Krawallen, und das ist fast schon zehn Jahre her, wird weltweit sensibel auf fremdenfeindliche Ausschreitungen bei uns reagiert. Besucher meiden unser schönes Land, die Seen oder die Strände.
Da in unserem Land der Fremdenverkehr aber eine wirtschaftliche Größe ist, die wir uns nicht mehr wegdenken können, muß die Bekämpfung der Fremdenfeindlichkeit ein Schwerpunkt unserer Überlegungen sein. Die Neonazis haben in unserem Land nichts verloren."
Der Minister machte eine kleine Pause.
Zustimmend klopften die Mitglieder des Präventionsrates auf den Konferenztisch.
„Ich appelliere an sie, möglicherweise parteipolitische Überlegungen im Sinne der Sache zu unterlassen. Wir müssen alle gemeinsam darüber nachdenken, welche Wege es aus diesem Dilemma gibt. Die Landesregierung hat jedenfalls eine nicht unbedeutende Summe für Vorbeugungsarbeit bereitgestellt, die vom Landesrat für Kriminalitätsvorbeugung für einzelne Projekte verteilt wird. Außerdem wurde in der Zeitschrift des Landesrates ein Konzept "kritisch integrieren" vorgestellt, das sich mit dem Umgang mit rechtsextremistischen Jugendlichen befaßt. Diese Zeitschrift lege ich ihnen ans Herz. Last but not least möchte ich sie auf unser Analyse- und Beratungsteam „ABT" hinweisen, welches zu ihnen kommt und sie kompetent in allen Fragen der Prävention beraten wird. Es arbeitet übrigens kostenlos."

Nach einigen weiteren Ausführungen gab der Innenminister das Wort an den Bürgermeister zurück, der sich bedankte. Über die Auswirkungen und Folgen der Untaten sei man nicht unterschiedlicher Meinung, erklärte er. Auch sei das Konzept „kritisch integrieren" bekannt und bereits heftig, vor allem aber kontrovers, diskutiert worden. Auf das angebotene Beraterteam werde er gerne zurückgreifen.
Danach bat er die anwesenden Polizeibeamten um ihre Lage- und Sachdarstellung. Raschke gab sich alle Mühe, in seinem Vortrag kurz, präzise und dennoch erschöpfend zu den Hintergründen der Taten der letzten Wochen zu berichten, obwohl die Anwesenheit seines Dienstherren nicht unbedingt zu seiner Sicherheit beitrug.

Nach dem Beitrag über die Graffitischmierereien ergriff Pastor Gode das Wort und eröffnete damit die Diskussion. Mit den Tränen kämpfend, schilderte er noch einmal aus seinem Erleben die letzten Stunden des ermordeten Obdachlosen. Er legte dar, welche Schuld nicht nur die Täter, sondern moralisch auch die Bürger der Stadt auf sich geladen hätten, die derartige Zustände durch Schweigen tolerierten. Hatte nicht sogar der Bundeskanzler den Aufstand aller Anständigen gefordert? Diesen Aufstand habe er vermißt. Das sei traurig. Hier müsse seiner Meinung nach die Arbeit des Präventionsrates ansetzen.
Der Vertreter des Vereins für Demokratie und Freundschaft erklärte, es sei doch recht deutlich geworden, daß die üblen Nazischläger keine Toleranz gegenüber Andersdenkenden oder Andersfarbigen aufbrächten. Das vom Innenminister so hoch gelobte Konzept „kritisch integrieren" sei der völlig falsche Ansatz. Gegen Neonazis und Skinheadschläger sei Toleranz der völlig falsche Weg. Null Toleranz sei hier zu fordern.
Herr Kisiwani, der Sprecher der Ausländer, pflichtete ihm bei. Durch die Aktivitäten der Skinheads sei bei den ausländischen Mitbürgern ein Klima der Angst entstanden. Sie fürchteten um ihr Leben und ihr Hab und Gut. Bei Dunkelheit traue sich schon niemand mehr auf die Straße, weil er Angst habe, von den Neonazis zusammengeschlagen zu werden. Mit Toleranz könne man nicht viel erreichen. Strenge

Bestrafung sei der einzige Weg. Am besten wäre es, wenn die Skinheads eingesperrt würden, bevor sie Unheil anrichten könnten.
Der Einwand von Schrader, es handele sich bei den Gewalttätern nicht allein um Skinheads oder Neonazis, fand keine Beachtung. Eine Gefahr für die ausländischen Mitbürger gehe nur von den Skinheads aus, befand Kisiwani.

An dieser Stelle mischte sich der Sprecher der Initiative Saubere Stadt in die Diskussion ein. Er bat zu beachten, daß es nicht allein um das Leben der Obdachlosen oder der ausländischen Mitbürger ging, sondern auch um kriminelle Vorfälle gegenüber anderen Mitbürgern. Auch die hätten ein Recht darauf, in Ruhe gelassen zu werden und ihren Geschäften nachgehen zu können. Die Schmierereien, Pöbeleien und aggressiven Betteleien in der Stadt hätten ein unerträgliches Maß angenommen. Außerdem sei durch die Anschläge gegen Wirtschaftsunternehmen in der Stadt eine Verunsicherung von Investoren eingetreten. Geld, was in anderen Städten ausgegeben werde, koste hier Arbeitsplätze.
Pastor Gode unterbrach ihn empört. Es sei in seinen Augen schon zynisch, das persönliche Schicksal von Menschen, ihr Leben und ihre Gesundheit hinter wirtschaftliche Interessen zurückzustellen. Die Eigeninteressen, die Gregor mit seinen Äußerungen verbinde, seien doch hier Vater der Gedanken. Das sei empörend.
Wenn es nicht möglich sei, die ethischen Werte zu verändern, könne niemand erwarten, daß sich die Situation kurzfristig bessere. Egal welche Konzepte beschlossen würden. Es sei für ihn keinesfalls hinnehmbar, wenn irregeleitete Sektierer, wie die Satanisten, auf dem Friedhof Leichen schändeten, Gräber verwüsteten, oder, wie neulich geschehen, Grabkreuze aus dem Boden rissen und auf dem Kopf an die Kirchentür stellten.
Verwundert verfolgte der Innenminister die erregte Diskussion. Er flüsterte mit dem Bürgermeister, der danach in die Auseinandersetzungen eingriff.
„Aber, aber, meine Damen, meine Herren. Wir sind nicht hier, um uns die Köpfe darüber zu zerreden, was wichtig oder unwichtig ist. Oder ob ethische Werte den kommerziellen Überlegungen Vorrang

gegeben werden sollten. Wir haben hier in der Stadt vielschichtige Probleme. Und ich werde das Gefühl nicht los, daß sie in irgendeiner Form zusammenhängen. Das jedenfalls habe ich den Ausführungen der Herren von der Polizei entnommen. Wir sollten wieder zu einer vernünftigen Gesprächsatmosphäre zurückfinden."
Der Chef der Feuerwehr meldete sich zu Wort.
„Ich finde übrigens das Konzept 'kritisch integrieren' nicht so schlecht. Wir dürfen aber nicht vergessen, in unsere Überlegungen die Medien mit einzubeziehen. Da habe ich in der letzten Zeit eine negative Erfahrung gemacht. Wir haben versucht, einige von den jüngeren Skinheads dadurch aus der Szene herauszulösen, daß wir ihnen eine Betätigung bei unserer Jugendfeuerwehr ermöglicht haben. Das hat tatsächlich geklappt. Sie sind nicht mehr zu ihrer Clique, sondern zu unseren Veranstaltungen gegangen. Da hatten sie auch Action. Sinnvolle Action.
Bei einem Vergleichswettkampf verschiedener Jugendfeuerwehren war auch ein Reporter unserer Zeitung anwesend. Der hat sich mächtig aufgeregt, als er die ehemaligen Skinheads bei uns feststellte. Auf seinen Artikel: Skinheads unterwandern die Feuerwehr, mußte ich wütende Proteste von Feuerwehrkameraden abwehren und mich rechtfertigen. Das kann es doch nicht sein. So kann man auch gute Ansätze zunichte machen."
„Das ist bedauerlich, aber nicht zu vermeiden", mischte sich der Innenminister ein, „auf die Presse haben wir keinen Einfluß. Ich kann sie nur ermuntern, nicht nachzulassen in ihrem Bemühen und sich nicht beirren zu lassen. Ich denke, sie sind auf einem guten Weg."
„Wenn wir schon beim politischen Einfluß sind, dann möchte ich noch auf die Aktivitäten einer rechtsextremen Partei vor unseren Schulen aufmerksam machen", meldete sich die Vertreterin des Schulamtes zu Wort, „seit geraumer Zeit beobachten unsere Schulleiter, daß auf der Straße vor dem jeweiligen Schulgelände ein Stand aufgebaut wird. Die Aktivisten der Partei sprechen die Kinder an, die nach Hause wollen. Sie bieten Aufgabenhilfe und Freizeitaktivitäten an, locken sie so in ihre Fänge. Dagegen muß unbedingt etwas unternommen werden."

„Die Infostände sind von einer zugelassenen Partei und werden ganz offiziell angemeldet. Dagegen ist nichts zu unternehmen. Wir haben alle Möglichkeiten rechtlich geprüft. Das ist wie mit den Demonstrationen. Unser Bürgermeister will sie zwar immer verbieten, aber die Gerichte erlauben sie", erklärte Frau Jestremski vom Ordnungsamt.
„Vielleicht wäre es besser, sie unter ganz engen Auflagen zu genehmigen. Ohne Fahnen, ohne Trommeln, ohne Transparente, ohne Uniform, ohne Springerstiefel, ohne Bomberjacken. Dann kann die Polizei bei Verstößen ganz anders einschreiten", wandte Raschke ein.
„Kommt überhaupt nicht in Frage", griff der Bürgermeister ein.
„Es werden politische Zeichen gefordert, daß wir eine solche Demo in unserer Stadt nicht wollen."
„Weniger ist manchmal mehr", sagte Schrader, wodurch er sich einen unwilligen Blick von Minister und Bürgermeister einfing.
„Ich meine damit", ergänzte er, „daß die Skinheads möglicherweise erst gar nicht zur Demo kommen, wenn sie nicht ihr Outfit tragen können. Eine Demo in Turnschuhen, Schlappen und ohne Bomberjacke macht doch nichts mehr her. Dann geben sie sich doch der Lächerlichkeit preis."
„Können sie ausschließen, daß die Neonazis nicht trotzdem noch zur Demo kommen?" wollte der Bürgermeister wissen.
„Nein, das kann ich natürlich nicht."
„Sehen sie, dann ist das Thema doch erledigt."
War es aber nicht. Der Vertreter des DuF-Vereins meldete Gesprächsbedarf an.
„So einfach ist das Thema eben nicht erledigt. Es ist beschämend, daß die Nazis hier in unserer Stadt demonstrieren dürfen. Viel beschämender ist es aber...", und während er das sagte, schickte er einen bösen Blick zu den Polizisten hinüber, „wenn die Polizei die Nazis auch noch beschützt und mit unverhältnismäßiger Härte gegen diejenigen vorgeht, die deutlich ihren Protest zum Ausdruck bringen. Anstatt die Nazihorden einzusperren, werden Wasserwerfer und knüppelnde Polizisten auf die Gegendemonstranten gehetzt. Das ist eine schlimme Entwicklung."

Schrader setzte zu einer Anwort an, erhielt aber einen Rippenstoß von Raschke, der ihm zuraunte:
„Misch dich nicht in politische Dinge ein. Dabei machst du dich nur unbeliebt."
Pastor Gode, der seinen Vorredner durch eifriges Kopfnicken in seinen Ausführungen bestärkt hatte, ergänzte:
„Sie haben wirklich Recht, Herr Köpf. Ich kann zwar verstehen, wenn die Polizei Gewaltaktionen von Gegendemonstranten verhindert. Aber das brutale Vorgehen gegen friedliche Sitzblockierer, die lediglich mit passivem Widerstand den Marschweg der Nazis blockierten, ist nicht nachvollziehbar."
Der Innenminister unterbrach den Redefluß des Stadtpfarrers.
„Also meine Herren. Ich verwahre mich sehr deutlich gegen die Vorwürfe, meine Polizeibeamten seien auf die Gegendemonstranten gehetzt worden oder zu brutal vorgegangen. Jeder Polizeieinsatz wird in meinem Hause nachbereitet. Was die von ihnen angesprochene Demonstration betrifft, so habe ich kein pflichtwidriges Verhalten meiner Beamten feststellen können.
Ich darf aber daran erinnern: Demonstrationsrecht ist ein Grundrecht und damit ein sehr hohes Rechtsgut. Dieses Recht zu schützen, ist Aufgabe der Polizei. Da es sich hier in der Stadt um eine vom Verwaltungsgericht genehmigte Demonstration gehandelt hat, war die Polizei gesetzlich in der Pflicht, dieses Recht zu schützen.
Auch wenn ich ganz persönlich auf der Seite derer stehe, die gegen Nazidemonstrationen sind, so habe ich dennoch bestehendes Recht und Gerichtsentscheidungen zu akzeptieren. Und wenn dann Gewalt ausgeübt wird, muß sie verhindert werden..."
„Darum geht es nicht, Herr Minister", unterbrach Pastor Gode, „es geht um Gewalt gegen friedliche Sitzblockierer."
„Herr Gode, auch eine Sitzblockade auf einem genehmigten Demonstrationsweg ist nach bestehender Rechtslage eine Störung. Und gegen Störer hat die Polizei einzuschreiten. Nicht nur gegen die mit Gegenständen werfenden Gewalttäter", unterstützte der Sokoleiter seinen Minister.
„Friedlicher Protest gegen Gewalttäter darf nicht rechtswidrig sein", beharrte Pastor Gode auf seinem Standpunkt, „dann ist das Gesetz

nicht in Ordnung. Dann appelliere ich an die Politiker, das Gesetz schleunigst zu ändern."
Der Innenminister ergriff erneut das Wort.
„Herr Gode. Ich möchte mich nicht in einem Exkurs über Staats- und Verfassungsrecht verlieren. Nur so viel: In einem Rechtsstaat kann jeder die ihm zustehenden Grundrechte ausschöpfen. Dieses Recht zu schützen, ist Verpflichtung aller staatlichen Gewalt. Für die eine, wie für die andere Seite. Sie erwarten von mir zu Recht, ebenso beschützt zu werden, wenn eine von ihnen durchgeführte Demo von den Nazis durch eine Sitzblockade gestört würde.
Es ist mir zu einfach, Grundrechte aushebeln zu wollen, indem man sich selbst zu Gutmenschen deklariert und die anderen zu den Fieslingen. So geht das nicht."
Der Bürgermeister unterbrach die langsam ausufernde Diskussion.
„Es hilft uns nicht weiter, wenn wir uns jetzt an der letzten Demo festbeißen. Ich gehe davon aus, daß die Hintergründe über das Verhalten von Polizisten und Demonstranten juristisch überprüft wird. Dieses Ergebnis sollten wir abwarten."
Nach zustimmendem Gemurmel aus der Runde meldete sich Winfried Gregor.
„Herr Minister, Herr Bürgermeister, meine Damen, meine Herren. Auch wenn ich mir jetzt den erklärten Unwillen der Mehrheit der hier Versammelten zuziehe, kann ich nicht umhin, mein Unverständnis zu äußern. Es wird mir einfach zu viel diskutiert. Bisher ist nicht eine Maßnahme angesprochen worden, die Abhilfe bringen könnte. Alles war bisher entweder Polemik, politische Absichtserklärung oder - nehmen sie es bitte nicht persönlich, Herr Pastor - unproduktives Geschwafel. Sicherlich engagieren sie sich in der Jugendarbeit, wie alle Kirchen. Das ist auch lobenswert. Aber sind sie wirklich der Meinung, daß sie die Jugendlichen mit Strohsternbastelei oder gemeinsamen Liederabenden zur Laute begeistern können? Vielleicht sollten sie darüber nachdenken, Computerkurse oder Internetsurfing anzubieten. Sicherlich kostet das Geld. Aber vielleicht sollte man mit der neuen Glocke noch etwas warten und dafür die Investition im Bereich lukrativer, moderner Jugendarbeit ansetzen. Ich denke, wir sitzen hier auch, um über pragmatische Lösungen nachzu-

denken. Es ist unter dem Strich doch völlig egal, von wem die Straftaten begangen werden. Straftaten bleiben Straftaten, egal mit welchen Floskeln sie gerechtfertigt werden.
Ich habe ein interessantes Buch gelesen von einem gebürtigen Zyprer. Der Mann ist Professor an einer Psychiatrischen Klinik hier in Deutschland und behauptet, ich zitiere: Ein Mord, begangen von einem Neonazi, ist kein politischer Mord, sondern ganz gewöhnliche stupide Kriminalität. Rechtsextremismus ist jetzt gerade in Mode. Wenn wir eine andere Mode hätten, würden dieselben Menschen genau dieselben Taten begehen. Zitatende.
Für alle, die es interessiert. Das Buch hat den Titel: Hitlers Urenkel. Ich habe keinen Zweifel, daß der Mann weiß, wovon er redet. Das heißt, wir haben es in allen Fällen, bei dem Mord an dem Obdachlosen, bei den Schlägern gegen die Vietnamesen, bei den Brandstiftern, den Graffitischmierern, den Steinewerfern, Tankstellenfeinden und Pelztierbefreiern mit einfachen Kriminellen zu tun. Für einfache Kriminelle sind aber die Polizei und die Justiz zuständig. Sollten die es nicht alleine schaffen, so muß auch durch engagierte Bürger dagegengehalten werden."
„Wenn sie damit Selbstjustiz meinen, dann ist das nicht hinnehmbar", meldete sich der Innenminister zu Wort, „das Gewaltmonopol bleibt beim Staat - und das ist gut so. Ansonsten haben wir bald Anarchie.
Herr Gregor, ihr Engagement in allen Ehren, aber Selbstjustiz kommt nicht in Frage. Ich weiß sehr wohl durch den Herrn Bürgermeister, daß sie in mehren Fällen von Sachbeschädigungen betroffen waren. Sie sollten aber ihre privaten Interessen von ihrem Engagement im Präventionsrat deutlich trennen und dieses Gremium keinesfalls instrumentalisieren."
„Ich kann mir nicht vorstellen, auf dieser Basis im Präventionsrat weiter mitarbeiten zu können, dafür ist meine Zeit zu kostbar. Nur für schlaue Sprüche, denen keine Taten folgen, bin ich nicht zu haben. Das kann ich auch meiner Bürgerinitiative nicht vermitteln", erklärte Gregor erbost, während er sich erhob.
Der Bürgermeister hinderte Gregor am Verlassen der Sitzung.
„Ich kann ihren Ärger durchaus verstehen", griff er beschwichtigend

ein, „der Schaden, der ihnen entstanden ist, war schließlich nicht unerheblich. Im Interesse der gemeinsamen Sache möchte ich sie aber bitten, sich nicht aus diesem Gremium zu verabschieden. Ich rege an, daß sie mir ihre praktischen Vorschläge schriftlich einreichen. Wir werden die Umsetzbarkeit prüfen."
„Ich habe mich wohl verhört? Warum sollte ich meine Vorschläge schriftlich einreichen? Warum sitzen wir hier eigentlich?"
„Sie haben ja Recht. Aber nehmen sie doch bitte wieder Platz", forderte der Bürgermeister ihn auf.
Winfried Gregor setzte sich wieder an den Tisch.

Die Auseinandersetzung hatte für den Verlauf der Sitzung etwas Gutes. Fortan bemühten sich alle Teilnehmer tatsächlich um pragmatische Lösungsvorschläge. Frau Jestremski, die wieder als Protokollführerin bestimmt worden war, kam kaum mit dem Notieren nach. Einigkeit wurde darüber erzielt, daß gegen die Straftäter mit der Härte des Gesetzes vorgegangen werden müsse. Da gebe es keinen Spielraum. Dabei sei es auch wichtig, daß alle Bürger ihre Beobachtungen der Polizei oder dem Ordnungsamt mitteilten, damit frühzeitig reagiert werden kann.

Nach heftiger Diskussion sagte der Bürgermeister zu, einen Sozialarbeiter speziell für die Betreuung rechtsextremistisch gefährdeter Jugendlicher einzustellen. Sogar Herr Kisiwani und Herr Köpf waren einverstanden. Letzterer offensichtlich nur mit erheblichen Bauchschmerzen, wenn man sein Mienenspiel richtig deutete. Er erhob noch den Einwand, daß nicht nur für die jungen Skinheads etwas getan werden könne, während die anderen Jugendlichen oder auch die Ausländer leer ausgingen. Dabei wurde er von Frau Liebetracht vom Jugendamt unterstützt. Der Bürgermeister sagte Beiden Unterstützung zu.
Winfried Gregor schwoll wieder der Kamm.
„Geht es denn hier nur ums Geld? Ist denn niemand Willens oder in der Lage, seine Institution die er vertritt, durch Arbeit einzubringen?"
Herr Brück vom Kreissportbund meldete sich.

„Ich werde mit den Sportvereinen sprechen, ob es nicht möglich ist, in den Abendstunden Fußballturniere oder andere Ballspiele zu organisieren, an denen nicht nur Vereinsmitglieder teilnehmen, sondern die für alle Interessierten offen sind. So bekommen wir die Jugendlichen doch von der Straße. Ballspiele machen Spaß, und vielleicht findet der eine oder andere so zu einem Sportverein."
Der Vorschlag wurde begeistert aufgenommen. Frau Meyer vom Schulamt sagte die Prüfung zu, ob dafür nicht auch die Schulhöfe geöffnet werden können.
Raschke starrte intensiv auf seine Fingernägel, während er sich das Ende der ermüdenden Veranstaltung herbeisehnte. Eigentlich hätten er und Schrader sich nach dem Lagevortrag unter dem Vorwand, noch in den Ermittlungsakten arbeiten zu müssen, verabschieden können. In Anwesenheit des Ministers trauten sie sich aber nicht. Endlich beendete der Bürgermeister die Versammlung und wünschte allen einen guten Heimweg.
Die beiden Polizisten gingen die Treppe hinunter. Der Sokoleiter hatte sich auf die Toilette verkrümelt.
„Mann, das war wieder eine Sitzung, wie ich sie liebe", stöhnte Raschke, „viel dummes Gerede und unter dem Strich ist nichts Zählbares dabei herausgekommen. Jeder kocht sein eigenes Süppchen. Keiner ist bereit, über den Tellerrand hinauszusehen. Die einen stricken an ihrem politischen Profil, die anderen versuchen an Geld heranzukommen. Warum denkt keiner darüber nach, wie er finanzielle Unterstützung ohne öffentliche Mittel bekommen kann."
„Mich darfst du nicht fragen", antwortete Schrader, „mir ist das alles egal. Aber woher sollte auch das Geld kommen?"
„Zum Beispiel durch Sponsoring. Für vernünftige Konzepte finden sich bestimmt auch private Interessenten. Zum Beispiel bei Versicherungen, die weniger blechen müssen, wenn weniger passiert."
„Na, ich glaube, das siehst du zu einfach. Bei Beamtens hat doch jeder Angst, in den Bereich der Korruption hineinzugleiten, wenn er sich bei der Wirtschaft um finanzielle Unterstützung bemüht. Kann ich auch irgendwie verstehen. Kein Unternehmer gibt Geld, wenn er nicht irgendeine Gegenleistung erwarten kann."

„Die Gegenleistung ist weniger Straftaten und damit weniger Kosten."
„Ja, aber das ist nicht meßbar. Bei Geld wird immer unter dem Strich abgerechnet."
„Und was schließen wir daraus?"
„Egal wer in den Präventionsräten sitzt, Kosten und Arbeit bleiben beim Staat hängen. Da ändert auch der Auftritt unseres Innenministers nichts."
„Kluges Kerlchen", lobte Raschke sarkastisch.
„Ich würde das nicht so pessimistisch sehen", meldete sich eine bekannte Stimme hinter ihnen. Raschke und Schrader zuckten zusammen. Nur wenige Schritte hinter ihnen kam der Minister die Treppe hinunter. Er hatte ihre kurze Unterhaltung zwangsläufig mit angehört. Jetzt wußten sie, warum der Sokoleiter so dringend in Richtung der Toilette verschwunden war.
„Ja ist doch wahr, Herr Minister", versuchte sich Raschke an einer Erklärung.
„Ich halte es für wesentlich, wenn zwischen den Präventionsräten und der Polizei eine gute Verbindung besteht, die einen optimalen Informationsaustausch gewährleistet. Über die finanziellen Probleme sollten sie sich keine Gedanken machen", erklärte der Minister. Die Beamten nickten brav. Kommentieren wollte das von ihnen keiner.

„Und doch war das ein verlorener Abend", maulte Raschke, nachdem sie sich vom Minister verabschiedet hatten und langsam durch die Stadt zur Dienststelle gingen.
„Ich dachte, es nimmt heute überhaupt kein Ende. Aber ist dir eigentlich auch der Gregor aufgefallen?" antwortete Schrader, „den sollten wir uns einmal näher ansehen. Wenn der seine Vorstellungen hier in der Stadt umsetzt, bekommen wir eine Menge Arbeit."
Raschke winkte unwirsch ab.
„Nun laß mal die Kirche im Dorf. Der ist natürlich sauer, weil er in der letzten Zeit mehrfach geschädigt wurde. Da kann ich die Reaktion verstehen. Außerdem wollte er gegenüber dem Minister und dem Bürgermeister einmal den starken Mann mimen. Obwohl sein

Vorschlag gegenüber dem Pastor über moderne Jugendarbeit nicht von der Hand zu weisen war."
„Das glaube ich nicht. Der Gregor macht mir nicht den Eindruck, als wenn er sich leicht einschüchtern ließe oder es nötig hätte in so einer Sitzung wie eben, einmal auf die Pauke zu hauen. Ich habe da so ein dummes Gefühl, als wenn der es darauf angelegt hat, uns bei unserem Lagevortrag auszuhorchen."
„Dein Gefühl in Ehren. Aber das ist Quark. Zunächst sind unsere Vorgänge zu bearbeiten. Dann können wir deinen Gefühlen nachgehen."

Boomer hatte sich selbst aus dem Krankenhaus entlassen, nachdem ihm mühsam die Farbe entfernt worden war. Einige Tage hätte er noch zur Beobachtung in einem Dreibettzimmer verbringen sollen. Seine Zimmergenossen waren ihm aber nicht sympathisch. Der eine schnarchte ununterbrochen; der andere stöhnte. Besonders hatte ihn geärgert, daß seine Körperbehaarung gänzlich abrasiert worden war. Auf dem Kopf sah er aus wie ein Skinhead.
Deshalb hatte er mit einer Krankenschwesternschülerin geflirtet, die für ihn in die WG ging, um seine Freunde zu informieren. Nene hatte ihn daraufhin besucht und ihm seine Sachen gebracht. Sie schenkte ihm auch ein Kopftuch, das er wie ein Pirat um seinen kahlen Schädel band. So kostümiert, schlich er sich nach dem Abendessen aus dem Krankenhaus. Er ging zum Park am Friedhof, wo er einige seiner Freunde zu treffen hoffte. Tatsächlich lagerten dort zwei von den Hamburgern, die ihm neugierig entgegenblickten. Sie luden ihn zu einem Bier ein und er mußte seine Leidensgeschichte erzählen.
„Wenn wir dich richtig verstanden haben, dann war der Nazi dabei, aus dessen Gartenhütte du nach der Demo die trockenen Sachen ausgeliehen hast?“ erkundigte sich einer der Hamburger, nachdem Boomer seine Schilderung beendet hatte.
„Ja, deshalb hat er mich aus ausgezogen, die Sachen mitgenommen und mich nackt in der Stadt zurückgelassen.“
„Der Drecksack hat riskiert, daß du dir eine Lungenentzündung geholt hättest. Deshalb sollten wir ihn besuchen, um ihm deutlich zu machen, daß er so mit dir nicht umspringen kann. Was hältst du davon? Findest du die Hütte wieder?“
„Natürlich finde ich die Gartenhütte“, bestätigte Boomer.
„Komm, dann laß uns keine Zeit verlieren. Vielleicht haben wir ja Glück und treffen ihn dort an.“
Die Drei zogen los, um mit dem bunten LKW Richtung Kleingartengelände zu fahren, stellten den Wagen in der Nähe ab, dann liefen sie zum Garten. Vorsichtig sondierten sie das Gelände. Niemand war zu sehen. Das Gartentor war ebensowenig ein Hindernis, wie

die Tür der Hütte. Sie machten es sich gemütlich, zumal sie einige Paletten Dosenbier vorfanden, die von den Kameraden vom Adlerhorst dort gelagert wurden. Tatsächlich dauerte es nicht lange, bis Benno am Garten erschien, der nach dem Rechten sehen wollte. Er fluchte leise vor sich hin, als er die Gartentür unverschlossen vorfand, schöpfte aber keinen Verdacht, weil er annahm, daß seine Kameraden vergessen hatten, sie nach dem letzten Treffen abzuschließen.

Als er die Gartenhütte erreicht und die Tür weiter geöffnet hatte, traf ihn der Schlag mit dem Spatenstiel völlig unerwartet. Hinter der Gardine stehend, hatte Boomer vom Fenster aus Bennos Kommen verfolgt und seine Freunde frühzeitig gewarnt. Sie stellten sich an der Tür auf. Ohne ein Wort zu sagen, hatte dann einer der Ham-burger sofort mit einem Spatenstiel zugeschlagen, als Benno zur Tür hereinkam. Benno taumelte benommen in die Hütte, wo er von dem zweiten Hamburger aufgefangen und festgehalten wurde. Boomer hatte plötzlich alle Hemmungen verloren. Er schlug wie wild auf den Verletzten ein, dem aus einer klaffenden Wunde über der Stirn das Blut ins Gesicht lief. Nach einem Tritt in die Geschlechtsteile sackte Benno aufstöhnend und nach Atem ringend zusammen. Da der Hamburger ihn im gleichen Augenblick losließ, fiel er wie in Zeitlupe vornüber. Mit dem Kopf schlug er auf den Betonboden. Ein häßliches Knacken war zu hören.

Als Boomer ausholte, um dem auf dem Boden liegenden Benno noch einen letzten Schlag zu verpassen, fiel ihm einer der Hamburger in den Arm.

„Laß gut sein. Der hat genug. Schlag ihn nicht tot."

„Der Drecksack hat bei mir auch keine Rücksicht genommen", keuchte Boomer.

„Ich habe gesagt, der hat genug", wiederholte der Hamburger.

Dann zog er Boomer aus der Hütte. „Hast du es nicht knacken hören? Der hat sich die Birne gebrochen. Wir hauen jetzt besser ab. Komm mit."

Boomer warf einen letzten Blick auf den gekrümmt am Boden liegenden Benno, der röchelnd atmete. Vorsichtig nach allen Seiten sichernd, verließen sie die Anlage. Sie setzten sich in ihren LKW und

beobachteten, wie sich nach und nach einige Skinheads am Garten einfanden. Kurz darauf rannte einer zum Telefonhäuschen. Nur wenige Minuten später traf der Notarzt ein, der für den Abtransport des Verletzten sorgte.
„Der vergreift sich nicht wieder an dir", sagte der LKW-Fahrer zu Boomer, der gedankenverloren dem mit zuckendem Blaulicht und Sirene davonrasenden Notarztwagen hinterher blickte.
Währenddessen fummelte der andere Hamburger an einer Kassette herum. Endlich hatte er sie geöffnet.
„Die Kriegskasse der Nazis", erklärte er grinsend, als der die fragenden Blicke der anderen Beiden bemerkte, „die lag leichtsinnigerweise einfach so in der Laube herum. Da konnte ich nicht widerstehen."
Sie zählten das Geld.
„Siebenhundert Mark. Ist erstaunlich, wieviel Knete die Glatzen so haben. Macht Zweihundert für jeden von uns, plus Hundert für den Sprit unseres Autos", bestimmte der Fahrer.
„Blutgeld", kommentierte Boomer.
„Nun werde bloß nicht komisch. Du wirst ja nicht gezwungen, was zu nehmen. Es war nur ein Vorschlag."
Boomer schüttelte den Kopf. Dann steckte er kommentarlos seinen Anteil ein. Sie fuhren ihn in die Altstadt zur WG, setzten ihn dort ab und fuhren, ohne sich aufzuhalten, weiter.
Da Boomer in der WG niemanden antraf, zog er sich in seinen Verschlag zurück, wo er kurz darauf einschlief.

Am späten Nachmittag, fast zur gleichen Zeit, als sich Boomer und die Hamburger auf den Weg zu Bennos Gartenhütte gemacht hatten, waren die Russen an der Villa eingetroffen. Sie wurden wie alte Freunde begrüßt.
Während Irina für ein Abendessen sorgte, besprach der deutsche Geschäftsmann mit Igor die Einzelheiten für die Aktion „Straßenkehrer". Alle Erkenntnisse gab er weiter. Namen, Personenbeschreibungen, Treff- und Wohnorte.
Nach dem Essen fuhren sie zur Nerzfarm, wo sie den Stand der Vorbereitungen für die Unterbringung der Gefangenen kontrollierten. Der Verwalter hatte schnell und gut gearbeitet. Sie waren zufrieden.

Bevor sie zu ihrem Quartier in das Bordell gefahren wurden, gab Igor dem Verwalter noch einige Verhaltensanweisungen. Sie übernahmen den grünen Lieferwagen, erhielten noch eine stattliche Summe Geld und vereinbarten, daß Informationen schriftlich über die Bar im Bordell erfolgen sollten. Direkte persönliche Kontakte erschienen dem Deutschen nicht mehr sinnvoll. Igor grinste.
„Wir werden machen, Cherr Scheff. Alles gutt. Nix Problema."

Boomer war am anderen Morgen nach einer unruhigen Nacht mit Alpträumen aufgewacht. Er schlich sich aus seinem Verschlag. Die Satanisten schliefen noch. Er hatte nicht gehört, wann sie genommen waren. Sie hatten offenbar noch gekifft, da der süßliche Geruch von Haschisch in der Luft hing. Boomer ging in den ersten Stock. In der Küche traf er Jenny, der er seine Erlebnisse vom vergangenen Tag erzählte. Beide beschlossen, mit der großzügigen Spende der Nazis einkaufen zu gehen. Auch für Jenny fiel etwas ab. Gemeinsam gingen sie in die Stadt. Jenny nutzte die Gelegenheit, als sie an der Polizeiwache vorbeikamen, ihre Meldeauflage zu erfüllen. Boomer wartete auf der Straße. Eine Polizeiwache war ihm zuwider. Freiwillig würde er sie nie betreten. Außerdem hatte er ein schlechtes Gewissen, wegen der Aktion in Bennos Hütte. Vielleicht wußten die Bullen mehr, als er ahnte. Man konnte ja nie wissen.
Die Zweihundert Mark waren schnell ausgegeben. Zum Schluß hatte sich Boomer noch zwei Spraydosen genehmigt, die er auch gleich ausprobieren wollte. Jenny wollte ihm nicht helfen, obwohl er ihr erklärte, etwas gegen Frauenfeindlichkeit zu sprayen. Sie wollte zurück zur WG. Gemeinsam machten sie sich auf den Rückweg.
Am Sexclub blieb Boomer stehen. Hier wollte er anfangen, während Jenny grinsend ohne Eile weiter schlenderte. Jetzt, am frühen Vormittag, würde ihn hier niemand stören. Sexclubbetreiber und Gäste sind nachtaktiv. Sie scheuen das Licht, war er der Meinung.
Vorsichtig um sich spähend, schlich er in die Einfahrt neben dem Club. Der dort geparkte grüne Lieferwagen kam ihm gerade recht. Er war ein guter Sichtschutz. So konnte er ohne Angst vor Entdeckung arbeiten.
Boomer quetschte sich zwischen den Wagen und die Wand, lehnte

sich mit dem Rücken gegen die Seitentür und fing an zu sprühen. Mit einem Ruck wurde plötzlich die Seitentür aufgerissen. Boomer verlor den Halt. Er stürzte rücklings in den Wagen. Die Spraydose rollte klackernd unter das Auto. Kräftige Hände drückten ihn auf den Boden des Fahrzeugs. Durch den Schreck war er zu keiner Gegenwehr fähig. Ein feuchter Lappen, der deutlich nach Krankenhaus roch, wurde ihm auf Mund und Nase gepreßt. Das war das Letzte, was er wahrnahm. Ihm schwanden die Sinne. So bekam er nicht mehr mit, wie er ganz in den Wagen gezogen wurde und sich die Tür mit einem dumpfen Geräusch hinter ihm schloß.

Die drei Männer, die sich im Innenraum des Lieferwagens aufgehalten hatten, legten den bewußtlosen Boomer auf eine breite Liege. Seine Hände wurden mit Handschellen auf dem Rücken gefesselt, Mund und Augen mit einem Klebestreifen verschlossen. Während zwei Männer neben ihm auf der Liege sitzen blieben, kletterte einer durch einen Durchgang nach vorn auf den Fahrersitz. Dann setzte sich der Wagen in Bewegung, bog auf die Straße ein und rollte hinter Jenny her, die noch immer langsam und ohne Eile, mit der Einkaufstüte schlenkernd, Richtung WG ging. Sie war allein auf der Straße. Andere Passanten waren nicht zu sehen. Den langsam an ihr vorfahrenden Lieferwagen nahm sie nicht zur Kenntnis. Auch nicht, als er nur wenige Meter vor ihr neben einem unbebauten Grundstück anhielt. Sie war guter Dinge und fand eine Katze interessanter, die gerade versuchte, sich auf dem Grundstück an eine Drossel anzuschleichen, die sich mit einem dicken Regenwurm abmühte. Dem Lieferwagen wandte sie den Rücken zu. Nur im Unterbewußtsein registrierte sie das rollende Geräusch einer sich öffnenden Lieferwagentür. Aus einem unbestimmten Reflex heraus wollte sie sich umdrehen, als zwei starke Arme ihre Oberarme fest an den Körper drückten. Ihr Schrei wurde durch ein feuchtes Tuch erstickt, das über den Mund gepreßt wurde. Sie sackte zusammen, wurde aufgefangen und in den Wagen gezerrt. Die Seitentür schloß sich hinter ihr. Alles war so schnell gegangen, daß niemand diese Aktion beobachtet hatte. Im Innenraum wurde Jenny ebenso verpackt wie Boomer und neben ihn auf die Liege gelegt. Ohne Eile rollte der Wagen durch die Stadt. Eine halbe Stunde später traf er auf der Nerzfarm ein. Der Verwalter

öffnete das Tor, ließ den Wagen ein, verschloß das Gatter wieder, um sich danach in sein Büro zurückzuziehen.
Der Lieferwagen schaukelte zur Rückseite der Lagerhalle und wurde mit der Seitentür an der Kellertreppe abgestellt.
Igor stieg aus, öffnete die Tür, danach trugen seine Helfer zuerst Jenny, dann Boomer in den Keller. Die Bewußtlosen wurden unsanft auf den nackten Betonboden gelegt. Igor kontrollierte die Kleidung seiner Gefangenen auf versteckte Gegenstände, fand nichts Beunruhigendes. Auch in der Einkaufstüte von Jenny fand er nur Kondome, Tampons und Unterwäsche. Deshalb ließ er die Tüte unbeachtet liegen.
Die Stahltür wurde von außen verschlossen und anschließend starke Riegel vorgelegt. Ein Entkommen war unmöglich. Igor brachte noch eine kaum sichtbare, unauffällige Sicherung an, um kontrollieren zu können, ob der Verwalter sich an seine Anweisungen hielt, dann stiegen die drei Russen wieder in ihren Wagen und fuhren ab. Der Verwalter ließ sie wieder hinaus, winkte ihnen noch einmal zu, bevor er sich auf seinen Kontrollgang über das Gelände machte. Um den Keller kümmerte er sich nicht, ganz wie es ihm von seinem Chef aufgetragen worden war.
Igor fuhr wieder zum Sexclub. Von dem Barmädchen bekam er den Brief, den sie erhalten hatte und sofort an Igor übergeben sollte, wenn er eintraf. Mühsam entzifferte der Russe, was ihm aufgeschrieben worden war.
Am Abend sollte es zur Geldübergabe an Dolph, alias Heidrich, kommen. Irina sollte das Geld übergeben. Es gab keinen festen Übergabeort, sondern Irina sollte mit dem Lieferwagen, den die Nazis noch immer für ein rollendes Bordell hielten, von der Villa zur Nachbarstadt fahren. Unterwegs wolle man Irina stoppen.
Dann könne das Geld übergeben werden. So die Anweisung der Nazis.
Igor und seine Helfer wurden mit dem Wagen zur Brauerei bestellt. Dort würde Irina den Wagen übernehmen, während die Männer sich im Frachtraum verstecken sollten. Bei der Geldübergabe sollte Irina sich den Skinheads anbieten und in den Wagen zu locken. Der Rest sei Routine.
Igor fand den Plan gut.

Tatsächlich wartete am Abend Irina in aufreizendem Outfit auf dem angegebenen Brauereiparkplatz. Igor ließ das Mädchen ans Steuer und gesellte sich zu seinen Helfern. An der Villa übernahm Irina einen Umschlag, danach fuhr sie Richtung Nachbarstadt. Während der Fahrt bemerkte Igor einen VW-Bus, der ihnen seit der Abfahrt an der Villa in einigem Abstand folgte. Durch die verspiegelten Heckfenster konnte er ihn problemlos beobachten. Als Irina über die vierspurige Ausfallstraße Richtung Stadtrand fuhr, überholte sie der VW-Bus. Der Beifahrer winkte Irina, dem Bus zu folgen. Die Fahrt ging bis zu einem kleinen Wäldchen, wo auf einen Parkplatz eingebogen wurde. Dort stand neben der Einfahrt ein Skinhead, der ihnen interessiert entgegenblickte. Es war Wolf, der dort Wache gestanden hatte. Allein seine Anwesenheit an der Einfahrt hatte dafür gesorgt, daß niemand auf den Parkplatz gefahren war. Nachdem die Fahrzeuge ihn passiert hatten, stellte er sich provozierend wieder in die Einfahrt, damit die Geldübergabe nicht gestört wurde oder eine Gefahr frühzeitig gemeldet werden konnte.
Dolph und Axel stiegen aus dem VW-Bus und gingen zur Fahrertür. „Na, du geile Hure, hast du die Knete mitgebracht?" wurde sie von Dolph angesprochen. Irina sagte nichts, sondern bedeutete ihnen, auf die andere Wagenseite zur Rolltür zu kommen. Als sie sicher war, daß Dolph und Axel sie verstanden hatten, verschwand sie in dem Durchgang zum Frachtraum. Sie öffnete von Innen die Tür. Mit einer freundlichen Handbewegung lud sie die Skinheads ein, zu ihr hereinzukommen, was die sich nicht zweimal sagen ließen. Sowohl Axel als auch Dolph waren viel zu heiß, um die Gefahr zu bemerken, in der sie sich befanden. Sie drängelten, sich gegenseitig beim Einsteigen behindernd, durch die Tür. Als sie schemenhaft die Gestalten in dem dunklen Frachtraum registrierten, war es zur Flucht bereits zu spät. Fast gleichzeitig wurden sie durch Schläge mit einer Stahlrute in das Reich der Träume geschickt. In Sekundenschnelle lagen sie, wie am Tag zuvor Boomer und Jenny, verpackt auf der Liege. Igor sprang aus dem Wagen und schlich sich, von Wolf unbemerkt, in den Wald, während sich Irina neben den Wagen stellte. Sie winkte Wolf zu, zu ihr zu kommen.
Der Skinhead kam irritiert langsam auf sie zu. Wo war Dolph? Wo

war Axel? Warum riefen sie ihn nicht? Warum schickten sie die Hure? Er wurde mißtrauisch, sein Schritt langsamer. Irgendwas stimmte nicht. Er rief nach den Kameraden:
„Dolph! Axel! Ist alles o.k.?“
Als er keine Antwort erhielt, lief er sofort los. Zwischen den Bäumen im Wald wollte er verschwinden. Er sprang zwischen die dichten Fichten in Deckung und prallte frontal mit Igor zusammen, der die Reaktion von Wolf vorausgesehen hatte. Kampflos wollte er sich aber nicht ergeben. Er machte seinem Namen alle Ehre, und es bedurfte der Hilfe herbeilaufenden Helfer von Igor, um den sich heftig sträubenden und wie wild um sich schlagenden Skinhead zu bändigen. Gegen drei kräftige Gegner hatte er aber nicht die Spur einer Chance. Nach fünf Minuten lag er wie ein Paket verschnürt neben seinen Kameraden.
Während Irina den VW-Bus in die Stadt fuhr und irgendwo abstellte, setzte sich Igor wieder ans Steuer des Lieferwagens, um seine Fracht in der Nerzfarm abzuliefern.
Bevor die drei Skinheads in den Keller gebracht wurden, erhielten sie, ebenso wie ihre Vorgänger, eine Chloroformbetäubung.

Umsichtig kontrollierte Igor seine Sicherungen. Zufrieden stelle er fest, daß er dem Verwalter trauen konnte. Er hatte sich nicht am Keller zu schaffen gemacht. Er entfernte die schweren Riegel, dann schloß er die Tür auf. Angstvoll starrten ihm Boomer und Jenny, die zwischenzeitlich wach geworden waren und sich in der hintersten Ecke aneinander gedrückt hatten, entgegen. Igor setzte ein grimmiges Gesicht auf, kontrollierte ihre Handschellen, dann ging er wieder hinaus. Seine Helfer trugen nacheinander Dolph, Wolf und Axel in den Raum, warfen mehrere Flaschen Wasser sowie einen Laib Schwarzbrot in den Raum, dann verschwanden sie wieder. Igor stellte, bevor er die Zelle wieder verschloß, einen Eimer in den Raum und knurrte „Toilette“. Dann waren sie wieder allein.
Jenny drängte sich enger an Boomer, der wie gelähmt die Szene beobachtet hatte. Der Schädel brummte. Auch fiel es ihm schwer, einen klaren Gedanken zu finden. So viel wußte er, sie waren gefangen. Eingesperrt in einem muffigen Kellerraum, mit einem schma-

len, etwas mehr als handbreiten Oberlicht, durch dessen verdreckte Scheibe tagsüber nur spärlich Licht fiel. Als er aufwachte, hatte er Jenny erkannt. Es war schwer für ihn, mit den auf dem Rücken gefesselten Händen zu ihr zu rutschen. Als sie aus ihrer Betäubung aufwachte, lag er neben ihr. Nachdem sie wieder klar denken konnten, hatten sie versucht, ihre Situation zu analysieren. Sie kamen zu dem Schluß, von den Nazis gekidnappt worden zu sein. Um sich setzen zu können, waren sie zur Kellerecke gerutscht, an der sie sich aufrichteten. Boomer war es gelungen, an die Wasserflasche zu kommen, die Jenny Rücken an Rücken sitzend aufdrehte. Danach konnten sie ihren Durst löschen.

Als sie dann den Lieferwagen vorfahren hörten, hatten sie sich wieder in der Ecke zusammengekauert.

Ihre Theorie, Gefangene der Skins zu sein, mußten sie nun begraben, denn bei den drei bewußtlosen Figuren, die von den schweigenden Männern unsanft in den Raum bugsiert worden waren, handelte es sich eindeutig um die ihnen bekannten Skinheads aus der Kameradschaft Adlerhorst. Jetzt wurde die Sache unheimlich. Wer hatte ein Interesse daran, sowohl die Skins als auch sie gefangen zu nehmen?

Boomer wurde durch Jenny aus seinen Gedanken gerissen.

„Das sind die Nazis", stellte sie mit zitternder Stimme fest.

„Ja, habe ich auch gesehen", bestätigte er und fuhr fort: „Eigentlich bleiben nur die Bullen übrig, die uns abgegriffen haben. Es soll ja bei denen richtige Geheimbünde geben, die außerhalb der Legalität arbeiten."

„Du spinnst ja", antwortete Jenny, „das mag es in Brasilien oder irgendwo in tiefen Asien geben, aber nicht hier. Da steckt jemand anderer dahinter. Aber wer?"

„Ich habe keine Ahnung. Jedenfalls wollen sie uns am Leben lassen, sonst hätten sie uns nicht gefesselt. Außerdem haben sie uns Wasser und das Brot hier gelassen. Wir können nur abwarten."

„Ich muß mal", flüsterte Jenny.

„Der finstere Typ hat einen Eimer neben die Tür gestellt. Da kannst du dich draufsetzen. Ist ja auch dunkel. Es sieht dich keiner", flüsterte Boomer zurück.

„Du Idiot", giftete Jenny, „ mit den Handschellen auf dem Rücken

kann ich mir die Hose nicht herunterziehen." Sie stemmten sich mit dem Rücken an der Wand hoch. Dann wankten beide hintereinander Richtung Eimer. Es dauerte eine zeitlang, bis Boomer mit den Händen auf dem Rücken Jennys Hose geöffnet und heruntergezogen hatte, indem er vor ihr in die Hocke ging. Die Prozedur Hose hoch ziehen erwies sich als noch komplizierter. Aber es klappte.
Erheblich geschickter erwies sich Jenny, als sie Boomer helfen mußte. Schwieriger wurde es nur, als sie sein bestes Stück wieder in der Hose verstauen sollte.
„Hast du keine anderen Probleme?" fauchte sie ihn an, „jetzt warte ich, bis er wieder normal ist. Oder du mußt deine Männlichkeit offen zur Schau tragen."
„Ist ja dunkel. Sieht ja keiner", brummte Boomer zurück.
„Dann passe bloß auf, daß du dein bestes Stück nicht verkühlst."
Sie tasteten sich zurück in ihre Ecke, wo sie wieder zu Boden rutschten. Dort gelang es Jenny nach einiger Zeit, Boomers Beinkleider in Ordnung zu bringen. Dann dösten sie ein.
Durch lautes Gebrüll wurden sie geweckt. Sehen konnten sie nichts. Es war stockdunkel. Sie hörten nur, wie sich jemand hin und her wälzte.
„Scheiße, wo bin ich? Was ist passiert? Warum bin ich gefesselt? Ist hier jemand?"
Ächzend meldete sich eine weitere Stimme.
„Ich bin auch gefesselt. Kann mich nicht bewegen. Meine Beine sind eingeschlafen."
Dann nach einer Weile:
„Meine Hose ist naß. Ich habe mir reingeschifft."
Die kräftige Stimme meldete sich wieder: „Mann, Axel, das darf doch nicht wahr sein. Kannst du dich nicht beherrschen?"
„Das muß passiert sein, als ich ohnmächtig war", antwortete mit zittriger Stimme der Gemaßregelte.
„Ist Wolf auch hier oder konnte er abhauen?"
„Keine Ahnung. Ich kann nichts sehen."
Jenny und Boomer hörten, wie sich jemand herumwälzte.
„Hier liegt noch einer", ließ sich die zittrige Stimme wieder vernehmen.

„Tritt mal dagegen, vielleicht meldet er sich.“
Ein leichtes Stöhnen war zu hören.
„Was ist los?“ meldete sich Wolf.
„Du Dummbeutel“, dröhnte Dolph los, „du hast nicht gut genug aufgepaßt. Die Hure hat uns überlistet.“
„Wenn ihr nicht vor Geilheit blind in den Wagen gestolpert wärt, wären wir alle nicht hier“, wehrte sich Wolf.
„Darüber reden wir noch, wenn wir uns wieder bewegen können. Jetzt sollten wir unsere Kräfte sparen. Ewig wird man uns ja nicht so liegen lassen. Wenn uns die Fesseln abgenommen werden, versuchen wir die Flucht. Bis dahin mimen wir die Schwächlichen. Bin ich verstanden worden?“
„Jawohl“, tönten Axel und Wolf im Chor. Dann wurde es wieder ruhig. Jenny und Boomer wagten sich kaum zu bewegen oder zu atmen. Nach einigen Minuten hörten sie anhand der ruhigen Atemzüge, daß die Skinheads eingeschlafen waren.
„Die haben noch nicht gemerkt, daß wir auch hier sind“, flüsterte Jenny dem vor ihr liegenden Boomer ins Ohr.
„Das merken die noch früh genug, und ich bin froh, daß sie gefesselt sind“, flüsterte der zurück.

Die Nacht wurde lang. Der Rücken tat weh vom gekrümmten Liegen, der Kopf brummte noch immer. Jenny hatte ihren Kopf an Boomers Schulter gedrückt, wo sie leise in die Jacke weinte.
Die Dämmerung des jungen Morgens ließ genügend Licht durch das Oberlicht fallen, um schemenhaft den Raum zu erhellen. Jenny konnte ein Schluchzen nicht vermeiden.
Schlagartig war Dolph wach.
„Ja, wen haben wir denn da? He, Axel, Wolf, aufwachen. Wir sind hier nicht allein. Da vorn liegen zwei, von denen einer flennt.“
Dolph bemühte sich näher an die Beiden in der Ecke heranzurutschen, um sie in Augenschein zu nehmen.
„Ich werde verrückt. Das sind zwei Zecken. Was wollen die denn hier? Und da ist auch eine Schickse dabei. Das ist ja ein Ding.“
Er blieb überrascht liegen und starrte zu ihnen herüber.

„Die sind ja auch gefesselt", stellte er mit sichtlicher Verwunderung fest.
Obwohl bisher weder Dolph und seine Mannen, noch Boomer oder Jenny auf den Mund gefallen und um einen „dummen Spruch" verlegen gewesen waren, vor allem, wenn es darum ging, ihre Gegensätze auszutragen, ließ die gemeinsame Lage sie jetzt verstummen. Sich gegenseitig mißtrauisch beäugend, blieben sie da, wo sie gerade lagen oder saßen. Das galt besonders für die Skins, die zusätzlich noch an den Füßen gefesselt waren, während sich Boomer und Jenny wenigstens hinstellen und gehen konnten. Sie hatten dadurch einen Vorteil, den Dolph sofort erkannte.
Eigentlich hatte er vor, die Zecken aufzufordern, ihnen Wasser und etwas zum Essen zu geben, dann aber verkniff er sich eine derartige Bitte. Sein Stolz ließ es nicht zu. Es war für ihn schon demütigend genug, daß Zecken ihn in einer derartig erniedrigenden Lage sahen. Auf der anderen Seite wußten Jenny und Boomer auch nicht so recht, wie sie sich verhalten sollten. Ihre ärgsten Gegner, mit denen sie sich bisher Kämpfe, im wahrsten Sinne bis aufs Blut, geliefert hatten, lagen hilflos vor ihnen; befanden sich in der gleichen Situation.

Es mochte schon gegen Mittag sein, als sie einen Wagen vorfahren hörten. Die Riegel an der Tür wurden entfernt, dann wurde aufgeschlossen. Drei grimmig aussehende Männer kamen herein. Während einer an der Tür stehen blieb, legten die anderen mehrere Wasserflaschen und einige Päckchen trockenes Brot auf den Boden. Der Anführer ging auf Jenny zu, die sich ängstlich an Boomer drückte.
Unsanft zog der Mann sie zur Seite und drehte sie auf den Bauch. Ihr wurden die Handschellen abgenommen. Den Schlüssel drückte er ihr grinsend, ohne ein Wort zu sagen, in die Hand. Danach verschwanden die Drei, nicht ohne die Tür wieder sorgsam zu verriegeln.
Jenny richtete sich stöhnend auf. Sie massierte ihre Handgelenke, machte einige Dehnübungen.
„Worauf wartest du noch, du dumme Kuh", keuchte Dolph, „nimm uns endlich die Fesseln ab."
Jenny drehte den Schlüssel unschlüssig hin und her, machte aber keine Anstalten, der Aufforderung nachzukommen.

„Damit du über uns herfallen kannst? Ich denke nicht im Traum dran."
Sie kniete sich neben Boomer und befreite ihn von den Handschellen. Der stand auf und nahm sie dankbar in den Arm.
„Eure Liebesszene könnt ihr immer noch nachholen, wenn wir alle frei sind", giftete Dolph.
„Nenn mir doch mal einen vernünftigen Grund, warum Jenny euch die Handschellen abnehmen sollte", fragte Boomer provozierend. Er wartete die Antwort nicht ab, sondern ging zu den Wasserflaschen und dem Brot. Dann setzte er sich zu Jenny in die Ecke, um mit ihr zu essen und zu trinken, wobei sie gefesselten Skins nicht aus den Augen ließen.
Dolph sah aus, als ob er platzen wollte.
„So so, Jenny heißt unser Mädchen", versuchte er es auf die gutmütige Art, was aber auch nicht fruchtete, weil es irgendwie höhnisch klang.
„Du hast deine Situation wohl noch nicht richtig analysiert", ließ sich Boomer mit vollem Mund vernehmen, „wir sitzen hier gemeinsam in einem Boot. Einem beschissenen noch dazu. Und Jenny hat den Schlüssel. Warum sollten wir euch die Fesseln abnehmen? Um von euch gleich verprügelt zu werden?"
Dolph kniff die Augen zusammen. Das tat er immer, wenn er angestrengt überlegte. Nach einer Weile meldete er sich wieder.
„Du hast richtig festgestellt, daß wir hier in einem Boot sitzen. Wir sind nicht besser dran als ihr. Unsere Situation ist gleich. Bei aller Feindschaft und allen Gegensätzen, die uns trennen, haben wir nur die Möglichkeit, uns zu arrangieren. Wie nennt ihr das? Friedliche Koexistenz?"
Er machte eine kleine Pause.
„Ich schlage vor, für die Zeit hier in gleicher Lage, einen Waffenstillstand zu schließen. Nicht daß wir Freunde werden. Aber wir sind Leidensgenossen und tun uns keinen Gefallen, wenn wir die unangenehme Lage, in der wir uns befinden, noch weiter verschlimmern. Könnt ihr mir folgen?"
Boomer beriet sich flüsternd mit Jenny, während Dolph angestrengt versuchte zu hören, was die Beiden miteinander zu beraten hatten.

„Wenn ich das Zauberwort mit fünf Buchstaben höre, könnte ich mich überreden lassen“, meldete sich Jenny.
„Was für ein Zauberwort?“ grübelte Dolph.
„Na klar, ich hätte es mir denken können, daß du das Zauberwort nicht drauf hast“, sagte Boomer.
Hier griff plötzlich Axel in die Diskussion ein.
„Bitte“, jammerte er, „ bitte Jenny, nimm uns die Fesseln ab.“
„Na also“, entgegnete Jenny, stand auf und ging zu Axel.
„Es wäre auch schön, wenn wir uns mit Namen anreden. Ich bin Jenny, das ist Boomer“, sagte sie, während sie auf den noch immer in der Ecke sitzenden Begleiter zeigte.
Dolph räusperte sich. Seine Worte kosteten ihn deutlich Überwindung.
„Nun ja, Jenny, bitte befreie uns von den Handschellen. Ich bin Dolph, hinter mir liegt Wolf und der mit der nassen Hose ist Axel.“
“Ich hoffe, es ist kein Fehler, aber ich denke, wir haben wirklich keine andere Chance, als gemeinsam mit der Lage fertig zu werden. Vielleicht brauchen wir ja auch eure Hilfe, wenn wir hier heraus wollen“, sagte Jenny. Sie kniete sich zwischen die Skins, schloß nacheinander zuerst die Fußfesseln, dann die Handschellen auf. Den Schlüssel steckte sie danach wieder ein, ging zu Boomer und setzte sich wieder zu ihm.
Stöhnend richteten sich die Skinheads auf. Sie liefen eine Zeitlang hin und her, um ihre Durchblutung wieder in Gang zu bekommen.
„Wie lange seid ihr schon hier?“ fragte nach einer Weile Dolph, die noch immer in der Ecke sitzenden Autonomen.
„Seit gestern Vormittag“, antwortete Jenny. Boomer konnte sein Mißtrauen den Skins gegenüber noch immer nicht überwinden.
„Und wie seid ihr kassiert worden?“ Neugierig versuchte Dolph, seine Gegenüber auszuhorchen.
„Bist du nur neugierig, oder willst du uns einlullen?“ kam die Gegenfrage von Boomer aggressiver, als er es eigentlich wollte.
„Hör mal zu Boomer, oder wie du sonst noch heißen magst“, antwortete Dolph sichtlich genervt, „ wenn wir hier nicht zusammen eingesperrt wären, würde ich ganz sicher nicht mit dir reden, sondern dir einfach kräftig auf die Glocke hauen. Ich bin nach wie vor

der Meinung, daß du und die anderen Zecken Schmarotzer an der Gesellschaft seid und von uns ganz sicher eingesperrt würdet, wenn wir erst einmal an der Macht sind. Ich bin aber Realist genug, zu erkennen, daß wir nicht die Macht haben. Vor allem nicht in dieser Situation. Hier verwischen sich unsere Standpunkte. Unser gemeinsames Ziel muß es sein, hier heraus zu kommen. Das ist zumindest mein Ziel. Wenn ihr das auch wollt, und davon gehe ich mal aus, dann bleibt uns nichts anders übrig, als gemeinsam zu überlegen und zu handeln."
Boomer preßte die Lippen aufeinander. Er starrte zornig vor sich auf den Boden. Er ärgerte sich über sich selbst. Vor allem, weil der Skinhead auch noch Recht hatte.
Es entstand eine Pause feindseligen Schweigens, in der jeder seinen Gedanken nachging und nach einer Lösung suchte, ohne auf die anderen angewiesen zu sein.
„Warum könnte ihr nicht akzeptieren, daß wir einfach nur nach unseren eigenen Vorstellungen leben wollen, nicht so, wie es die Gesellschaft für richtig hält? Warum wollt ihr immer alle einsperren, die nicht so sind wir ihr? Warum könnt ihr nicht Farbige so akzeptieren, wie sie sind? Warum wollt ihr alle Ausländer rauswerfen? Warum schlagt ihr Obdachlose tot?" unterbrach Jenny das Schweigen.
Dolph reagierte nicht auf ihre Fragen.
„Von uns hier hat keiner einen Obdachlosen totgeschlagen."
„Ach ja? Gehörte der Totschläger nicht zu eurer Truppe? Oder habe ich das etwa falsch in Erinnerung?"
„Wir jedenfalls waren es nicht", beharrte Dolph auf seinem Standpunkt.
„Tu doch nicht so unschuldig", keifte Jenny, „du bist der Chef der Mörder und somit verantwortlich. Willst du das etwa bestreiten?"
„Das wird hochsterilisiert", mischte sich Wolf in die Diskussion.
„Das wird was...?"fragte Jenny, die glaubte sich verhört zu haben.
„Wolf meint, die Sache wird hochstilisiert", übernahm Dolph wieder die Gesprächsführung.
„Wenn hier jemand sterilisiert gehört, dann ihr", giftete Boomer.
„Halt dich da raus, wenn Erwachsene miteinander reden", keuchte Dolph, „hast du dich noch nie versprochen?"

Boomer ballte die Fäuste.
„Ihr seid doch so klug wie ihr Haare auf dem Kopf habt. Es sollte verboten werden, daß ihr euch vermehren dürft."
„Boomer, jetzt es ist es genug", unterbrach ihn Jenny und wandte sich wieder Dolph zu.
„Du hast meine Fragen noch nicht beantwortet."
„Jenny, ich werde dir jetzt nicht auf deine Fragen antworten. Es ist weder Zeit noch Ort, eine Grundsatzdiskussion zu führen. Außerdem glaube ich nicht, daß wir euch und ihr uns bekehren könnt. Habe ich Recht?"
Jenny schwieg eine Weile, bevor sie antwortete.
„Auch wenn es mir schwer fällt, dir Recht zu geben. In diesem Fall bleibt wohl nichts anderes übrig. Was meinst du, Boomer?"
Der brummte etwas Unverständliches, was von allen als Zustimmung gewertet wurde.
„Und was meinen deine Freunde dazu?" wollte Jenny von Dolph noch wissen.
„Die sind meiner Meinung. Habe ich Recht?" Dolph drehte sich zu Axel und Wolf um, die sich inzwischen über Brot und Wasser hergemacht hatten und mit vollen Backen nur nicken konnten.
Dolph schielte auf den Eimer neben der Tür.
„Das ist wohl unser Klo, wenn ich mich nicht irre", stellte er fest.
„Was anderes haben wir nicht. Es ist für Männlein und Weiblein", bestätigte Jenny, „ wenn ich mich draufsetze, dreht euch bitte um."
Dolph grinste.
„Ich wußte gar nicht, daß du sensibel bist, wie eine Pastorentochter. Auf derartige Feinheiten wird kaum Rücksicht genommen werden können. Du kannst ja gehen, wenn es dunkel ist."
„Ihr habt seltsame Sorgen", mischte sich Boomer ein, „ich denke, wir sollten gemeinsam darüber nachdenken, wie wir hier herauskommen."
Timo war spät aufgestanden. In der Küche traf er Laszlo, Annika und Tiffi, die auf dem Sprung war, in die Stadt zu gehen. Sie wollte zur Schule. Jenny und Boomer waren nicht da.
„Ich glaube, die sind zum Einkaufen in die Stadt", flötete Tiffi im Hinausgehen.
„Das ist aber ungewöhnlich. Wann sind die denn weg?" rief Timo

hinter ihr her, erhielt aber keine Antwort mehr.
„Eifersüchtig?“ stichelte Annika grinsend.
„Quatsch“, brummte Timo, „aber sonst sagt sie doch auch, wenn sie weggeht. Wir müssen uns doch heute wieder bei den Bullen melden. Das haben wir immer gemeinsam gemacht. Geht ihr mit suchen?“
„Die kommen schon wieder. Geh ruhig alleine“, bekam er von Annika zur Antwort, „wir haben auch etwas vor.“
Timo brummte noch etwas, dann schnappte er seinen Beutel und ging die Treppe hinunter. Annika und Laszlo bewachten noch die Tür. Als sie auf die Straße kamen, sahen sie ihn noch Richtung Stadtkirche um die Hausecke verschwinden. Sie folgten ihm.
Ein dunkelgrüner Lieferwagen fuhr langsam an ihnen vorbei. Er hielt wenige Meter vor ihnen an, als Annika stolperte. Bevor Laszlo reagieren konnte, bemühte sich schon ein älterer Herr, der gerade aus einem Hauseingang kam, um sie. Sie bedanken sich und kamen mit dem Mann ins Gespräch. Der Lieferwagen fuhr wieder an und verschwand hinter der nächsten Ecke. Annika hatte sich den Knöchel verstaucht. Sie humpelte. Langsam gingen sie weiter.
Als sie ebenfalls um die Ecke bogen, sahen sie, wie der Lieferwagen neben Timo hielt. Der Beifahrer schien etwas zu fragen, denn Timo ging zu ihm an die Tür. In diesem Augenblick öffnete sich die Seitentür. Ein kräftiger Mann sprang heraus, griff Timo, drückte ihm etwas vors Gesicht und zerrte ihn in den Wagen. Danach schloß sich die Tür. Der Lieferwagen fuhr sofort los, bog am Marktplatz ab und verschwand. Annika klammerte sich an Laszlo.
„Was war das denn? Das war doch der Wagen, der gerade an uns vorbeigefahren ist, als ich umgeknickt bin. Die haben Timo gekidnappt!“ Sie schrie fast.
„Wir müssen weg aus Stadt“, reagierte Laszlo, „sofort.“
„War das die Polizei?“, fragte mit zittriger Stimme Annika.
„Nein“, antwortete Laszlo bestimmt, dann zog er Annika mit sich.

Im Gefängniskeller der Nerzfarm verstummte die Diskussion, als sie den Wagen vorfahren hörten. Dolph dirigierte Wolf und Axel neben die Tür, er selbst wollte in dem Moment, wo sich die Tür öffnete, den Hereinkommenden anspringen. Jenny und Boomer blieben in ihrer

Ecke. Sie wurden nicht gefragt.
Die Tür öffnete sich, Dolph sprang los. Er stürzte ins Leere gegen die gegenüberliegende Wand. Mit einem harten Schlag knallte die Tür wieder zu, bevor Axel und Wolf reagieren konnten. Sie lauschten. Nach einigen dumpfen Schlägen war Ruhe. Die Tür öffnete sich wieder.
„Einzeln kommen", befahl eine energische Stimme. Wolf ging als Nächster. Wieder schloß sich hinter ihm die Tür. So wiederholte sich der Vorgang, bis Jenny als Letzte hinausging. Der Mann, der ihr den Schlüssel für die Handschellen gegeben hatte, stand vor ihr. Er hielt grinsend die Hand auf. Jenny wußte gleich, was er wollte. Sie legte ihm den Schlüssel in die Hand.
„Gutt", sagte er, drehte sie um, legte ihr erneut Handschellen an und verschloß den Mund und die Augen mit einem Klebeband. Dann führte er sie aus dem Keller in den Lieferwagen. Sie spürte die Nähe der anderen.
Die Fahrt dauerte lange. Es ging zunächst über glatte Straßen, dann über holpriges Kopfsteinpflaster. Schließlich fuhr der Wagen heftig schaukelnd langsam über einen Feldweg. Sie wurden aus dem Wagen geholt. Jenny stellte fest, daß es nach Wasser roch. Sie waren in einem Hafen. Einer der Männer faßte sie an den Oberarm und zog sie mit sich. Widerstandslos ließ sie sich führen. Zunächst ging es über Beton, dann eine kleine Holztreppe hinunter auf einen metallenen Boden, der leicht schwankte. Sie war auf ein Schiff gebracht worden. Als sie eine Treppe hinunter gestoßen wurde, stolperte sie. Kräftige Hände fingen sie auf. Es roch übel nach fauligem Fisch. Fünf dumpfe Schläge verrieten ihr, daß hinter ihr die anderen die Treppe hinuntergeworfen, aber nicht aufgefangen wurden. Bevor sich mit einem Knirschen eine Luke schloß, wurde ihr das Klebeband von den Augen gerissen. Sehen konnte sie nichts. Es war stockdunkel. Jenny hörte hektische Schritte über sich auf den Metallplatten, dann sprang ein Dieselmotor an. Als das Schiff ablegte, schwankte es nicht sehr stark, offensichtlich waren sie auf einem Binnen- oder Boddengewässer. Erst nach geraumer Zeit wurde das Klopfen des Motors lauter, das Schwanken nahm zu. Sie waren auf der Ostsee.

Jenny wurde es schlecht. Der Fischgestank vermischt mit Dieselgeruch und das ständige Schwanken schlugen ihr auf den Magen, obwohl sie noch nicht sehr lange gefahren waren. Nur mit Mühe gelang es ihr, die aufkommende Übelkeit zu bekämpfen. Ihr war klar, daß sie sich mit dem Klebeband vor dem Mund nicht übergeben konnte. Sie würde elendig ersticken. Die Angst ließ sie frösteln.
In diesem Moment hörte sie, wie die Klappe des Laderaums geöffnet wurde. Über die Stiege kam ein vierschrötiger, finster blickender Mann zu ihnen herunter. Jenny starrte ihn mit angstvoll aufgerissenen Augen an. Ohne sie zu beachten fing er an, die am Boden liegenden Gefangenen in die hinterste Ecke zu ziehen. Kaum war er fertig, erstarb der Motor des Kutters. Ruhig schaukelte das Schiff in der leichten Dünung. Der kräftige Seemann stellte sich unter die Luke, wo er offensichtlich auf etwas wartete. Vom Oberdeck hörte Jenny deutliches Fluchen, dann wurde ein schwerer Gegenstand an Bord gezogen, dem ein schleifendes Geräusch folgte. In der Luke erschien eine schwarze Boje, an der ein armdicker Sisaltampen befestigt war. Vorsichtig wurde die Boje in den Laderaum herunter gelassen, wo der Seemann sie in Empfang nahm, nach hinten zu den Gefangenen zog und sie in der gegenüberliegenden Laderaumecke ablegte. Dann zog er mit gleichmäßiger Bewegung den triefnassen Tampen durch die Luke. Er legte ihn in großen Windungen zusammen. Das Tau wollte kein Ende nehmen. Wie eine lange, dicke Schlange kroch es durch die Luke.
Jenny bemerkte, daß etwa alle zwei Meter kräftige Karabinerhaken an dem Tampen befestigt waren, wie an einer überdimensionalen Angelschnur. Sie zählte die Windungen. Mehr als 100 Meter lang, schätzte Jenny und noch immer war kein Ende in Sicht. Sie hörte das Schleifen auf dem Oberdeck. Zu dem Fischgestank gesellte sich der unangenehme Geruch des nassen, offenbar mit Dieselöl getränkten Tampens und der daran hängenden Algen. Jenny würgte. Mit einem Seitenblick kontrollierte sie der Seemann, während er mit stoischer Ruhe die Trosse in großen Schleifen zusammenlegte. Es dauerte noch

eine ganze Weile, bis er fertig war. Er wischte sich die nassen Hände an seiner Hose ab, dann kam er grinsend auf Jenny zu. Als ihr mit einem Ruck der Klebestreifen vom Mund gerissen wurde, schrie sie vor Schmerz auf. Sie schnappte gierig nach der frischen Luft, die von oben durch die noch immer geöffnete Luke in den Raum strömte. Ihr wurden die Handschellen geöffnet, sowie wieder der Schlüssel in die Hand gedrückt. Mühsam über die nasse Trosse kletternd, verschwand der Unbekannte, ohne ein Wort gesagt zu haben. Das Knirschen verriet, daß die Luke zugeschoben wurde. Allerdings blieb sie einen Spalt geöffnet, durch den frische Seeluft einströmte. Durch den kleinen Spalt fiel ein dünner Lichtstreifen auf den Boden. Eine schmale eiserne Sprossenleiter führte nach oben. Die nasse, stinkende Trosse füllte den vorderen Teil des Laderaums fast vollständig aus. Sonst befanden sich in dem Raum nur noch einige Wasserflaschen, mehrere Päckchen Brot und ein Eimer. Alles wie gehabt, dachte Jenny.

Auf dem Boden lagen nebeneinander Boomer, Wolf, Axel, ebenso Dolph und Timo, die aus mehreren Wunden leicht bluteten. Timos Piercingringe waren aus den Augenbrauen und Ohrläppchen gerissen worden. Dolph hatte eine Platzwunde an der Stirn. Timo war ebenso ohnmächtig wie Dolph, der zusätzlich an den Füßen gefesselt auf dem Boden lag. Der Reihe nach öffnete Jenny die Handschellen und entfernte die Klebebänder bei Timo. Boomer half ihr. Um Dolph kümmerten sich seine Kameraden.
„Wir sind auf hoher See“, stellte Axel verwundert fest. Boomer fixierte ihn, bevor er mit vor Ironie triefender Stimme antwortete.
„Na, du bist aber ein Schnellmerker. Eine richtige Intelligenzbestie. Und was schließt du daraus?“
„Hör auf, Boomer“, mischte sich Jenny ein, „wir sitzen im wahrsten Sinne des Wortes noch immer im selben Boot. Kümmern wir uns erst einmal um unsere Verletzten. Dann können wir immer noch darüber diskutieren, was das Ganze soll.“
Boomer kletterte mühsam über die Trosse und zog sich schmollend zur Sprossenleiter zurück, wo er versuchte, die Luke weiter aufzudrücken.

Sie war jedoch fest verriegelt.

Den ganzen Tag kümmerte sich niemand um sie. Timo war ebenso aufgewacht wie Dolph, der sich den schmerzenden Schädel hielt. Während Timo stumm liegen blieb, um sich der Situation bewußt zu werden, war Dolph gleich wieder munter.
„Unser Quartier hat sich wesentlich verändert. Es ist verdammt instabil“, stellte er fest und ergänzte mit einem Seitenblick auf Timo, „außerdem haben wir Gesellschaft bekommen.“
Dolph führte noch immer das Wort bei den Skinheads. Wolf und Axel beteiligten sich nicht an den Gesprächen. Sie flankierten Dolph, als wenn sie ihn schützen wollten. Jenny hatte sich zu Timo gesetzt. Sie informierte ihn über die Lage, in der sie sich befanden.
„Ausgerechnet zusammen mit dem blöden Daniel Speck und seinen Glatzen in einem Raum. Ich fasse es nicht“, stöhnte er.
Dolph grinste.
„Unverhofft kommt oft. So trifft man sich wieder. Ich kann auch nicht sagen, daß ich mich sonderlich darüber freue. Unter normalen Umständen hätte ich dir eins in die Fresse gehauen oder über Bord geworfen. Außerdem finde ich es einfacher, wenn du mich Dolph nennst. Aber Jenny wird dir sicher von unserem Waffenstillstand erzählt haben. Wir müssen uns ja nicht gleich umarmen oder den Friedenskuß austauschen, wie das bei euch linken Zecken wohl üblich ist. Auch nicht, wenn wir früher mal zusammen zur Schule gegangen sind.“
„Das ist lange her“, murmelte Timo, „ und es war keine Zeit, an die ich mich gerne erinnere. Wem haben wir unsere Lage eigentlich zu verdanken?“
Jenny und Boomer zuckten die Schultern, während Dolph schwieg. Er hielt es nicht für sinnvoll, sein Wissen weiterzugeben. Er wollte abwarten, was noch passierte.
Sie diskutierten verschiedene Szenarien, die alle wieder verworfen wurden. Es blieb unerklärlich, warum sie eine Seereise unternahmen, die nach einhelliger Meinung nicht allzu lange dauern konnte. Für eine längere Reise war der Fischkutter nicht geeignet.

Axel und Wolf hatten mit Interesse die merkwürdige Trosse untersucht.
„Ein Ankertau ist das nicht. Eine Angel auch nicht", stellte Wolf fachmännisch fest.
„Was du nicht sagst, du Intelligenzbündel", giftete Boomer von der Luke herüber, „ wir wollen nicht wissen ,was es nicht ist. Wir wollen wissen, was es ist."
„Hör zu, du kleiner Klugscheißer. Halt endlich dein Maul, bevor ich es dir schließe", schäumte Wolf wütend zurück.
Dolph mischte sich ein.
„Gebt endlich Ruhe. Das ist ein Schmuggeltampen."
„Was ist das?" fragte Jenny, während Timo die Augenbrauen hochzog und zu Dolph schielte.
„Ein Schmuggeltampen", wiederholte Dolph sichtlich stolz, eine Erklärung präsentieren zu können.
„An die Karabinerhaken werden, wie Köder an einer Angelschnur, wasserdichte Container mit Schmuggelware, Zigaretten, Schnaps oder auch Rauschgift angehängt. Dann wird der Tampen vor der Küste in flachem Wasser versenkt. Die Empfänger können in aller Ruhe, als Sporttaucher getarnt, die Container portionsweise abholen. Küstenwache, Zoll und Wasserschutzpolizei merken nichts. Genial, was?"
Timo kaute gedankenverloren auf seiner Unterlippe, während er auf die Trosse blickte.
„Könnte stimmen", quälte er sich mühsam eine Bestätigung heraus.
„Könnte nicht nur stimmen, stimmt", trumpfte Dolph auf. "Ist uralt die Methode. Wurde schon im zweiten Weltkrieg praktiziert. Habe ich in einem Buch gelesen."
Voller Bewunderung sahen ihn Axel und Wolf an, während Timo sarkastisch murmelte:
„Ich wusste gar nicht, daß du lesen kannst."
„Du buntes Arschloch. Dir vergehen die dummen Sprüche noch. Und wenn ich es dir mit den Fäusten beibringen muß", giftete Dolph.
„Natürlich! Wie sonst", mischte sich Jenny ein, „kannst du Argumente nur mit den Fäusten austragen?"
„Halte dich da raus. Mit dir hat keiner gesprochen", knurrte Dolph,

„eine Mischpoke wie euch kann man nur mit Fäusten auf den rechten Weg bringen."
Jenny musste sich sehr zurückhalten, um Dolph nicht ihre Fingernägel durch das Gesicht zu ziehen.
Äußerlich ruhig sagte sie:
„Du bist und bleibst eine Dumpfbacke. Der rechte Weg muß nicht der richtige sein. Deutsch Sprak, schwer Sprak."
„Deine Ausdrucksweise ähnelt immer mehr der Sprache eurer Kanakenfreunde. So geht unsere Kultur den Bach runter", stichelte Dolph.
„Ausgerechnet du sprichst von Kultur", ereiferte sich Timo.
„Gehört es zur deutschen Kultur, Menschen aus anderen Ländern, die aus Angst vor Verfolgung geflohen sind, die Häuser anzuzünden?"
„Ha, ha, ha, du Klugscheißer. Zum einen kommen die Kanaken nach Deutschland, weil es hier fürs Nichtstun im Monat soviel Knete vom Sozialamt gibt, wie sie zu Hause im ganzen Jahr nicht verdienen. Gehört es etwa zur deutschen Kultur, deutsche Firmen oder deutsche Jugendklubs anzuzünden?" mischte sich Wolf ein und fuhr fort: „Wenn Sepp Dietrich und ich einen Asia-Imbiss anstecken, dann richtet sich das gegen eine Überfremdung. Außerdem sichert das Arbeitsplätze für deutsche Restaurants, weil die Leute dann dort essen und nicht bei den Fidschis. Eure Aktionen vernichten aber deutsche Arbeitsplätze und die Trefforte deutscher Jugendlicher."
„Du hast doch ein Rad ab und dazu einen Kopfschuß nicht auskuriert", entgegnete Timo. Den Gesichtern von Jenny, Timo und Boomer war anzusehen, daß sie Wolf für einen kompletten Idioten hielten. Wolf setzte zu einer Entgegnung an, wurde aber von Dolph mit einer ärgerlichen Handbewegung zum Schweigen gebracht.

Der Tag verging, ohne daß sich etwas verändert hätte. Gleichmäßig tuckernd schob sich der Kutter durch die Ostsee. Ab und zu hörten sie an Oberdeck Schritte. Es kümmerte sich niemand um sie.
„Das Essen ist ja nicht gerade üppig", maulte Boomer, als er an der Sprossenleiter stehend auf einem trockenen Brot herum kaute, das er mit einem Schluck Wasser herunter spülte.
„Sei froh, daß wir überhaupt etwas bekommen", hörte er aus dem dunklen Raum irgendjemanden sagen.

Stumpfsinnig dösten sie vor sich hin. Warteten der Dinge, die da kommen mochten. Sie waren inzwischen den dritten Tag auf See. Verändert hatte sich nichts.
„Es geht nach Finnland, Nordschweden oder Rußland", stellte Dolph in der dritten Nacht fest, „sonst würden wir nicht so lange fahren. Das verspricht nichts Gutes. Der einzige Trost ist, daß sie uns nicht killen wollen. Das hätten sie auch bereits erledigen können, ohne mit uns so weit zu fahren."

Der neue Morgen dämmerte, als der Kutter Fahrt wegnahm. Die Gefangenen im Laderaum wurden schlagartig munter. Dann erstarb der Motor. Das Schiff schaukelte in einer seichten Dünung. Ein Rasseln verriet, daß der Anker geworfen wurde. Hastige Schritte waren an Oberdeck zu hören, dann wurde die Luke aufgezogen.
„Einzeln kommen", hörten sie jemanden sagen.
Boomer stieg als erster die Leiter hoch. Hinter ihm wurde die Luke wieder zugezogen. Als er an Deck stand, sah er sich um. Der Kutter lag in einer weit geschwungenen Bucht unmittelbar vor einem schmalen hellen Sandstrand. Durch den Dunst, der wie ein Schleier die Bucht in ein weiches Licht hüllte, stand hinter dem Strand wie eine dunkle Mauer ein Kiefernwald. Kein Haus, kein Hafen war zu erkennen.
Vom Kutter war ein Schlauchboot zu Wasser gelassen worden, was an der Schiffswand befestigt worden war. An dem kleinen Außenbordmotor saß einer der Kidnapper. Bevor Boomer in das Schlauchboot steigen mußte, bekam er wieder Handschellen angelegt.
Kaum saß er im Boot, folgten die anderen. Zum Schluß Jenny, die den Handschellenschlüssel wieder hatte abgeben müssen.

Nachdem der Anführer ebenfalls ins Boot geklettert war, legte es ab. Der Strand wurde angesteuert. Aus dem Halbdunkel des Waldes kamen zwei Männer. Sie zogen das Boot auf den Strand, wo sie von ihren Begleitern herzlich begrüßt wurden.
„Wir sind in Rußland. Und der Chef des Ganzen heißt Igor. Soviel habe ich verstanden", stellte Dolph fest. Der Mann am Motor drohte ihm mit der Faust. Dolph wollte noch etwas sagen, schwieg aber

wieder.
Sie mussten aussteigen und wurden über den Strand in den Wald geführt. Direkt hinter den Bäumen wartete ein Kamas-LKW, der wie ein Kühlwagen aussah, aus dem jetzt fünf Mädchen, kaum älter als 20 Jahre, kletterten. Ohne ein Wort zu sagen, lediglich scheue neugierige fragende Blicke auf die Gefesselten werfend, gingen sie an den sechs Gefangenen vorbei zum Boot, in das die Männer eine Anzahl offensichtlich wasserdicht verpackter Beutel verstauten, die am Strand gestapelt waren. Die sechs Deutschen blickten hinter den Mädchen her.
„Die englische Bezeichnung für Frauenhandel zeigt eigentlich sehr anschaulich, um was es beim Frauenhandel wirklich geht", murmelte Timo, während er sich gegen den LKW lehnte und den Mädchen nachsah. Jenny schaute ihn verständnislos an.
„Und wie heißt die Bezeichnung auf englisch?"
„Trafficking in woman."
„Du Idiot, mit deinen frauenfeindlichen Sprüchen", keifte Jenny so laut los, dass Igor sich umdrehte und mit der Faust drohte.
„So heißt das wirklich", antwortete Timo entschuldigend. Jenny kniff die Lippen zusammen. Sie rückte näher an Boomer heran, der sie beschützend in den Arm nahm, was ihm mit den Handschellen nicht leicht fiel. Dolph griente, ohne etwas zu sagen, während Wolf und Axel verständnislos glotzten.
Jenny und ihre fünf Männer mußten auf die Ladefläche, wo sie ihnen die Handschellen in der schon bekannten Art und Weise wieder abnehmen konnte. Der geschlossene Wagen war vergleichsweise komfortabel eingerichtet. Der Innenraum hatte Licht, hinter einer Sperrholzwand eine Toilette. Matratzen lagen auf dem Boden. Selbst eine primitive Waschgelegenheit war vorhanden. In einem kleinen Regal waren neben Brot auch Fischkonserven gestapelt. Sie hatten sich kaum in ihrem neuen Quartier orientiert, als sich der LKW in Bewegung setzte.
Sie hatten sich in ihr Schicksal ergeben. An Flucht war nicht zu denken. Sie wußten nicht einmal, wo sie sich befanden. Das Zeitgefühl ging ihnen verloren. Jeweils in der Nacht durften sie an der frischen Luft die Füße vertreten. Auch bei dieser Gelegenheit war eine Flucht

unmöglich. Der LKW stand immer in einem geschlossenen Hinterhof ohne Licht, der von hohen Mauern begrenzt war. Bei diesen Aufenthalten wurde der LKW stets aufgetankt. Außer dem Mann, der Igor genannt wurde, was sie am Strand gehört hatten, sahen sie niemanden. Die Fahrt dauerte einige Tage. Endlich schienen sie am Ziel zu sein.
Sie wurden gemeinsam aus dem LKW gelassen, der vor einer Holzbaracke in einem weitläufigen Bergwerksgelände stand. Hinter der Baracke verhinderten hohe Palisadenwände den Einblick in ein gesondertes Areal. Ein Wachturm war nicht zu erkennen.
„Wir sind in einem Arbeitslager", stellte Dolph fest, nachdem er sich vorsichtig umgeblickt hatte. Er war bleich geworden.
„In einem Salzbergwerk, wenn ich mir die weißen Halden da hinten ansehe. Vermutlich im Süden Rußlands oder in Kasachstan, sonst wäre es nicht so warm", widersprach Timo und ergänzte, nachdem er sich weiter umgesehen hatte, „das Bergwerk war aber längere Zeit nicht in Betrieb. Es sieht ziemlich verlassen aus. Auch die Bahngleise da vorne sehen nicht so aus, als ob ständig Züge fahren."
„Das sieht wirklich nur verlassen aus, ist es aber nicht", meldete sich nach einiger Zeit Wolf zu Wort, „die Gebäude sind zwar verfallen, aber es wird gearbeitet. Die Förderanlage ist in Betrieb. In den Werkshallen stehen Militär-LKW. Und ich habe auch einige Posten mit Gewehren gesehen."
Axel bestätigte seine Beobachtungen.
Jenny begann zu weinen. Bevor Timo sie trösten konnte, hatte Boomer sie schon in den Arm genommen. Die anderen sahen sich neugierig um. Sie hatten nicht mehr viel Zeit, denn in diesem Moment kam Igor aus der Baracke.
„Kommen. Schnell, schnell", befahl er. Die Gruppe um Timo setzte sich wie in Trance in Bewegung. Hinter ihnen wurde die Tür abgeschlossen. Durch einen schmalen, muffig riechenden Flur mit mehreren Türen links und rechts, wurden sie von Igor in einen größeren Raum geführt; eine Art Büro. Sie mussten sich nebeneinander mit dem Rücken zur Wand aufstellen. Hinter Igor hatten sich noch drei kräftige Männer in uniformähnlicher Kleidung hereingedrängt, die Deutschen nicht eine Sekunde aus den Augen lassend.

Das einzige Möbelstück in dem schmucklosen Büroraum war ein alter Holzschreibtisch, hinter dem ein kahlköpfiger Mann saß. Neben ihm stand eine grimmig aussehende Mittvierzigerin, die ihr glattes schwarzes Haar streng nach hinten gekämmt und in einem Knoten zusammengesteckt hatte. Typ Gouvernante, dachte Timo, als er die Szene betrachtete.

Der Kahlköpfige sah die Gruppe mehrere Minuten schweigend an, wobei er jeden einzelnen fixierte. Auf Jenny blieb sein Blick länger haften als auf den Männern. Es war klar, er taxierte sie, wobei sein Gesicht keine Regung erkennen ließ. Timo und die anderen fühlten sich bei dieser Musterung unbehaglich. Sie verhieß nichts Gutes.

Endlich brach der Kahlkopf das Schweigen. In russischer Sprache, die keiner von ihnen verstand, hielt er einen Vortrag. Als er geendet hatte, übersetzte die „Gouvernante" in fließendem Deutsch.

„Das ist der Chef", sagte sie, wobei sie mit einer Handbewegung auf den Kahlkopf wies, der behutsam eine Zigarette aus einer Packung fischte, sie umständlich entzündete und gelangweilt dem blauen Rauch nachsah.

„Und er hat euch hier im Bergwerk begrüßt. Ihr werdet hier für ihn arbeiten. Die Männer in den Stollen; das Mädchen in der Küche, in der Wäscherei oder in der Krankenstation. Ihr werdet in einer geschlossenen Baracke schlafen. Gemeinsam als Gruppe morgens in die Stollen einfahren, arbeiten und dann wieder heraufkommen. So lange, bis es keine Arbeit mehr gibt. Wer fleißig arbeitet, bekommt zu essen. Wer nicht arbeitet, bekommt nichts zu essen. Wer krank wird, muß zum Arzt. Wer so krank ist, daß er nicht mehr arbeiten kann, kommt auf die Krankenstation. Flucht ist sinnlos. Das Bergwerk ist Sperrgebiet. Mit euch werden Gefangene aus russischen Straflagern arbeiten. In eigenen Gruppen. Mit ihnen habt ihr nichts zu tun. Haltet euch von ihnen fern. Die haben sich übrigens alle freiwillig gemeldet, weil sie den Straflagern entgehen wollen. Da sind die Verhältnisse noch schlechter als hier. Merkt euch das.

Eure Arbeit besteht darin, Maschinenteile und Fässer in dem Salzstollen zu stapeln. Euer Vorarbeiter ist Iwan. Seinen Befehlen habt ihr zu gehorchen."

Als wenn er auf das Stichwort gewartet hätte, trat in diesem Moment

ein breitschultriger, brutal aussehender stoppelhaariger Mann in den Raum, der sich devot vor dem Chef verneigte.
„Iwan der Schreckliche", murmelte fast unhörbar Dolph. Aber Iwan hatte es dennoch gehört. Mit zusammengekniffenen Augen fixierte er Dolph. Sein Gesicht verzog sich zu einem häßlichen Grinsen. Die „Gouvernante" fuhr ohne Gemütsregung fort:
„Er spricht kein Deutsch, aber der Chef ist sicher, daß ihr Iwan in kürzester Zeit verstehen werdet. Er hat seine eigene Art, sich verständlich zu machen. Iwan wird euch jetzt mitnehmen. Euch werden die Haare geschnitten. Danach bekommt ihr eine einheitliche Kleidung. Morgen früh fängt für euch die Arbeit an. Dann kommt ein Transport, der ausgeladen werden muß. Wenn ihr Beschwerden habt, fragt nach Svetlana. Das bin ich. Ich werde alles regeln, wenn der Chef nicht hier ist. Und er ist kaum hier. Das Mädchen geht gleich mit mir, die anderen mit Iwan."
Svetlana verabschiedete sich vom Chef, der von seinem Schreibtisch aufblickte und mit den Fingern auf ein vor ihm liegendes Blatt Papier gepocht hatte. Sie winkte Jenny zu sich, gemeinsam verließen sie den Raum. Igor unterhielt sich noch kurz mit Iwan, wobei er auf Dolph zeigte. Der Vorarbeiter nickte grinsend.
Im Gänsemarsch folgten sie dem Vorarbeiter, der sie durch den Flur zu einer Tür auf der Rückseite der Baracke führte. Über einen staubigen Hof ging es zu einer zweiten Holzbaracke, deren Fenster vergittert waren. Unterwegs begegneten ihnen einige Frauen, die mit Wassereimern zu einer Zapfstelle liefen, um Wasser zu holen. Sie blickten die Deutschen nicht an. Stur sahen sie vor sich auf den staubigen Boden.

An der Barackentür standen zwei abgemagerte Männer in grauen Leinenanzügen, die ihnen gespannt entgegenblickten. Sie sahen krank aus. Eingefallene Augen, hohlwangig, pergamentartige blasse Haut. Sie drückten jedem der Neuankömmlinge schweigend einen Leinenanzug in die Hand, dazu einen Blechnapf, einen Löffel, sowie einen Becher. Dann führte Iwan sie zu ihrem Schlafraum, in dem sechs Betten standen. Es waren drei Brettergestelle, auf denen schmutzige Seegrasmatratzen in zwei Etagen übereinander lagen.

An den Betten mußten sie sich ausziehen. Die Hohlwangigen scherten ihnen die Haare, nahmen die ausgezogenen Kleidungsstücke und verschwanden. Kurz darauf brachten sie einen großen Topf mit einer undefinierbaren Suppe, sowie eine große Kanne mit Wasser. Sie stellten die Sachen auf den wackeligen Holztisch, der zusammen mit ebenso wackeligen Holzstühlen mitten im Raum stand.
Boomer setzte sich zu Timo, der seinen Kopf mit den auf der Tischplatte aufgestützten Händen hielt und vor sich hinstarrte.
Die anderen Drei kamen ebenfalls. Schweigend würgten sie gemeinsam die Suppe hinunter.
Gerade wollte Dolph etwas sagen, als Iwan wieder hereinkam, der sich ein Bett neben dem Eingang aussuchte. Die Sachen, die Axel dort hingelegt hatte, flogen in hohem Bogen in den Raum. Dann setzte sich Iwan zu ihnen an den Tisch, schaufelte sich die restliche Suppe hinein, bevor er sich auf seine Matratze fallen ließ, wobei das Bettgestell bedenklich knarrte. Axel suchte seine Sachen zusammen und verzog sich auf das letzte freie Bett hinten im Raum.
Todmüde sanken sie auf die Matratzen, schliefen fest bis zum frühen Morgen.

„Rabota, rabota, skorij, skorij." Lautes Gebrüll von Iwan riß sie förmlich von den Pritschen. Ihr Vorarbeiter stand bereits an der Tür. Es war noch dunkel. Die Uhrzeit kannte keiner, denn die Uhren waren ihnen schon von Igor in ihrem Kellerverlies in Deutschland weggenommen worden.
„Pomti, Tualet, Est, Rabota", brüllte er weiter. Dolph, Wolf und Axel waren sofort aufgesprungen. Sie rannten an Iwan vorbei in den Waschraum neben der Tür. Ein einfacher schmuckloser Raum, in dem an einer Wand eine Blechrinne mit mehreren Wasserhähnen angeschraubt war; an der gegenüberliegenden Seite war ein offener Kasten mit drei Öffnungen zu erkennen. Plumpsklosetts. Unter den Öffnungen standen verrostete halbe Ölfässer.
Timo und Boomer, die nicht so schnell aufgesprungen waren, wurden von Iwan rüde von ihren Kojen gerissen.
„Pomti, Tualet, Est, Rabota", wiederholte er. Dabei zeigte er ein Gesicht, das keinen Widerspruch zuließ. Die beiden beeilten sich, hin-

ter den drei Skins herzulaufen. In der Tür stießen sie fast mit den zwei Hohlwangigen zusammen, die das Frühstück hereintrugen.
Als sie vom Waschen zurückkamen, hatte Iwan bereits die Hälfte des Frühstücks vertilgt. Die fünf Deutschen mußten sich den kärglichen Rest teilen. Sie wurden dabei zur Eile angetrieben. Kaum war der letzte Krümel Brot gegessen, sprang Iwan auf.
„Rabota", brüllte er und winkte ihnen zu folgen. Sie rannten im Laufschritt über den Hof zu einem Holztor im Palisadenzaun, das ein Posten in Uniform bereits geöffnet hatte. Sie liefen zu der Halle mit dem Förderturm. Vor dem Metallkäfig mit dem Förderkorb warteten bereits in Zweierreihe Strafgefangene, die mit ihnen in den Schacht einfahren sollten.
„Jetzt schlägt die Stunde der Wahrheit", orakelte Dolph. Er erhielt von einem der Wachtposten einen derben Schlag in den Rücken.
„Spokoini, Pokoi, Zatkni", wurde er angebrüllt. Obwohl er nicht verstand, was der Posten gesagt hatte, war ihm klar, daß er seinen Mund halten sollte. Das Gitter vor dem Korb wurde geöffnet, die Gefangenen schlurften langsam hinein. Die fünf Deutschen folgten. Den Abschluß bildete „Iwan der Schreckliche". Hinter ihm schloß sich das Scherengitter. Es war eng in dem Korb. Axel drückte sich an Wolf. Er war ganz bleich.
„Ich habe Angst. Ich war noch nie in einem Bergwerk", flüsterte er.
„Meinst du, mir geht das anders?" flüsterte Wolf zurück. Axel blickte sich vorsichtig um. Tatsächlich drückten die bleichen Gesichter wenig Zuversicht aus. Sogar Dolph und dem sonst immer grimmig blickenden Timo, der sich ebenso wie Boomer mit seinen Stoppelhaaren äußerlich nicht mehr von den Skinheads unterschied, war die Ungewißheit deutlich ins Gesicht geschrieben. Boomer kaute nervös auf seiner Unterlippe.

Nach einem durch Mark und Bein gehenden Hupton setzte sich der Förderkorb mit einem Ruck in Bewegung. Nach wenigen Sekunden entstand ein Gefühl, als wenn der Korb ins Nichts fällt. Es war stockdunkel. Es schien ihnen eine Ewigkeit zu dauern, bis der Korb abgebremst wurde. Ruckartig blieb er vor einer spärlich ausgeleuchteten Öffnung stehen. Das Scherengitter wurde von Iwan geöffnet, der sein Kollektiv auf die Seite dirigierte, damit die anderen Arbeitssklaven an ihnen vorbei konnten.

Angeführt von einem Wachtposten marschierte die schweigende Kolonne in Zweierreihe in den breiten Gang. Nach wenigen Minuten war sie in der Tiefe des Salzstocks verschwunden. Die fünf Deutschen orientierten sich. Vor dem Förderschacht befand sich eine geräumige Kaverne. An den Wänden liefen etliche Kabel und Leitungen, die aus dem Schacht kamen, in die relativ hohen Gänge hinein, an deren Decke in regelmäßigen Abständen Lampen ein diffuses Licht verströmten. An den Wänden der Gänge glitzerten Salzkristalle. Auf dem Boden lagen Gleise einer Schmalspurbahn, die vor dem Förderkorb endeten, an dem zwei Posten standen. Iwan wechselte einige Worte mit den Uniformierten, dann öffnete er eine der Türen, die wenige Meter neben dem Schacht in die Wand eingelassen waren. Nur wenige Sekunden später kam er mit Svetlana, die übernächtigt aussah, wieder heraus. Die Vertreterin des „großen Chefs" musterte die kleine Gruppe.

„Ihr werdet hier unter Leitung von Iwan die Förderkörbe entladen und das Material an den Wänden stapeln. Wenn der Zug kommt, müssen die Sachen in die Güterloren gepackt werden. Der Zug bringt die Fracht einige Kilometer weiter in die großen Kavernen, wo sie von den Gefangenen, die mit euch heruntergekommen sind, eingelagert werden. Laßt euch nicht einfallen, ohne Begleitung in die Gänge zu laufen. Sie sind sehr verzweigt und kilometerlang. Wenn ihr euch verlauft, findet ihr nicht mehr zurück. Es wird euch auch niemand suchen."

Sie zeigte auf eine Tür an der gegenüberliegenden Seite und fuhr mit süffisanter Stimme fort:

„Das ist die Kantine. Dort bekommt ihr eurer Essen. Dort haltet ihr euch auf, wenn ihr mit euerer Arbeit fertig seid. Allerdings befürchte ich, wird das nicht allzu oft der Fall sein."

„Wie lange müssen wir denn hier arbeiten? Und warum sind wir eigentlich hier? Was haben wir verbrochen?" wollte Timo wissen.

Svetlana musterte ihn lange, bevor sie weitersprach.

„Viele Fragen. Wer viel fragt, bekommt viele Antworten. Wie lange ihr hier arbeiten müßt, entscheidet einzig und allein der Chef. Wa-

rum ihr hier seid und was ihr verbrochen habt, interessiert mich nicht. Der Chef wird seine Gründe haben. Er macht nichts ohne Grund. Wir freuen uns hier über jeden, der arbeitet. Nur das interessiert mich. Die Arbeit muß erledigt werden. Und daß sie gut erledigt wird, dafür ist Iwan verantwortlich. Jetzt ist genug geredet worden, jetzt wird gearbeitet. Die erste Lieferung kommt gleich von oben."
Damit schien für Svetlana das Gespräch beendet zu sein. Sie wollte sich gerade umdrehen, als Boomer sich zu Wort meldete.
„Wo ist eigentlich Jenny?"
Unwirsch hielt sie in ihrer Bewegung inne.
„Ich weiß nicht, was dich das angeht. Wenn es dein Liebchen ist, dann schlage sie dir aus dem Kopf. Aber wenn es dich beruhigt, sie ist oben in der Krankenstation."
Svetlana verschwand wieder hinter der Tür, holte von dort eine Tasche, stellte sich neben den Schacht und wartete auf den Förderkorb, der gerade mit einem deutlich zu hörenden Zischen herunterkam. Als er anhielt, rissen die Wachtposten das Scherengitter auf und Iwan trieb sein Kollektiv zur Eile an. Die fünf Deutschen wuchteten die schweren Fässer, auf denen durch nichts zu erkennen war, daß sich radioaktives Material darin befinden sollte, mit ihren Händen aus dem Förderkorb heraus. Stapelten sie an der Grubenwand. Kaum war das letzte Faß entladen, schloß sich das Gitter, der Korb ruckte an und entschwand mit Svetlana nach oben.
Die Pausen, von denen Svetlana gesprochen hatte, waren kurz. Nach mehreren Fahrten des Förderkorbes kam die Schmalspurbahn. Das Dröhnen des Dieselmotors war schon lange zu hören, bevor sie zu sehen war. Die Lok fuhr bis kurz vor den Förderschacht, rangierte und verschwand wieder im Schacht, um sich vor die Lorenkette zu setzen. In der Zwischenzeit trieb Iwan seine Leute zur Eile an, die aufgestapelten Fässer in die Loren zu kippen. Zwischendurch mußte immer wieder ein Förderkorb entladen werden. Ab und zu, wenn die vielen von oben kommenden Fässer den Gang zu verstopfen drohten, kamen Sträflinge aus den Kavernen, um beim Verladen auf die Loren zu helfen. Es waren vornehmlich sehr junge kahlköpfige Männer, deren graue Leinenanzüge durch das Salz geschädigt waren. Blaß, hohlwangig, schweigsam, mit müden apathischen Blicken.

In der Masse stammten sie aus dem asiatischen Raum. Es waren aber auch einige, die dem Aussehen nach aus der turkmenisch-kaukasischen Völkerfamilie stammten.
Ein kleiner, stämmiger Junge, kaum 20 Jahre alt, arbeitete mit verbissener Ausdauer. Auf ihn hatten es seine Bewacher besonders abgesehen. Er durfte als letzter in die Pause und mußte als erster wieder am Arbeitsplatz sein. Kam er nicht schnell genug der Aufforderung nach, setzte es Schläge. Seine Blicke verrieten unverhohlen den Haß auf die Bewacher.
In einem unbeobachteten Moment, nachdem sie gerade einige schwere Kisten stöhnend auf eine Lore gewuchtet hatten, klopfte Timo ihm aufmunternd auf die Schulter. Unwillig, ja fast rabiat, reagierte der Junge auf die freundlich gemeinte Geste. Seine Glutaugen leuchteten, als er sich mit der Faust auf die Brust klopfte und mit erkennbarem Stolz in der Stimme Timo zuzischte:
„Mudschahed."
Dann wandte er sich ab und nahm schweigend seine Arbeit wieder auf. Als der Zug beladen war, mußte er mit den anderen Sträflingen aufsitzen und verschwand in der Tiefe des Stollens.
Timo blickte verstohlen hinter ihm her. Das war also einer der berüchtigten stolzen islamischen Gotteskrieger, die den Russen in Afghanistan so viele Schwierigkeiten gemacht hatten. Er sollte ihn später noch wiedersehen.
Es war warm in der Grube. Sie schwitzten. Auf ihren Arbeitsanzügen zeichneten sich nasse Flecken ab. Mit einem der Aufzüge kam das Essen von oben. Ein Teil wurde auf die Schmalspurbahn verladen, ein kleiner Teil in die „Kantine" geschafft. Es war ein Eintopf aus Kartoffeln, Kohl und anderen undefinierbaren Zutaten. Jeden Tag das Gleiche.

Die fünf Deutschen verloren das Gefühl für Zeit. Abends fielen sie todmüde in die Kojen, morgens ging es mit dem gleichen Ritual zurück in die Grube.

So verging Tag um Tag. Woche für Woche. Monat um Monat. In den wenigen freien Tagen diskutierten sie über ihre verzweifelte Lage,

ohne zu einer Lösung zu kommen. Noch immer hatten sie ihren ideologischen Graben nicht überwunden.
Zwischendurch blieben sie auch mehrere Tage unten im Schacht, kamen nicht in ihre Baracke, was sie noch nicht einmal bedauerten, denn inzwischen war es kalt geworden. Es lag Schnee. Die Baracke war nur mäßig geheizt, was die Hohlwangigen erledigten und im Schacht war es warm. In regelmäßigen Abständen wurden ihnen die Haare geschoren und der Bart abgenommen, meist, wenn sie auch duschen durften.
Sie erledigten stumpfsinnig ihre Arbeit. Mehrfach durfte einer von ihnen mit der Bahn weiter in das Bergwerk hineinfahren. Meist dann, wenn einer der in den Kavernen arbeitenden Gefangenen abgeholt werden mußte. Sei es, daß er krank geworden oder umgekommen war, was gelegentlich vorkam.

Krank waren sie alle geworden, konnten aber nicht erkennen, an was sie litten. Sie stellten aber fest, daß ihre Haut sich merkwürdig verfärbte. Wie Pergament. Sie war teilweise dünn, teilweise dick und wirkte wie verbrannt. Außerdem juckte sie. Wenn man über sie strich, bemerkte man ein merkwürdiges Kribbeln. Außerdem schuppte sie sehr stark. Mit der permanenten Müdigkeit, den Kopfschmerzen sowie den Schwindelanfällen hatten sie inzwischen leben gelernt. Sie schoben es auf die Tätigkeit unter Tage.
Boomer hatte versucht, indem er einen Verletzten stützte, in die Krankenstation zu gelangen, um dort nach Jenny zu sehen. Er durfte aber den Förderkorb in der Maschinenhalle nicht verlassen. Der Verletzte wurde ihm am Scherengitter abgenommen. So fuhr er wieder hinab in die Tiefe.

Mit fortlaufender Dauer der Arbeiten kam es immer wieder zu Betriebsstörungen, hervorgerufen durch Stromausfall. Tagelang mußten sie in der Grube verharren, da der Förderkorb nicht fuhr, dann fiel das Licht aus und es war so finster, daß man die Hand nicht vor Augen sehen konnte. Es waren zwar mechanische Lampen und Fackeln vorhanden, die reichten aber, wie die Notrationen Verpflegung, nur für kurze Zeit.

Iwan hatte bei derartiger Gelegenheit schnell das handwerkliche Geschick von Dolph erkannt, mit elektrischen Anlagen umzugehen. Das nötigte ihm Respekt ab und er ließ Dolph in Ruhe, während er bei den anderen jede sich bietende Gelegenheit nutzte, sie zu schikanieren. So bereitete es ihm offensichtlich teuflische Freude, Boomer zur Säuberung des Abtritts einzuteilen, der sich dabei so stark ekelte, daß er sich regelmäßig übergeben mußte. Diese Tortur schwächte ihn, mit der zwangsläufigen Folge, ihn nach einiger Zeit in die Krankenstation einliefern zu müssen. Die Hohlwangigen brachten ihn auf Iwans Anweisung mit unbewegten Gesichtern fort. Timo, Dolph, Wolf und Axel registrierten es teilnahmslos.
Natürlich war Iwan auch nicht verborgen geblieben, daß Timo und Dolph sich nicht sonderlich mochten. Deshalb war er besonders darauf bedacht, die Beiden öfter gemeinsame Arbeiten erledigen zu lassen, während er die offensichtlichen Dolph besonders zugeneigten Wolf und Axel von ihm fernhielt. Er teilte die Arbeit ein nach dem Motto: Teile und herrsche. Er praktizierte diese Methode mit Perfektion, zumal er instinktiv erkannte, daß ihm von der durchaus gewaltbereiten Dreiergruppe in einer kritischen Situation, bei den nicht seltenen Stromausfällen durchaus Gefahr drohen konnte.

An einem Tag im Frühjahr, Boomer lag noch auf der Krankenstation, kam Svetlana in die Grube gefahren. Sie unterhielt sich im Büro längere Zeit mit Iwan, während die Deutschen weiter Fässer in die Loren wuchteten. Sie machten gerade ihre Pause, als Svetlana den Raum betrat.
„Iwan hat mir berichtet, du hast Geschick im Umgang mit elektrischen Anlagen", sprach sie Dolph an, der mit sichtlichem Widerwillen seine Suppe löffelte.
„Wir haben in der Maschinenhalle ein Problem. Ich brauche dich und deinen Gehilfen oben", fuhr sie fort und zeigte auf Timo.
„Und was ist mit Wolf und Axel", fragte Dolph, „die könnten mir auch gut helfen."
Svetlana schüttelte den Kopf.
„So groß ist das Problem auch nicht. Die Beiden werden hier unten bei Iwan bleiben und einige Maschinenteile aus den Kavernen holen,

die in Kürze zugeschüttet werden. Danach geht es einige hundert Meter tiefer. Ihr Beide kommt jetzt mit mir."
Sie drehte sich um. Machte deutlich, keinen Widerspruch mehr zu dulden. Timo und Dolph trotteten hinter ihr her, räumten mit den anderen noch den Förderkorb leer und fuhren dann nach oben, während Iwan, Wolf und Axel zur gleichen Zeit mit dem Güterzug tiefer in die Grube fuhren.
In der Maschinenhalle angekommen, sahen sie eine Vielzahl von Militärlastwagen in langer Reihe auf dem Gelände stehen. Es waren Tieflader, auf denen eindeutig erkennbar Teile von zerlegten Raketen lagen, die abgeladen werden sollten.
„Waren das SS-20?" fragte Dolph. Svetlana, die ihn nicht ansah, antwortete, während sie weiterging.
„Ich habe keine Ahnung von militärischen Bezeichnungen. Aber es sind Raketen, die aufgrund der Vereinbarungen zwischen Rußland und der Nato abgerüstet werden. Ich glaube zwar nicht, daß das sinnvoll ist, aber die Duma und der Staatspräsident haben es so beschlossen. Also wird es gemacht."
Svetlana brachte sie zu einem Gebäude, in dem eine Überlandleitung endete. Der schmale, schmucklose dunkle Flur führte zu einem spartanisch eingerichteten Büro. Svetlana wies die Beiden mit einer Kopfbewegung auf zwei einfache Holzstühle an der Wand hin. Sie setzten sich. Svetlana nahm auf einem gepolsterten Drehstuhl hinter dem Schreibtisch Platz. Sie stellte ihre Ellenbogen auf die Schreibtischplatte, stützte mit ihren Händen das Kinn ab und wirkte plötzlich entspannt.
Timo nutzte die Gelegenheit.
„Sagen sie, Svetlana, was nutzt es dem Chef, wenn er uns fünf Mann in der Grube arbeiten läßt, wo er doch über eine Menge von Sträflingen verfügen kann?"
Svetlana grinste, während sie sich mit den Fingerspitzen durch die Wimpern wischte. Sie überlegte einen Moment und sah dabei gedankenverloren aus dem Fenster.
„Es ist eure Strafe, weil ihr dem Chef irgendwelche Geschäfte in Deutschland gestört habt. Außerdem seid ihr billig. Ihr kostet ihn nur das Essen, während er für die Sträflinge sowohl das Essen be-

zahlen, als auch dem Lagerleiter ein Sümmchen auf den Tisch legen muß. Deshalb seid ihr ein Gewinn für ihn. Versteht ihr?"
Die Beiden nickten. Aber Timo ließ nicht locker.
„In Rußland gibt es doch genug billige Arbeitskräfte. Wieso müssen Gefangene arbeiten, für die ihre Wärter das Geld kassieren?"
Svetlana sah ihn belustigt an.
„Eigentlich weiß ich nicht, warum ich mit dir darüber diskutiere. Aber wenn es dich beruhigt, versuche ich es dir zu erklären. Freiwillig meldet sich nach Tschernobyl für diese Arbeit niemand. Außer den Sträflingen, die auf diese Art und Weise den Lagern entrinnen wollen. Sie kommen zwar vom Regen in die Traufe, aber das wissen sie ja nicht."
„Wird das Bergwerk von der Regierung nicht kontrolliert, wenn es im Regierungsauftrag betrieben wird?" wollte Timo weiter wissen.
Svetlana lachte laut auf.
„Theoretisch ja. Eine Kommission meldet sich Wochen vorher an. Es bleibt genügend Zeit, alles so zu organisieren, daß sie euch und die Gefangenen nicht zu Gesicht bekommen. Dafür aber die Krankenstation, die Küche und die Wäscherei. Sie werden beeindruckt und zufrieden wieder abreisen. Nein, macht euch keine Hoffnung, daß eine Regierungsdelegation eure Situation verbessert."
Das Telefon klingelte. Svetlana meldete sich mit einen kurzen „Da", dann lauschte sie eine Weile, nickte stumm, murmelte etwas Unverständliches in den Hörer und legte wieder auf.
„Ihr wartet hier. Ich bin gleich wieder da", wandte sie sich an die beiden Deutschen, stand auf und ging aus dem Raum. Als sie das Büro mit den vergitterten Fenstern verließ, schloß sie die Beiden ein.

„Das ist die Gelegenheit zur Flucht", erklärte Dolph sofort.
„Du spinnst. Wie willst du das denn machen. Auf dem Gelände wirst du von Soldaten tot getreten, so viele sind hier."
„Natürlich können wir nicht einfach loslaufen. Wir dürfen nur nicht so schnell unsere Arbeit erledigen. Je länger wir hier oben sind, desto eher haben wir die Möglichkeit eine Chance zu erkennen. Willst du nicht mit?"
„Natürlich will ich hier weg. Nur wohin?"

„Natürlich nach Hause, nach Meck-Pomm. Wohin sonst?“
Timo war voller Zweifel
„Ohne Geld. Ohne Verbindungen. Ohne zu wissen, wo wir uns genau befinden. Du spinnst. Das kann nicht klappen.“
„Wer das Unmögliche nicht wagt, wird das Mögliche nicht erreichen“, entgegnete Dolph.
„Ich wußte gar nicht, daß du eine philosophische Ader hast“, stichelte Timo.
„Es ist an dir mitzukommen. Ich jedenfalls werde meine Chance nutzen, wenn sie sich ergibt“, erklärte Dolph bestimmt, „hier oben ist es jedenfalls eher möglich, als unten in der Grube.“
Timo wollte nicht widersprechen, erinnerte aber auch an Jenny und Boomer.
„Ja, ja. Axel und Wolf auch. Aber dazu müßten sie erst hier oben sein. Aber je mehr wir sind, desto weniger Erfolg werden wir haben. Wir können schließlich keinen Bus nehmen.“
Timo brummelte irgendetwas, rang sich aber dann doch noch zu einer Frage durch.
„Bisher habe ich immer vermieden zu fragen, wem wir unsere Lage eigentlich ursächlich verdanken. Kennst du die Antwort?“
Bevor Dolph etwas sagen konnte, kam Svetlana wieder herein, um sie abzuholen. Sie führte die Beiden in einen großen Raum mit altertümlichen Transformatoren und einer Vielzahl von Schaltschränken.
„Sieh dich um“, sagte sie zu Dolph, „hier kommt es immer wieder zu Kurzschlüssen, die den Betrieb lahmlegen. Finde eine Lösung. Ihr werdet die Mechaniker unterstützen. Die bringen euch heute Abend zu eurer Baracke und holen euch morgen früh wieder ab.“

Sie übergab die Beiden an einen gutmütig aussehenden Russen, der sie in sein Büro führte. An einem Tisch erhielten sie etwas zu Essen und zu Trinken. Die angebotene Zigarette lehnte Dolph ab, während Timo eine nahm. Er zog den Rauch ein, was augenblicklich zu einem Hustenanfall führte, der in einem Erstickungsanfall endete. Als er die Augen verdrehte und auf den Boden fiel, telefonierte der Chefmechaniker nach dem Arzt, der Timo sofort auf die Krankenstation bringen ließ. Für eine Nacht sollte er zur Beobachtung bleiben. Ihm

wurde ein Bett zugewiesen und kam neben Boomer zu liegen, der ihn überglücklich begrüßte.
„Ich kann es nicht fassen. Timo. Endlich ein bekanntes Gesicht. Was ist passiert?"
Timo schilderte ihm in wenigen Sätzen, was sich in der Zwischenzeit ergeben hatte und welche Pläne Dolph entwickelt hatte. Boomer blieb skeptisch.
„Ich glaube nicht an eine Chance. Aber unverhofft kommt oft. Übrigens habe ich hier ein wenig Russisch gelernt. Einer der Pfleger, der Sanitäter bei der Westgruppe der Roten Armee in Wünsdorf war, hat es mir beigebracht. Kann bestimmt hilfreich sein."
„Ja, das schadet ganz bestimmt nicht. Hast du was von Jenny gehört oder gesehen?"
Boomer wurde still. Ein Kloß bildete sich in seinem Hals. Das Sprechen fiel ihm sichtlich schwer, als er antwortete.
„Weißt du Timo, ich hatte mich in Jenny verliebt. Auch wenn ich dir damit in die Quere gekommen bin. Aber es ist nun einmal so."
„Schön für deine Ehrlichkeit. Aber du bist mir nicht in die Quere gekommen. Dafür hast du die Frage aber noch nicht beantwortet."
Boomer räusperte sich.
„Tja, sie war eine Zeitlang hier, kam aber in die Wäscherei, als ich hier eingeliefert wurde. Wie mir der Sani gesteckt hat, soll sie mit anderen Mädchen vor ein paar Tagen nach Duschanbe oder so ähnlich transportiert worden sein. Weißt du, wo das ist?"
„Ja, das ist die Hauptstadt von Tadschikistan. Ganz in der Nähe der afghanischen Grenze. Ich will dir nicht zu nahe treten, aber das war´s wohl. Und was soll sie da?"
Boomer zuckte die Schultern.
„Das konnte mir der Sani auch nicht sagen."
Timo hatte so eine Ahnung, hielt sich aber zurück, um Boomer nicht zu beunruhigen. Dann sah er sich in dem Krankenzimmer um. Zwölf Betten gab es. Zehn waren belegt mit kahlköpfigen, hohlwangigen Gestalten, deren Augen tief in ihren Höhlen lagen. Nur wenige unterhielten sich leise miteinander. Im letzten Bett an der Rückseite lag der kleine Sträfling aus dem Stollen, der so heftig auf Timos freundliche Geste reagiert hatte. Timo winkte hinüber. Der Junge rea-

gierte nicht. Er starrte zwar zu Timo und Boomer hinüber, es sah aber so aus, als blicke er durch sie hindurch.
„Seit wann ist denn der Typ hinten im letzten Bett hier?" fragte Timo.
Boomer richtete sich auf die Ellenbogen auf.
„Seit zwei Tagen. Ist von den Bewachern böse zusammengeschlagen worden. Konnte kaum gehen und nur noch lallen. Dem fehlen wahrscheinlich alle Zähne. Bekommt nur was zu trinken. Nichts zu essen. Der Pfleger hat gesagt, daß er Daud heißt und aus Tadschikistan nahe der afghanischen Grenze stammt. Er soll bei den Afghanen gegen die russischen Soldaten gekämpft haben, deshalb hat er hier keine Freunde."
„Na, das kann ich mir denken", sinnierte Timo.

In diesem Moment flackerte das Licht und fiel schließlich ganz aus. Ein dumpfes Grummeln war zu hören. Die Erde zitterte, mit Krachen stürzte ein Schornstein ein. Nach einigen Sekunden herrschte eine unnatürliche Stille.
Boomer und Timo waren erschreckt aus ihren Betten aufgesprungen.
„Ein Erdbeben", flüsterte Boomer in die Stille.
„Nein", antwortete Timo, „dafür war der Erdstoß zu kurz. Ich befürchte, da ist in der Grube etwas Schlimmes passiert. Vielleicht eine Kaverne zusammengestürzt oder eine Sprengung danebengegangen."
Auf dem Flur entstand hektisches Getrampel. Rufe ertönten. Draußen sprangen die Motoren der Militärlastwagen an.
Boomer rannte an die Tür des Krankenzimmers. Er hämmerte mit den Fäusten gegen das Holz. Nach wenigen Sekunden erschien sein Bekannter. Sie wechselten einige Worte, dann verschwand der Sani wieder. Die Tür blieb offen. Boomer winkte Timo, der die Situation sofort erfaßte. Die Fluchtchance war da. Plötzlich und unerwartet. Ohne auch nur eine Sekunde zu zögern rannte er los, Boomer hinter ihm her. Als sie die Krankenstation verließen, achtete niemand auf sie. Soldaten, Zivilisten und Gefangene rannten durcheinander. Aus den Augenwinkeln erkannte Timo, daß sich der Förderturm leicht zur Seite geneigt hatte. Alle, die sich noch unten in der Grube befanden, waren gefangen. Ein Transport an die Oberfläche nicht mehr möglich.

„Wo willst du hin“, keuchte Boomer hinter ihm.
„Zum Transformatorenhaus. Zu Dolph.“
„Was willst du mit dem Naziarsch? Laß uns allein verschwinden“, hörte er Boomer sagen.
„Nein“, bestimmte Timo, „wir hauen zusammen ab.“
Sie rannten um die anfahrenden LKWs herum und erreichten das Transformatorenhaus in dem Moment, als Dolph, der in der freien Hand einen Beutel trug, von einem Wachtposten aus der Tür geführt wurde. Ohne zu überlegen sprang Timo den Posten aus dem Lauf heraus an. Der ließ Dolph instinktiv los, um Timo abzuwehren. Der Anprall war aber zu stark. Er kippte nach hinten gegen die Wand, schlug schwer mit dem Kopf gegen die Steine, verdrehte die Augen und sackte zusammen. Dolph reagierte sofort. Ohne sich umzusehen rannte er Richtung Fabriktor. Dicht gefolgt von Boomer und Timo, der sich aufgerappelt hatte. Hinter einer Reihe von Kübeln mit Küchenabfällen, die zum Abtransport bereitstanden, warfen sie sich auf den Boden. Das Tor war noch geschlossen. Davor stauten sich die Militärlastwagen. Die Fahrer diskutierten mit den Posten.
Der Stromausfall war komplett; die Scheinwerfer am Tor erloschen. Als sich die ersten Krankenwagen mit hoher Geschwindigkeit dem Tor näherten, wurde es geöffnet. Die Posten zogen sich zurück.
Keiner achtete auf die drei Gestalten, die sich im Schutz der Dunkelheit dem LKW am Tor näherten. Einer der Tieflader, von dem die Raketenteile bereits entladen waren, rollte langsam an, um das Gelände zu verlassen. Als er noch immer langsam an den Kübeln vorbei fuhr, nutzten die Drei die Gelegenheit. Sie sprangen auf die Ladefläche und drückten sich eng auf den Boden. Kaum lagen sie, als noch eine weitere Gestalt auf die Ladefläche sprang und direkt vor Dolph zu liegen kam. Der schlug reflexartig zu. Der Körper sackte vor ihm zusammen.
Der schwere Dieselmotor dröhnte auf. Schaukelnd passierte der Transporter das Tor, ohne angehalten zu werden, da sich im gleichen Moment ein laut hupender Krankenwagen zwischen ihm und der Wache vorbeidrängelte. Im diffusen Licht des Krankenwagens erkannte Dolph, daß sein Opfer der Kleidung nach einer der Sträflinge sein mußte, weshalb er darauf verzichtete, ihn von der Ladefläche zu

schieben. Vielleicht konnte der Mann ja noch mal nützlich sein.
Der Tieflader hatte Fahrt aufgenommen und rauschte dröhnend durch die Nacht. Die vier Flüchtlinge auf der Ladefläche froren im nächtlichen Fahrwind erbärmlich, aber sie wagten nicht, sich zu bewegen. Dolph hatte sich auf den Rücken gelegt. Er starrte abwechselnd in den wolkenlosen Nachthimmel und auf den sich langsam regenden Sträfling.
„Die Fahrt geht nach Norden", erklärte er seinen Begleitern, wir fahren direkt auf den Nordstern zu. Nach einiger Zeit verlangsamte der LKW seine Fahrt. Er bog nach Osten auf eine recht breite Straße ab, wo er seine Geschwindigkeit deutlich erhöhte. In ziemlicher Entfernung folgte der nächste LKW, dessen Scheinwerfer nur schemenhaft in der Staubfahne, die ihr LKW hinter sich her zog, zu erkennen waren.
Mit durchdringendem Sirenengeheul kam ihnen eine Reihe von Krankenwagen entgegen, die offensichtlich zum Bergwerk rasten, während ihre Fahrt ins Unbekannte immer geradeaus weiter ging. Zwischenzeitlich war der unbekannte Begleiter zu sich gekommen. Er beäugte mißtrauisch die Deutschen, ohne etwas zu sagen.
„Wir nähern uns einer Stadt. Die Lichter sind schon zu erkennen", berichtete Boomer, nachdem er einigen Minuten angestrengt nach vorne in den Fahrwind geblickt hatte.
„Dann müssen wir hier bald verschwinden. Wenn der LKW langsamer wird, springen wir ab", entschied Dolph.
Die Chance kam schneller als erwartet. Der Militärkonvoi sammelte sich vor der Stadt. Bevor der nachfolgende Wagen auf sie auffuhr, sprangen die vier „blinden" Passagiere ab, verschwanden in der Dunkelheit neben der Straße. Dort suchten sie sich in einiger Entfernung ein Sandloch, wo sie den Morgen abwarteten. Die ganze Nacht hörten sie die Krankenwagen vorbeifahren.
Noch bevor die Sonne über den Horizont kroch, rollte der Militärkonvoi an, bog nach wenigen hundert Metern nach Norden ab und verschwand in der Dämmerung.

Als sich die Sonne langsam über die Steppe erhob, verteilte Dolph das Brot und das Wasser, das ihm der Mechaniker geschenkt hatte, dann begannen sie ihren Fußmarsch in Richtung der Stadt.

„Astrachan", entzifferte Boomer ein verdrecktes Schild am Stadtrand. Er konnte, ebenso wie Dolph, damit nicht viel anfangen.
„Eine Hafenstadt am Mündungsdelta der Wolga", wußte Timo zu ergänzen. Als es hell geworden war, musterten sie ihren neuen Begleiter, der wie selbstverständlich bei ihren geblieben war. Es war der junge Mudschahid, der ebenso wie Timo und Boomer aus der Krankenstation entkommen konnte.

Sie fanden am Stadtrand, im Keller eines heruntergekommenen Nebengebäudes einer ehemaligen Fabrik einen Raum, den sie zu ihrem Quartier erkoren. Mißtrauisch beäugt von einigen finsteren Gestalten, die ebenfalls dort ihre Nächte verbrachten. Sie waren zu Viert und konnten deshalb relativ sicher sein, in Ruhe gelassen zu werden. Vor allem, nachdem sich Daud und Dolph gemeinsam, ohne viele Worte, dafür aber mit kräftigen Schlägen gegenüber einigen allzu Neugierigen Respekt verschafft hatten.
Da sie nichts besaßen, auf das sie hätten aufpassen müssen, trieben sie sich tagsüber gemeinsam in der recht großen Stadt herum. Hier zeigte es sich, daß es ein glücklicher Zufall war, daß sich der Sträfling ihnen angeschlossen hatte. Er kannte Schliche und Möglichkeiten, sich zu verstecken, ohne sofort von der Miliz aufgegriffen zu werden. Mit seiner Hilfe kamen sie zu anderen Klamotten, in denen sie bei Tageslicht nicht sofort als ehemalige Sträflinge zu erkennen waren. Wenngleich die Betrunkenen, mit denen sie ihre Sachen „getauscht" hatten, dieses nicht freiwillig taten.
Und durch ihn mußten sie nicht verhungern. Auf ihren Diebstahlstouren streiften sie jeweils zu zweit durch die Stadt, wobei Boomer sich an Daud hielt, während Timo gemeinsam mit Dolph umherzog. Immer auf der Hut vor der Miliz.
Es dauerte nur wenige Tage, dann verloren sie sich aus den Augen. Boomer und Daud tauchten an ihrem Treffort in dem baufälligen Fabrikkeller nicht mehr auf.
Nach einigen Tagen des Wartens entschlossen sich Dolph und Timo, ihren Weg nach Deutschland ohne Boomer fortzusetzen. Dolph hatte die ganze Zeit gegrübelt, wie man von hier am besten verschwinden konnte. Schließlich kam er zu dem Ergebnis, am einfachsten mit der

Bahn zu fahren. Richtung Süden. Richtung Kaukasus. Von dort vielleicht in die Türkei. Der Weg nach Norden über Moskau und St. Petersburg war ihm zu lang. Über Kasachstan oder Turkmenistan in den Iran erschien ihm ebenfalls wenig Erfolg versprechend. Timo beteiligte sich nicht an den Überlegungen. Er verfiel zunehmend in eine lethargische Stimmung. So überließ er Dolph die Initiative.

Am Güterbahnhof in Astrachan gelang es beiden, einen in südliche Richtung fahrenden Güterzug zu besteigen und sich in den Aufbauten unter den Ladeflächen zu verstecken. Sie hingen unten in einem Waggonrahmen. Der Gleiskörper sauste nur wenige Zentimeter unter ihnen vorbei. Kurz vor Koschubej ließen sie sich auf die Gleise fallen, als der Zug auf einer Ausweichschiene anhielt, um auf den Gegenzug zu warten. Es war dunkel, was den beiden Männern half, vom Bahnkörper wegzukommen. Das war notwendig, denn einige Arbeiter liefen mit Laternen am Zug entlang, wo sie die Achsen und die Bremsen kontrollierten. Denen in die Hände zu fallen, könnte das schnelle Ende der Flucht sein.

In einer kleinen Buschgruppe, die sie nach mehreren Stunden angestrengten Marsches fanden, schliefen sie einige Zeit, bevor sie im Morgengrauen weiter wanderten. Timo schätzte, daß sie gut fünfzig Kilometer in südwestlicher Richtung durch die Steppe gelaufen waren, bis sie wieder einen trostlosen Ort erreichten. Sie schlichen sich nach Einbruch der Dunkelheit in einem Lagerschuppen, wo sie Wasser und in einem Aufenthaltsraum etwas zum Essen fanden. Dolph gönnte ihnen nur wenig Ruhe. Er trieb zur Eile an, wollte unbedingt weiter. Nachdem sie einige Flaschen mit Wasser gefüllt hatten, liefen sie wieder in die Steppe. Weiter Richtung Süden. Das Gelände, durch das sie liefen, war eine leicht wellige, mit kargem Gras bewachsene Steppenlandschaft. Es war nicht leicht, sich zu orientieren. Timo war froh, daß Dolph diese Aufgabe übernommen hatte und so trottete er hinter ihm her. Ab und zu durchquerten sie ausgetrocknete Bachläufe, denen sie, wenn es Richtung Süden ging, folgten. Wege oder gar Straßen gab es nicht.

Gelegentlich erkannten sie hoch über sich Flugzeuge, die Richtung Süden flogen. Als sie das durchdringende Geknatter von tief fliegenden Hubschrauben hörten, drückte sich Dolph und Timo in die ausgewaschene Rinne eines Steilufers des trockenen Bachbettes, in dem sie sich gerade befanden. Dort warteten sie bewegungslos, bis die zwölf in langer Reihe relativ tief fliegenden Transporthubschrauber verschwunden waren. Dann marschierten sie weiter.
„Wir sind auf dem richtigen Weg", murmelte Dolph, hinter den Hubschraubern herblickend, „die wollen nach Tschetschenien. Da bin ich mir sicher."

BLUTIGER RAPS

Mühsam quälte sich Timo den steilen Hang der kleinen Schlucht hinauf. Immer wieder rutschte er auf dem trockenen, lehmigen Boden aus. Einige Meter über sich sah er die Beine von Dolph, der auf dem Bauch die letzten Meter vorsichtig zum Rand robbte, wo das Gras wieder höher stand. Dort blieb er liegen, um auf Timo zu warten. Die Sonne brannte erbarmungslos. Schatten gab es nicht. Seit sie vor drei Tagen den Wald verlassen hatten, hatten sie nicht einen Baum gesehen, waren nur durch wegloses Steppenland gelaufen. Die kleine Schlucht, die sich plötzlich vor ihnen aufgetan hatte, konnten sie zur Deckung nutzen. Sie führte in südliche Richtung. Deshalb waren sie in ihr weitergegangen. Immer in der Angst, von oben entdeckt zu werden. Plötzlich hatte Dolph angefangen, den Hang hinaufzuklettern. Ihm blieb nichts anderes übrig, als hinterher zu krabbeln, wollte er nicht Gefahr laufen, allein in der Steppe zurück zu bleiben.
Schwer atmend blieb Timo neben Dolph liegen. Der hatte die Augen geschlossen, lauschte intensiv und sog die Luft tief ein. Jetzt bemerkte Timo es auch. Raps. Es mußte ein Rapsfeld in der Nähe sein. Das war der schwere, unverwechselbare Duft, den er aus Meck-Pomm kannte, wenn Ende Mai die Rapsfelder in Blüte standen. Für einen Moment vergaß Timo, daß sie sich auf der Flucht befanden. Er schloß wie Dolph die Augen und erwischte sich, wie er zu träumen begann.
„Wie zu Hause", bemerkte er melancholisch nach einigen Minuten.
„Ja, wie zu Hause", echote Dolph.
„Aber noch sind wir nicht da. Noch haben wir einige tausend Kilometer vor uns. Aber bis zur Grenze nach Georgien ist es nicht mehr weit. Nur noch etwa 150 Kilometer. Wir müßten im Süden den Kaukasus bereits sehen können."
„Dann sind wir ja schon in Tschetschenien", bemerkte Timo ungläubig.
„Kann schon sein. Zumindest in der Nähe", antwortete Dolph, machte eine kleine Pause, um gedankenverloren fortzufahren: „Das macht es für uns auch nicht einfacher. Die Tschetschenen könnten uns für Russen halten und die russischen Soldaten für tschetschenische Rebellen."

„Freiheitskämpfer", berichtigte Timo.
„Die ideologischen Feinheiten sind jetzt fehl am Platze", knurrte Dolph, „ich wollte nur deutlich machen, daß es für uns jetzt nicht leichter wird."
„Gibt es keine andere Möglichkeit, nach Georgien zu kommen?" wollte Timo wissen.
„Doch. Über Inguschien. Aber das sind noch mal 200 Kilometer mehr. Jetzt haben wir es bis hierher geschafft, dann werden wir es auch noch bis Georgien schaffen."
Wie auf ein Zeichen erhoben sie sich und spähten über den Rand der Schlucht. Vor ihnen erstreckte sich ein unendlich weites Rapsfeld in einem leicht hügeligen Gelände, das tatsächlich ein wenig an die mecklenburgische Heimat erinnerte. Wohin das Auge blickte, Raps. In voller Blüte. Die Hitze flimmerte über dem gelben Feld, deshalb war am Horizont nur schemenhaft ein hoher Gebirgszug zu erkennen. Das mußte der Kaukasus sein.
„Wenn wir erst einmal da oben sind, dann sind wir fast gerettet", hoffte Timo.
„Stell dir das nicht so einfach vor", dämpfte Dolph die Erwartungen. „Die Paßhöhen sind mehr als 3000 Meter hoch. Da müssen wir erst hinkommen. Allerdings haben wir da wieder Wasser. Es wird übrigens wieder Zeit, Wasser und etwas zu Essen zu bekommen. Wir haben kaum noch was.
Jetzt erst merkte auch Timo, wie trocken seine Kehle geworden war. Vor Stunden hatten sie ihre Wasserflaschen an einem kleinen Rinnsal gefüllt. Es war kaum noch etwas übrig geblieben.
Dolph zeigte auf eine kleine Anhöhe, weit vor ihnen.
„Das sollte unser erstes Ziel sein. Ich schätze fünf bis sechs Kilometer. Von dort können wir sehen, wie es weiter geht. Irgendwann sind auch in Rußland Felder einmal zu Ende."
Er setzte sich in Bewegung und stapfte in das Rapsfeld hinein. Timo blieb wieder nichts anderes übrig, als hinter ihm her zu hecheln.
Sie brauchten fast zwei Stunden, um sich durch die Rapspflanzen zu kämpfen. Dann hatten sie die Kuppe der kleinen Anhöhe erreicht. Es nutzte nicht viel. Auf der anderen Seite ging das Feld weiter, bis zur nächsten Anhöhe. Kein Weg, kein Haus. Nichts - außer Raps.

Timo war leicht schwindelig im Kopf durch den Duft. Er hatte das Gefühl, als sei er berauscht. Er war kaum fähig, einen klaren Gedanken zu fassen. Auch die Aufmerksamkeit ließ deutlich nach. Stupide stapfte er weiter hinter Dolph her, der sich bereits auf den Weg gemacht hatte.
Die Sonne war deutlich in Richtung Horizont gewandert. Es konnte nicht mehr lange dauern, bis es dunkel wurde. Plötzlich lag ein dumpfes Wummern in der Luft. Dolph ließ sich sofort auf den Boden fallen.
„Volle Deckung", brüllte er. Timo blieb wie angewurzelt stehen. Er stierte auf Dolph, der bereits flach am Boden lag.
„Mensch, leg dich sofort hin. Hubschrauber. Das können nur die Russen sein", brüllte Dolph.
„Da kommen Hubschrauber", sagte Timo wie in Trance und zeigte auf den Hügel, der direkt vor ihnen lag.
„Verdammte Scheiße. Nun leg dich endlich hin. Oder willst du zur Zielscheibe werden?"
„Warum sollten die auf uns schießen?" fragte Timo, blieb immer noch stehen und starrte dem mit lauter werdendem Geknatter direkt auf ihn zu fliegenden Hubschrauber entgegen.
„Weil der uns für Rebellen halten kann", hörte er Dolph noch sagen, dann wurden ihm die Beine weggetreten. Unsanft landete er zwischen den Rapsstauden. Der Hubschrauber kam nicht bis zu ihnen. Er drehte schon vorher wieder ab.
Dolph streckte vorsichtig den Kopf aus der Deckung.
„Mensch, da haben wir noch einmal Glück gehabt. Der hat uns nicht gesehen. Wenn er weiter geflogen wäre, hätte er bestimmt auch unsere Spur durch den Raps erkannt."
Timo hatte ebenfalls den Kopf gehoben.
„Schau mal, der wirft irgendetwas ab."
Angestrengt versuchte Dolph zu erkennen, was abgeworfen wurde. Es waren relativ kleine Gegenstände, die zu Boden schwebten. So ähnlich wie Lindenblüten.
„Na ja, es liegt auf unserem Weg. Wir werden sehen, was das für ein Zeug ist. Komm laß uns keine Zeit verlieren", sagte Dolph, stand auf und kämpfte sich weiter durch den Raps.

Es dauerte etwas mehr als eine halbe Stunde, bis sie etwa die Stelle erreicht hatten, wo die merkwürdigen Gegenstände abgeworfen worden waren.
Dolph suchte erst gar nicht danach, sondern pflügte weiter durch das Feld, um schnell die Anhöhe zu erreichen. Timo stolperte apathisch hinter ihm her. Mehrfach war er hingefallen, weil seine Füße nicht mehr so wollten, wie sie sollten. Es kostete ihn jedesmal Überwindung, wieder aufzustehen. Viel lieber wäre er liegen geblieben, um zu schlafen. Nur einfach die Augen zuzumachen, schlafen und träumen. Wie lange hatte er schon nicht mehr geträumt. Aber Dolph blieb nicht stehen. Trieb ihn gnadenlos weiter. Auch wenn es schwer war, sich einzugestehen, ohne Dolph wäre er nicht so weit gekommen. Ohne Dolph hätte er bereits aufgegeben. Nie hätte er sich noch vor Monaten vorstellen können, zusammen mit dem Skinheadführer gemeinsam etwas zu unternehmen. Ja, sich sogar von ihm anleiten und treiben zu lassen. Aber sie waren zu einer Schicksalsgemeinschaft worden, waren aufeinander angewiesen. Dolph vielleicht weniger auf ihn, aber er ganz sicher auf Dolph. Er war dem Zwangsgefährten ein Klotz am Bein. Ohne ihn wäre Dolph schneller vorwärts gekommen. Trotzdem wartete er und kümmerte sich um ihn, wenn die Kraft oder der Mut ihn verließ. Seine Beine wurden wieder schwer. Der Marsch durch den Raps strengte an, zumal er nicht sehen konnte, wohin er trat. Timos Fuß verfing sich an einer Pflanze. Er stolperte und fiel zum wiederholten Male der Länge nach hin.
„Nun komm endlich, du trübe Tasse. Ich habe nicht vor, hier im Rapsfeld zu übernachten. Vorwärts, vorwärts, vorwärts“, hörte Timo ihn jetzt wieder antreiben.
Der Stimme nach, mußte Dolph schon ein ganzes Stück weiter sein. Mühsam stützte sich Timo auf. Er stand noch nicht wieder, als er einen nicht sonderlich lauten, hell klingenden Schlag hörte.
Plötzlich war es unnatürlich still. Selbst der Wind schien eine Pause eingelegt zu haben. Panik ergriff Timo. Er fühlte instinktiv, daß etwas Fürchterliches passiert sein mußte.
„Dolph! Dooolph“, schrie er, stemmte sich hoch und hastete auf der Spur weiter, die Dolph durch den Raps gezogen hatte. Zu sehen war er nicht.

„Dooolph! Verdammt noch mal, melde dich!"
Plötzlich ertönte wenige Meter vor ihm ein entsetzlicher Schrei, der gurgelnd abriß und in ein langanhaltendes Stöhnen überging.
Dann sah er Dolph. Er wälzte sich auf dem Boden. Rings um ihn herum waren die Rapspflanzen aus dem Boden gerissen oder von dem schweren Körper von Dolph plattgewalzt worden. Überall war Blut. Blutiger Raps. Timo verschwamm die Szene vor den Augen. Timo ließ sich fallen und kroch zu Dolph, dem blutiger Schaum vor dem Mund stand. Seine Hände hatte er in den Boden gekrallt.
„Mein Bein, mein Bein. Wo ist mein Bein?", stöhnte er.
Fassungslos starrte Timo an Dolph herunter. Das linke Bein war in Höhe des Knies abgerissen. Stoßweise schoß ein Schwall Blut aus dem Stumpf hervor. Fleisch-, Hautfetzen und Knochensplitter hingen aus der Hose. Hilflos und wie von Sinnen kroch Timo auf dem blutigen Erdreich herum und suchte nach dem Bein.
„Abbinden! Du mußt mir das Bein abbinden", gurgelte Dolph. Timo hatte das Gefühl, ohnmächtig zu werden. Es kostete ihn eine schier unglaubliche Kraftanstrengung, Dolph den Gürtel aus der Hose zu ziehen.
Eine noch größere Überwindung war es, das Hosenbein hochzuziehen und über dem Knie, oder dem, was es einmal gewesen war, den Gürtel umzulegen und ihn festzuziehen. Die Hände zitterten, als er fest zuzog. Der Blutschwall versiegte. Timo lehnte sich einen Moment zurück. Er kämpfte mit seiner Übelkeit. Zu einem klaren Gedanken war er nicht mehr fähig.
Dolph regte sich nicht mehr, weil er das Bewußtsein verloren hatte. Timo setzte sich neben den Kopf von Dolph und strich ihm über die Stoppelhaare. Timo merkte kaum, wie ihm die Tränen über das Gesicht liefen.
„Du darfst nicht sterben. Du darfst nicht sterben", murmelte er gebetsmühlenartig.

Er wußte nicht, wie lange er gesessen hatte. Das Zeitgefühl war verloren gegangen. Die Dämmerung ging langsam in Dunkelheit über. Die ganze Nacht blieb er neben Dolph sitzen. Er schlief nicht. Weitergehen, um Hilfe zu holen, traute er sich nicht. In der Dunkel-

heit war es viel zu gefährlich weiterzugehen. Ihm war inzwischen klar, daß es Minen gewesen sind, die vom Hubschrauber aus abgeworfen worden waren. Wahllos in den Raps hinein. Auf eine dieser kaum zu erkennenden etwa handtellergroßen Minen mußte Dolph getreten sein. Deshalb blieb er sitzen und beobachtete den Bewußtlosen. Der Brustkorb hob und senkte sich leicht. Er lebte also noch. Mit dem letzten Rest aus der Wasserflasche benetzte er Dolphs Lippen, wenn der zwischendurch stöhnte.
Mitten in der Nacht wachte Dolph auf. Er schien keine Schmerzen mehr zu spüren. Stöhnte nicht. Er spürte offensichtlich Timos Nähe. Fast schon mit einer überraschenden Klarheit fing er an zu reden. Er erzählte von seiner Kindheit, erinnerte an die gemeinsamen Jahre in der Schule und erzählte von seinen Plänen mit der Kameradschaft Adlerhorst. Er ließ auch nicht aus, daß es nur einer sentimentalen Anwandlung zu verdanken sei, als er sich entschlossen hatte, Timo auf der Flucht mitzunehmen. So richtig in seinen Plan habe das nicht gepaßt.
„Aber jetzt ist mein Weg wohl zu Ende. Von hier wirst du allein weitergehen müssen, wenn du die Heimat wiedersehen willst", sagte er und fügte schon fast sarkastisch hinzu:
„Laß mich hier einfach liegen. Hier ganz in der Nähe, am Terek-Fluß ist 1942 im Krieg mein Opa gefallen. Der war Soldat bei der SS-Division Wiking. Hier liege ich richtig."
„Erzähl keinen Scheiß. Du wirst nicht sterben. Wir kommen hier wieder heraus", versuchte Timo zu trösten, ohne zu wissen wie. Dolph reagierte darauf nicht. Er richtete sich mühsam etwas auf, starrte in den Nachthimmel und machte eine kleine Pause, bevor er fortfuhr:
„Kümmere dich nicht mehr um mich. Gehe immer Richtung Süden bis nach Georgien und von da aus in die Türkei. Dann bist du schon fast zu Hause. Erzähl in Mecklenburg allen, was geschehen ist. Die Sau, die uns nach hier hin gebracht hat, darf nicht ungeschoren davonkommen. Versprich mir das." Dann nannte er den Namen.
Timo hielt seine Hand und streichelte ihm wieder über den Kopf, während ihm die Tränen die Wangen herunterliefen.
„Das verspreche ich dir", sagte er und ergriff Dolphs Hand, als der sich wieder zurücklehnte. Er hustete Blut. Sein rasselnder Atem war

schnell und flach. Dann schlief er ein. Timo hielt weiter seine Hand. Gedankenverloren kratzte Timo etwas von der rußigen, blutigen Erde zusammen und stopfte sie in seine Hosentasche.

Als es wieder hell wurde, hörte Timo Stimmen. Sie waren noch weit weg. Er konnte nicht verstehen, was sie riefen. Er bekam Angst. Vielleicht waren es russische Soldaten, die nach tschetschenischen Rebellen suchten. Was würden sie mit ihnen machen?
Die Stimmen kamen näher. Die Personen, es waren Männer, riefen sich in einer unbekannten Sprache etwas zu. Vorsichtig erhob sich Timo, wobei er die Hände nach oben streckte. Vier Männer waren der Kleidung nach offensichtlich keine Soldaten, sondern eher Bauern. Waffen waren auch nicht zu erkennen. Timo fiel ein Stein vom Herzen. Als sie ihn sahen, blieben sie mißtrauisch stehen. Sie beäugten sich gegenseitig.
„Hilfe. Bitte helfen sie. Hier liegt ein Verletzter", stammelte er auf Deutsch, ohne daran zu denken, daß sie ihn nicht verstehen konnten. Aber sie schienen ihn doch verstanden zu haben oder erkannten seine Hilflosigkeit. Jedenfalls setzten sie sich wieder in Bewegung und kamen, immer vorsichtig auf den Boden schauend, Schritt für Schritt näher. Nach quälend langen Minuten hatten sie ihn fast erreicht.

Der Anführer, ein älterer Mann von etwa 70 Jahren mit sonnengegerbtem faltigen Gesicht und einem riesigen Schnurrbart, der Timo an Stalin erinnerte, sprach ihn auf russisch an.
„Ich verstehe nicht. Ich Deutscher. Nemez. Germanski", versuchte sich Timo zu verständigen.
Der Alte rief über die Schulter den anderen etwas zu.
„Nikto Soldat", glaube Timo herausgehört zu haben. Dann teilte sich der Raps und der alte Bauer hatte sie erreicht. Er erfaßte sofort die Situation. Der am Boden liegende Körper, der blutige Raps, die aufgerissene Erde. Ohne sich um Timo zu kümmern, beugte er sich über Dolph, befühlte seine Stirn, lauschte dem rasselnden Atem und besah sich den abgebundenen Beinstumpf. Dann schüttelte er bedenklich den Kopf. Er sah Timo lange eindringlich an, während er

überlegte. In der Zwischenzeit hatten die anderen Drei, es waren ebenfalls ältere Männer, sie erreicht. Der Alte unterhielt sich mit ihnen. Schien etwas zu erklären. Sie diskutierten. Waren sich offensichtlich nicht darüber einig, was zu tun sei. Einer winkte ab und wandte sich zum Gehen. Timo brach in Tränen aus.
„Bitte, bitte. Laßt uns hier nicht allein. Laßt meinen Freund hier nicht sterben", flehte er sie an. Der Alte schüttelte den Kopf, als ob er Timo verstanden hatte. Er winkte ihm zu folgen. Die anderen Beiden hoben Dolph hoch und trugen ihn hinten ihnen her. Sie gingen in der Spur, die der Alte getreten hatte, zur Anhöhe. Von oben erkannte man im frühen Morgenlicht gar nicht so weit entfernt eine kleine Ansiedlung. Der Mann, der als erster wieder gegangen war, verschwand gerade zwischen zwei Holzhäusern.
Wie in Trance ging Timo hinter dem Alten her, der noch immer bei jedem Schritt vorsichtig auf den Boden spähte. Endlich hatten sie das Rapsfeld durchquert. Zwischen kleinen Gärten, die durch Lattenzäune begrenzt waren, erreichten sie die Holzhäuser. Einige Hunde schlugen zornig an. Mit einem lauten Ruf brachte der Alte sie zum Schweigen.
Bevor sie die Häuser erreichten, blickte Timo sich noch einmal um. In einigem Abstand folgten sie beiden Männern, die Dolph trugen. Hinter ihnen wogte sanft das Rapsfeld im Wind. Timo erschien es nicht mehr gelb sondern blutig. Blutiger Raps.

Unsanft wurde Timo durch den Alten aus seinen Gedanken gerissen, als dieser ihm heftig auf die Schulter schlug. Mit einer Handbewegung lud er ihn ein, in das Holzhaus zu gehen, vor dem er stehen geblieben war. Es unterschied sich durch nichts von den einförmigen, etwas heruntergekommen wirkenden anderen Häusern. Neben dem Eingang, unter einem schützenden Vordach, befand sich eine einfache Holzbank, auf der eine zusammengefaltete Decke das Sitzen bequemer machte. Von hier konnte man sowohl einen Teil des breiten, ausgefahrenen Sandweges, der mitten durch die Siedlung führte, als auch einen Teil des Rapsfeldes überblicken. Timo konnte sich vorstellen, daß hier der Alte gesessen hatte und den Hubschrauber beobachtete, der die Minen abgeworfen hatte. Er dürfte von hier

aus auch die Detonation gehört haben, die Dolph das Bein abriß.
Vorsichtig ging Timo in das Haus. In der großen Wohnstube werkelte an einem riesigen eisernen Herd eine alte Bauersfrau. Sie rührte in einem Topf und sah so aus, wie er sich eine alte russische Babuschka, eine Großmutter, vorgestellt hatte. Der füllige Körper war von einem dunklen, knöchellangen Baumwollkleid verhüllt. Trotz der Wärme steckte sie in einer dunkeln Strickjacke und hatte ein Kopftuch auf. Ihre Füße steckten in Filzpantinen, mit denen sie über die gescheuerten Holzdielen schlurfte. Ihr breites, freundliches Gesicht strahlte mütterliche Wärme aus. Freundlich nickte sie Timo zu. In dem alles in allem schmucklosen Raum befand sich neben dem Herd ein großer Kachelofen, um den eine breite Holzbank lief. In einer Ecke standen ein Schrank mit einem Fernseher, sowie ein großer Tisch mit einigen Stühlen. An den Wänden hingen mehrere Teppiche, Fotografien und Urkunden.
Der Alte war hinter ihm hergekommen. Er bedeutete Timo, sich an den Tisch zu setzen, gab der Frau einige Anweisungen, die Timo nicht verstand und verschwand wieder nach draußen.
Derweil setzte ihm die Babuschka eine Schüssel mit einer dampfenden Milchsuppe vor und legte ein Stück Brot daneben. Dabei strahlte sie ihn an. Jetzt erst bemerkte er, welch rasenden Hunger er hatte. Trotzdem war ihm nicht nach Essen zumute.
Die Frau tippte sich mit ausholender Geste auf den voluminösen Busen.
„Eto ja Saida. Saida. Ti ponimad?“ erklärte sie und wollte deutlich machen, daß sie Saida hieß. Timo hatte verstanden. Als er nicht zum Löffel griff, legte sie ihre Stirne in Falten.
„Molokosup, chleb, kaschatj, kaschatj“, versuchte sie ihn zu ermuntern. Dankbar schaute Timo sie an, ergriff den Löffel und begann, die Milchsuppe auszulöffeln. Nach den ersten Bissen vergaß er alles um sich herum.
Die Begleiter des Alten hatten inzwischen Dolph zum Haus gebracht und auf die Bank neben der Tür gelegt. Derjenige, der im Feld so schnell wieder gegangen war, kam mit einer weiteren Person aus dem Dorf, der sich um den Verletzten kümmerte.
Saida sah aus dem Fenster. Dann drehte sie sich um.

„Wratsch“, sagte sie lächelnd, wobei sie auf den unbekannten Mann zeigte. Timo hatte kein Ohr dafür. Er begriff nicht, warum sie den Arzt erwähnte, da er zu sehr in sein Essen vertieft war. Kaum hatte er den letzten Bissen verschluckt, als ihn eine tiefe Müdigkeit übermannte. Die Matka führte ihn zur Ofenbank, legte eine Decke darauf. Timo legte sich hin und war Sekunden später in einen tiefen Schlaf gefallen.

Er wurde durch heftiges Rütteln geweckt. Im ersten Moment wußte er nicht, wo er war. Dann fiel es ihm wieder ein. Vor ihm stand der Alte mit mehreren Unbekannten. Sie blickten ihn mit ernsten Gesichtern an.
„Dein Freund ist tot“, teilte ihm einer von ihnen in Deutsch mit. Der Mann hatte einen Anzug an und sah nicht so aus, als wenn er zu den Bauern der Siedlung gehörte.
„Ich bin Arzt in Kurskaja. Habe in der DDR studiert. War auch einige Zeit an der Charite. Ich spreche deutsch“, stellte er sich vor, bevor Timo ihn verwundert fragen konnte.
„Du hast zwei Tage geschlafen. Saida wird dir erst etwas zu Essen geben, bevor wir uns unterhalten. Danach mußt du deinen Freund begraben.“
Timo setzte sich an den Tisch, die anderen gruppierten sich um ihn herum. Nachdem er gegessen hatte, erzählte er von seiner Gefangennahme, dem Transport nach Rußland, der Sklavenarbeit im Kalibergwerk, der Flucht bis zu dem Tag, an dem sie in das Rapsfeld gekommen waren. Er vergaß auch nicht zu erwähnen, wohin sie gewollt hatten. Zwischendurch übersetzte der Arzt den anderen, die sich die Geschichte mit ausdruckslosen Gesichtern und ohne Kommentar anhörten.
Als er geendet hatte, diskutierten sie heftig. Der Arzt übersetzte jetzt für Timo.
„Das klingt alles sehr abenteuerlich, wird aber nicht angezweifelt. Was solltet ihr hier auch? Hier kannst du nicht bleiben. Bajram, das ist dein Gastgeber, wird dir helfen, in die Nähe der georgischen Grenze zu kommen. Dann mußt du alleine weiter. Mehr kann er nicht für dich tun. Sei vorsichtig. Die Grenze nach Georgien wird

durch russische Soldaten bewacht. Denen mußt du aus dem Wege gehen. Die schießen ohne Warnung auf alles, was sich bewegt. Hüte dich vor den Hubschraubern oder den Drachenzähnen, so werden die Minen genannt, auf die dein Freund getreten ist. Die liegen in den Bergen überall herum. In Georgien ist es nicht so gefährlich. Gehe zu den Klöstern. Die Mönche werden wahrscheinlich helfen. Aber auch die türkische Grenze wird wieder von russischen Soldaten bewacht.
„Das ist mehr, als ich gehofft habe“, entgegnete Timo, „warum hat Bajram aber nach uns im Rapsfeld gesucht?“
Der Arzt übersetzte die Frage und die Antwort.
„Bajram hat den Hubschrauber gesehen, wie der die Drachenzähne abwarf. Das machen die Russen immer, wenn sie glauben, unsere Freiheitskämpfer gesehen zu haben. Weil sie nicht beschossen werden wollen, fliegen sie nicht näher heran. Da es hier keine Freiheitskämpfer gibt, die sind in den Bergen, haben Bajram und die anderen nach der Explosion nach Wildtieren gesucht, die oft auf die Minen treten, um so zusätzlich an Fleisch zu kommen. Es war Glück, daß sie dich lebend gefunden haben. Das Glück hat dein Freund nicht gehabt. Er ist gestern gestorben. Ich habe ihn nicht retten können. Er hatte schon zuviel Blut verloren.
Nach islamischen Gepflogenheiten, und das ist hier eine islamische Siedlung, muß er heute noch beerdigt werden. Das wird deine Aufgabe sein. Die Dorfbewohner werden dir helfen.“
Timo hatte einen Kloß im Hals. Er konnte nicht antworten, sondern nickte nur.
„Die Dorfbewohner rechnen damit, daß in Kürze die Häuser von russischen Soldaten nach Freiheitskämpfern durchsucht werden. Dabei sind alle jungen Männer auffällig. Deshalb siehst du hier auch nur ältere Menschen. Außerdem hast du keine Papiere. Wenn die Russen dich finden, haben die Leute hier darunter zu leiden. Da wird keine Rücksicht genommen. Du mußt verschwinden“, erklärte der Arzt.
„Dabei hilft, daß es im Kaukasus die schlimmsten Unwetter seit 40 Jahren mit Überschwemmungen gibt. In dem Chaos sind keine Kontrollen möglich. Das ist deine Chance. Bajram wird dich morgen mit

einem Lastwagen in die Nähe der Grenze bringen. Auf ihn kannst du dich verlassen. Du hast auch keine andere Wahl. Tu einfach, was er dir sagt oder erklärt. Viel Glück. Ich muß jetzt nach Mozdok."
Der Arzt stand auf, reichte Timo die Hand, verabschiedete sich von den anderen und ging hinaus.

Der Alte, den der Arzt Bajram nannte, winkte Timo und den anderen, ihm zu folgen. Sie gingen hinaus. Auf der Erde neben der Bank lag ein unförmiger großer Sack. Bajram holte einen Spaten, drückte ihn Timo in die Hand, während zwei Männer den schweren Sack trugen. Nachdem Bajram noch ein schmales Brett geholt hatte, gingen sie hinter den Häusern zu einer freien Fläche außerhalb der Siedlung. Es war offensichtlich der Friedhof. Ohne erkennbares System waren Erdhaufen zu erkennen, in denen einzelne Bretter steckten, auf denen in kyrillischen Buchstaben Namen eingeritzt waren.
Auf einen Wink von Bajram legten sie den Sack auf die Erde und setzten sich daneben. Timo wurde gezeigt, wo er die Grube ausheben sollte.
Es war ein deprimierender Tag. Timo hatte mit dem Spaten eine Stunde lang geschaufelt. Der letzte Spatenstich war gemacht. Zwei Meter lang war die Grube, einen breit und anderthalb tief. Timo steckte den Spaten in den aufgeworfenen Erdhaufen. Die zwei Tschetschenen ergriffen den Sack mit Dolph. Ihre Bewegungen waren langsam. Sie blickten nicht auf. Nachdem sie ihn in die Grube hatten rutschen lassen, drehten sie sich um und verschwanden mit Bajram zwischen den Häusern der Siedlung.

Allein stand Timo nun am Grab von Dolph. In einem Ort, dessen Namen er nicht kannte, irgendwo zwischen Wolga, Don und Kaukasus in der Nähe des Terek. Dort, wo auch schon Dolphs Großvater in der Erde lag.
Fröstelnd zog er die Schultern hoch. Er dachte an die vergangenen Monate, in denen aus erbitterten Gegnern eine Schicksalsgemeinschaft geworden war. Nein, Freunde waren sie auch während der gemeinsamen Flucht nicht geworden, dafür waren sie zu verschieden. Aber sie hatten sich aufeinander verlassen können. Von nun an mus-

ste er auf sich allein gestellt den Weg zu Ende gehen.
Von Dolph hatte er gelernt, daß es immer weiter ging, wenn man nur wollte. Wenn man ein Ziel hatte. Dieses Ziel war seine Stadt in Mecklenburg-Vorpommern. Seine Zwischenstation war Georgien, nein, die Türkei.
Aus seiner Tasche holte er die Erde, die er im Rapsfeld in Gedanken aufgekratzt und mitgenommen hatte. Er warf sie zu dem Toten ins Grab, als sentimentale Erinnerung an die Stelle, die ihm zum Schicksal geworden war.
Nach einigen Minuten nahm er wieder den Spaten. Er begann, langsam die Erde auf den Körper zu werfen. Als er fertig war, steckte er das schlichte Holzbrett, in das er mit einem Stein:

DANIEL SPECK
1977-2001

eingeritzt hatte, in den Sandhaufen. Dann drehte er sich um, schulterte den Spaten und ging zu Bajrams Haus zurück.
Schwere Regenwolken waren aufgezogen und hingen über dem Land, wenig Gutes verheißend.
Als er das Haus erreichte, begann es zu regnen. Schwere Regentropfen prasselten herunter. Auf der Erde bildeten sich große Wasserlachen. Der Boden sog sich augenblicklich voll Wasser, wurde glitschig. Timo setzte sich unter dem Vordach auf die Bank und sah dem Regen zu. In Richtung Süden, dort wo der Kaukasus lag, über den er nach Georgien und weiter in die Türkei wollte, war der Himmel bleischwarz. Dort mußten die riesigen Unwetter toben, von denen der Arzt gesprochen hatte.
Timo wußte nicht, wie lange er gesessen und dem Regen zugesehen hatte. Irgendwann in der Nacht hatte er aufgehört. Er wußte auch nicht mehr, an was er während der ganzen Zeit gedacht hatte. Sein Kopf war leer. Bajram und seine Saida ließen ihn auf der Bank sitzen. Saida hatte eine Schale mit Sonnenblumenkernen neben ihn gestellt, „Semetschki, boroscho“, gesagt und dabei die internationale Handbewegung für essen gemacht.
Erst gegen Abend holten sie ihn ins Haus. Im Fernsehen liefen die Nachrichten. Bajram zeigte aufgeregt auf den Fernseher, dann mit der Hand in Richtung Süden. Timo verstand. Es wurden Filmbe-

richte von Überschwemmungen im Kaukasusgebiet gezeigt. Weite Flächen waren überschwemmt. Die Häuser in den Flußniederungen standen fast bis zum Dach in den schlammigen Fluten.
Auf den Straßen irrten Menschen ziellos hin und her, um ihr Hab und Gut in Sicherheit zu bringen. Lastwagenkolonnen mit Hilfsgütern schoben sich über die wenigen intakten Straßen. Timo war verzweifelt. Wie sollte er bei den Verhältnissen über die Berge kommen? Andererseits konnte dieses Wetter auch hilfreich sein. Die Grenzsoldaten sind bestimmt nicht so aufmerksam. Das könnte auch seine Chance sein.
Bajram lächelte ihm zu, als ob er seine Gedanken gelesen hätte. Dann machte er den Fernseher aus und legte die gefalteten Hände an den seitlich geneigten Kopf.
„Ti spat. Na eawtra Grusowik na Wladikawkas."
Soviel hatte Timo verstanden. Schlafen sollte er. Und morgen ging es mit einem LKW nach Wladikawkas.
Er legte sich wieder auf die Ofenbank. Kurz darauf war er eingeschlafen.

KAUKASUS

Es war noch dunkel, als Saida ihn weckte. Sie hatte ihm einen heißen Tee, Brot und Käse auf den Tisch gestellt und ihm einen Beutel mit Sonnenblumenkernen gefüllt. Nach dem Frühstück schob sie ihn nach draußen. Dort stand auf dem jetzt schlammigen Sandweg ein KAMAS-LKW, der mit Getreidesäcken hoch bepackt war, die mit einer Plane gegen den Regen geschützt wurden. Bajram saß auf dem Beifahrersitz. Er winkte ihm zu, sich zu beeilen und zuzusteigen. Timo zwängte sich neben Bajram auf den Beifahrersitz. Der Fahrer blickte ihn neugierig an. Kaum saß er, ging die Fahrt los. Mühsam quälte sich der LKW schaukelnd über die lehmige Straße, durch Pfützen und Schlaglöcher Richtung Westen. Nach einigen Kilometern wurde eine Teerstraße erreicht, auf die der Fahrer Richtung Süden einbog. Auf der Straße herrschte Chaos.
Zivile und militärische Lastwagen krochen Richtung Süden, während ihnen Fahrzeuge entgegenkamen, die auf den Ladeflächen Menschen, Hausrat und Tiere in Richtung Norden transportierten. Nach mehreren kleineren Orten, denen man an den zerschossenen Fassaden und vielen zerstörten Häusern deutlich ansehen konnte, daß in diesem Land ein erbitterter Krieg geführt wurde, ging die Fahrt durch Mozdok weiter nach Süden. Jedesmal, wenn sie an einer der Kontrollstellen, von denen es viele an der stark befahrenen Straße gab, die Sperren umfahren mußten, wurde Timo unruhig. Aber nur wenige waren durch Soldaten besetzt, die den Lkw ohne Kontrolle durchwinkten.
Als sie eine Brücke passierten, an der das Wasser des Flusses nur noch wenige Zentimeter brauchte, um sie unpassierbar zu machen, zeigte Bajram auf die schmutziggelben Fluten.
„Reka Terek. Terek", erklärte er. Timo verstand. Das mußte der Terek sein, dessen Weg im Kaspischen Meer endete. Bajram zeigte Richtung Süden, wo die Berge inzwischen deutlich sichtbar größer geworden waren.
„Wladikawkas", sagte er, wobei er seine Hände abspreizte und hin und her bewegte. Timo verstand. In Wladikawkas sollte für ihn die

Fahrt zu Ende sein. Von dort mußte er alleine weiter. Nur wohin?
Als wenn Bajram ihn wieder verstanden hätte, faltete er umständlich eine schmutzige, zerrissene alte Straßenkarte auseinander. Seine Finger deuteten auf einen größeren Ort.
„Wladikawkas“, sagte er, während er auf dem Ort herumtippte. Dann zeigte er auf eine Straße, die durch die Berge führte und in einer größeren Stadt endete.
„Tiblissi.“
Timo hatte verstanden. Das mußte die Straße nach Tiflis, der Hauptstadt von Georgien sein. Er sah sich die Karte intensiv an. Bajram faltete sie wieder zusammen. Dann steckte er sie in den Beutel mit den Sonnenblumenkernen. Dankbar drückte Timo dem alten Bajram die Hand.
„Danke, danke Bajram“, stammelte er und die Tränen schossen ihm in die Augen.
Mühsam kämpfte sich der LKW durch die Stadt. Die Spuren des Unwetters waren überall erkennbar. Schlammmuren waren von den Hängen gerutscht, Straßen unterspült, Bäume umgekippt, Stromleitungen zerrissen.
Von einem aufgeregt mit den Armen fuchtelnden Milizposten wurde der LKW am Stadtrand angehalten. Timo bekam feuchte Hände. Er starrte nach vorne aus dem Fenster, ohne etwas zu sehen. Angst legte sich wie eine eiskalte Klammer um sein Herz. Bajram legte ihm beruhigend die Hand auf die Oberschenkel. Der Fahrer beugte sich aus dem LKW. Der Milizionär zeigte aufgeregt in Richtung der Berge, während er ununterbrochen hektisch auf den Fahrer einredete, der als Antwort wütend fluchte. Nach einigen Minuten gab der Milizionär den Weg frei. Sie durften auf der Umgehungsstraße weiterfahren. Bajram hatte aufmerksam dem Gespräch zugehört. Jetzt kramte er wieder die Karte aus dem Beutel. Sie hatten offensichtlich einen anderen Zielort erhalten, der weiter im Gebirge lag. Bajram zeigte auf einen Ort südwestlich von Wladikawkas in den Bergen, ziemlich nahe an der Grenze.
„Nisch Zaramag“, erklärte Bajram und grinste.
Langsam quälte sich der KAMAS, eine dunkle Wolke Dieselruß hinter sich herziehend, die mit Schlaglöchern übersäte Straße in die

Berge hoch. Sie war überraschend gut passierbar. Einige größere Steinbrocken waren von den Hängen heruntergekommen, die schon irgendwer beiseite geschafft hatte. Zwischen den Bergen hingen dichte Nebelfetzen. Es regnete aber nicht mehr. Im Talgrund, tief unterhalb der Straße, rauschte wütend ein schlammiges Wildwasser. Gelegentlich waren Baumstämme zu erkennen, die mit ins Tal gerissen wurden. An einer Kehre, an der von links ein kleines Seitental mündete, hielt der Fahrer an. Er wechselte einige Worte mit Bajram, zeigte in das Tal, kletterte aus dem Führerhaus und machte sich an der Motorhaube zu schaffen, um eine Panne vorzutäuschen.

Bajram bedeutete Timo auszusteigen, nahm noch eine dicke Jacke aus dem Wagen und gab sie ihm. Am Straßenrand kratzte er mit dem Schuh einen Strich auf den lehmigen Boden, trampelte mit den Füßen, hob seine zehn Finger und zeigte danach in die kleine Schlucht.
„Graniza. Beschat. Desjat Kilometer", erklärte Bajram.
Timo verstand. Wenn er durch dieses Tal weiter in die Berge kletterte, erreichte er nach zehn Kilometern die Grenze.
Dann malte der Alte eine Wellenlinie und zeigte auf die beiden Spitzen.
„Gora. Gora", sagte er und wies in das Wellental, das offenbar eine Paßhöhe darstellen sollte.
„Graniza. Graniza."
Er blickte Timo mit zusammengekniffenen Augen durchdringend an. Als er sicher war, daß der Deutsche ihn verstanden hatte, zog sich ein breites Grinsen über sein Gesicht.
Timo bedankte sich überschwenglich, nahm Bajram in die Arme und drückte ihn.
„Bistrej. Bistrej", scheuchte der ihn los.
Der Fahrer war zwischenzeitlich wieder eingestiegen. Er drängte auf Weiterfahrt. Timo winkte ihnen noch einmal kurz zu, drehte sich um und verschwand zwischen den Bäumen. Der LKW schob sich dröhnend weiter die Straße hoch.
In der schmalen Schlucht gab es keinen Weg. Langsam stieg Timo zwischen den steilen, mit Buchen, Eichen und Kiefern bewachsenen Hängen in die Höhe. Er umrundete dicke Basaltblöcke, die mit Moos

und Flechten überwuchert waren. Immer darauf achtend, an dem steilen Hang nicht auszugleiten, um nicht in den brausenden kleinen Bergbach zu rutschen. Der Bach mochte im Sommer friedlich in seinem Kiesbett fließen, jetzt war er durch die Schneeschmelze und das Unwetter aber unberechenbar geworden. Der Nebel wurde immer dichter. Die Feuchtigkeit kroch Timo in die Kleider. Mit jedem Schritt wurde er Bajram dankbarer für die dicke Jacke, die er ihm zum Abschied gegeben hatte. Immer wieder blieb Timo stehen, weil er nach Atem ringen mußte. Aber auch, um zu lauschen. Außer dem gleichmäßigen Rauschen des Wassers war nichts zu hören. Er kam nur langsam vorwärts. Als sich der Tag dem Ende zuneigte, wurde der Wald etwas lichter. Timo suchte einen geschützten Platz, an dem er übernachten konnte. Er mußte nicht lange suchen. Unter einem riesigen Felsbrocken, der sich beim Absturz in den Boden gegraben hatte, bildete ein kleiner Vorsprung ein Dach, unter dem es trocken war. Ein dorniger dichter Strauch schützte ihn davor, gesehen zu werden. In einer kleinen Vertiefung hatte sich Regenwasser gesammelt. Hier konnte er seinen Durst löschen. Mit den Sonnenblumenkernen stillte er den Hunger. Erschöpft von der ungewohnten Kletterei schlief er ein.

Es begann zu dämmern, als er aufwachte. Er fror. Die feuchten Kleider waren ihm unangenehm. Vorsichtig spähte er aus seinem Versteck. Nichts hatte sich verändert. Der Bach rauschte, die Nebelschwaden hingen noch immer träge zwischen den dunklen Hängen. Nachdem er etwas Regenwasser, das er mit der hohlen Hand aus der Vertiefung schöpfte, getrunken hatte, stieg er weiter nach oben. Unterwegs wurden die restlichen Sonnenblumenkerne gegessen.

Der Baumbewuchs wurde von Meter zu Meter merklich spärlicher, bis er ganz aufhörte und von macciaähnlichem Bewuchs abgelöst wurde.

Noch immer umgab ihn der Nebel wie ein schützender Mantel. Er hatte Angst in dem Gestrüpp und dem Nebel die Orientierung zu verlieren. Nur der rauschende Bach wies ihm in etwa die Richtung. Nachdem er sich geraume Zeit durch das Gestrüpp gequält hatte, erreichte er ein Steinfeld, das ihm den Weg versperrte. Dort bot sich kaum Deckung. Er ahnte, daß es riesig sein mußte. Inständig hoffte

Timo, der Nebel möge gerade jetzt nicht aufreißen. Mühsam kletterte er über die teilweise sehr lockeren Steine. Die Luft war spürbar dünner geworden, das Atmen fiel noch schwerer. Die Beine wurden schwer wie Blei. Noch war ein Ende des Steinfeldes nicht zu erkennen.
Plötzlich wurde es heller. Die Nebelschwaden rissen auf. Letzte Wolkenfetzen trieben an ihm vorbei. Dann schaute er in die aufgehende Morgensonne. Er setzte sich, lehnte sich an einen großen Stein und beobachtete das Gelände. Für das grandiose Panorama, das jeden Bergwanderer in Entzücken versetzen mußte, hatte er kein Auge.
Das Geröllfeld hatte er schon fast durchquert. Nur wenige hundert Meter vor ihm befand sich die Paßhöhe. Er fühlte instinktiv, dass sich dort die von Bajram bezeichnete Grenze zwischen Tschetschenien und Georgien befand. Nur jetzt nicht einer Streife, egal ob russische Soldaten oder tschetschenische Freiheitskämpfer, in die Hände fallen.
Er mußte sich zurückhalten, um nicht aufzuspringen. Ruhig blieb er sitzen und beobachtete die Hänge. Er konnte nichts entdecken. Nichts regte sich.
Nach geraumer Zeit erhob er sich. Vorsichtig, immer bereit sich jeden Moment zwischen den Felsbrocken in Deckung zu werfen, stieg er weiter. Der Paß war zum Greifen nahe. Am Rande des Geröllfeldes war nur noch eine saftige Almwiese zu überwinden, dann hatte er es geschafft. Dann müsste er Georgien erreicht haben. Er hockte sich noch einmal hin und beobachtete angestrengt die Hänge. Dann nahm er sich ein Herz, stand auf und ging mit schnellen Schritten über die Wiese.

Er war noch nicht sehr weit gekommen, als er einige Meter vor sich einen dunklen Körper im Gras bemerkte. Timo ging instinktiv in die Hocke, um den bewegungslos daliegenden Gegenstand zu betrachten. Er konnte nicht erkennen, was das war. Er mußte näher heran. Nachdem er ihn einige Minuten fixiert hatte, ging er langsam und vorsichtig auf den Körper zu. Einen erleichternden Stoßseufzer stieß er aus, als sich der Gegenstand als Kadaver einer Bergziege herausstellte. Dem Tier waren die Vorderläufe abgerissen worden.

Sofort dachte Timo an die Minen. Sollten die Russen hier oben in den Bergen auch ihre Drachenzähne abgeworfen haben? Es wäre durchaus möglich. Den relativ flachen Hang vor dem Paß zu verminen bot sich an. Aufmerksam blickte er auf das Gelände vor ihm, als er langsam weiter ging. Tatsächlich bemerkte er vereinzelt einige dieser Teufelsdinger. Sie sahen aus wie Plastikspielzeug. Nichts wies auf ihre teuflische Bestimmung hin. Trotz der Minen fiel ihm ein Stein vom Herzen. Jetzt war er ganz sicher, die Grenze direkt vor sich zu haben.

Auf den letzten Metern hatte Timo keine Minen mehr gesehen, deshalb begann er zu laufen. Erst langsam, dann immer schneller. Für die atemberaubende Bergwelt hatte er immer noch keinen Blick. Er lief und lief und merkte gar nicht, daß es schon auf der Südseite den Hang herunterging. Er wurde immer schneller, bis seine Beine nicht mehr mitmachten. Er stürzte und fiel in das Gras. So wie er hingefallen war, blieb er liegen. Er wartete. Nichts geschah. Kein Schuß, kein Ruf. Nichts als das leichte Rauschen des Windes war zu hören.

Langsam nahm Timo den Kopf hoch und blickte sich vorsichtig um. Er lag bäuchlings auf einer subalpinen Almwiese mit großen Steinbrocken, inmitten gewaltiger Bergriesen. Noch in weiter Ferne, aber doch wie zum Greifen nah, erwuchs über dem Dunst, der wie ein Schleier über der Landschaft lag, ein riesiger schneebedeckter Berggipfel. Hoch über ihm zeichnete ein Flugzeug seinen Kondensstreifen in den blauen Himmel. Nicht weit unter ihm lag ein kleiner blaugrüner Bergsee, an dessen Ufer eine Schafherde weidete. Dahinter waren in einiger Entfernung durch den Dunst Bergpfade, Weiden und eine Bergsiedlung mit altertümlich anmutenden Bauten zu erkennen. Die massiven Steinhäuser sahen aus wie kleine Festungen mit Wehrtürmen. Eine Straße, nein, eher ein besserer Hirtenweg, führte in Serpentinen von dem wie ausgestorben wirkenden Dorf ins Tal, wo er zwischen den Bäumen eines dichten Waldes verschwand. Menschen konnte er nicht entdecken.

Vielleicht war er auch noch zu weit entfernt.

Erst jetzt setzte er sich, genoß das grandiose Panorama und atmete befreit, fast euphorisch, die klare Bergluft ein.

Als er sich hinstellen wollte merkte er, wie ihm die Beine zitterten. Ob vor Aufregung oder Schwäche, war ihm nicht klar. Mit kleinen Schritten begann er, in Richtung der Siedlung abzusteigen.

An einer kleinen Quelle machte er Rast. Das Wasser war klar und kalt. Er genoß es in tiefen Zügen und glaubte, noch nie so leckeres Wasser getrunken zu haben. Nachdem er wieder ein wenig zu Kräften gekommen war, folgte Timo dem kleinen Wasserlauf von der Quelle zum Bergsee. Als er sich der Schafherde näherte, sprang laut bellend ein großer zotteliger Hund auf ihn zu. Timo blieb stehen und schaute sich nach einem Schäfer um, sah aber niemanden. Kurz bevor der Hund ihn erreichte, brachte ein schriller Pfiff ihn zum Stehen. Als Timo vorsichtig weiter ging, folgte ihm der Hund in einigen Metern Abstand, ohne ihn aus den Augen zu lassen. Dann sah Timo den Schäfer. Ein Hirte wie aus dem Bilderbuch. Er kam hinter einem größeren Felsen hervor, trug einen langen hellen, mit Ornamenten bestickten Wollmantel, der fast bis zum Boden reichte. In der Hand hatte er einen langen Stab, auf den er sich jetzt stützte, während er dem fremden Bergwanderer interessiert entgegensah.
Seine Haltung ist weder feindselig, noch scheint er bewaffnet zu sein, registrierte Timo beruhigt, als er auf ihn zuging. Beim Näherkommen konnte Timo sich ein Lächeln nicht verkneifen. Der Hirte hätte ein Bruder von Bajram sein können, mit seinem sonnengebräunten faltigen Gesicht und dem riesigen Stalinschnurrbart.
Als er ihn erreicht hatte, blieb er stehen und grüßte freundlich in Deutsch. Sein Gruß wurde in einer Sprache erwidert, die ihm fremd war. Russisch war es jedenfalls nicht. Eher persisch oder vielleicht türkisch.
Mit Händen und Füßen versuchte Timo ihm zu erklären, woher er kam und wohin er wollte. Der Hirte hörte sich alles schweigend an und blieb selbst bei dem Veitstanz, den Timo aufführte, ohne erkennbare Regung. Der Hund hatte sich auf ein Zeichen seines Herrn wieder der Schafherde zugewandt.
Mit einer Handbewegung lud der Hirte Timo ein, sich zu ihm an den Felsen zu setzen. Aus einer wollenen Tragetasche, die mit ähnlichen Stickornamenten versehen war wie der lange Mantel, wurde Käse,

Brot und eine Flasche Wein hervor gekramt und vor ihnen auf dem Boden ausgebreitet. Timo ließ sich nicht zweimal bitten und griff zu. Nachdem er ein großes Stück Schafskäse sowie das angebotene Brot gegessen hatte, lehnte sich Timo zurück und schaute seinen Gastgeber dankbar an.
„Nemez. Germanski“, sagte er und tippte sich an die Brust. Der Hirte nickte. Ob er verstanden hatte, ließ er nicht erkennen. Timo suchte sich einen kleinen Stein, schabte mit der Hand auf dem Sand eine gerade Fläche und kratzte ein Haus mit einer kleinen Kuppel, in die er ein Kreuz ritzte, auf den Boden. Er erinnerte sich daran, daß ihm der Arzt gesagt hatte, in den Klöstern in Georgien könnten ihm die Mönche weiter helfen.
Wieder nickte der Hirte. Er zeigte ins Tal, spreizte drei Mal die Finger seiner rechten Hand und sagte nur: „Kilometer.“
Dann zeigte er auf die Sonne und bedeutete Timo, sich zu beeilen, was er auch sofort tat. Er bedankte sich bei dem freundlichen Hirten und begann, den Hang herunter zu laufen. Fünfzehn Kilometer. Das konnte bis zur Dämmerung geschafft werden. Der Weg war nicht zu verfehlen, es war der einzige, der ins Tal führte. Schnell erreichte er den Wald. Die Siedlung ließ er links liegen. Das Kloster noch im Hellen zu erreichen, war ihm wichtiger.

Er brauchte für die Strecke, auf der ihm keine Menschenseele begegnet war, etwa drei Stunden, dann blieb der Wald hinter ihm zurück. Das Tal öffnete sich. Auf einer kleinen Anhöhe oberhalb eines Dorfes lag das Kloster. Es war kleiner, als er sich das vorgestellt hatte, bestand eigentlich nur aus der Kirche und einem Anbau, offenbar dem Wohnhaus der Mönche.
Auf sein Pochen an einer schweren Holztür öffnete ein ehrwürdig aussehender bärtiger Mann in dunkler orthodoxer Mönchskleidung, der die Situation, in der sich sein Besucher befand, sofort richtig einschätzte. Mit einer Handbewegung wurde er in das Haus gebeten.
Es bestand aus einem großen Raum, an dessen Seitenwänden mehrere kleine Türen zu den Wohnzellen der Mönche führten. Das Innere war in ein Halbdunkel getaucht, in das durch schmale Fenster nur spärliches Licht fiel. Dadurch entstand eine feierliche Wirkung,

die dem bescheiden eingerichteten Raum eine wohltuend ruhige Atmosphäre verlieh.
Die Raummitte dominierte ein langer Holztisch, um den sich sieben Mönche versammelt hatten. Timo wurde ein Schemel zugewiesen, damit er sich zu ihnen setzen konnte. Es war Abendmahlzeit.
Das Essen war spartanisch einfach. Eine warme Gemüsesuppe, wenig Brot, Ziegenkäse, Zwiebeln und Knoblauch standen auf dem Tisch. Dazu gab es klares Wasser. Der Mönch an seiner Seite, der ihn auch hereingeführt hatte, schob ihm eine Schale Suppe, etwas Brot und Wasser zu. Bisher hatte niemand ein Wort mit ihm geredet. Das Essen wurde schweigend eingenommen.
Anders als bei dem Hirten, bei dem er bis auf den Wein kräftig zugelangt hatte, schämte Timo sich jetzt und rührte kaum etwas an. Mit Kirche, Gottesmännern und Glaubensrichtungen jeder Art konnte er nicht viel anfangen. Hatte auch bisher jeden Kontakt gemieden. Umso unwohler fühlte er sich jetzt.
Nachdem ein gemeinsames Gebet das Abendessen beendet hatte, sprach ihn der am Kopfende sitzende Mönch, ein Respekt ausstrahlender Greis mit weißem Vollbart und klugen, lebendigen Augen mit einer ungewöhnlich tiefen, wohltuend warmen Stimme an.
Es schien der Abt zu sein. Timo verstand kein Wort. Höflich wartete er, bis der Respekt einflößende Abt geendet hatte.
„Nemez, Germanski", war das Einzige, was Timo hervorbrachte. Überrascht wendeten ihm alle den Kopf zu. Timo hoffte, daß sich auch hier jemand fand, der mit ihm reden konnte. Aber es wäre wohl zuviel verlangt gewesen, wenn hier einer der Klosterbrüder deutsch gesprochen hätte.
„Do you speak english?" kam die unverhoffte Frage.
„Oh, yes. A little bit", quetschte Timo zögernd hervor, weil er damit überhaupt nicht gerechnet hatte.
Neben dem Greis erhob sich ein stattlicher Mönch mit einem dichten schwarzen Vollbart.
„I am father Sergei. You're in Monastery Kvemopoka. That´s Abbott Timofei", stellte Sergei den Abt vor, der sich leicht verbeugte.
Timo ärgerte sich insgeheim, in der Schule nicht besser englisch gelernt zu haben. Trotzdem suchte er alle seine Vokabeln zusammen

und holperte:
„My name is Timo. I come from Germany. I was prisoner in Russia. I come illegal over the Mountain border. I want go back to Germany. Please help me."
Mühsam erklärte er, wie schon in Tschetschenien dem Arzt, was ihm in den letzten Monaten widerfahren war. Bruder Sergei übersetzte in die Landessprache. Die Mönche lauschten andächtig. Als er geendet hatte, blickte er ängstlich in die Runde. Würden sie ihm helfen?
Die Mönche diskutierten ruhig. Hin und wieder stellte der eine oder andere noch Fragen, die Sergei an Timo weitergab. Am Ende traf Abt Timofei eine Entscheidung. Das Ergebnis übersetzte Vater Sergei.
Die Mönche würden ihm helfen. Einige Tage könne er als Gast im Kloster wohnen. Er bekomme eine Zelle. Die sei zwar nicht luxuriös, aber besser als ein russisches Straflager. Er habe sich an die Lebensgewohnheiten im Kloster anzupassen und müsse auch arbeiten. Das Klostergelände dürfe er nicht verlassen. Außerdem habe er in seiner Zelle zu bleiben, wenn Besuch komme.

In den folgenden Tagen lernte Nemez, wie sie ihn riefen, das georgische Klosterleben kennen. Frühes Aufstehen, gemeinsames Essen, Arbeit im Klostergarten, Holz hacken. Oft sah er auch Vater Andrei, der wie Rasputin aussah, zu, wie er Ikonen malte. Auch an den Gottesdiensten in der Kirche, in welche die Mönche mehrmals täglich in feierlicher Prozession schritten, hatte er teilgenommen. Das Gotteshaus, auf den ersten Blick eher unscheinbar, war von heiterer Feierlichkeit geprägt. Vor allem durch die orthodoxen Fresken an Decken und Wänden.
Er bekam zu essen und konnte in einem steinernen Becken baden. Dieses wurde von einer Quelle gespeist. Hier konnte er seine Sachen waschen und erhielt eine neue Hose. Sogar seine Haare wurden ihm geschnitten. Nur der Vollbart, der ihm während der Flucht gewachsen war, blieb ihm. Jedes Mal, wenn Besucher auftauchten, mußte er in seiner Zelle warten, bis er wieder gerufen wurde.
In den ersten Tagen beschlich ihn dabei immer ein ungutes Gefühl; er hatte Angst, an die Miliz übergeben zu werden. Aber das ließ bald nach.

Fast zwei Wochen war er nun schon Gast der Mönche des Demetrius-Klosters in Kvemopoka in den Bergen Nordgeorgiens. Die fremdartige Stimmung, die von diesem Ort ausging, nahm ihn gefangen. Eine innere Ruhe, die er in dieser Form noch nie kennen gelernt hatte, erfüllte ihn. Wie selbstverständlich beteiligte er sich an den Riten, als sei er einer von ihnen.
Am zwölften Tag seines Aufenthaltes mußte er noch vor dem Mittagessen in seine Zelle, in die ihm Vater Andrei sein Essen brachte. Es waren Besucher gekommen, die am gemeinsamen Mittagsmahl teilnahmen. Nur kurze Zeit später bat ihn Vater Sergei zum ehrwürdigen Archemandriten Timofei, so wurde der Abt von den anderen genannt, zu kommen.
Vor dessen Schreibtisch saßen zwei mit Anzügen und Krawatte bekleidete Männer, die ihm interessiert entgegensahen. Der Jüngere von den Beiden stand auf, streckte ihm die Hand entgegen und begrüßte ihn freundlich lächelnd auf deutsch mit leichtem französischen Akzent.
„Sie sind Timo, der Deutsche, wie ich von Abt Timofei gehört habe."
Timo nickte nur, so sprachlos war er.
„Mein Name ist Serge Ketosjan. Ich bin Armenier. Das ist mein Bruder Tigran."
Er wies auf den zweiten Mann, einen finsteren Gesellen mit dichten schwarzen Augenbrauen und einem wenig freundlichen Blick, der ihm nur zögerlich seine Hand reichte.
„Freut mich", antwortete Timo, noch immer mit einem Kloß im Hals, „vor allem, weil ich zum zweiten Mal unverhofft jemanden kennen lerne, der deutsch spricht."
„Oh, das ist nicht verwunderlich", entgegnete Petrosjan.
„Im Kaukasus sprechen viele deutsch. Die Kinder lernen es sogar in der Schule. Ich bin aber in Frankreich geboren, habe lange in München gelebt, bis ich 1996 nach dem Abchasienkrieg in das Land meiner Eltern zurückgegangen bin. Tigran und ich sind Geschäftsleute. Wir helfen den Mönchen in diesen wirtschaftlich schlechten Zeiten, sich einigermaßen über Wasser zu halten. Sie haben uns von dir erzählt. Da die Freunde der Mönche auch unsere Freunde sind, wollten wir dich kennenlernen. Aber jetzt erzähle erst einmal von dir.

Aus dem, was mir Abt Timofei und Vater Sergei erzählt haben, bin ich nicht so recht schlau geworden.
Danach warst du in einem russischen Lager, bist geflohen und durch Tschetschenien zu Fuß über die Berge. Das klingt alles nicht sehr glaubwürdig. Findest du nicht auch? Oder hat dich Vater Sergei nicht richtig verstanden?"
„Doch hat er", entgegnete Timo. Dann wurde die Geschichte von Verschleppung, Bergwerk, Flucht, Tod von Dolph, bis zur Kletterei durch die Berge zum dritten Male erzählt. Ketosjan hörte aufmerksam zu, während sein Bruder Tigran mit den Mönchen flüsterte.
„Tja, da hast du in den letzten Monaten eine Menge erlebt", bemerkte Petrosjan nach dem Ende der Erzählung.
„Du kannst sogar von Glück sagen, daß du überlebt hast. Nicht nur die Berge in Tschetschenien sind stark vermint, auch die in Ossetien, wo du über die Grenze gekommen bist, sind betroffen. Wegen der Terroristen, wie die Russen sagen. Sie befürchten, daß sie sich in Georgien verstecken oder sich hier Waffen besorgen. Für das Pankisital, nordöstlich von Tiflis, direkt an der tschetschenischen Grenze, trifft das wohl auch zu. Hier leben aber Christen. Die tschetschenischen Moslems haben zu uns keinen Kontakt. Aber sie halten sich natürlich in den Bergen versteckt. Das ist ihre Welt. Da traut sich kein russischer Soldat hinein. Sie schießen auf alles, was sich bewegt. Deshalb hast du unglaubliches Glück gehabt. Das Unwetter und der Nebel dürften dich gerettet haben. Du bist ein Glückspilz.
Übrigens ist es wirklich besser, wenn du weiter in die Türkei gehst, um dort zur deutschen Botschaft zu kommen. Georgien ist seit dem Abchasienkrieg wieder Mitglied der GUS-Staaten. Ist Rußland somit verpflichtet. Ich mag mich täuschen, aber ich befürchte, hier in Tiflis könnte es wegen deiner Ausreise Probleme geben. Deshalb komm mit uns.
Wir bringen dich über die türkische Grenze. Von da aus mußt du alleine weiter. Nach Trabzon oder Ankara. Bei deinem Glück wirst du es bestimmt schaffen."
Ketosjan lachte jungenhaft, während er Timo auf die Schulter klopfte. Der hatte schnell gemerkt, daß illegale Grenzübertritte zum Geschäft der Ketosjanbrüder gehörten. Deshalb wandte er vorsichtig

ein: „Das ist zwar furchtbar nett. Aber aus purer Menschenfreundlichkeit oder aus Mitleid macht ihr das sicher nicht. Bezahlen kann ich nicht. Ich besitze nichts."
Ketosjan sah ihn mit gespielter beleidigter Miene an.
„Wer hat denn von Geld gesprochen? Natürlich machen wir das nicht allein aus Mitleid oder Menschenfreundlichkeit. Dafür ist das zu riskant. Die türkisch-georgische Grenze wird durch russische Soldaten bewacht. Zwar nicht mehr so intensiv wie noch vor einigen Jahren, aber es ist immer noch die NATO-Grenze. Auch wenn unser Präsident angekündigt hat, einen NATO-Beitritt zu beantragen. Deshalb sind auch auf türkischer Seite viele Soldaten stationiert. Aber wir sind hier zu Hause. Wir kennen uns aus. Verlaß dich nur auf uns. Wir machen das nicht zum ersten Mal. Natürlich wirst du uns helfen müssen, einige Gegenstände über die Grenze zu tragen. Dabei zählt jeder Mann, wie du dir vorstellen kannst. Das ist alles. Wenn wir es geschafft haben, bekommst du als Lohn sogar noch etwas Geld, damit du mit einem der Busse fahren kannst."
Timo kniff die Lippen aufeinander. Er war wieder einmal hin und her gerissen. Die Ketosjanbrüder waren Schmuggler. Einfach unvorstellbar, daß die Mönche das wußten. Um deren Gastfreundschaft nicht zu strapazieren, wollte er sie aber auch nicht fragen. Sie hielten die Beiden bestimmt für seriöse Geschäftsleute, die mit Ikonen handelten.
Nach langem Überlegen kam er zu dem Ergebnis, keine andere Wahl zu haben. Er wollte zurück nach Mecklenburg. Deshalb stimmte er zu.
Ketosjan grinste zufrieden.
„Na, dann sind wir ja handelseinig. Ich könnte mir übrigens gut vorstellen, daß sich die Mönche freuen würden, wenn du nach deiner Rückkehr nach Deutschland an das Kloster denken würdest. Jede Geldspende, sei sie auch noch klein, ist willkommen. Über die deutsche Botschaft in Tiflis läßt sich das garantiert regeln."
Petrosjan, der inzwischen kurz mit Vater Sergei gesprochen hatte, wandte sich wieder Timo zu.
„In einer Stunde fahren wir. Du fährst mit uns. Nutze die Zeit, um dich zu verabschieden. Wir treffen uns dann am Auto vor der Kirche."

Damit war Timo entlassen. Er verabschiedete sich von den Mönchen. Vater Andrei, der rasputinähnliche Ikonenmaler, schenkte ihm eine kleine handgemalte, knapp handtellergroße Ikone, die Timo sorgsam in der Innentasche von Bajrams Jacke verbarg.
Zur abgesprochenen Zeit fand er sich vor der Kirche ein. Tigran verstaute noch zwei Kisten im Kofferraum des Shiguli-Pkw, dann mußte Timo auf dem Rücksitz Platz nehmen. Tigran fuhr ab. In der Tür des Wohnhauses stand Vater Sergei und schaute ihnen bewegungslos nach. Von den anderen Mönchen war keiner zu sehen.

Die hinter dem Dorf Kvemopoka überraschend gut ausgebaute Straße führte ständig bergab. Es ging an fruchtbaren Gemüsefeldern, Weingärten und Obstbäumen vorbei. Üppig blühende Pflanzen säumten den Straßenrand. Als Timo zurückblickte, grüßten ihn wie zum Abschied die schneebedeckten Gipfel über den bewaldeten Höhen, vor denen sich das Kloster abzeichnete.
Als ob Ketosjan seine Gedanken gelesen hatte, fragte er:
„Ist das nicht ein paradiesisches Fleckchen Erde?"
„Ja. Unter anderen Umständen könnte ich es sogar genießen", war die etwas zynische Antwort.

Bei der Fahrt durch das Land genoß Timo seit Monaten erstmals richtig entspannt in einem Auto sitzend die Umgebung, die Ketosjan wie ein professioneller Fremdenführer erklärte.
„Das ist hier eine sehr fruchtbare Landschaft unterhalb des Kazbek. Das ist der schneebedeckte Berg, den du so angestarrt hast. Übrigens mehr als 5000 Meter hoch. In den Tälern herrscht ein mildes Klima, deshalb wachsen hier Sonnenblumen, Tabak, Mais, Weizen und Gemüse. Aber auch Obst. Die Birnen sind die besten der Welt. Das haben die Römer schon gewußt. Deshalb hat Pompeius mit seinen Legionen schon versucht Gori zu erobern, durch das wir gleich fahren."
Timo fand bis auf ein großes Stalindenkmal nichts Besonderes an der Stadt.
„Wir fahren jetzt ein Stück auf der Nordroute der Seidenstraße", erklärte Serge, nachdem sie die Stadt wieder verlassen hatten.
Alle paar Kilometer befand sich an der Straße ein Kontrollhäuschen, aus dem ein Polizist mißtrauisch dem Shiguli der Ketosjanbrüder entgegensah. Aber sie wurden nur einmal angehalten. Die Kontrolle entfiel, nachdem Tigran dem Uniformierten einmal kräftig die Hand gedrückt hatte.
Serge grinste.
„Mit ein paar Lari, das ist hier die Landeswährung, sind mögliche Probleme schnell beseitigt. Die Jungs werden für ihren harten Job einfach zu schlecht bezahlt."
„Der nächste Ort ist Bordshomi, ein ehemaliges Kurbad des Zaren", meldete sich Ketosjan nach geraumer Zeit wieder.
„Noch vor wenigen Jahren war hier für die Weiterfahrt ein Passierschein erforderlich. Das war Sperrgebiet wegen der türkischen Grenze. Deshalb werden jetzt auch die Straßen schlechter."
Die Landschaft hatte sich wieder verändert. In den Sandstein war von dem kleinen Fluß ein enges Tal geschnitten worden, das an einen nordamerikanischen Canyon erinnerte. An einem Straßenrestaurant hielten sie an. Das Schild „Eating House" irritierte Timo. Ketosjan lachte.

„Das ist die neue Zeit. Von der Karawanserei zum 'Eating House'."
Sie waren die einzigen Gäste, die an dem wackeligen Gartentisch mit den ebenso wackeligen Stühlen unter einem riesigen Baum Platz nahmen. Der Wirt und seine Frau bedienten sie zuvorkommend. Die Ketosjanbrüder, das war zu erkennen, waren hier gut bekannt.
Nach dem ausgiebigen Essen, für Timo nach fast einem Jahr das erste Mal wieder Fleisch, bezahlte Tigran in US-Dollar, bevor sie weiter fuhren.
Fast unmerklich war aus den Sandsteinfelsen Tuffstein geworden, in dessen steilen Wänden unzählige Höhlen geschlagen worden waren, die durch Treppen, Terrassen und Galerien miteinander verbunden waren.
„Es sollen über 2000 Höhlen sein, in denen 50.000 Menschen Platz haben. Sogar Wasser gibt es aus unterirdischen Mineralquellen und ein geniales Belüftungssystem. Bei Gefahr wurden einfach die Leitern eingezogen", erklärte Serge.
„Das wirst du aber bald selber erleben. Wir sind gleich an unserem Ziel."
„Ihr verdient euer Geld durch Schmuggel. Stimmt's?" platzte Timo heraus.
Serge schien nicht im Geringsten beleidigt zu sein.
„Na klar. Wir betreiben das gewerbsmäßig", gab er freimütig zu, „schließlich leben wir hier an der Seidenstraße. Seit Jahrtausenden wird hier nicht nur gehandelt, sondern auch geschmuggelt. Wir leben in der Tradition unserer Väter. Das ist nichts Ehrenrühriges. Und wir leben nicht schlecht davon."
„Und die Mönche vom Demetrius-Kloster wissen das?" fragte Timo etwas naiv.
„Die Mönche wissen nicht, welches Geschäft wir betreiben. Sie mögen es ahnen. Aber sie bekommen von uns einen guten Preis für ihre Ikonen. Wie und an wen wir sie weiterverkaufen, interessiert sie nicht. Sie sind Georgier. Sie kennen die Gepflogenheiten. Wer viel fragt, bekommt viele Antworten."
„Laß mich raten", stichelte Timo, „du heißt weder Ketosjan, noch ist Tigran dein Bruder, sonst würde er deutsch sprechen."
Der Armenier lachte laut auf.

„So wenig oder soviel, wie du Timo heißt und ein unbescholtener Bürger bist“, war die lakonische Antwort, „aber ich sagte schon, wer viel fragt, bekommt viele Antworten.“
Tigran bog von der sich zwischen den Tuffsteinfelsen verlierenden Straße auf einen unbefestigten Hirtenweg ab. Es holperte stark. Mehrfach setzte der Wagen auf dem Boden auf. Serge drehte sich zu Timo um.
„Selbst wenn du jetzt Probleme damit hast, uns zu kennen. Es ist zu spät zum Aussteigen. Du hast keine andere Wahl. Ich garantiere dir, auch wenn du aus dem Lager in Rußland fliehen konntest und beim Klettern über die Berge nicht die Beine verloren hast, hier aus dem Labyrinth der Wardsia-Täler mit ihren Höhlen kommst du ohne unsere Hilfe nicht mehr lebend heraus.“
„So war das auch nicht gemeint“, wiegelte Timo ab. Bei den letzten Worten war ihm ein gehöriger Schreck durch die Glieder gefahren.
„Na, dann ist ja alles in Ordnung“, grinste Ketosjan und wandte sich wieder dem Weg zu.
Unterhalb einer Felswand, in der im letzten Dämmerlicht eine Unzahl von Höhlen erkennbar waren, stellte Tigran den Wagen ab. Sie stiegen aus. Aus dem Schatten der Wand lösten sich zwei dunkle Gestalten.
Während sie ihre Kalaschnikow lässig in den Armbeugen hielten, begrüßten die Armenier sie herzlich. Timo wurde mißtrauisch beäugt. Nach einem kurzen Wortwechsel verschwanden die beiden Wachtposten wieder im Schlagschatten der Felswand, nicht ohne vorher Tigran beim Entladen der Kisten geholfen zu haben.
Wie von Geisterhand wurde von oben eine Leiter heruntergelassen. Serge und Timo kletterten nach oben. Auf einer Galerie standen zwei weitere Männer, die ihnen nur zunickten. Wortlos ließen sie Seile herunter, an denen die Kisten befestigt wurden, die sie dann hoch zogen. Nur wenig später hörte Timo, wie sich das Auto wieder entfernte.
Ketosjan führte ihn in die Höhle. Zielsicher ging er durch den ersten dunklen Raum, der offensichtlich leer war, schob an einem Durchgang eine Decke zur Seite und machte erst dahinter eine Taschenlampe an. Timo konnte erkennen, daß sich auch in diesem Raum

nichts befand. Im Hintergrund war eine massive Metalltür ohne Klinke erkennbar. Auf Klopfen wurde sofort geöffnet. Es war ein großer Raum, in den sie eintraten. An den Wänden befanden sich Strohsäcke, auf denen einige Männer vor sich hin dösten. Davor waren Lebensmittel und Weinflaschen malerisch verteilt.
In der Mitte stand ein Tisch, auf dem eine Petroleumlampe ein trübes Licht verbreitete. Zwei Männer spielten in dem diffusen Schein der Lampe ein Brettspiel, bei dem Steine hin und her geschoben wurden. Sie ließen sich durch die Neuankömmlinge nicht stören, tranken ihren Wein und rauchten. Timo bemerkte, daß in dem Raum eine angenehme Luft herrschte, obwohl sich zehn Personen hier aufhielten. In den Höhlen mußte tatsächlich ein hervorragendes Belüftungssystem bestehen. Ketosjan wies Timo den leeren Strohsack neben einem Durchgang in einen weiteren Raum zu. Wortlos setzte er sich, zog die Beine an, lehnte sich an die Wand und beobachtete die Szene. Die anderen beachteten ihn auch jetzt noch nicht.
Die Beiden von der Galerie erschienen mit den Kisten aus Tigrans Auto. Sie wurden in den hinteren Raum getragen, dann gesellten sie sich zu den Brettspielern. Irgendwann schlief Timo ein. Er wußte nicht, ob es Nacht oder Tag war, als er wieder aufwachte.
Serge hatte ihn gerüttelt, ihm ein Stück Brot hingelegt und ein Glas Wasser dazu gestellt. Der Raum war leer. Niemand war zu sehen. Nachdem er gegessen hatte, bedeutete ihm Ketosjan, der zwischenzeitlich die gleiche bäuerliche Kleidung trug, die er bei den anderen gesehen hatte, mit einer Kopfbewegung, zu folgen.
Sie gingen in den hinteren Raum, der sich als Lager entpuppte. Dort stand säuberlich gestapelt eine Vielzahl gleichartiger Kisten, wie er sie bei Tigran gesehen hatte. Sie sahen aus wie Munitionskisten, waren kyrillisch beschriftet. Die Männer waren schweigend damit beschäftigt, aus den Kisten kleine Päckchen in Rucksäcke zu verstauen. Ein grobschlächtiger Kerl mit Glatze und Vollbart, dessen Gesicht von einer Narbe verunstaltet war, die ihm ein brutales Aussehen verlieh, schob ihm einen schon gepackten Rucksack zu. Der Kerl sah aus wie Igor, der im Bergwerk als Kalfaktor die anderen Gefangenen beaufsichtigt hatte und dessen Brutalität ihm heute noch Schauer über den Rücken laufen ließen.

Als die anderen auf ein Zeichen Ketosjans ihre Rucksäcke aufnahmen, schloß sich Timo an. Es kostete ihn einige Mühe, den Rucksack, der seiner Schätzung nach mindestens 30 Kilogramm Gewicht hatte, hochzuheben. Es half ihm niemand. Als alle fertig waren, setzte sich die Menschenkarawane in Bewegung, die von Ketosjan angeführt wurde. Timo reihte sich an vierter oder fünfter Stelle ein. Es ging nach hinten weiter in den Berg hinein, wie Timo glaubte. Mit seiner Taschenlampe leuchtete Serge den Weg aus. Es ging durch schmale Gänge, leere Räume, an denen er im Vorbeigehen schemenhaft alte Fresken erkennen konnte, in den Stein gehauene Treppen. Wie in Trance, ohne Zeitgefühl, trottete Timo hinter seinem Vordermann her. Der grobschlächtige Kerl stapfte hinter ihm, was ein unheimliches, bedrückendes Gefühl verursachte.
In einem Raum mit einer kleinen Zisterne voll klaren Wassers, wurde Rast gemacht. Durch eine schmale Felsnische fiel ein wenig Licht auf die Schmugglergesellschaft. Die Männer erfrischten sich, ohne die Rucksäcke abzunehmen. Ketosjan war bereits vorgegangen. Auf seine Rückkehr wurde gewartet. Der grobschlächtige Kerl fixierte in unangenehmer Weise den Deutschen.

Nach einiger Zeit zeigte er auf dessen Schuhe. Timo blickte an sich herunter. Ein Schuhband hatte sich gelöst.
Er bückte sich, um es zubinden. Der schwere Rucksack schlug ihm ins Genick, er verlor das Übergewicht und stürzte. Schadenfreudiges Gemurmel war zu hören. Der Grobschlächtige half ihm aufzustehen, wobei er an die Jacke von Timo faßte.
Überrascht hielt er einen Moment inne, dann faßte er in die Innentasche und holte die kleine Ikone heraus. Sein Blick verfinsterte sich, seine Haltung wurde bedrohlich. Die anderen rückten näher, um besser sehen zu können, was ihnen der Grobschlächtige zeigte. Der Kordon der Männer zog sich enger um ihn zusammen. Angst stieg in Timo hoch. Ihm war schlagartig klar geworden, daß sie glaubten, er habe sich von dem Schmuggelgut etwas abgezweigt. Wie sollte er erklären, daß es sich um das Geschenk eines Mönchs aus dem Demetriuskloster handelte?
Die Rückkehr von Ketosjan entspannte die langsam eskalierende Si-

tuation. Der Armenier drängte sich durch die Männer und sah den Grobschlächtigen fragend an, der ihm die Ikone unter die Nase hielt.
„Woher hast du die?“ Überraschend scharf wurde Timo gefragt.
Timo erklärte, sie als Abschiedsgeschenk von Vater Andrei erhalten zu haben.
„Paß auf. Ich nehme die Ikone an mich, bis wir uns trennen. Dann erhältst du sie wieder. Ich will hier keine Diskussion mit den Männern. Sie glauben, daß du das Bild gestohlen hast. Das ist ein Tabubruch. Sie erwarten eine Bestrafung. Ich werde ihnen erklären, daß ich das in der Türkei von deinem Lohn einbehalte. Aber sieh dich vor. Die Männer sind empfindlich. Jeder Fehler, der gemacht wird, kann das Leben kosten. Wenn wir jetzt aus der Höhle kommen, sind wir in unmittelbarer Grenznähe. Jedes Wort, jedes Geräusch ist zu vermeiden. Du hältst dich nur an deinen Vordermann. Sonst nichts. Ist das klar?“
Timo nickte. Ketosjan steckte die Ikone ein. In wenigen Worten teilte er den Männern seine Entscheidung mit, die wortlos entgegengenommen wurde. Dann setzte sich der Zug langsam wieder in Bewegung.
Es war wieder dunkel geworden, als sie die Höhle verließen. Vorsichtig stiegen sie über mehrere Treppen hinab. Es war eine schmale Schlucht, nur wenige Meter breit, in die sie gestiegen waren. Es ging auf dem Talboden weiter. Es war stockdunkel, aber die Männer kannten sich aus. Das war zu merken. Timo orientierte sich an seinem Vordermann, der nur einen halben Meter vor ihm ging.
„Stoj“, ein harter Befehl hallte durch das Tal. In der Stille hörte er sich an wie ein Peitschenknall. Augenblicklich ließen sich die Männer fallen. Auch Timo. Er kam auf den Füßen seines Vordermanns zu liegen, der leise gequält aufstöhnte. Von vorne hörte er, wie Serge einige Worte rief. Hinter einem Felsen erschienen schemenhaft einige Soldaten, die sich mit ihren Kalaschnikows im Anschlag langsam näherten. Sie nahmen Ketosjan mit. Die Männer blieben liegen und rührten sich nicht.
Nach einigen Minuten nervzehrenden Wartens kam er wieder. Auf ein Wort von ihm erhoben sich alle, reihten sich wieder ein und trotteten weiter. Timo wußte nicht, wie lange sie ohne Pause gegangen

waren. Das Tal war breiter geworden; es ging leicht bergab. Am östlichen Horizont war der erste helle Streifen jungen Morgens zu erkennen, als sie bei einer alten Ruine ankamen, die vor sehr langer Zeit einmal eine armenische oder georgische Kirche gewesen sein dürfte. Ketosjan führte sie in eine Katakombe, in der, wie schon in den georgischen Höhlen, Kisten standen. Die Männer verloren keine Zeit. Sie leerten ihre Rucksäcke in diese Kisten, erhielten von dem Armenier ihren Trägerlohn und verschwanden so schnell, wie sie gekommen waren. Timos Rucksack wurde von dem Grobschlächtigen mitgenommen, der es sich nicht verkneifen konnte, dem Deutschen zum Abschied kräftig auf den Fuß zu treten.
„Es ist besser für dich, wenn du auch gleich verschwindest", erklärte Ketosjan, während sich Timo den schmerzenden Fuß hielt.
„Ich gebe dir 50 Dollar, sowie 100.000 türkische Lira. Das ist mehr, als die anderen erhalten haben. Du gehst nach Cildir, steigst an der Moschee in einen Dolmus-Bus und fährst nach Kars bis zum Busbahnhof. Dafür reichen die Lira. Von da nimmst du den Linienbus, der über Erzurum nach Ankara fährt. Gib dem Fahrer 40 Dollar. In 24 Stunden bist du an der Deutschen Botschaft. Mehr kann ich nicht für dich tun."
Während er sprach, ging er aus der Katakombe heraus. Timo humpelte hinter ihm her.
„Ach noch was. Hier ist Militärsperrgebiet. Laß dich nicht von einer Patrouille erwischen. Dann wanderst du in einen türkischen Militärknast. Wenn du viel Pech hast, halten sie dich auch noch für einen Kurden. Also Vorsicht. Die Soldaten fahren aber immer mit dem Jeep; kommen nie zu Fuß. Wenn du aufmerksam bist, hörst du sie frühzeitig. Bei Hubschraubern stellst du dich unbeweglich an einen Felsen und wartest, bis du ihn nicht mehr hörst. Bis Cildir sind es gut 15 Kilometer", sagte er und zeigte auf eine steinige Fahrspur, die zwischen einigen mannshohen Steinen und einigen dürftigen flachen Trockenbüschen, die den Verbiß von Ziegen überlebt hatten, hinter einem kleinen Hügel verschwand.
Dann drückte der armenische Schmuggler ihm das Geld sowie seine Ikone in die Hand.
„Gute Heimkehr", war das Letzte, was Timo von ihm hörte, der, oh-

ne Zeit zu verlieren, los humpelte. Als er sich noch einmal umdrehte, war der Armenier verschwunden.

Zweimal mußte sich Timo verstecken. Zuerst vor einem offenen Jeep, in dem sich drei Soldaten befanden, von denen einer an einem Maschinengewehr stand. Eine halbe Stunde später noch einmal, als sich zwei Militär-LKW den kleinen Weg heraufquälten.
Ohne noch einmal aufgehalten zu werden, erreichte er den Cildir Gölü, einen künstlich angestauten See, in dem er seinen stark angeschwollenen Fuß kühlen konnte. Einer der Zehen schien gebrochen zu sein. Nur mit sehr viel Mühe gelang es ihm, den Schuh wieder anzuziehen. Lange Laufen konnte er so nicht mehr.
Er humpelte nach Cildir hinein. Der Ort war nicht groß, die Moschee sofort zu finden, da sie alles überragte. Auf dem Platz davor standen mehrere kleine Busse, die mit Reisenden schon gut gefüllt waren.
An einem Schild, endlich wieder in lateinischen Buchstaben, das neben dem Fahrer an der Windschutzscheibe steckte, erkannte er den Bus, der nach Kars fuhr, quetschte sich hinein, reichte die Lira zum Fahrer durch und bekam sogar noch einige Scheine als Wechselgeld zurück.

In Kars konnte er sich des Eindrucks nicht erwehren, wieder in Rußland zu sein. So sehr ähnelten sich die öffentlichen Gebäude und Wohnhäuser. Kars schien vor allem eine Garnisonstadt zu sein. Überall, an jeder Straßenecke, in jedem Cafe, auf dem Basar und auf den Plätzen waren Soldaten zu sehen.
Nachdem er sich auf dem Basar noch etwas zu essen und zu trinken gekauft hatte, stieg er in den recht modernen Reisebus nach Ankara. Der Fahrer musterte ihn skeptisch. Timo sagte nur Ankara und legte auf die Ablage 40 Dollar, so wie der Armenier es ihm gesagt hatte. Der Fahrer strich kommentarlos das Geld ein, wies mit dem Kopf nach hinten und ließ ihn in Ruhe.
Die Fahrt war ermüdend. Für die baumlose, karge Landschaft Ostanatoliens hatte er keinen Blick. Erzurum war die letzte Stadt, die ihm in Erinnerung blieb, weil auch hier, sogar noch mehr als in Kars, unglaublich viel Militär zu sehen war. Es war eigenartig. Obwohl in

Freiheit, konnte er sich nicht richtig freuen.
Kurz hinter Erzurum wurde es dunkel. Die Mitreisenden kümmerten sich nicht um ihn. Teilweise lagen sie auf den Sitzbänken und schliefen. Auch Timo nutzte den Platz, den er hatte, legte sich, schloß die Augen und war kurz danach eingeschlafen.

In Ankara verbrauchte er das letzte Geld, um zur Botschaft zu gelangen. Nach einem ausführlichen Gespräch mit einem Sicherheitsbeamten vom Bundeskriminalamt durfte er sich waschen und ausruhen.
Einige Stunden später wurde ihm mitgeteilt, daß gegen ihn ein Haftbefehl bestehe, wegen seiner Beteiligung an einem terroristischen Anschlag und Verstoßes gegen Meldeauflagen. Er werde nach Erledigung der Formalitäten nach Deutschland geflogen, um dem Haftrichter seiner Heimatstadt vorgeführt zu werden. Bis dahin bleibe er im Gewahrsam der Botschaft.
Wenige Tage danach saß er mit zwei Polizeibeamten im Flieger nach Frankfurt.

In einem gesonderten Sprechzimmer der Justizvollzugsanstalt, das Strafverteidigern für ihre Mandantengespräche zur Verfügung gestellt wurde, trafen sie sich wieder.
Staatsanwalt Bertling, Rechtsanwältin Jakobi, der „Kugelblitz", Raschke und Schrader. Timo wurde durch einen Justizbeamten hereingeführt.
„Sie brauchen keine Angaben zu machen", ergriff Frau Jakobi sofort das Wort, nachdem sich ihr Mandant auf den wackeligen Stuhl gesetzt hatte, der ihm durch den Staatsanwalt angeboten worden war.
Timo winkte müde ab.
„Ich will aber. In den letzten Tagen hatte ich reichlich Zeit, darüber nachzudenken. Es ist im vergangenen Jahr so viel Schreckliches passiert. Das kann so nicht weitergehen. Es muß endlich ein Ende haben mit der Spirale von Gewalt und Gegengewalt. Sie müssen erfahren, was ich erlebt habe. Was aus den anderen geworden ist, die mit mir nach Rußland verschleppt wurden. Und vor allem, wer dafür verantwortlich ist. Das habe ich einem Sterbenden versprechen müssen.

Dieses Versprechen werde ich jetzt einlösen."
Der „Kugelblitz" zeigte auf das Tonbandgerät, das Schrader auf den Tisch gestellt hatte.
„Haben sie etwas dagegen, wenn wir ihre Angaben aufzeichnen?"
Die Rechtsanwältin wollte Einspruch erheben, aber Timo hatte nichts dagegen, wenn ihr von der Staatsanwaltschaft eine Kopie der Abschrift zur Verfügung gestellt würde. Man einigte sich.
„Ich hoffe nur, sie haben genug Tonbänder dabei", leitete Timo seine Erzählung ein, die an der Stelle begann, wo er in der Altstadt von zwei Männern in einen Lieferwagen gezerrt wurde.
Timo redete sich alles von der Seele. Nicht eine Zwischenfrage wurde gestellt. Jederzeit aufmerksam, an manchen Stellen fast andächtig, teilweise fassungslos, lauschten die Anwesenden.

Raschke besorgte Mineralwasser gegen den Durst. Keiner mußte auf die Toilette, keiner hatte Hunger, keiner wichtige Termine. Zu spannend war das, was sie hörten.
Nach mehreren Stunden schloß Timo seine Erzählung mit der Ankunft an der Botschaft in Ankara.
„So, das war's."
Betretenes Schweigen herrschte. Das Gehörte mußte erst verarbeitet werden. Als erste fing sich Frau Jakobi wieder. Die Rechtsanwältin erklärte, sich noch mit ihrem Mandanten unter vier Augen unterhalten zu wollen. Als sie allein waren, erklärte sie Timo den möglichen Fortgang des Verfahrens gegen ihn und erläuterte, auch unter dem Eindruck des soeben Gehörten, ihre Strategie und schloß:
„Ich kann mir vorstellen, daß sie milde Richter finden. Eine lange Haftstrafe, wenn überhaupt, wird es nach meiner Einschätzung nicht geben. Wichtig ist für sie aber auch, finanziell auf die Beine zu kommen. Deshalb schlage ich vor, wir vermarkten ihre Geschichte zu einem guten Preis an ein Magazin oder eine Illustrierte. Wenn es ihnen recht ist, werde ich mich kümmern."

„Und wenn ich ein Buch schreibe? Im Knast habe ich genügend Zeit."
„Ich habe schon gesagt, daß ich an eine lange Haftstrafe nicht glau-

ben mag. Also damit ist das mit genügend Zeit im Knast so eine Sache. Außerdem ist es nicht so einfach, einen Verlag zu finden, der ein derartiges Manuskript übernimmt. Und viel Geld ist für den Autor auch nicht zu verdienen. Deshalb rate ich zum Magazin oder einer Illustrierten."
Timo ließ sich überzeugen.
„Die Kontakte würden über mich hergestellt. Über das Finanzielle werden wir sprechen, wenn ich einen Vertragsentwurf vorlege. Einverstanden?"
„Habe ich eine andere Wahl?", lachte Timo.
„Theoretisch ja", lachte Frau Jakobi zurück, drückte die Signalklingel für den Justizbeamten, verabschiedete sich und ging, während Timo zurück in seine Zelle gebracht wurde.

Schrader hatte das Tonbandgerät abgebaut und das Band gut verstaut. Danach hatten Staatsanwalt Bertling, der „Kugelblitz" und seine zwei Beamten schweigend die Sicherheitskontrollen über sich ergehen lassen. Sie gingen auf der Straße nebeneinander her zur Dienststelle, die nicht sehr weit entfernt lag.
„Das wird ein langer Abend", bemerkte Bertling zum Kripochef, „ich denke, wir werden eine Menge zu besprechen und ihre Männer Einiges zu veranlassen haben."
Raschke schaute betrübt. Er hatte seiner Frau versprochen, heute mit ihr zum Tanzen zu gehen. Dieses Versprechen löste sich gerade in Wohlgefallen auf. Nicht, dass er sich sehr darüber geärgert hätte, so gerne ging er nicht Tanzen, aber wie sollte er es seiner Frau erklären? Schrader sah ihn von der Seite an und grinste unverschämt. Er schien zu wissen, mit welchen Gedanken sich Raschke gerade beschäftigte.
„Na, habe ich dir nicht damals nach der Sitzung des Präventionsrates gesagt, daß ich den Gregor für nicht sauber halte? Das war ein falscher Fuffziger, der uns nur aushorchen wollte", triumphierte er. Raschke Blick verfinsterte sich. Er schätzte es nicht, an Fehlbewertungen erinnert zu werden.
„Lieber Kollege Raschke, du solltest lieber darüber nachdenken, wie wir den unabwendbaren Einsatz durchziehen. Die Kollegen werden

sich freuen, wenn du ihnen sagst, daß Feierabend mit Feierabend ist", säuselte Schrader.
„Das wird Kugelblitz erledigen müssen", knurrte Raschke und behielt Recht.

Im großen Besprechungsraum fand sich jeder ein, der es nicht mehr geschafft hatte, pünktlich nach Hause zu kommen. Sogar der Gruppenführer des Sondereinsatzkommandos war erschienen. Einige Beamte von der Kriminaltechnik hatten auf dem Heimweg umdrehen dürfen, wobei sie die Erfindung des Handys zum Teufel wünschten. Als der Kripochef zusammen mit dem Staatsanwalt eintrat, erstarb das Gemurmel.
„Meine Damen, meine Herren", eröffnete „Kugelblitz" die Besprechung.
„Wie sie alle wissen, haben wir uns gewundert, warum vor einem Jahr so plötzlich und unerwartet die fremdenfeindlichen und extremistischen Gewalttaten, die Körperverletzungen und Landfriedensbrüche, die uns bis dahin sehr viel Arbeit gemacht haben, aufhörten. Auch haben wir uns gewundert, warum die Zielfahnder vom Landeskriminalamt die mit Haftbefehl Gesuchten nicht auffinden konnten. Heute, nach der Vernehmung eines der Gesuchten, der sich bei der Deutschen Botschaft in Ankara gestellt hatte, wissen wir es."
Unruhiges Gemurmel erfüllte den Besprechungsraum. Der Kripochef gebot mit einer Handbewegung Ruhe.
„Staatsanwalt Bertling wird ihnen jetzt das Ermittlungsverfahren erläutern, das Grundlage für den Einsatz ist. Bitte Herr Bertling."
„Danke. Meine Damen, meine Herren. Ich habe ein Ermittlungsverfahren gegen den ihnen allen gut bekannten Geschäftsmann Winfried Gregor eingeleitet. Ich beschuldige ihn verdächtig zu sein der Verschleppung, des Menschenhandels, der Freiheitsberaubung, der gemeingefährlichen Vergiftung, der Körperverletzung, des Betruges und des Mißbrauchs ionisierender Strahlen in mittelbarer Täterschaft."

Fast eine Stunde erläuterte der Staatsanwalt das Ermittlungsverfahren, um den Beamten deutlich zu machen, welche Gründe zu den schwerwiegenden Vorwürfen vorlagen und auf welche Beweismittel bei den geplanten Durchsuchungen besonders zu achten sei. Danach war jedem der Anwesenden klar, was zu tun war. Im Anschluß an den Vortrag des Staatsanwalts wurde der Einsatzbefehl bekannt gegeben.

Am nächsten Morgen war um 05.30 Uhr die letzte Besprechung vor dem Einsatz. Zum Abschluß teilte der Leiter der Observationsgruppe mit, der Beschuldigte sei in seinem Haus, die Kampfhunde im Zwinger. Weitere Personen seien nicht beobachtet worden.
Die Kirchturmuhr der Stadtkirche schlug 6 Uhr, als die Einsatzfahrzeuge vor der Villa von Gregor vorfuhren. Das Sondereinsatzkommando öffnete mit einer Ramme die Tür und stürmte, gefolgt von den Ermittlungsteams, das Haus. Um 06.30 Uhr wurde Winfried Gregor in Handschellen auf die Polizeidienststelle gebracht.
Um 11 Uhr gab es eine Pressekonferenz unter starkem Interesse der regionalen und überregionalen Medien.
Timos Odyssee und die Vorwürfe gegen den stadtbekannten Geschäftsmann wurden nicht nur Tagesgespräch, sondern hielten die Stadt lange in Atem. Selbst im Landtag wurde in einer aktuellen Fragestunde über die Vorgänge diskutiert.
Eine einheitliche Meinung bildete sich, wie konnte es auch anders erwartet werden, weder bei den politisch Verantwortlichen, noch bei der Bevölkerung heraus. Von Entsetzen über Mitleid bis hin zu klammheimlicher Freude über diese Form von Selbstjustiz war alles festzustellen, was sich auch in Leserbriefen an die Zeitungen widerspiegelte.

NACHRUF

Kurz nach der Jahreswende hatte der Bürgermeister wieder den Präventionsrat einberufen. Nach dem Lagevortrag der Polizei lehnte er sich zufrieden zurück. Es war erfreulich, was berichtet wurde. Die Graffitischmierereien waren deutlich zurückgegangen. Die Anwohner der WG in der Altstadt hatten sich schon lange nicht mehr über Störungen beschwert. Die aggressive Bettelei hatte nachgelassen und das Wichtigste: fast ein halbes Jahr war es nicht mehr zu fremdenfeindlichen Übergriffen oder Gewaltaktionen gekommen. Es war Ruhe eingekehrt in die Stadt. Die Angehörigen des Präventionsrates diskutierten über ihre Programme und deren Wirksamkeit. Jeder war überzeugt, durch sein Konzept wesentlich zur Beruhigung beigetragen zu haben. Der Bürgermeister bedankte sich, ohne auf die einzelnen Konzepte einzugehen. Er forderte alle auf, im Interesse der Stadt in ihren Bemühungen nicht nachzulassen.

Timo wurde nach drei Monaten, beim ersten Haftprüfungstermin aus der Untersuchungshaft entlassen. Nicht zuletzt deshalb, weil bei einer ärztlichen Untersuchung eine Strahlenerkrankung festgestellt wurde.
„Verdacht auf Blutkrebs", hatte der Arzt lakonisch gesagt, „sie waren längere Zeit ungeschützt zu hoher Röntgenstrahlung ausgesetzt."
Die Diagnose hatte ihn tief getroffen. Erst die Betreuung durch einen Psychologen hatte ihn von seinen Suizidgedanken abgebracht. In dem anschließenden Prozeß verurteilte ihn das Gericht zu einer Bewährungsstrafe. Über seinen Bewährungshelfer wurde ihm eine Wohnung und Arbeitsstelle in der Landeshauptstadt vermittelt. Seither geht er einer geregelten Tätigkeit nach.
Rechtsanwältin Jakobi verkaufte seine Geschichte an eine Illustrierte; von dem Honorar erhielt er nicht einen Euro.

Boomer hatte sich, nachdem er Dolph und Timo im hektischen Durcheinander nach dem Grubenunglück verloren hatte, auf den Weg gemacht, um Jenny zu finden. Er war sicher, daß die Information, die er in der Krankenstation des Bergwerks von einem Kalfaktor erhalten hatte, richtig war und er Jenny in Duschanbe finden würde. Wie Dolph und Timo hatte er Astrachan erreicht, wo er sich zusammen mit Daud, dem jungen Mudschahid, eine Zeitlang immer auf der Flucht vor der Miliz herumtrieb, bevor es ihnen gelang, mit einem Schiff über das Kaspische Meer in Richtung Turkmenistan zu fahren. Von Krasnovodsk wollten sie mit Hilfe eines Russlanddeutschen mit Namen Viktor aus Karaganda, einem LKW-Fahrer, den sie im Hafen zufällig getroffen hatten, weiter nach Tadschikistan.

Jenny war zusammen mit der Weissrussin Olga und der Polin Teresza, den etwa gleichaltrigen Mädchen aus der Wäscherei, von dem Kalmücken an einen tatschikischen Geschäftspartner weiterverkauft worden.
Mit einem LKW-Transport wurden sie Richtung Kasachstan verfrachtet. Auf der Fahrt wurden sie von ihren Begleitern mehrfach vergewaltigt. Dabei hatte Teresza von ihrem Peiniger erfahren, daß sie in einem Bordell eingesetzt werden sollten.
In ihrer Verzweiflung öffnete sich Jenny während einer Pause in der kasachischen Steppe mit einem scharfkantigen Stein die Pulsadern. Die Begleitmannschaft glaubte, sie verblutet und ließ sie im Sand liegen.

Annika und Laszlo hatten beobachtet, wie Timo von den Russen in den Lieferwagen gezerrt wurde. Sie bekamen Angst, gingen nicht in die WG zurück, sondern trampten nach Berlin, wo sie sich einige Zeit herumtrieben, bevor sie sich entschlossen, nach Ungarn weiter zu reisen.
Sie leben in der Zwischenzeit am Balaton, wo sie eine Wohnung fanden. In dem kleinen Ort arbeitet Laszlo als Gärtner in dem gleichen Hotel, in dem Annika für die Betreuung deutscher Touristen angestellt wurde.

Reini hatte intensiv nach seinen Freunden gesucht, nachdem ihm von der Rechtsanwältin mitgeteilt wurde, daß sie ihren Meldeauf-

lagen nicht nachgekommen waren und inzwischen mit Haftbefehl von der Polizei gesucht wurden. Weder Tiffi noch die Satanisten, die er in der Stadt zufällig traf, konnten ihm weiterhelfen. Daraufhin ließ er die WG auflösen. Er verließ die Stadt und zog nach Berlin, wo er in Kreuzberg ein neues Betätigungsfeld fand, nicht ohne vorher noch eine Aktion gegen Polizeifahrzeuge unternommen zu haben.
Fast an der gleichen Stelle, an der Boomer den Hundekadaver über die Mauer auf die Polizeifahrzeuge geworfen hatte, überstieg er eines Nachts die Mauer und legte einen Brandsatz am Hinterreifen eines der dort abgestellten Einsatzfahrzeuge ab. Bevor er ihn anzünden konnte, mußte er sich aber vor einer Streife, die das Gelände mit den Fahrzeugen bewachte, in Sicherheit bringen.

Die Hamburger hatten sich noch einige Tage in Meck-Pomm aufgehalten. Nachdem sie weder von Reini, noch den anderen Bekannten aus der WG etwas gehört oder gesehen hatten, fuhren sie irgendwann zurück nach Hamburg.
An Demonstrationen in Mecklenburg-Vorpommern beteiligten sie sich nicht mehr.

Die Satanisten lösten ihr Quartier in der Altstadt-WG auf. Sie zogen zu Gleichgesinnten an den Stadtrand.
Während einer „Schwarzen Messe" in der Leichenhalle auf dem Friedhof wurden sie durch einen Friedhofsgärtner beobachtet, der die Polizei rief. Sie wurden festgenommen und durchsucht. Dabei wurde bei allen Rauschgift gefunden. Die Staatsanwaltschaft ermittelt gegen alle Drei wegen illegalen Drogenbesitzes, Störung der Totenruhe und Sachbeschädigung. Ein Urteil steht noch aus.

Nachdem Tiffi in der WG niemanden mehr antraf, wandte sie sich an Raschke, den sie um Hilfe bat. Sie erinnerte ihn daran, daß sie es war, die ihm an der alten Brauerei den Tipp gab, wer die Anschläge auf das Autohaus und die Tankstelle begangen hatte.. Sie habe das gemacht, um ihre Freunde davor zu bewahren, noch weitere Anschläge zu begehen. Vielleicht könne Raschke beim Staatsanwalt ein gutes Wort einlegen. Gewalt sei keine Lösung. Deshalb habe sie vor, ihre

Schule zu Ende zu machen, brauche aber eine neue Unterkunft. Raschke riet ihr, zu ihren Eltern zurückzukehren, dabei wolle er ihr behilflich sein. So kam es, daß die Staatsanwaltschaft ein Ermittlungsverfahren gegen Tiffi einstellte, sie wieder zu Hause einzog und ihre Schulausbildung fortsetzte.

Die Eltern von Dolph erfuhren durch die Polizei vom Schicksal ihres Sohnes. Eine Reise zum Grab ihres Sohnes lehnten sie ebenso ab, wie die Überführung seiner Leiche nach Deutschland, da sie die Kosten dafür nicht übernehmen wollten. Er habe sich sein Schicksal selbst zuzuschreiben, war die Auffassung des Vaters.

Wolf und Axel waren in dem Kalibergwerk ums Leben gekommen. Nach der Bergung der Leichen wurden sie alle in einem Massengrab beigesetzt, da ihre Identität nicht festgestellt werden konnte.
Ihre Eltern bemühen sich derzeit, die sterblichen Überreste ihrer Söhne nach Deutschland überführen zu lassen.

Benno erholte sich nur sehr schwer von seinen Kopfverletzungen. Auch nach einem längeren Rehabilitationsaufenthalt in einer Spezialklinik für Hirnverletzte, leidet er weiterhin unter Seh- und Sprachstörungen. Er lebt wieder bei seiner Mutter, von der er betreut wird.
Zu den Kameraden vom Adlerhorst hat er keine Verbindung mehr.

Sepp setzte sich, nachdem er einige Zeit vergeblich auf Dolph, Axel und Wolf gewartet hatte, mit Wermelt in Verbindung und berichtete über das mysteriöse Verschwinden der Kameraden, wobei er den Erpressungsversuch nicht erwähnte, obwohl er hier die mögliche Ursache des Verschwindens sah. Da er aber vermutete, die Kameraden seien umgebracht worden, wollte er mit den möglichen Folgen nicht in Zusammenhang gebracht werden.
Wermelts Wunsch, Sepp möge die Kameradschaft Adlerhorst weiterführen, um sie dadurch unter Kontrolle halten zu können, lehnte er ab. Er wurde daraufhin in das Aussteigerprogramm aufgenommen, das der Verfassungsschutz speziell für Rechtsextremisten eingerich-

tet hatte, die sich endgültig aus der Szene lösen wollten.
Mit Zustimmung seiner Eltern zog Sepp in ein süddeutsches Bundesland, wo er sich auf sein Abitur vorbereitet.

Winfried Gregor blieb nach seiner Festnahme in Haft. In seinem Haus, den Clubs und der Nerzfarm wurden umfangreiche Beweismittel sichergestellt. Die DNA-Analyse der im Keller der Nerzfarm gefundenen Haare belegte unzweifelhaft den Aufenthalt aller von Timo benannten Personen. Obwohl er kein Geständnis ablegte, reichten die Beweise dem Landgericht, ihn zu einer Freiheitsstrafe von 15 Jahren zu verurteilen. Das Urteil ist in der Zwischenzeit rechtskräftig.
Den russischen Behörden wurden die Erkenntnisse aus den Aussagen von Timo ebenso zu Verfügung gestellt, wie die Beweismittel aus dem Verfahren gegen Gregor. Ob dieses zu polizeilichen Maßnahmen gegen den Paten und dessen Organisation geführt hat, wurde nicht bekannt.

Die Aussagen von Timo führten bei der Staatsanwaltschaft zu einer Prüfung von bisher ungeklärten Ermittlungsverfahren, unter anderem einem Brandanschlag gegen einen Asia-Imbiß. Das Innenministerium wurde um Stellungnahme gebeten, inwieweit dem Verfassungsschutz Hinweise auf die Tat und die Täter vorgelegen hatten.
Die Ergebnisse der Prüfung waren für die Behörde niederschmetternd. Die für die Kontrolle der Behörde zuständige Parlamentarische Kontrollkommission erkannte deutliches Fehlverhalten.
Nach Auswertung der Unterlagen sowie der Anhörung der beteiligten Beamten wurden durch den Innenminister personelle Konsequenzen gezogen.

Der Bürgermeister stellte den Präventionsrat neu zusammen. Ihm ging es weniger um breit angelegte Diskussion, als mehr um konkrete Handlung. Er hatte den Jugendstaatsanwalt mit ins Boot geholt und die Behördenvertreter drastisch verringert. Als Sponsoren konnten einige mittelständische Unternehmen ebenso gewonnen werden wie zwei Großunternehmen. Zwar hatte es eine geraume Zeit gedauert, bis sich auf die ausgeschriebenen Sozialarbeiterstellen kompetente Bewerber gemeldet hatten, dann hatte es aber doch geklappt. Die Jugendarbeit wurde intensiviert.

Zur Überraschung der immer noch recht großen Zahl von Uneinsichtigen hatte es sich im Amtsgericht der Stadt ein junger Amtsrichter zur Aufgabe gemacht, mit ungewöhnlichen Urteilen seine jugendliche Klientel zu verblüffen. Übergriffe gegen Asylbewerber führten zu einigen hundert Stunden gemeinnütziger Arbeit im Flüchtlingsheim. Vandalismus in öffentlichen Anlagen zu gemeinnütziger Gartenpflege beim Friedhofsamt. Graffitischmierereien zu öffentlichen Säuberungsaktionen, bis hin zur Säuberung der öffentlichen Toiletten am Marktplatz.

Im Kollegenkreis erntete er nicht überall Zustimmung; die Erfolge gaben ihm jedoch Recht. Sehr schnell sprach sich seine Urteilspraxis in der Stadt herum und jugendliche Straftäter bangten, nur nicht vor dem jungen Amtsrichter erscheinen zu müssen. Auch wurden gegen seine Urteile deutlich weniger Rechtsmittel eingelegt, als viele erwartet hätten. Seine Signale wurden verstanden. Selbst die Oberbedenkenträger im Justizministerium, die skeptisch auf die neue Art der Urteile reagierten und deren Begeisterung sich deutlich in Grenzen hielt, konnten die Erfolge nicht ignorieren.

Die Stadt war ruhiger geworden.

Ulrich Hinse *"Wer will schon nach Meck-Pomm?"*

In diesem Buch berichtet der Neu-Mecklenburger von den ersten zehn Jahren Aufbauarbeit in einer Behörde und der Eingewöhnung in ein neues Wohnumfeld.
Das Buch lebt von dem Wechsel zwischen dienstlichen Erfahrungen und privaten Erlebnissen, die mit dem Umzug von Bonn in ein Dorf bei Schwerin verbunden waren.
In emotionaler Nähe zu den erlebten Ereignissen berichtet der Autor von den Schwierigkeiten, Befremdlichkeiten, jedoch auch von den lustigen Begebenheiten, die sich in den zehn Jahren seines Wirkens ergaben.

Nachdenkliche Geschichten vermitteln mit gelegentlich spürbarem Zynismus und Sarkasmus einen Blick hinter die Kulissen der Polizeiarbeit.

Die heiteren Erzählungen beschreiben mit zutiefst menschlichen Sicht die positiven und negativen Erfahrungen, die er sammeln durfte, nachdem er von Deutschland nach Deutschland gezogen war.
Der Autor kommt schließlich zu dem Ergebnis, daß sowohl ein "dickes Fell" als auch ein hohes Mass an Sensibilität erforderlich waren, um nicht zu resignieren oder zum Fremden in einem Umfeld zu werden, das letztlich ihn und das er angenommen hat.

Buch, gebunden mit Schutzumschlag, 286 Seiten
15,00 EURO
ISBN: 3-934301-63-0